JENNIFER BENKAU

Es war einmal Aleppo

ROMAN

ink rebels

Impressum

Texte: © 2016 by Jennifer Benkau
Lektorat: Franziska Fischer
Korrektorat: Tatjana Weichel
Covergestaltung: ©Traumstoff Autorendienst
traumstoff.at
Covermotive: ©photopixel und Panu Ruangjan
shutterstock.com
Verlag: Jennifer Benkau c/o INK REBELS
Zum Bräuhaus 11a 40764 Langenfeld
www.ink-rebels.de
jennifer-benkau@web.de

Herstellung und Vertrieb der Lizenzausgabe:
Amrûn Verlag Jürgen Eglseer
www.amrun-verlag.de
ISBN 978-3-95869-277-0

Die Deutsche Nationalbibliothek verzeichnet diese Publikation in der Deutschen Nationalbibliografie; detaillierte bibliografische Daten sind im Internet über http://dnb.d-nb.de abrufbar

1 16

Intro

Wir sind uns einig, dass wir all das nicht sehen wollen, und starren gegen Sichtschutzplanen, die uns dreist jeden Blick verwehren.

Das ist ja wohl ein schlechter Scherz!

Was in unserer Stadt, in unserer Straße, ja, direkt schräg gegenüber von unserem Haus, passiert ist, haben wir erst erfahren, als es zu spät war, und mein Vater hat Stunden darüber getobt und seine grässliche Laune an Mama und uns ausgelassen, als trügen insgeheim wir die Schuld an der ganzen Sache.

Drei Wochen in einem uralten Bauernhaus an der dänischen Küste liegen hinter uns. Alex und ich haben vor den Ferien alles, wirklich alles nur erdenklich Menschenmögliche versucht, um zu verhindern, dass Mamas Wunschtraum vom »idyllischen Familienurlaub ohne Technikgedöns« wahr wurde. Wir haben tagelang diskutiert, argumentiert, genörgelt und gestritten. Natürlich erfolglos. Aber meiner Mutter gelang es nicht nur, meinen Bruder und mich von unseren Handys, Tablets und Laptops zu trennen und uns in ein Haus ohne Fernseher zu schleifen, sie setzte bei Paps die gleichen Regeln durch. Er schaltete sein Telefon erst wieder ein, nachdem wir die dänisch-deutsche Grenze passierten, und sofort prasselten unzählbare Mails, SMS und Nachrichten bei ihm ein, die alle nur dieses eine Thema kannten.

Asylanten.

Hunderte von ihnen.

Direkt vor unserem Haus!

Die restliche Fahrt verbrachte Paps damit zu fluchen und zu schimpfen, bis Mama, die lange die Nerven behielt und ihn mit ihrer Engelsgeduld zu beruhigen versuchte, aufgab und erst mitkeifte und dann zu weinen begann.

Alex und ich saßen auf der Rückbank, unsere Ratlosigkeit zwischen uns gepresst. Bis zu diesem Moment gelang es mir kaum, Angst zu haben. Alles war noch zu weit weg, und ich redete mir ein, dass es schon nicht so schlimm sein würde. Vielleicht hatten Papas Freunde und unsere Nachbarn übertrieben? Aber tief in mir hockte bereits ein hinterhältiges Unbehagen und flüsterte mir zu, dass es sich zu Großem bestimmt sah.

Alex starrte finster aus dem Seitenfenster und wurde wieder zu dem großen Bruder, den ich so kannte: nämlich kaum. Wir hatten uns in den letzten drei Wochen überraschend gut verstanden. Mama scherzte, dass wir das letzte Mal so wenig gestritten hatten, als Alex zwei Jahre alt und ich noch in ihrem Bauch gewesen war. Bis zu diesem Urlaub hatten wir nie ein gutes Verhältnis gehabt. Er war seit meinen ersten Kindheitserinnerungen »Alex-warum-darf-ich-denn-nicht-mitspielen?«, und ich war für ihn die »Nerv-mich-nicht-und-geh-heulen-Toni«. In Dänemark stellten wir überrascht fest, wie gut wir miteinander reden können, wenn sonst niemand zum Reden da ist. Alex begleitete mich auf Fotostreifzüge und fand die besten Motive. Später versuchte er, mir

Badminton und Tischtennis beizubringen, und nahm geduldig hin, dass mein Geschick mit Bällen dem einer Würfelqualle auf dem Trockenen entspricht – da hilft das ständige Hip-Hop-Tanztraining leider kein Stück. Dass wir so viel Zeit miteinander verbrachten, kann am Ende nicht allein daran gelegen haben, dass wir in dem Dorf vermutlich die einzigen Menschen unter Vierzig waren.

Doch kaum zurück in Deutschland fehlen uns wieder die Worte, um sie einander zu sagen, und meine ungeschickten Versuche, mich mit Alex zu unterhalten, prallen an seiner Lotus-Effekt-Fassade ab. Ich fragte mich Stunde um Stunde, ob er das insgeheim ebenso bedauerte wie ich.

eins

Mervan! Wir haben es geschafft, Bruder. Wir haben es über das Meer geschafft. Frag mich niemals wie, frag mich nicht danach. Der Himmel war schwarz, und das Meer war hungrig in dieser Nacht. Doch nun kann es nicht mehr lange dauern, und wir sehen uns wieder, inschallah. Shirvan.

(eine Textnachricht, April 2015)

Mein Mund ist ganz trocken.

Schräg gegenüber von unserem Grundstück war bis zum letzten Jahr ein Tennisclub, der umziehen musste, weil sich die Anwohner über die überall parkenden Autos beschwert hatten. Dass zwischen den Tenniscourts nun Unkraut wuchert, finden sie allerdings auch nicht besser. Die Wiesen vor dem Vereinsheim waren durch ein niedriges, weiß getünchtes Mäuerchen vom Gehweg abgetrennt. Als Kind bin ich immer darüber balanciert, und manchmal habe ich es auch später noch getan, wenn niemand hingesehen hat. Eine hässliche Narbe ziert mein Knie, weil ich mit zehn einmal von dieser Mauer gefallen bin, beim Versuch, einen Schmetterling zu fangen.

Jetzt ist sie weg, die Mauer. Stattdessen trennt ein beinah drei Meter hoher, müllsackdunkelgrüner Zaun den Bürgersteig vom Tennisclub.

»Wie schäbig«, stellt Mama fest.

»Das kann Hannes nicht ernst meinen«, sagt Paps. »Ich rufe ihn an. Das soll er mir mal bitteschön erklären.«

Hannes Saltmeier ist nicht nur Bürgermeister in Hilgesbach, sondern auch ein langjähriger Freund meines Vaters. Paps kennt ihn schon seit der Grundschule; sie spielen in derselben Altherren-Fußballmannschaft und treffen sich oft bei uns, um im Hobbykeller Bundesligaspiele über den Beamer anzusehen. Ich kann mir nicht vorstellen, dass Herr Saltmeier die Freundschaft zu Paps aufs Spiel setzt. Er wird sicher eine Lösung finden, rede ich mir ein und zweifle im gleichen Moment daran. Hinter diesem Sichtschutz sollen sich dreihundert Menschen befinden. Dreihundert Männer, um genau zu sein. Die können sich weder in Luft auflösen, weil wir zurück zu Hause sind, noch werden sich von heute auf morgen freie Wohnungen für sie auftun. Der Wohnungsmarkt in Hilgesbach ist hart umkämpft, und selbst mein Bruder hat den Plan vom Ausziehen nach wochenlangem Suchen vorerst wieder aufgegeben.

»Gehen wir schon mal rein?«, frage ich Alex, weil er im Gegensatz zu mir seinen Schlüsselbund dabei hat. Ich habe keine Lust, hier zu stehen und mir Sorgen zu machen, was sich hinter den Planen befindet. Am liebsten würde ich so tun, als wäre da überhaupt nichts.

Vielleicht merkt man ja nicht, dass sie da sind? Vielleicht bleiben sie hinter dieser Trennwand, und für uns bleibt alles beim Alten? Vielleicht …

Meine Knie fühlen sich weich an. Ich will weg.

Alex nickt und geht mit mir zur Haustür. Auf dem Weg pflückt er eine leere Packung Kekse und einen plattgetretenen Tetrapak stilles Mineralwasser aus den Blumenbeeten, die Mama hingebungsvoll pflegt. »Fängt ja großartig an«, meint er augenrollend, wirft den Müll in die Tonne und schließt mir die Tür auf. »Wie geht es dir damit, Toni? Wirst du klarkommen?«

»Sicher«, sage ich schnell. »Hannes Saltmeier wird das schon regeln.«

Alex zieht einen Mundwinkel hoch. Es ist eine kritische Miene, kein Lächeln. »Versprich dir lieber nicht zu viel von Hannes.«

»Wie meinst du das?« Weiß er mal wieder mehr als ich?

Wir gehen in die Küche, und ich lasse das Wasser eine Weile aus dem Hahn laufen, bevor ich mir ein Glas fülle und einen großen Schluck trinke.

»Ach«, sagt Alex, »nur so. Gib mir Bescheid, wenn was ist, ja? Ich kann dich gerne in Zukunft fahren, wenn du irgendwohin willst.«

»Danke.« Das Angebot verblüfft mich. In der Vergangenheit habe ich erst in ernsthafte Schwierigkeiten geraten müssen, damit er sich dazu herabgelassen hat, mich mit seinem uralten Mini Cooper abzuholen. Eine verpasste Bahn galt nur dann als überlegenswertes Argument, wenn es die letzte in der Nacht war, und andere Situationen hat er bisher nie gelten lassen. »Aber du musst dir keinen Kopf machen. Es scheint ja recht ruhig zu sein, da drüben.« Durchs Küchenfenster schaue ich zum Sichtschutz. Gerade gehen Menschen vorbei, die ich auf den ersten Blick als Flüchtlinge erkenne: ein Paar, ziemlich dunkelhäutig und etwa im Alter meiner Eltern, außerdem zwei junge Frauen, von denen eine ein Kopftuch trägt und einen Kinderwagen schiebt. Die andere hat ein Kleinkind an der Hand. Von Frauen und Kindern war nicht die Rede. Womöglich sind es doch keine Flüchtlinge.

Alex öffnet den Kühlschrank, aber nichts darin scheint ihn anzusprechen. Kein Wunder, vor dem Urlaub hat Mama bis auf das Senfglas und die Ketchupflasche alles ausgeräumt. Er lehnt sich an die Arbeitsplatte. »Ich hoffe, das bleibt so«, sagt er mit einem seltsamen Unterton. »Ich hoffe, das bleibt so.«

Nach drei Wochen im Ferienhaus mit seinen Holzdielen, den dicken Teppichen, holzvertäfelten Wänden und niedrigen Decken kommt mir der Hall in unserem Haus vor, als wären alle Wände nackt und die Räume riesig. Ich gehe die Treppen hoch in den zweiten Stock und fühle mich fremd; so, als wäre ich nicht drei Wochen weg gewesen, sondern drei Jahre. Das Gefühl verstärkt sich um ein Vielfaches, sobald ich mein Zimmer betrete. Es ist etwas kleiner als Alex', aber es verfügt über einen eigenen Balkon, der vorn zur Straße hinausgeht. Wenn ich aus meinem Fenster sehe, das mit der Balkontür zusammen die ganze Breite meines Zimmers einnimmt, kann ich über den Sichtschutz hinwegschauen.

Viel sehe ich nicht. Offenbar halten sich diese dreihundert Männer größtenteils in den Gebäuden oder auf den Courts dahinter auf. Ich kann nur den vorderen Hof überblicken, wo ein paar Leute in kleinen Gruppen zusammenstehen, rauchen oder telefonieren. Sie erinnern mich an die Gruppe, die Paps und ich vor vier Jahren mit meinen Hollister-Tüten auf uns aufmerksam gemacht haben. Mir läuft ein Schauer über den Rücken, ich ärgere mich gleichzeitig, überhaupt daran zu denken. Ich hasse es, wenn die Gedanken kommen. Es ist nicht richtig – nein, es ist grundfalsch, Angst vor Menschen zu empfinden, nur weil sie der Gang, an die wir geraten waren, in gewisser Weise ähneln. Ich weiß nichts über die Männer, die uns damals überfallen und meinen Vater krankenhausreif geschlagen haben. Die Polizisten beschrieben sie mit Begriffen wie ›südländischer Typ, eventuell Nordafrikaner, Türken oder Araber‹. Aber ich erinnere mich genau, dass die beiden, die mit uns sprachen, dies in akzentfreiem Deutsch taten.

Trotzdem, so sehr ich mir auch bewusst bin, dass ich vorverurteile, bereiten mir Männer mit dunklerer Haut seitdem ein flaues Gefühl im Magen. Meinen Kopf beschämt das. Er ist ziemlich politisch korrekt, mein Kopf, und ich bin doch nicht rassistisch! Mein Herz macht sich derweil trotzdem in die Hose.

Es ist stickig in meinem Zimmer. Während ich die Fenster öffne, höre ich meine Eltern vor dem Haus reden, ohne ihre Worte zu verstehen. Ich sollte ihnen wohl dabei helfen, das Gepäck aus dem Volvo zu tragen, aber ich mag nicht hinausgehen und mich von ihrer schlechten Laune weiter runterziehen lassen. Sie werden schon nach uns rufen, wenn sie mit dem Ausladen anfangen.

Ich starte meinen Laptop, hole die Speicherkarte meiner Kamera aus der Jackentasche und schiebe sie in den Slot, um die Fotos und Videos durchzusehen. Beim Durchscrollen huschen viele gute Aufnahmen über den Monitor, richtig darauf konzentrieren kann ich mich jedoch nicht. Gerade fehlt mir das Auge für die Facetten von Libellenflügeln, die Schatten fischender Dänen oder Sonnenuntergänge im Meer.

Ich komme mir vor, als wäre jemand dicht hinter mir und atme mir in den Nacken. Immer wieder schweift mein Blick zum Fenster. Schließlich, man muss das mal so sagen, reden wir hier von dreihundert Männern, die meine Sprache nicht sprechen, andere Gesetze und Verhaltensweisen gewohnt sind und plötzlich keine zwanzig Meter von meinem Zimmer entfernt leben. Wem wäre in dieser Situation nicht mulmig?

Flüchtlingskrise. Vor drei Wochen war das für mich noch ein Begriff, den man hin und wieder kurz in den Nachrichten hörte, wenn wieder mal ein Boot vor Lampedusa gekentert war. Tragisch – wie so vieles in den Nachrichten – aber weit weg. So unendlich weit weg.

Nun bin ich plötzlich mittendrin, ob ich das will oder nicht. Flüchtlingskrise. Das Wort steht da draußen vor der Tür, direkt vor meinem Fenster. Dort wird es bleiben. Und ich habe das unbehagliche Gefühl, dass sich damit alles verändert.

zwei

Meine Eltern haben Pizza bestellt, weil Sonntag ist und wir erst morgen einkaufen können. Paps isst seine Funghi mit Messer und Gabel aus dem Karton. Er ist immer noch so aufgebracht, dass er beim Schneiden die Pappe durchsäbelt.

»Der will sich mit uns zusammensetzen, der gute Herr Bürgermeister Hannes«, klärt er uns auf. Ich habe ihn bis heute noch nie schlecht über seinen alten Freund reden hören und erst recht nicht sarkastisch. »Aber erst in drei oder vier Tagen. Vorher hat er keine Zeit. Natürlich nicht.« Paps schnaubt. »Hat ja sicher genug mit all den neuen Bürgern zu tun.«

Alex murmelt etwas, das wie »Entlausen« klingt.

Bevor ich mir sicher bin, ob ich ihn richtig verstanden habe, weist Mama ihn bereits scharf zurecht. »Alexander! Das will ich nicht gehört haben. Die Situation ist für viele Menschen auf der Welt weit schlimmer, als wir uns das hier vorstellen können. Da ist es nicht zu viel verlangt, ein wenig zu helfen.« Mama legt ihr Besteck auf den Tisch. »Solange sie sich ruhig verhalten.«

»Da gebe ich dir vollkommen recht«, sagt Paps und zuckt mit den Schultern. »Dagegen hat auch niemand etwas gesagt. Aber warum ausgerechnet hier vor unserer Haustür? Und das ohne unsere Zustimmung? Ohne uns wenigstens vorzuwarnen?« Er hat kaum etwas von seiner Pizza gegessen, und sein Salat steht auch noch unangerührt da. All das scheint ihn noch mehr zu belasten als mich – aber das ist ja auch kein Wunder. Während ich bei dem Raubüberfall mit dem Schrecken davonkam, haben die Täter ihm eine Hand verstaucht und die Nase gebrochen. Vermutlich ist seine Angst noch größer als meine.

»Auf Facebook ist die Hölle los«, sagt Alex. »Da bekommt man einen Vorgeschmack davon, wie ruhig es bleiben wird. Ein paar Städte haben ja schon lange solche Lager. Manche Schulen werden nach den Ferien keinen Sportunterricht mehr machen, weil Asylanten in den Turnhallen wohnen.«

»In Schulen?«, fragt Mama alarmiert.

Alex nickt. »Jepp. Scheint auch alles super zu laufen, schreiben die Leute. Die Asylanten vermüllen alles, rauben Supermärkte aus und kacken in die Vorgärten.«

Mama wollte gerade wieder nach ihrem Besteck greifen. Nun lässt sie es liegen, dabei hat auch sie erst ein Viertel ihrer Pizza gegessen. »So schlimm scheint es hier ja nicht zu sein«, entgegnet sie schwach.

Alex beißt von seiner Pizza ab. In der Hinsicht sind wir uns ähnlich: Uns kann kaum etwas den Appetit verderben. »Noch nicht«, sagt er mit vollem Mund.

»Lassen wir uns nicht verrückt machen«, meint Mama. »Erst mal sollten wir abwarten, was Hannes sagt. Vielleicht ist dieses Lager da drüben ja nicht für lange Zeit gedacht.«

»Das wäre ja auch noch schöner.« Papa reibt sich erschöpft die Stirn. »Denk mal an den Wertverlust des Hauses, wenn die nächsten Nachbarn fünfhundert Asylanten sind.«

»Ich dachte, es wären dreihundert?«, frage ich, ernte aber bloß einen Nerv-nicht-Blick von Alex. Ich sage nichts weiter und beeile mich mit meiner Pizza. Fee will nachher noch vorbeikommen, bis dahin will ich mit dem Essen fertig sein.

»Ihr werdet nicht ewig hier wohnen.« Paps deutet mit seiner Gabel von Alex zu mir. »Und wenn ihr auszieht, wollten eure Mutter und ich das Haus vermieten und uns etwas verkleinern. Da hat Hannes uns wirklich ein ganz dickes Ei gelegt.«

Mama nimmt ihre Brille ab und massiert sich die Nasenwurzel. »Darüber sollten wir uns Gedanken machen, wenn es so weit ist. Für den Augenblick beschäftigt mich etwas anderes viel mehr.« Sie sieht mich mit diesem besorgten Blick an, den nur Mütter draufhaben und der einen unweigerlich, und ohne dass ein Wort nötig wäre, in Zugzwang bringt.

Ich stecke mir das letzte Stück meiner Spinatpizza in den Mund und hebe abwehrend beide Hände.

»Sicher?«, fragt Mama, obwohl ich kein Wort gesagt habe. »Wenn du Angst hast, dann …« Sie lässt offen, was dann passiert.

Alex rollt mit den Augen. »So weit kommt es noch, dass meine Schwester nicht mehr auf die Straße gehen kann. Ich pass schon auf.«

Mama tätschelt ihm die Hand, aber ich weiß nicht recht, was ich davon halten soll, dass er plötzlich – und vollkommen ungebeten – auf mich aufpassen will. Aber vielleicht tue ich ihm Unrecht und er will gar nicht den Helden spielen, sondern mag mich seit

Dänemark einfach mehr als vorher. Es würde mich freuen. Ich mag ihn nämlich wirklich mehr.

»Passt schon«, murmle ich. »Ich weiß mich zu wehren, falls mir einer zu nah kommt.«

»Hast du das Pfefferspray noch, das ich dir gekauft habe? Nur für den Fall der Fälle. Der Selbstverteidigungskurs ist auch schon wieder mehr als ein Jahr her.« Mama sieht aus, als wolle sie noch mehr sagen, und Paps scheint auch eine Bemerkung auf der Zunge zu liegen. Aber es klingelt an der Tür, und ich springe auf, denn das muss Fee sein. Sie hat dieses fantastische Talent, mich durch geschickt getimtes Auftauchen vor meinen Eltern zu retten.

»Toniii«, quietscht sie, wie sie es immer tut, seit wir kleine Kinder sind.

»Feee«, antworte ich.

Wir umarmen uns ganz fest. Drei Wochen haben wir uns nicht gesehen – so lange waren wir seit der Grundschule nicht mehr getrennt, zumindest nicht, ohne uns täglich zu schreiben, zu skypen oder zu telefonieren.

»Du bist ja nicht wiederzuerkennen, Fee!« Sie ist selten zufrieden mit ihrem aschblonden Haar und färbt es ständig. Aber nie so auffällig und selbstbewusst wie jetzt: Ihr Bob glänzt lackschwarz, und auf der rechten Seite geht eine Strähne von Lila in Pink über. »Das sieht ja wahnsinnig toll aus.«

Fee strahlt. »Danke. Und du siehst aus, als wärst du nicht im Norden gewesen, sondern auf einer Südseeinsel. War es schön?«

»In jedem Fall total chillig. Ich zeige dir gleich die Fotos.«

»Und Luca? Oder bist du etwa endlich über ihn hinweggekommen?«

Als sie meinen Ex erwähnt, registriere ich erst, seit Tagen gar nicht mehr an ihn gedacht zu haben. Er war mein zweiter fester Freund, etwas *Ernstes*, immerhin waren wir fast ein halbes Jahr zusammen. Nachdem er im Frühjahr Schluss machte, war ich eine Weile völlig am Ende. Aber inzwischen …

»Wer war denn noch mal Luca?«, frage ich mit einem Zwinkern und Fee hebt beide Hände, als hätte sie spontan Gedächtnisschwund. »Na komm, lass uns nach oben gehen.«

Fee grüßt meine Eltern durch die offene Küchentür, und die rufen ihr ein »Hallo Felicitas« zu, ohne wirklich aufzusehen. Wir steigen die Treppen hoch in mein Zimmer.

»Die Rückfahrt aus Dänemark war natürlich nicht so entspannt«, erzähle ich, erleichtert, endlich über das sorgenschwere Thema reden zu können. »Wir haben erst auf der Autobahn erfahren, was hier los ist. Dass mein Vater vor Schreck nicht in den Graben gefahren ist! Man hat uns nichts davon gesagt, kannst du dir das vorstellen?«

Fee nickt ernst. »Niemand wusste etwas. Vor nicht einmal zwei Wochen bekam das Rote Kreuz die Meldung, dass innerhalb von drei Tagen eine Notunterkunft für zweihundert Flüchtlinge hergerichtet werden muss. In anderen Städten sieht es auch nicht anders aus. Die regulären Erstaufnahmen sind total überfüllt. Die Bezirksregierung verteilt die Menschen jetzt dorthin, wo Platz für ein paar Betten ist.«

»Du bist ja bestens informiert.« Und ich ziemlich erstaunt. Bisher hat sich Fee nie auch nur im Ansatz für Politik interessiert.

»Ich hab mit einer jungen Frau vom DRK geredet«, sagt sie. »Die betreuen die Unterkunft drüben. Ich war auch schon drin und hab ein bisschen mitgeholfen. Du kannst dir nicht vorstellen –«

»Wart mal, Fee«, unterbreche ich sie. »Du warst da drin? Da drüben?«

»Ja.« Fees Augen werden ganz groß. »Als die letzten Busse kamen, habe ich geholfen, Getränke, Brote und Obst zu verteilen und Sachen aus der Kleiderkammer zu den Leuten zu bringen.«

Was soll ich denn davon halten? Die Vorstellung der zarten Fee inmitten von mehreren hundert Männern kommt mir unheimlich vor. Aber ich bin irgendwie auch neugierig. Offenbar hat sie ja keine schlechten Erfahrungen gemacht. »Wie ist es da drin?«

Fee rollt mit den Augen. »Es ist das reine Chaos, Toni. Ganz schlimm. Wenn mir vor zwei Wochen jemand gesagt hätte, dass so etwas in Deutschland möglich ist, hätte ich ihm einen Vogel gezeigt.« Sie fährt sich aufgebracht durch die Haare. »Das DRK bekam gesagt, es würden zu Anfang hundert bis hundertzwanzig Flüchtlinge kommen. Für die wurde dann alles vorbereitet. Feldbetten, Essen, Kleidung und ein Arzt natürlich, der sie untersucht und impft. Dann kamen die Busse, die meisten direkt von der österreichischen Grenze. Es waren aber nicht die hundertzwanzig Menschen, die auf der Liste standen. Die sind nie aufgetaucht, wer weiß, wo die gelandet sind. Es waren zweihundert ganz andere Leute. Später sollten noch mal fünfzig kommen. Aber in den Bussen saßen dann mehr als doppelt so viele.«

»Gruselig«, entfährt es mir. Ich stelle mir vor, wie immer mehr Busse kommen und Flüchtlinge bringen, so viele, bis der Tennisclub voll ist. Was passiert dann mit den Leuten?

»Horror«, sagt Fee. »Es waren nicht genug Betten da, nicht genug Essen. Windeln gab es erst mal gar nicht.«

»Wie jetzt … Windeln?«

Fee nickt. »Und Kinderwagen, Babybrei, Milchnahrung, Fläschchen und all das. Zuerst hieß es nämlich, es kämen nur Erwachsene. Aber dann stiegen ganz viele Mütter mit Kleinkindern und Babys aus den Bussen und Saskia – das ist die Frau vom DRK, von der ich eben sprach – fing an zu heulen, nahm ihr Fahrrad und fuhr dreimal zu Edeka, um so schnell wie möglich so viele Windelpakete und Milchpackungen zu holen, wie sie tragen konnte.«

»Aber das konnte doch geklärt werden, oder?« Die Vorstellung, dass da Babys auf Feldbetten im Tennisclub schlafen, will nicht in meinen Kopf. Das sind doch keine Zustände für kleine Kinder! »Es scheint da ja eine Verwechslung gegeben zu haben.«

»Die umliegenden Städte berichten wohl das Gleiche. Es kommen so viele Flüchtlinge, dass sie kaum gezählt werden können. Sie werden von der Bezirksregierung in die Erstaufnahmen gebracht, und die müssen gucken, wie sie klarkommen.«

Ich schaue aus dem Fenster, aber von meiner Sitzecke aus kann ich nur das Dach des Tennisclubs sehen. »Meinem Vater hat man gesagt, es wären etwa dreihundert Leute da drüben.«

Fee schüttelt den Kopf. »Inzwischen sind es mehr. Und für nächste Woche sind noch mal Busse angekündigt.«

»Aber die können doch nicht alle hierherkommen?«

»Puh, Toni. Man merkt wirklich, dass du ein paar Wochen ohne Fernsehen gelebt hast. Es kommen inzwischen Tausende von Flüchtlingen jeden Tag nach Deutschland. Irgendwo müssen die ja erstmal wohnen.«

Ich schlucke schwer. Natürlich wusste ich, dass Asylbewerber nach Deutschland kommen. Aber von der Anzahl hatte ich keine Vorstellung. Es ist mir ein kleiner Trost, dass Fee sicher auch nicht mehr darüber wusste, bis man uns das Flüchtlingslager in die Straße gesetzt hat.

»Ich gehe morgen wieder hin«, sagt Fee. »Meine Omi hat versprochen, einen Einkaufsroller voll Obst zu besorgen, das ich verteilen darf. Kommst du mit?«

Mein Herz schlägt nicht schneller, aber sehr viel lauter. Ich weiß nicht, was ich sagen soll. Weiß nicht, wie ich ihr begreiflich machen soll, dass ich sie nicht begleiten kann, ohne ihr dabei vor den Kopf zu stoßen. Dass wir damals überfallen wurden, habe ich Fee natürlich erzählt, aber sie ahnt nicht, dass ich die Bilder dieser schrecklichen Sekunden immer wieder wie einen Film vor mir sehe, wenn mich Menschen an die Täter erinnern. Sie würde es nicht verstehen. Ihrer Meinung nach gibt es keinen Mann auf der

Welt, der so schön ist wie Elyas M'Barek. Bevor der ihr keinen Korb gibt, will sie nicht mal einen Freund haben – falls sie es schafft, ihn kennenzulernen, möchte sie solo sein. Sie wollte neulich mit mir zu einem Hotel fahren, in dem er übernachtet hat. Ich konnte ihr nicht sagen, dass sich bei der Vorstellung, ihm zu begegnen, die Härchen in meinem Nacken aufrichten. Und zwar nicht im positiven Sinne.

»Es ist wirklich wichtig, dass wir helfen, Toni. Die haben dort nicht nur zu wenig Feldbetten. Die haben auch zu wenig Essen.«

Ich kann und will mir nicht vorstellen, dass wenige Meter von meinem Zuhause entfernt Menschen zu wenig in den Bauch bekommen. Fee übertreibt. Sie ist mäkelig, was Essen betrifft, und glaubt vermutlich, dass man ohne eine Auswahl von mindestens drei verschiedenen Brötchen- und fünf Marmeladensorten nicht überleben kann.

»Antonia.« Wenn Fee mich Antonia nennt, meint sie es ernst. »Schau es dir wenigstens an.«

Vielleicht hat sie recht. Dieses Flüchtlingslager ist nun mal da, und ich bin nicht so naiv zu denken, dass ein Gespräch daran etwas ändern wird. Wir werden uns mit der Situation arrangieren müssen. Besser, ich verschaffe mir einen Überblick.

»Okay«, sage ich und bekomme ein wenig Angst vor meiner eigenen Courage. »Dann gehen wir halt morgen mal zusammen hin.«

Fee lehnt sich so weit zu mir herüber, dass sie fast aus ihrem Sitzsack plumpst, und küsst mich auf die Wange. »Super. Zeigst du mir dann jetzt deine Fotos aus Dänemark?«

drei

Gegen zehn macht Fee sich auf den Heimweg. Sie wohnt nur ein paar Straßen weiter und muss kaum fünf Minuten laufen. Es gehört zu unserem Ritual, dass wir uns gegenseitig die halbe Strecke begleiten, und wir halten auch heute daran fest, obwohl mir nicht wohl ist. Wir verabschieden uns mit einer Umarmung und Wangenküsschen, dann gehe ich zurück nach Hause. Der hässliche Sichtschutz hat etwas Bedrohliches. Als müsse man die Menschen, die dahinter leben, einsperren. Ich lausche auf jedes Geräusch in der Abenddämmerung, aber es ist ziemlich still. Trotzdem bin ich erleichtert, als ich die Haustür aufschließe.

In der Diele kommt mir meine Mutter im Bademantel entgegen. Unter einem Handtuchturban starrt sie mich an, als wäre mir ein zweiter Kopf gewachsen.

»Antonia, das ist nicht dein Ernst! Was machst du um die Zeit draußen?«

»Ich hab Fee ein Stück begleitet«, erwidere ich irritiert. »Wie immer.«

»Dein Vater oder Alex hätten Felicitas bestimmt gefahren, wenn ihr gefragt hättet.«

»Die paar Meter?«

Meine Mutter legt ihre Hände zusammen. »Ich finde es ja gut, dass du niemanden vorverurteilst,

Toni. Aber bitte sei trotzdem etwas vorsichtiger. Wir haben keine Ahnung, wer jetzt da drüben lebt. Vielleicht kennen die es nicht, dass Mädchen am Abend allein draußen herumlaufen. Erst recht nicht …« Sie deutet auf meine Jeansshorts und das Top, das den Hosenbund nur knapp bedeckt.

»Muss ich mich jetzt einsperren und verhüllen?«, frage ich bissig.

»Kein Grund, mich anzufahren, Fräulein. Du kannst die Situation nicht einschätzen. Ich auch nicht. Und deshalb müssen wir eben etwas aufpassen.«

Ich rolle mit den Augen und gehe nach oben. In der ersten Etage höre ich meinen Vater in seinem Büro sprechen. Vermutlich telefoniert er. Ich will nicht lauschen, seine Privatgespräche interessieren mich nicht. Aber ich höre, wie er von »seiner Tochter« spricht, und da ich seine einzige Tochter bin und es dabei aller Wahrscheinlichkeit nach um mich geht, werde ich neugierig und bleibe auf der Treppe stehen.

»Das ist eine Zumutung«, höre ich ihn sagen. »Da muss es doch eine andere Lösung geben.« Pause. Offenbar hört er seinem Gesprächspartner zu, wer immer das auch sein mag. Plötzlich lacht er bitter auf. »Das interessiert Hannes aber nicht. Vierzig Jahre Freundschaft – und er setzt mir Hunderte von Asylanten vor die Haustür, obwohl er weiß, dass ich von so was überfallen und ausgeraubt wurde und mein Kind traumatisiert ist. Sie ist bis letztes Jahr zur Psychologin gegangen, die Therapie können wir von vorne beginnen, wenn der Erste ihr frech nachpfeift.

Und das ist nur eine Frage der Zeit. All die Männer ohne Frauen! Die haben doch ihre Bedürfnisse.« Wieder eine Pause. »Natürlich weiß der das! Jeder weiß davon. Ich hab nie einen Hehl daraus gemacht, dass Antonia den Überfall nicht verkraftet hat. Das macht mich ja so wütend.«

Mein Bauch zieht sich zusammen. Es fühlt sich an, als hätte ich Steine verschluckt, die in meinem Magen gegeneinanderschlagen. Mein Vater erzählt überall herum, dass ich noch Jahre nach dem Vorfall therapeutische Hilfe gebraucht habe? Er verbreitet meine Geheimnisse, als hätten seine Freunde ein Recht darauf, alles von mir zu wissen – mehr als meine besten Freunde? Jeder weiß das? Jeder?

Wer soll das sein – jeder?

Die Scham steigt mir heiß ins Gesicht. Ich fühle mich verraten und benutzt und bin so enttäuscht von meinem Vater wie noch nie in meinem Leben. Ob Mama davon weiß?

Am liebsten würde ich in sein Büro stürzen und ihn anschreien, wie er es wagen kann, meine Privatsphäre mit Füßen zu treten.

Er spinnt wohl!

Aber ich will mir nicht die Blöße geben, hysterisch zu werden. Vermutlich argumentiert er mich dann an die Wand. Er glaubt ohnehin immer, alles besser zu wissen. Wenn ich die Nerven verliere, wird er sich bestätigt fühlen.

Ich beiße die Zähne zusammen und schleiche mich in mein Zimmer. Traumatisiert – pah. Er selbst hat das größere Trauma und soll nicht denken, er könne sich hinter mir verstecken.

Meine Wut macht mich entschlossen. War ich eben noch unsicher, ob ich Fee wirklich in dieses Asylantenlager begleiten will, steht meine Entscheidung nun fraglos fest.

vier

Täglich versuchen Menschen über das Mittelmeer nach Europa zu fliehen. Meistens in seeuntüchtigen und überfüllten Booten. Und die Zahl derer, die auf der Flucht ertrinken, steigt immer weiter. Alleine in diesem Jahr sind schon über 2000 Menschen ums Leben gekommen.
(04.08.2015, tagesschau.de)

Wir müssen tricksen, denn ich will nicht, dass meine Eltern dumme Fragen stellen oder mir eine Polizeieskorte buchen. Daher gebe ich besser vor, von dem Telefonat am Abend nichts gehört zu haben, und lasse mich von meinem Vater zu Fee fahren. Fee hat den altmodischen Einkaufstrolley ihrer Oma bereits bis obenhin vollgepackt. Er wiegt mindestens fünfzig Kilo. Außerdem schultert sie noch einen prallen Rucksack und drückt mir eine Tüte in die Hand. Ich werfe einen Blick hinein.

»Seifenblasen und Flummis?«

»Für die Kinder. Die meisten haben nichts zum Spielen, gar nichts. Die Sachen hat mir der Spielzeugladen an der Kirche mitgegeben. Und das hier«, sie wirft mir eine durchsichtige Tüte mit etwa zwanzig verpackten Kinderzahnbürsten und ebenso vielen Tuben Zahncreme (Blaubeergeschmack) zu, »sind Spenden von der Apotheke am Markt.«

Ich bin beeindruckt, aber auch ein bisschen irritiert von der Vorstellung, wie Fee von Laden zu Laden geht und nach Spenden fragt. Das würde ich mich nie trauen!

Gemeinsam zerren wir den Trolley einen Umweg um den Tennisclub herum, damit wir nicht an unserem Haus vorbei müssen. Von meinem Balkon aus würde man uns am Eingang, der aus einer Lücke im Sichtschutz und einem Schwenktor besteht, zwar trotzdem sehen, aber nicht aus dem Erdgeschoss. Fee nimmt es kommentarlos hin, dass meine Eltern nichts von unserem Ausflugsziel wissen dürfen. Fee dagegen hat ihre Eltern voll im Griff. Als wir davon träumten, diesen Sommer gemeinsam für eine Woche nach Paris zu fahren, stimmten ihre Eltern zu. Es scheiterte – mal wieder – an meinen: an Paps' Sorgen und Mamas Sehnsucht nach Familienzeit.

»Und deine Oma ist voll auf deiner Seite, ja?«

Fee nickt. »Ihre Familie hat nach dem Zweiten Weltkrieg Flüchtlinge aus Ostpreußen aufgenommen, sie kann sich noch gut daran erinnern.«

Am Eingang steht ein älterer Mann mit raspelkurzen Haaren. Ein T-Shirt mit der Aufschrift *Hallmacher Sicherheitsservice* spannt über seinem Bauchansatz. Er mustert uns mürrisch, geht auf Fees strahlendes Lächeln nicht ansatzweise ein und verkündet, niemanden reinzulassen.

»Aber wir haben etwas zu essen dabei«, sagt Fee und deutet auf den Trolley. »Das ist mit Saskia vom Roten Kreuz abgesprochen. Ich war am Wochenende mit ihr hier, Sie müssen mich eigentlich gesehen haben.«

»Saskia ist aber heute nicht da«, erwidert der Mann. »Und solange ich keine andere Anweisung krieg, bleibt es bei der alten: Hier kommt keiner rein, der sich nicht als Mitarbeiter oder Bewohner ausweisen kann.«

»Aber es sind doch sicher andere Leute vom DRK da.« Fee versucht, an dem Mann vorbeizugucken. »Können Sie bitte nachfragen?«

»Klar«, sagt der Mann ironisch. »Und während ich hier vom Eingang weggehe, hält der nächste Schlepperlaster vor der Tür, und es sind wieder zwei Dutzend mehr, und ich krieg einen auf den Deckel. Vergiss es, Mädel.«

»Meine Güte«, entfährt es mir. Die Unfreundlichkeit des Mannes nervt mich. Außerdem habe ich Angst, dass meine Eltern durch einen dummen Zufall doch noch aus dem Haus kommen und uns hier stehen sehen. »Wir wollen bloß helfen.«

»Und ich will meine Arbeit machen«, sagt der Mann, zuckt mit den Schultern und schaut über uns hinweg. »Wir dürfen hier eh keine Spenden mehr annehmen. Oder wollt ihr schuld sein, wenn die sich drum schlagen? Bringt die Sachen zur Kleiderkammer, die verteilen das.«

Fee zieht mich einen Meter zurück. »Die Leute von der Kleiderkammer kommen nur freitags her, um gespendete Sachen zu verteilen«, sagt sie leise zu mir. »Bis dahin ist unser Obst bei der Hitze doch vergammelt.«

»Aber an Mister Wichtig da kommen wir nicht vorbei. Hast du vielleicht die Handynummer von deiner Bekannten?«

Niedergeschlagen schüttelt Fee den Kopf. Plötzlich hält sie inne. »Na komm, gehen wir«, meint sie, und ich frage mich, was sie vorhat. An der Straßenecke grinst sie mich an. »Kennst du noch den Trampelpfad durchs Wäldchen hinter dem Tennisclub?«

»Sicher, den werde ich in hundert Jahren nicht vergessen.« Der Pfad führt bis zum Zaun. Als Kinder hatten wir uns einen Spaß daraus gemacht, die darüber geflogenen Tennisbälle einzusammeln, die oft zwischen den Bäumen lagen. Wir malten Gesichter auf die Bälle, gaben ihnen Namen und spielten mit ihnen, als wären es Puppen oder Stofftiere.

Der Pfad ist etwas zugewuchert, aber noch zu erkennen. Den schweren Trolley über Wurzeln, Stock und Stein zu zerren, ohne dass durch das Rumpeln die Apfelsinen herauskullern, ist eine echte Herausforderung. Wir sind trotz der Schatten der Bäume schweißnass, als wir den Zaun endlich vor uns sehen. Ich bin mir nicht ganz sicher, ob es eine gute Idee ist, das Essen trotz Verbot ins Lager hineinzuschmuggeln. Aber Fee fragt nicht nach meiner Meinung, und es bleibt kaum Zeit, darüber nachzudenken.

Vom Wald aus kann man den hinteren Teil des Tennisclubs überblicken, den ich von meinem Balkon nicht sehen kann: die Courts und die Rasenflächen dazwischen, wo früher hohe Zäune verhinderten, dass die Bälle unkontrolliert herumschossen. Heute erinnert mich der Anblick am ehesten an ein Festivalgelände. Ich zähle sicher zwanzig kleine Zelte. Am Rand des Geländes hat man drei Dixi-Klos aufgebaut. Gruppenweise oder allein sitzen Menschen auf dem Boden oder auf plattgetretenen Pappkartons. Einige schlafen sogar auf der Erde. Überall liegt Müll, dazwischen rennen Kinder jeden Alters herum.

»Es sind mehr geworden«, sagt Fee leise. »Am Samstag reichten die Schlafplätze im Gebäude schon nicht mehr aus. Aber zwischenzeitlich sind noch mehr gekommen.«

Ein paar Kinder entdecken uns zuerst und nähern sich dem Zaun. Es sind zwei Mädchen von etwa fünf Jahren, Zwillinge, würde ich annehmen, denn sie haben die gleichen neugierigen jadefarbenen Augen und dunkelbraune Locken. Die drei Jungs sind etwas jünger und bleiben ein Stückchen hinter den mutigen Zwillingen. Einer könnte der kleinere Bruder der Mädchen sein, auch er hat diese auffälligen Augen. Die anderen beiden sind schwarz, scheinen aber nicht verwandt zu sein, bis auf die Hautfarbe sehen sie vollkommen unterschiedlich aus.

»Na, ihr Mäuse«, sage ich und hocke mich am Zaun hin, um mit ihnen auf Augenhöhe zu sein.

Die Zwillinge hocken sich auf ihrer Seite ebenfalls hin. »Naaihrmäus«, wiederholt die eine und beide fangen an zu lachen.

Auch Fee gluckst. »Mit den beiden habe ich letzte Woche schon ein bisschen Deutsch gelernt.« Sie beginnt, mit den Fingern zu zählen, und die Zwillinge zählen laut mit.

»Eins, swai, drai, rot, funf, blau.«

Die anderen Kinder strahlen, hüpfen auf der Stelle und versuchen, die Worte nachzusprechen, sodass man überhaupt nichts mehr versteht.

Ich bin hingerissen – wie süß sind die denn? Hinter ihnen erscheinen weitere Kinder, die schon ein bisschen älter sind. »Hallo« oder »hello« sagen sie, manche grinsend, andere schüchtern. Ein Junge ruft uns sogar »Gute Tag, gute Morgen!« zu. Einige sind nur einen Hauch dunkelhäutiger, als ich es bin, andere sehen arabisch oder orientalisch aus, ein paar sind Schwarze. Schuhe tragen nur die wenigsten, und wenn, dann sind es Plastikflipflops oder Badelatschen. Meine Mäusezwillinge haben unseren Einkaufstrolley entdeckt und lassen ihn nicht aus den Augen.

Ich stupse Fee an. »Wie sollen wir ihnen das Obst geben?« Der Maschendrahtzaun ist so eng, dass ich nicht einmal meine Hand hindurchbekomme.

»Die Bananen müssten doch gehen«, schlägt Fee vor. »Sie sehen aus, als könnten sie sie brauchen.«

Sie hat recht, fast alle sind sehr dünn, und manche haben ganz eingesunkene Wangen. Es fühlt sich komisch an, den Kindern das Essen durch den Zaun zu reichen. Als füttere man Tiere im Streichelzoo. Aber meine Bedenken lösen sich schnell auf, weil ich sehe, wie nötig die Kinder das Obst zu haben scheinen. Sie nehmen es uns ganz vorsichtig aus den Händen, und die meisten sagen: »Thank you« oder »Shukran«, was vermutlich dasselbe bedeutet, aber dann reißen sie die Schalen auf und verschlingen die Früchte wie hungrige kleine Wölfe. Der Müll landet auf dem Boden. Nun kommen weitere Menschen zum Zaun. Wir hören viel »Hello«, sehen zurückhaltendes Lächeln und bittende Blicke. Die Bananen sind schneller weg, als wir gucken können. Fee zeigt auf die Äpfel und dann auf den Zaun, um zu erklären, warum sie sie ihnen nicht geben kann. Da beginnen zwei Kinder aufgeregt zu hüpfen und in Richtung der Büsche zu deuten. Offenbar wollen sie uns etwas zeigen. Ich folge ihnen am Zaun entlang, und sie präsentieren mir stolz ein Loch darin, das zwar so klein ist, dass man sich bücken muss, um hindurchzukriechen, aber groß genug für den Trolley. Mit vereinten Kräften quetschen Fee und ich uns mitsamt unserer Fracht hindurch.

Im Nu sind wir eng umringt von einer Menschentraube. Ich fühle mich unwohl, aber versuche, mir nichts anmerken zu lassen. Die kleinen Kinder haben jetzt kaum noch eine Chance, zu uns zu gelangen. Größere drängeln sie beiseite.

»Ein Teil für jeden«, ruft Fee auf Deutsch, Englisch und Französisch. »Wir haben nicht so viel, darum nur ein Teil für jeden.«

Wie am Fließband reiche ich Äpfel, Orangen, Birnen und Nektarinen heraus. Trotz dankbarer Worte, lächelnder Gesichter, hochgehaltener Daumen und Victory-Zeichen wird mir immer mulmiger. Unser Trolley leert sich schnell, und es kommen immer mehr Leute. Der Kreis um uns wird enger, weil die hinteren schieben. Einer hochschwangeren Frau gebe ich mehrere Nektarinen. Sie steckt sie in ihre Tasche, fasst mich an den Händen, spricht auf mich ein und küsst meine Fingerknöchel. Ich weiß nicht, ob ich wegrennen soll oder gleich zu weinen beginne. Das sind doch nur ein paar Nektarinen! Hinter der Frau werden andere ungeduldig. Schnell löse ich mich von ihr und mache weiter.

»Ahmed, habt ihr Frühstück bekommen?«, fragt Fee einen jungen Mann, dessen Brille über der Nase mit einem Pflaster zusammengeklebt ist.

Er wiegt den Kopf hin und her. »Ja. Brot und Käse und Apfel«, antwortet er in gebrochenem Englisch. »Aber nicht viel. Nicht für alle.«

Fee knurrt. »Sorry.«

»Sag nicht.« Er berührt sie an der Schulter, während sie weiter Äpfel verteilt. »Nicht deine Schuld. Du guter Mensch. Und Gott schützt dich.«

Es irritiert mich, meine zutiefst atheistische Freundin Fee über diese Aussage breit lächeln zu sehen.

Ahmed rückt seine Brille zurecht, schiebt ein paar Drängler zurück und reicht den Apfel, den er bekommen hat, an jemanden weiter. Fee wirft ihm zwei Netze Äpfel zu, die er verteilt. Dadurch haben wir etwas mehr Luft.

»Die Stadt liefert das Essen an«, erklärt mir Fee. »Aber die halten sich dabei bloß an die offiziellen Listen. Dass hier viel mehr Menschen sind, als auf diesen Listen stehen, raffen die einfach nicht.«

Ich könnte Paps bitten, Hannes Saltmeier darauf anzusprechen. Aber bevor ich diesen Vorschlag ausspreche, drängelt sich aus dem Pulk ein junger Schwarzer zwischen uns. Andere tun ihren Unmut kund, es wird geschoben, gerufen und geschimpft, und aus meiner Unruhe wird Angst, als der Kreis aus Menschen sich wieder enger um uns schließt. Der Drängler wirkt nervös, er sieht sich fahrig zu den anderen um, die ihm Dinge zurufen, die ich nicht verstehe und er offenbar auch nicht. Rasch will ich ihm eine Apfelsine geben, damit er weitergeht. Meine Finger zittern, und ich bekomme das Netz nicht auf. Der junge Mann – vielleicht ist es auch ein Junge – legt seine Hand auf das Netz und schaut mich durchdringend an. Er sagt ein einziges Wort, aber ich verstehe nicht einmal, welche Sprache er spricht.

»Nur ein Teil«, sage ich auf Englisch. Ich zeige einen Finger hoch. »Ein Teil. Eins.«

Fee wiederholt meine Worte auf Französisch.

Er schüttelt den Kopf. Seine Hand bleibt auf dem Netz. Jemand stößt ihn in den Rücken, ein anderer ruft wütend aus der zweiten Reihe. Weiter hinten hält eine Frau ein kleines Kind hoch, das die Hände ausstreckt. Der junge Schwarze sieht mich an, mein Mund wird staubtrocken.

»Wir haben nicht genug, für jeden nur ein Teil«, sage ich mit zitternder Stimme auf Deutsch, auch wenn ich weiß, dass er kein Wort versteht. Er nimmt die Hand nicht weg, und ich bin zerrissen zwischen dem Bedürfnis, einfach nur von hier abzuhauen, und dem Wunsch, den Jungen wegzuschubsen. Sieht er etwa nicht, dass alle hier hungrig sind? Er ist unverschämt!

»Nein!«, rufe ich auf Englisch. »Nein! Nimm ein Teil oder geh! Geh!«

Er bewegt sich nicht von der Stelle.

»Gib es ihm halt!«, ruft Fee mir zu, stupst den Jungen an und gestikuliert, dass er das Netz nehmen soll. »Okay, okay«, sagt sie. Er drückt die Orangen an seine Brust und verschwindet. Nutzlos und zitternd stehe ich in der Gegend herum. Der Junge hat mir nichts getan, er hat nichts weiter gemacht, als mich anzustarren. Aber ich fühle mich bedroht. Er war gierig und undankbar. Und entschlossen, sich gegen mich durchzusetzen, egal wie. Es fühlt sich so an, als klebe sein unnachgiebiger Blick noch immer auf mir.

Fee greift in den Trolley und reißt das nächste Netz mit Orangen auf.

»Lass uns bitte gehen«, sage ich zu ihr. Hier sind so viele Leute. Sicher hundert. Sie strecken die Hände aus, manche rufen etwas auf Englisch, Arabisch oder in Sprachen, die ich nicht kenne. Wir haben nur noch ein paar Netze Orangen und darunter zwei Kilo Äpfel. Das ist nicht genug. Nicht mal ein Viertel dieser Leute wird noch etwas bekommen, der Großteil wird leer ausgehen. Und selbst wenn wir genug hätten, um jedem hier ein Teil zu geben – was nützt ein lausiges Stück Obst, wenn jemand wirklich Hunger hat?

»Fee!«, rufe ich. »Ich will gehen. Jetzt!«

»Was?«, ruft Fee durch den Krach zurück. »Wir haben doch noch Obst. Und die Seifenblasen und Kinderzahnbürsten müssen wir auch noch verteilen.« Sie deutet auf die Tüten, die zu ihren Füßen liegen, und ich stelle mir vor, Zahnbürsten auszupacken, während diese hungernden Leute etwas zu essen wollen. Mein Atem wird so flach, dass ich kaum noch Luft bekomme.

»Ich gehe! Komm mit, Fee, bitte!«

Sie wirft mir nur einen vollkommen verständnislosen Blick zu und wendet sich sogleich wieder den Flüchtlingen zu. Ihr Gesicht sieht aus, als würde sie mir einen Vogel zeigen, wenn sie die Hände frei hätte.

»Fee!«, versuche ich es noch einmal, leiser diesmal, weil ich zum Rufen keine Luft mehr habe, aber entweder kann oder will sie mich nicht hören.

Ich muss hier raus! In dem Gedränge kann ich nicht mehr atmen. Mein Herz jagt wie verrückt, und mir wird schwindelig. Um zum Zaun zurückzugelangen, nehme ich die Ellbogen zu Hilfe. Am Rand der Menschentraube fasst mich ein älterer Mann an der Hand.

»Lassen Sie mich los!«, rufe ich auf Englisch. »Ich habe nichts, ich habe wirklich nichts mehr!« Der Mann berührt meinen Oberarm, ich stoße ihn weg und beginne zu rennen. Am Zaun bleibe ich an einem Draht hängen, mein T-Shirt reißt am Saum ein paar Zentimeter ein. Ich fluche, und mir steigen Tränen in die Augen. Aus Wut, aus Angst, aus Scham. Keine Ahnung. Ich strecke mich auf die Zehenspitzen, um nach Fee Ausschau zu halten, aber inmitten der vielen Leute kann ich sie nur erahnen. Zwei Männer, vielleicht Anfang oder Mitte Zwanzig, kommen auf mich zu. Was wollen die? Sie sehen doch, dass ich nichts mehr habe. Noch sind sie auf der anderen Seite des Zauns, aber sie könnten ebenso durch das Loch kriechen wie ich. Ich ziehe die Nase hoch, drehe mich um und renne davon.

fünf

In meinem Zimmer angekommen, tigere ich auf und ab, drücke ein Kissen an meine Brust und werfe immer wieder Blicke aus dem Fenster. Doch die Gebäude vom Tennisclub verschwinden nicht und lassen mich nicht sehen, was dahinter passiert. Dort, wo sich Fee offenbar immer noch inmitten der Flüchtlinge aufhält. Sie geht nicht an ihr Handy. Vielleicht hat sie es nicht mal dabei.

Es fühlt sich scheußlich an, sie allein gelassen zu haben. Mehrere Male beschließe ich, wieder umzukehren. Und dann kneife ich doch.

Was hätte ich tun sollen? Ich musste da weg, ich hätte eine Panikattacke bekommen, wenn ich geblieben wäre. Es war ihre Entscheidung, dazubleiben. Sie hat mich doch im Stich gelassen, oder nicht?

Von der Treppe erklingen Schritte, wenig später klopft es an meine Tür und Paps steckt den Kopf ins Zimmer. »Stör ich, Liebes?« Er tritt ein, gekleidet in seinen Büroanzug und Socken. In der Hand hält er ein Klemmbrett.

»Gar nicht.« Ich lasse mir nichts anmerken. »Wolltest du heute nicht wieder zur Arbeit?«

Mein Vater ist Geschäftsführer einer Firma, die medizinische Technik an Arztpraxen und Krankenhäuser vertreibt. Er liebt seinen Beruf und hat die Angewohnheit, sich dort für unverzichtbar zu halten.

»Bin ich auch, ich bin gleich wieder weg. Ich muss deiner Mutter noch etwas zur Post fahren. Bei der Gelegenheit wollte ich euch noch schnell hier unterschreiben lassen.«

»Worum geht's denn?«, frage ich und werfe einen Blick auf die Liste auf dem Klemmbrett.

»Das ist eine Unterschriftenliste, die Hannes dazu bewegen soll, die Asylanten woanders unterzubringen.«

Ich überfliege die Zeilen über den ersten Namen.

... ist unsere Straße, in der sich ausschließlich hochpreisige Wohnhäuser gutsituierter Bürger befinden, sicher nicht der richtige Ort, um mehrere hundert Asylbewerber ...

... lange Anfahrt für die Polizei im zu erwartenden Fall von Unruhen ...

... abgelegene Lage am Waldrand führt dazu, dass sich insbesondere die Anwohnerinnen nicht sicher fühlen können ...

Wenigstens legt er mein Trauma nicht in schriftlicher Form der ganzen Stadt vor.

»Irgendwo müssen sie die Leute ja unterbringen.« Unschlüssig halte ich die Liste in den Händen.

»Ja. Solange wir das Sozialamt der Welt sind, ist das wohl so. Aber da gibt es geeignetere Orte. Außerdem«, er hebt einen Finger und klopft auf das Klemmbrett, »ist es auch den Asylanten gegenüber nicht gerecht. Schließlich schafft es unweigerlich Neid, wenn diese bettelarmen Menschen hier ständig einen Wohlstand vor der Nase haben, der für sie unerreichbar ist. Da kann man es ihnen ja kaum übelnehmen, wenn sie klauen.«

»Haben sie das denn? Geklaut?«

»Das ist doch nur eine Frage der Zeit«, sagt Paps, als würde ich etwas Unabänderliches wie Mathematik anzweifeln. »Wenn man sich umhört, was in anderen Städten schon vor sich geht, dann sagt mir das nur eins: keine Zeit verlieren! Es muss nicht erst etwas Schlimmes passieren.«

Was er sagt, klingt nicht ganz abwegig. Und die Vorstellung, dem Jungen mit dem stechenden Blick abends zu begegnen, gefällt mir auch nicht.

»Antonia. Toleranz ist eine gute Sache. Aber möchtest du hier in Zukunft die Burkas herumlaufen haben, bei denen man nie weiß, was drunter steckt?«

Ich muss an Fee denken, die Sorge um sie lässt mich einfach nicht los. Mir wäre es viel lieber, wenn sie nicht noch mal dorthin ginge. Also schreibe ich meinen Namen auf die Liste und gebe Paps einen flüchtigen Kuss auf die Wange. Er schließt die Tür hinter sich und kurz darauf höre ich, wie er draußen seinen Wagen startet und wegfährt.

Ich laufe eine weitere Runde durch mein Zimmer, sehe wieder aus dem Fenster. Zuerst kralle ich meine Hände ganz fest in das Kissen, dann pfeffere ich es mit aller Kraft gegen die Wand, wo es ein Foto von Fee und mir trifft und zu Boden reißt. Der Rahmen zerbricht.

Du hast mich genauso im Stich gelassen wie ich dich, Fee! Die Wut in meinem Bauch wird dumpf und schwer und müde.

An meinem Schreibtisch lasse ich mich auf den Stuhl fallen. Was hat Alex gestern Abend gesagt? Auf Facebook sei die Hölle los. Paps deutete ebenfalls so etwas an.

In Dänemark habe ich eigentlich beschlossen, mein Facebook-Profil zu löschen, weil ich es kaum noch nutze und es mir im Urlaub nicht gefehlt hat. Aber jetzt logge ich mich doch ein. In der Gruppe unserer Stadt sehe ich sofort, was Alex meinte: Jeder zweite Beitrag handelt von den Flüchtlingen. Ich lese ein paar Postings von den letzten Tagen.

In der City hat die Stadt ein Haus gemietet, da sollen jetzt auch Asylantenwohnungen rein.

Na super.

Stadtwohnung hätte ich auch gern, kann ich mir aber nicht leisten.

Irgendwo müssen die Asylbewerber ja wohnen.

Von wegen Kriegsflüchtlinge. Die kommen alle über Griechenland, Serbien, Ungarn. Das sind alles sichere Länder. Da machen wir Urlaub!

Wirtschaftsflüchtlinge! Abschieben!!1!11

Schauen Sie hin und wieder mal Nachrichten? Würden Sie dort bleiben, unter diesen Umständen?

Dann nehmen Sie die doch bei sich auf. Das gibt viele Gutmenschen-Punkte!

Die kriegen hier alles in den Arsch geschoben!

Du musst es ja wissen.

Klar. Ich hab gelesen, dass die Begrüßungsgeld kriegen und 600€ im Monat, freies Wohnen, freies Essen, Handy, Fernseher.

Stimmt, die haben alle Handy.

Oh Mann, informiert euch mal richtig, ihr BILD-Leser.

Mach mal deine Augen auf!

Wir würden doch alle auch fliehen, wenn hier Krieg wäre!

Ich weiß auch nicht, wo der ganze Neid herkommt. Uns geht es doch gut.

Für die ist Geld da und für deutsche Obdachlose? Die müssen auf die Straße sitzen. Und die Ausländer kriegen die ganzen Wohnungen.

Wartet mal ab. Wenn ihr welche aufnehmen müsst, werdet ihr schon sehen!!!

Like. Kein deutscher Mann würde ohne Frau und Kinder flüchten!

Auf der Koppstraße haben die gestern den Lidl überfallen. Haben einfach Sachen rausgeschleppt. Eine Kassiererin wollte die aufhalten, da haben die sie verprügelt und fast vergewaltigt. Hat mir eine Bekannte erzählt!

Oh Gott, was blüht unserer Stadt. Da kann man sich als Frau ja nicht mehr aus dem Haus trauen.

HETZE! Ich weiß nicht, wer das erzählt haben

will, aber ich arbeite bei Lidl auf der Koppstraße. Da gab es kein Überfall, definitiv nicht.

Also ich glaub dir. Die Nachbarin von meiner Scwester wurde auch überfalen!!! Und ermordet!

bei denen sind frauen ja nix wert!

So ein Blödsinn!

Willst du behaupten, sie würde lügen!!!!!

Ich hab sowas auch schon gehört. Die Presse hält das geheim!

In Forsheim an den Schulen gab es vor den Ferien einen Elternbrief. Die Mädchen sollen keine kurzen Kleider mehr tragen, um die »Flüchtlinge« nicht so zu provozieren. Weihnachtsfeier wird auch abgeschafft!

Krieg ist schon schlimm, da muss man helfen. Aber viele sind auch nur Wirtschaftsflüchtlinge. Bei uns gibt es ja schön Sozialleistungen. Das kriegen die zuhause nicht! Ist auch schon komisch, dass da nur Männer kommen, oder???

Das wundert mich auch. Wenn es in Syrien so schlimm ist, wie können die dann ihre Frauen und Kinder zurücklassen?

ich frag mich ja eher, warum die nicht ihr land freikämpfen von terroristen? wir haben deutschland auch wieder aufgebaut nach dem krieg!!!

Vor allem DU!

Will nicht wissen, wie viele davon selbst IS-Terroristen sind.

Die ganze Stadt scheint zu streiten. Das meiste von dem, was ich gelesen habe, ist dumme Hetze. Manches kann man nicht mal entziffern, so krude werden Buchstaben zusammengewürfelt. Diese Menschen müssten nur einen Blick über den Zaun werfen, und sie würden die ganzen Kinder sehen. Außerdem hätten sich die Flüchtlinge sicher nicht so um uns mit dem Obst geschart, wenn sie alles »in den Arsch geschoben« bekämen. Anderes kann ich nicht beurteilen. Wenn ich an den jungen Schwarzen denke, der mich in Grund und Boden gestarrt hat, muss ich zugeben: Nein, dem möchte ich auf gar keinen Fall im Dunkeln begegnen.

Unter den Posts finden sich auch eine Menge Fotos. Verwüstete Zugabteile. Auf die Straßen geworfener Müll. Eine Gruppe Flüchtlinge, einer mit einer roten Markierung eingekreist. Daneben ein Foto desselben Mannes (zumindest wird das behauptet) in Kriegsmontur, angeblich der Kluft der IS-Kämpfer. Fotos eines Mannes mit blauem Auge, aufgeplatzter Lippe und geschwollener Nase, laut Aussagen des Threadstarters ein Opfer, das von Flüchtlingen verprügelt worden ist.

Weitere Artikel zeigen ein anderes Bild: Schlauchboote oder alte Kähne, die auf dem Mittelmeer gekentert sind. Ausgebrannte Gebäude, die als Flüchtlingsunterkünfte geplant waren. Asylbewerber, die über Tage kein Dach über dem Kopf bekommen, in Parks schlafen müssen und auf gespendetes Essen angewiesen sind. Ein offizieller und seriös erscheinender Artikel über eine Messerstecherei in einem Lager, bei der ein Wachmann schwer verletzt wurde.

Ich klicke mich immer weiter durchs Netz, unschlüssig, was ich glauben oder denken soll. Unter jedem Artikel beschimpfen sich die User gegenseitig, nennen die andere Seite naiv oder rechtsradikal, behaupten, sie allein würden wissen, was Sache ist. Jeder scheint die richtige Antwort zu kennen.

»Böser Nazi!« gegen »Naiver Teddywerfer!«

»Wir müssen helfen!« vs. »Grenzen zu!«

Ich scheine der letzte Mensch in diesem Land zu sein, der nicht weiß, wie er zu all dem steht. Nur eines steht fest: dass ich viel zu wenig weiß.

Die Klingel reißt mich aus meinen ergebnislosen Recherchen. Ich klappe das Notebook zu und flitze nach unten, wo meine Mutter gerade Fee die Tür öffnet. Mama scheint nichts aufgefallen zu sein, aber ich bemerke sofort, dass etwas mit Fee nicht stimmt. Sie ist viel zu blass, und ihre Augen haben einen seltsamen Glanz, als würde sie fiebern. Sie läuft ohne ein Wort vor mir her nach oben. Ihre Schultern beben. Als ich meine Zimmertür hinter uns schließe, bricht sie so plötzlich in Tränen aus, als hätte sie sie keine Sekunde länger zurückhalten können.

»Gott, Fee! Was ist passiert?« Ich versuche, sie in den Arm zu nehmen, aber sie weicht mir aus, vergräbt die Hände in ihren Haaren und gibt ein Geräusch von sich, was zur Hälfte Schluchzen und zur Hälfte Knurren ist.

»Hat … hat dir jemand was getan?« Unauffällig mustere ich sie, aber ihre Jeansshorts und ihr Shirt sind unbeschädigt und sie hat weder an den Armen noch an den Beinen oder im Gesicht irgendwelche Spuren, sieht man von den Tränen ab.

»Fee! Hat dir einer wehgetan?«

»Hmpf«, presst sie hervor.

Ich finde keine Taschentücher, also gehe ich in das an mein Zimmer angrenzende Bad und hole eine Rolle Toilettenpapier. Nachdem sie sich die Augen abgetupft, ihre Mascara quer durchs Gesicht verschmiert und ihre Nase geputzt hat, beruhigt sie sich etwas, aber anfassen darf ich sie noch immer nicht.

»Warum bist du denn abgehauen?«, will sie wissen, es ist mehr Anklage als Frage.

Ich stehle mich mit einem gemurmelten »Mir war nicht gut« aus der Affäre. »Aber jetzt sag mir bitte sofort, warum du weinst, bevor ich noch länger Horrorfilme fahre.«

»Es ist wegen dem Jungen … der das Netz Orangen genommen hat«, stammelt sie schließlich.

Mein Magen spannt sich an. Er war mir gleich unheimlich gewesen. Dieser unnachgiebige Blick!

»Er kam noch mal zurück«, sagt Fee.

Ich kralle meine Finger ineinander. »Und? Was hat er gemacht?« Verdammt, lass dir doch nicht alles aus der Nase ziehen!

»Er hatte ein halbes Dutzend kleiner Kinder dabei!«, ruft Fee. »Und jedes hatte eine Orange in den Händen. Sie sollten zu mir laufen und sich bedanken, das war ihm total wichtig. Er hat keine einzige für sich behalten, nicht eine, er hat sie alle diesen Kindern gegeben, die in dem Gedränge keine Chance hatten. Und ich hatte nichts mehr für ihn übrig. Nicht mal ein Stück! Er hat sich tausendfach für die

Kinderzahnbürsten bedankt und versprochen, jeden Morgen und Abend mit den Kleinen zusammen die Zähne zu putzen. Er«, sie schnäuzt sich in das Klopapier, »er heißt Etienne.«

»Oh«, entfährt es mir. Viel mehr kann ich dazu nicht sagen.

»Er wollte zuerst kaum mit mir reden«, erzählt Fee weiter. »Er schien mir irgendwie eingeschüchtert. Aber dann war er wohl doch ganz froh, jemanden zu treffen, der Französisch spricht, und hat mir von sich erzählt. Er ist alleine mit seinen zwei kleinen Schwestern aus Zentralafrika gekommen. Sie waren schon in einem Heim in Dortmund, und von dort aus hat man sie hierher gebracht, aber ohne ihr Gepäck. Das ist irgendwo verloren gegangen. Seit letzter Woche ist Etienne hier im Camp, und genauso lange scharen sich schon sämtliche Kinder um ihn. Er spielt mit ihnen, und die anderen Eltern besorgen ihm und seinen Schwestern dafür den Schlafplatz und etwas zu essen, wenn er es wieder nicht rechtzeitig geschafft hat. Aber er fühlt sich allein, weil kaum jemand Französisch spricht und er kein Arabisch. Und er fürchtet sich, jemand könnte erfahren, dass seine Familie Christen sind.«

»Ist das ein Problem?«, frage ich erschrocken.

Fee zuckt mit den Schultern. »Er weiß es nicht. Und ich auch nicht. Auf seiner Reise wurde er oft beleidigt und sogar bespuckt. Aber hier? Man hört so viel. Ich weiß nicht, ob was dran ist oder ob es nur ein paar Einzelfälle oder blöde Gerüchte sind. Etienne will es nicht riskieren, er macht sich Sorgen, verstehst du?«

Wir lassen uns nebeneinander in meine Lümmelecke sinken, wo Regale mit meinen Fantasybüchern vom Boden bis zur Decke reichen. Hier konnte ich mich immer zurückziehen und in fantastischen Welten alle Probleme für ein paar Stunden vergessen. Diesmal, das weiß ich schon jetzt, wird mir das nicht gelingen. Die Probleme sind zu nah. Ferne Welten sind keine Lösung mehr. Und je mehr ich erfahre, desto größere Sorgen mache ich mir. Es ist keine Frage, dass man Menschen in Not helfen muss. Aber was, wenn das ausgenutzt wird?

»Ich kann es einfach nicht aushalten, wie mit diesen Menschen umgegangen wird«, sagt Fee. »Die haben alle Schreckliches durchgemacht, und hier geht es genauso schlimm weiter. Gleich wird das Mittagessen angeliefert, und rate mal, für wie viele Menschen?«

»Für so viele, wie auf der Liste stehen?«, vermute ich pessimistisch.

Fee nickt und zieht eine Schnute. »Es wird wieder viel zu wenig sein. Saskia meint, bei jedem Essen geht gut ein Drittel der Leute leer aus. Heute Abend wollen sie die wirklich anwesenden Leute zählen, um realistische Zahlen zu haben. Das heißt, genug Essen wird es frühestens morgen geben.«

»Bekommen die Leute denn kein Geld, sodass sie sich selbst etwas kaufen können?«

»Theoretisch schon. Zumindest steht ihnen Geld zu. Aber das ist alles noch total chaotisch im Camp. Freitag sollte ein Beamter von der Bezirksregierung kommen, hat Saskia gesagt. Der zahlt dann jedem Erwachsenen pro Woche knappe vierzig Euro aus.

Tja, der Typ kam aber nicht – warum auch immer. Vielleicht hat er unser Kaff nicht gefunden oder es einfach vergessen. Der nächste Termin ist erst am Freitag. Bis dahin bekommen sie kein Geld, und wer nicht zufällig noch welches übrig hat, steht komplett ohne da. Manche haben nicht mal Socken oder eine Unterhose zum Wechseln, sagt Saskia. Und es gibt bloß zwei Waschmaschinen für alle! Aber die Nachbarn hier zerreißen sich das Maul, diese Leute wären ungepflegt. Pff!«

»Der Sicherheitstyp sprach doch von Spenden aus der Kleiderkammer, oder?«, hake ich nach und überlege, ob ich nicht ein paar Klamotten aussortieren kann.

Fee lächelt, aber es ist ein böses, zynisches Lächeln. »Die dürfen nur Oberbekleidung und Schuhe annehmen und verteilen. Keine Unterwäsche. Denn das wäre – du ahnst es schon – unhygienisch.«

Ich fasse mir an die Stirn. »Der Amtsschimmel kackt ins Heu und wundert sich, dass nur Stroh zum Fressen übrig bleibt.«

»Du sagst es, Toni. Die sind einfach alle total überfordert, weil plötzlich so viele Flüchtlinge kommen. Als wäre erst seit gestern Krieg im Nahen Osten und die kämen alle ohne jede Vorwarnung!«

Ich traue mich nicht, etwas zu erwidern. Natürlich wusste ich, dass es Kriege und Terrorismus auf der Welt gibt. Aber mit den erwarteten Millionen Flüchtlingen hat niemand aus meiner Familie gerechnet, nicht einmal mein Vater. Und Fee ganz sicher auch nicht. Hätte man damit rechnen können? In jedem Fall scheint Fee durch die vergangenen drei

Wochen einen enormen Wissensvorsprung zu haben, und ich mag neben meiner besten Freundin nicht wie ein naives Dummchen erscheinen. Die Rolle gefällt mir nicht. Sonst war es immer Fee, die sich von mir den Schulstoff erklären ließ oder ihre Hausaufgaben bei mir abschrieb. Ich sollte dringend etwas über das Thema lesen!

»Wir müssen in jedem Fall etwas tun!«, entscheidet Fee und klopft sich tatkräftig auf die Oberschenkel.

»Wenn Unterwäsche fehlt und die Kleiderkammer aus hygienischen Gründen nicht helfen darf«, überlege ich laut, »könnte man ja mal fragen, ob Geschäfte nicht etwas spenden wollen. Verpackte Neuware dürfte ja kein Problem sein. Und wenn ein Spielzeugladen Seifenblasen spendet und eine Apotheke Zahnbürsten, dann spenden die Kaufhäuser vielleicht Wäsche und Socken. Fragen kostet ja nichts. Wollen wir?«

Unsere Köpfe stoßen gegeneinander, weil Fee mir so stürmisch um den Hals fällt. Wir machen uns sofort an die Arbeit, Mails an alle Geschäfte der Stadt zu schreiben. Das kostet uns den ganzen Nachmittag, denn die Formulierungen müssen höflich und sachlich sein, gleichzeitig aber emotional genug, um die Verantwortlichen zu berühren. Fee liefert die Fakten, und ich schreibe die Texte. Als wir die letzte Mail abschicken, trudelt schon die erste Antwort ein, und der Filialleiter einer Kaufhauskette verspricht hundert Paar Socken, die er dem Roten Kreuz bringen wird. Das ist ja der Hammer! Endlich kann ich etwas tun. Jetzt kann ich helfen.

Und muss dazu nicht wieder in das schreckliche Lager gehen.

Ich hätte es besser wissen müssen. Die erste Antwortmail, in der es heißt, »diese Wirtschaftsflüchtlinge würden in Deutschland schon genug bekommen«, veranlasst meine liebe Fee nicht etwa zu einem Wutanfall, sondern zu einem neuen Entschluss.

Wir zeigen denen, wie es wirklich ist!, schreibt sie mir am späten Abend per WhatsApp. Allen!

Wie stellst du dir das vor? Willst du einen Film drehen wie der Typ, der allein mit seiner Kamera nach Syrien gereist ist?

Ich war den ganzen Abend im Netz und habe versucht, mir ein Bild zu machen, wer im Nahen Osten eigentlich gegen wen Krieg führt (und warum), aber schon die erste Frage scheint ausgesprochen komplex und die Antworten widersprüchlich. Klar ist mir bisher nur eins: Die Situation in den Krisengebieten muss schrecklich sein, jenseits von allem, was ich mir vorstellen kann.

Wir könnten es im Blog thematisieren.

Die Idee erscheint mir zuerst absurd. Politische Themen passen doch überhaupt nicht in unseren Lifestyle-Blog, in dem wir über Bücher, Filme, Kosmetik, die Cafés und Parks in unserer Stadt oder neue Musikalben berichten. Allerdings muss ich zugeben, dass sich unser Blog ständig verändert hat und laufend gewachsen ist. Begonnen haben wir vor zwei Jahren mit Buchrezensionen, doch inzwischen ist aus »Butterfly-Bücher« längst »Butterfly-

Wunderwelt« geworden. Das Wunder hatte ich der Welt ohnehin langsam streichen wollen – mitsamt dem bunten Schmetterlingsdesign – weil mir das zu kindisch wird. Nach den Ferien beginnt für uns schließlich die Oberstufe. Warum sollte jetzt nicht der richtige Zeitpunkt sein, um erwachsenere Themen zu behandeln? Aber muss es wirklich gleich Politik sein?

Ich kann mich zu keiner Antwort durchringen, bis Fee schließlich die Geduld verliert und mich anruft. »Du lässt mich nicht hängen, oder?«

»Ich weiß noch nicht, was wir machen können.«

»Toooni.« Sie zieht meinen Namen auf diese enttäuschte Weise in die Länge, die mir an die Nieren geht. Fee kennt mich seit der ersten Klasse. Sie weiß, wo mein Gewissen sitzt und wie sie drankommt.

»Ich hab ja nicht Nein gesagt!«

»Nein, aber auch nicht Ja. Und wenn du jetzt erst eine Woche lang drüber grübeln musst, sagst du am Ende Nein.«

Wie gesagt: Fee kennt mich. Was mich nicht sofort begeistern kann, schafft es mit Bedenkzeit erst recht nicht. Es gibt nur eine Sache, die sie nicht von mir weiß; und zwar nicht, weil sie es nicht bemerkt hat, sondern weil ich es mit aller Kraft vor ihr geheim halte: Von meiner kritischen Haltung ausländischen Männern gegenüber ahnt sie nichts. Natürlich weiß sie, dass wir damals überfallen wurden. Aber dass mich diese Angst bis heute begleitet, kann ich ihr einfach nicht sagen!

»Toni, ich brauche dich. Wie soll ich ohne dich einen Blogbeitrag machen?«

»Ich könnte mich ja um den Feinschliff vom Text kümmern«, schlage ich vor, merke aber sofort, dass ich mich verraten habe.

»Was ist los?«, fragt sie ernst. »Willst du nicht mehr ins Camp? Ist etwas vorgefallen? Oder«, sie schnaubt, als komme ihr eine ungeheuerliche Idee, »haben deine Eltern es verboten?«

Sie weiß es nicht, aber sie wirft mir einen Rettungsring zu, den ich sofort ergreife. »Nee. Aber sie würden es, wenn sie davon wüssten. Bitte, denk nicht, dass sie Nazis wären oder so, aber, aber …«

»Nur besorgt, klar«, sagt Fee mit einem ätzenden Unterton. »Kann ich trotzdem auf dich zählen? Sie merken es schon nicht. Toni, ich brauche dich an der Kamera. Mit meinem dilettantischen Geknipse wird das doch nichts.«

Da ist was dran – Fee neigt nicht zum Dramatisieren. Beim Fotografieren schneidet sie ständig Köpfe ab, ihre Zeichnungen sehen aus wie von Kindergartenkindern, und mit Orthografie steht sie auch auf dem Kriegsfuß. Niemand ist so kreativ und voller Ideen wie meine Fee – nur fehlen ihr sämtliche Talente, ihre großartigen Einfälle auch umzusetzen.

Ich muss also nachgeben. Dass Fee allerdings sofort am nächsten Morgen wieder in das Flüchtlingslager will, erschreckt mich ein wenig. Andererseits habe ich auch nichts anderes von ihr erwartet.

sechs

Wir dürfen nicht fotografieren, lässt das DRK uns wissen, als wir mit der Kamera vor dem Tor auftauchen. Nicht ohne die schriftliche Genehmigung der Bezirksregierung, die Träger der Unterkunft ist. Diese per Anschreiben zu erbitten, wie uns vorgeschlagen wird, klingt uns eindeutig zu bürokratisch. Fee meint, wir müssten das gar nicht erst versuchen, denn die Sesselfurzer würden nicht wollen, dass die Wahrheit über die Zustände im Flüchtlingsheim an die Öffentlichkeit gelangt.

Ich muss meine Canon also wieder nach Hause bringen. Als ich zurückkomme, habe ich das Smartphone in der Tasche, mit dem ich wesentlich unauffälliger Bilder machen kann. Ich fühle mich verdammt *undercover*, und in mein Unbehagen webt sich verwegene Spannung.

»Da vorne ist die Chefin«, sagt Fee, als wir den Innenhof betreten. Sie winkt, ruft laut: »Hallo, Saskia!«, und die Leiterin der Unterkunft winkt zurück.

Ich weiß nicht, wie ich mir diese Chefin vorgestellt habe, aber die Realität haut mich um. Saskia ist zierlich, nicht viel größer als eine Parkuhr (ich darf das sagen, ich bin ja selbst ein Zwerg von knapp einem Meter sechzig) und vielleicht neunzehn oder zwanzig Jahre alt. Sie hat kurzes, blondes Haar, heller noch als ich, und mehr Sommersprossen als übrige

Haut. Allerdings wundert mich überhaupt nicht, dass sie das ganze Camp leitet, denn sie versprüht auf den ersten Blick Power, Tatendrang und ein Selbstbewusstsein, mit dem man vermutlich ein halbes Dutzend Menschen üppig hätte ausstatten können.

Freundlich schüttelt sie Fee und mir die Hände. »Ihr wollt ehrenamtlich anpacken, ja?«

»Total gerne«, sagt Fee.

»Falls unsere Hilfe denn gebraucht wird«, füge ich hinzu.

Saskia lacht auf. »Das war der beste Witz, den ich heute gehört, nein, ich korrigiere mich, den ich *verstanden* habe. Euch schickt der Himmel.«

Fee klatscht in die Hände. »Na dann mal los! Was sollen wir machen?«

In einigen Metern Entfernung stehen ein paar junge Männer, die sehr neugierig zu uns rübergucken. Wenn ich doch bloß eine Vorstellung davon hätte, was sie denken. Aber ob mich das Wissen wirklich beruhigen würde? Im nächsten Augenblick bin ich froh, keine Ahnung zu haben.

»Ab morgen wollen zwei pensionierte Lehrerinnen zwei- oder dreimal die Woche herkommen und mit einigen Campbewohnern Deutsch lernen«, sagt Saskia. »Die meisten können es kaum erwarten. Es wäre cool, wenn wir parallel eine Kinderbetreuung anbieten könnten, damit die Mütter und Väter auch mitmachen können. Traut ihr euch das zu?«

Kinder zu betreuen klingt harmlos. Fee und ich wechseln einen Blick und nicken dann.

Saskia strahlt. »Wie cool! Bis dahin könnt ihr euch ja schon mal umsehen und unseren Bewohnern

Hallo sagen. Und vielleicht …« Sie zieht das letzte Wort in die Länge.

»Was denn?«, frage ich.

»Na ja.« Saskia lächelt, erstmals wirkt sie etwas unsicher. »Es ist mir total unangenehm, euch gleich so eine unbeliebte Arbeit zu geben. Aber es wäre großartig, wenn ihr euch ein paar Müllsäcke nehmen und Abfall einsammeln würdet. Wir haben vor einer Viertelstunde erst Tonnen, Container und Säcke bekommen, vorher hatten die Bewohner keine Möglichkeit, ihren Müll zu entsorgen. Daher sieht es hier leider recht übel aus.«

»Ihr hattet keine Mülltonnen?«, fragt Fee ungläubig. »Für mehr als eine Woche?«

»Wir hatten den Luxus einer ganzen Tonne«, verbessert Saskia und rollt mit den Augen. »Eine! Für knapp vierhundert Leute. Wir haben sie allein für die Binden der Frauen und die Babywindeln genommen, aber sie war trotzdem nach drei Tagen voll.«

»Börks«, mache ich, während ich nach den zusammengerollten Müllsäcken greife, und Saskia stimmt meinem Kommentar mit bitterer Miene zu.

»Du sagst es. Aber jetzt haben wir erst mal Container. Blaue und gelbe Tonnen kriegen wir später. Kommt ihr ohne mich klar? Ich muss jetzt echt los und die Welt retten. Gestern habe ich eine Gulaschkanone fürs Mittagessen bestellt, weil erst ab morgen ausreichend Essen für alle angeliefert wird, aber der Gulasch-Heini hat offenbar auch nur Gulasch im Hirn. Ich habe ihm dreimal gesagt, dass wir ein Rindfleischgulasch brauchen – nur Rindfleisch, weil wir hier überwiegend Muslime haben, die kein

Schwein essen. Und eben ruft er mich an und erzählt mir ganz begeistert von zwei Kesseln Gulasch. Nur mit Rindfleisch natürlich. Kein Schwein. Dafür doppelt Speck, damit's auch richtig lecker schmeckt!«

»Oh nein«, entfährt es mir. Fee schlägt sich gegen die Stirn.

»Es ist zum Heulen«, sagt Saskia, aber stattdessen lacht sie. »Wie'n Baby könnte ich heulen. Aber das hilft ja nichts. Ich check mal, was sich retten lässt.«

Damit geht sie. Ich bin dankbar für die Müllsacke in meinen Händen, reiße zwei von der Rolle und reiche einen an Fee. Ohne eine konkrete Aufgabe wüsste ich nicht, was ich tun und wie ich mich verhalten sollte. Eine andere Mitarbeiterin vom DRK bringt uns noch Gummihandschuhe und Greifkrallen, um den Abfall nicht anfassen zu müssen, und wir machen uns ans Werk.

Es liegt wirklich viel Müll herum, aber die Arbeit ist nicht schwer. Der Tag verspricht, heiß zu werden, bis jetzt liegt das Camp jedoch im Schatten und die Temperaturen sind angenehm. Die Flüchtlinge stehen oder sitzen in kleinen Gruppen beieinander und reden. Viele halten Formulare in den Händen und helfen sich gegenseitig beim Ausfüllen. Wir werden teils neugierig, teils scheu gemustert. Einige lächeln, manche sagen Hallo oder ein ungelenkes Gut-en Mor-gen. Fee wird wegen ihrer auffälligen Haare häufig wiedererkannt, und die Leute strahlen sie an, manche reden ein paar Worte auf Englisch mit ihr.

Ich frage mich, warum mich niemand anspricht. Sieht man mir meine Ambivalenz an? Bin ich vielleicht erleichtert, hier einfach in Ruhe eine gute Tat zu tun, ohne dass mir jemand zu nahe kommt? Papas Worte über die Burka-Trägerinnen kommen mir in den Sinn, aber eine solche Burka hat hier niemand an. Etwa die Hälfte der Frauen tragen Kopftücher, doch manche haben ihres nur locker über die Frisur gelegt. Eine arabisch aussehende Frau hat das kurze, hochstehende Haar orange gefärbt, wobei man einen breiten Ansatz sieht. Eine andere Frau mit straff gebundenem Kopftuch fällt auf, weil sie unter den meist einfach gekleideten Menschen aussieht wie eine Königin in ihrer Seidenbluse und den teuer wirkenden Ledersandalen. Flüchtlinge hatte ich mir anders vorgestellt. Auch heute laufen unheimlich viele kleine Kinder herum, leider kann ich meine Zwillingsmäuse nirgendwo entdecken. Vielleicht spielen sie in einem der Häuser oder dahinter auf den alten Courts, wo die vielen Zelte stehen. Mein erster Sack ist fast voll und wird langsam schwer. Ich bringe ihn zum Container neben dem Clubhaus, falte den nächsten auf und klemme mir die übrige Rolle wieder unter den Arm. Auf der Rückseite des Gebäudes sammle ich weiter. Hier ist momentan nicht viel los. Ein paar Kinder laufen einem Jungen auf einem Fahrrad hinterher. In einem offen stehenden Zelt sitzt eine Familie eng beisammen, eine Frau singt leise vor sich hin, die anderen hören zu. Das Lied klingt melancholisch.

Plötzlich kommen drei Männer auf mich zu. Es sind die, die uns eben beobachtet haben, einer von ihnen trägt ein auffällig lila-orange-gestreiftes T-Shirt, das man nicht verwechseln kann. Mein Herz beginnt zu rasen. Ich versuche, ihnen aus dem Weg zu gehen. Vielleicht wollen sie ja nur an mir vorbei? Doch sie ändern ebenfalls die Richtung. Sie halten direkt auf mich zu. Nervös weiche ich zurück bis fast an den Zaun. Das war dumm. Nun bin ich zu weit weg von der Familie im Zelt, sie können mich nicht mehr sehen. Nur die Kinder sind noch in meinem Blickfeld. Was sollen Kinder ausrichten, wenn diese Typen …?

»Was wollt ihr?«, rufe ich ihnen zu. Sie kommen ungebremst näher. Natürlich – sie verstehen kein Deutsch. Ich wiederhole mich auf Englisch, aber sie antworten in einer Sprache, die ich nicht kenne. Vermutlich Arabisch. Es klingt rau, kehlig und irgendwie bedrohlich, und dass ich noch weiter rückwärtsgehe, merke ich erst, als ich mit dem Rücken an den Zaun stoße. Hier ist Ende! Nun reden sie abwechselnd auf mich ein, doch außer »No, no!« verstehe ich kein Wort. Alles andere ist wieder Arabisch. In meinen Ohren rauscht das Blut. Mein Gesicht fühlt sich eiskalt an.

Ich bin zwölf Jahre alt. Werde ein weiteres Mal starr, obwohl ich genau weiß, dass das dumm ist. Ich muss schreien, Hilfe rufen, wegrennen. Ich weiß das genau. Aber ich kann nicht. Es geht einfach nicht. Durch das Rauschen höre ich mein Herz schlagen. Sonst nichts mehr. Die Männer bewegen ihre Lippen, aber die Stimmen kommen nicht mehr bei mir an. Sie grinsen. Sie grinsen höhnisch.

Einer, ich glaube, der Älteste von ihnen, macht einen Schritt nach vorn. Jetzt ist er so nah, dass er mich anfassen kann. Er greift nach mir. Umfasst den Müllsack. Zieht daran.

Ich muss schreien, ich muss wirklich schreien, laut und energisch! Am besten: Feuer! Man soll »Feuer« schreien. Aus meinem Mund kommt nur ein nutzloses »Bitte nicht«, und ich halte meinen verdammten Müllsack fest.

Zu meinem größten Erstaunen zieht sich der Mann ein Stück zurück. Erst jetzt erkenne ich, dass noch ein weiterer hinzugekommen ist, ein ganz junger Mann, eher noch ein Junge. Sie diskutieren mit ihm, laut und aufgeregt. Ein Streit? Alle werfen mir immer wieder Blicke zu. Die Ablenkung sollte ich nutzen und mich schnell aus dem Staub machen, doch meine Beine sind schwer und bleiern wie in einem Traum. Ich verstehe kein Wort. Die Stimmen klingen nicht so, als könnte der Junge die Männer lange aufhalten. Will er das überhaupt?

Plötzlich wendet sich der Junge mir zu. »Es ist alles in Ordnung, bitte hab keine Angst«, sagt er auf Englisch mit starkem Akzent. Verglichen mit dem Arabisch zuvor klingt es so vertraut wie meine Muttersprache. »Diese Männer wollten dich nicht erschrecken. Sie möchten sich entschuldigen, weil du sie falsch verstanden hast.«

»Was wollen die von mir?«, frage ich. Meine Stimme ist rau, als hätte ich lange geschrien.

Er spricht kurz mit ihnen. Jetzt lächeln alle, aber ich bin nach wie vor nicht sicher, ob sie mich nicht auslachen.

»Deine … das hier«, sagt der Junge nach kurzem Zögern und zupft an meinem Müllsack. Vielleicht fehlt ihm die passende Vokabel.

»Meine Müllsäcke?«, krächze ich.

»Ja.« Er lächelt. »Sie finden es nicht gut, dass du Dreck aufsammelst. Sie wollen es selbst tun, aber sie wissen nicht, wo sie diese Müllsäcke bekommen können.«

Mir steigt Hitze in den Kopf. Er lügt doch, oder? Sie lügen. Ich kann das doch nicht derart missverstanden und mich schrecklich blamiert haben. »Ich habe mich erschreckt«, versuche ich mich an einer lahmen Erklärung.

»Das haben sie auch gemerkt. Aber sie wollten das unbedingt klären, bevor du mit einem falschen Eindruck weggehst.«

Vorsichtig halte ich die aufgerollten Säcke in die Richtung der Männer. Sie nicken, zeigen mit den Daumen nach oben, teilen die Säcke dann auf, und zwei von ihnen machen sich sofort an die Arbeit. Einer bleibt zurück und spricht noch einmal mit dem Jungen.

»Es tut ihm sehr leid«, übersetzt er, »dass er deine Sprache noch nicht spricht. Das ist ein großes Problem. Er will sie schnell lernen. Er sagt, du bist ein sehr guter Mensch, und Gott wird dir danken.«

Ich weiß nicht, was ich darauf erwidern soll, versuche mich nur an einem kurzen Lächeln. Durchatmen kann ich erst, als auch dieser Mann mit seinem Müllsack abzieht. Ratlos bleibe ich bei dem englischsprechenden Jungen zurück.

»Bist du Dolmetscher?«, frage ich ihn. Er kann nicht viel älter sein als ich, vielleicht ein Schüler, der zum Helfen herkommt. Allerdings … warum übersetzt er dann ins Englische statt ins Deutsche?

Er lacht. »Nein. Ich wohne hier.«

»Hier?«, wiederhole ich und fühle mich im gleichen Augenblick wie der letzte Idiot. Natürlich wohnt er im Camp. Weil er auch ein Flüchtling ist. Wie konnte ich das anzweifeln? Er sieht nicht anders aus als alle anderen. Eher klein für einen jungen Mann und ausgesprochen schlank. Seine Augen sind fast schwarz. Ebenso seine Haare, die einen Hauch länger als gewollt aussehen und an den Spitzen leicht ins Rötliche ausgeblichen sind. Er trägt ein ziemlich teuer aussehendes T-Shirt von Adidas, aber es ist ihm zu groß. Der Rundausschnitt am Hals hängt ihm schief bis übers Schlüsselbein. An den Füßen hat er rosafarbene Flipflops aus rissigem Plastik. Und Sonnenbrand auf dem Spann.

»Natürlich nicht direkt hier. Da hinten, auf der Wiese.« Er deutet über den Platz. Mein Blick folgt seinem zu den Zelten, und erst danach fällt mir auf, dass ich ihn zuvor ziemlich plump angestarrt haben muss.

Jetzt hält er mir die Hand hin, die ich zögernd ergreife. »Ich. Heiße. Shirvan.« Er spricht sogar Deutsch. Holprig, und er grinst über seinen eigenen Versuch.

»Freut mich«, sage ich auf Englisch und füge auf Deutsch hinzu: »Ich heiße Antonia. Toni.«

Er wiederholt meinen Spitznamen, es klingt wie *Tooney*, wie Looney Tunes.

»Ich bin seit etwas über einer Woche hier«, sagt er. »Vorher war ich in Berlin. Aber hier ist es besser. Viel besser. In Berlin saßen wir tagelang herum und durften unsere Zelte nicht aufbauen.«

»Und woher kommst du?«

Vermutlich bin ich zu neugierig, aber er scheint mir das nicht übelzunehmen.

»Aleppo«, sagt er schlicht. »Das ist in Syrien. Wir sind syrische Kurden.«

Na dann. Was das genau bedeutet, weiß ich nicht. Natürlich ist mir bekannt, dass in mehreren Ländern im Nahen Osten Kurden leben, aber ich habe keine Vorstellung davon, ob und wie sich diese von den anderen Menschen dort unterscheiden. Sprechen sie dieselbe Sprache oder sprechen Kurden Englisch, und er kann es deshalb so gut?

»Bedeutet ›wir‹ deine Familie? Seid ihr …« Ich zögere. Zusammen geflüchtet, wollte ich sagen, aber die Worte klingen falsch. Dieser Junge sieht charmant und recht unbeschwert aus. Ganz anders, als ich mir einen Flüchtling vorgestellt habe. Ihn einen zu nennen, ist mir irgendwie zuwider. »Bist du mit deiner Familie hier?«, frage ich schließlich.

Ein Schatten fliegt über sein Gesicht, und mir wird zu spät klar, warum sich die Frage für mich sperrig angefühlt hat.

Seine Antwort erklärt mein instinktives Zögern. »Nein. Ich bin allein nach Deutschland gekommen.« Er fängt sich schnell und lächelt wieder.

Trotz der Hitze fühle ich mich wie auf Eis, das unter meinen Füßen knistert. Alles, was ich wissen will – drängend, als ob ich es wissen müsste – scheint zu persönlich. Wir kennen uns nicht. Ich kann ihn nicht fragen, wo seine Familie ist, oder warum ein so junger Mensch allein flieht, solange ich befürchten muss, womöglich schreckliche Erlebnisse anzusprechen. In Syrien herrscht Krieg. Was, wenn seine Familie … tot ist? Das will er ausgerechnet mir, einer Wildfremden, wohl kaum auf die Nase binden. Aber Smalltalk mit einem Flüchtling? Herrje, was sagt man da?

»Arbeitest du hier im Camp für das Rote Kreuz?« Seine Frage ist wie eine angebotene Hand, die mir aus meiner Unsicherheit hilft, und ich greife sofort zu.

»Nein. Ich bin noch Schülerin. Aber gerade sind Ferien.«

Er nickt. »Sommerferien, natürlich. Wie alt bist du, und in welche Klasse gehst du?«

»Sechzehn. Nach den Ferien komme ich in die Elfte. Ich mache *Abitur*.« Das letzte Wort muss ich auf Deutsch sagen, weil mir kein englisches Ambivalent einfällt. Den Begriff kennt er sicher nicht.

Aber er nickt wieder. »Ich bin achtzehn«, sagt er auf Englisch und versucht es dann wieder auf Deutsch. »Acht-Zahn.«

»Achtzehn«, verbessere ich, und wir lachen. Ich hätte ihn für etwas jünger gehalten. »Wir sind so etwas wie Nachbarn, ich wohne in dem Haus schräg gegenüber. Meine Freundin und ich wollten schauen, ob wir helfen können.«

»Das ist sehr freundlich«, sagt er weich. »Das ist typisch für euch Deutsche. Ihr helft Fremden, die Hilfe brauchen. Das ist gut.«

Oh, nicht alle. Ich muss an die bösen Kommentare auf Facebook denken, an die Unterschriften, die mein Vater gegen das Camp sammelt.

Und plötzlich auch an meinen Namen auf dieser Liste.

»Ich würde auch wollen, dass mir jemand hilft«, weiche ich aus. »Und ich war neugierig, wer hier lebt. Man hört schon mal Gerüchte.«

»Gerüchte, ja?« Er zieht amüsiert eine Augenbraue hoch. »Was für Gerüchte?«

»Gerüchte halt.«

»Dass wir alle Terroristen sind?«

Er fragt das ganz direkt heraus, und ich frage mich gleichzeitig, wie oft er solche Behauptungen schon gehört haben muss. »Hm«, mache ich. Es ist mir peinlich, das Thema überhaupt angesprochen zu haben.

»Bist du denn jetzt sicher, dass es Gerüchte sind?« In Shirvans Augen blitzt der Schalk. »Schau mal freitagmorgens vor dem Gebet in die Duschen. Am Rand liegen da immer die Sprengstoffgürtel zwischen den Brillen und Schuhen.«

Ich weiß nicht, was ich von solchen Scherzen halten soll, aber schließlich habe ich mit dem heiklen Thema begonnen und mir eine solche Antwort damit wohl verdient. »Danke für den Tipp, ich werde aufpassen, wo ich hintrete.«

»Nicht böse sein«, sagt er, und sein Lächeln wirkt ein wenig zerknirscht. »Aber viele hören Syrien und denken an Daesh. Ich erkenne das in ihren Augen, wenn sie mich ansehen.«

»Daesh?«

»Das ist ISIS, Islamischer Staat. Viele hier sind vor ihnen geflohen. Wir nennen sie Daesh, weil sie das nicht leiden können. Ich werde sie nie als Islamischen Staat bezeichnen, weil sie weder islamisch noch ein Staat sind. Sie sind nur Mörder.«

»Ich kann diese Gerüchte richtigstellen, wenn ich sie höre«, verspreche ich ihm, denn plötzlich wirken seine Augen unglücklich.

»Unter Flüchtlingen ist es doch wie überall auf der Welt. Es gibt gute Menschen, es gibt schlechte Menschen. Und es gibt schlechte Menschen, die aus schlechten Gründen Gutes tun und gute Menschen, die aus guten Gründen Schlechtes tun.«

Inzwischen muss ich über das Missverständnis mit den Müllsäcken fast grinsen. »Gut, dass du eben dazugekommen bist. Sonst wäre ich weggerannt und hätte vielleicht gedacht, die Männer wollten mich überfallen. Ich spreche ja kein Wort Arabisch.«

»Das war nicht Arabisch«, erklärt Shirvan. »Sie haben Kurmandschi gesprochen, Kurdisch.«

Ich kann mich einfach nicht entscheiden, was stärker ist: meine Neugierde oder die Angst, vollkommen dumme Fragen zu stellen und vor Shirvan dazustehen wie ein dummes Blondchen, das nichts von der Welt weiß. Schließlich überwinde ich mich doch. »Ich dachte, man würde Arabisch in Syrien sprechen. Ist das nicht richtig?«

Er lacht. Es scheint ihn zu erleichtern, dass wir wieder bei unverfänglicheren Themen gelandet sind. »Und ich dachte, in Deutschland würde man Deutsch sprechen.«

»Natürlich!«, erwidere ich, bemerke, dass ich es auf Englisch tue, und wir amüsieren uns beide. Dann erklärt er mir die Zusammenhänge genauer.

»Die Kurden haben drei verschiedene Sprachen, aber kein einziges eigenes Land. Sie leben über einen Großteil der arabischen Welt verteilt. Kurden in

Syrien und Irak sprechen fast alle auch mehr oder weniger fließend Arabisch, denn es ist die Amtssprache und wird an jeder Schule unterrichtet. In den abgelegenen Kurdendörfern findest du aber Menschen, die nur Kurdisch sprechen. Und viele Kurden aus Nordsyrien, von den Grenzgebieten, aus denen meine Familie stammt, sprechen Türkisch.«

»Du sprichst Arabisch, Kurdisch und Türkisch?« Beeindruckend, ich bin schon an Französisch als zweiter Fremdsprache gescheitert und habe es abgewählt, so schnell ich konnte.

»Und Englisch«, sagt er nicht ohne Stolz, den er sich schließlich leisten kann. Sein Englisch ist hervorragend.

»Und wo hast du das gelernt?«

»Wo du es auch gelernt hast, vermute ich. In der Schule. Englisch wird in Syrien allerdings nur an den besonders guten Schulen unterrichtet.« Er fährt sich von hinten durch die Haare, sodass sie in alle Richtungen abstehen. »Oder an den besonders schlechten. Das kommt darauf an, wen du fragst.«

»Und wenn ich dich frage?«

Seufzend streicht er sich die Haare wieder glatt. »Fürchterlich, dieses Englisch! Ich weiß nicht, wozu man es je brauchen sollte.«

Er lächelt noch ein wenig breiter als eben. Ich glaube, er hat das breiteste Lächeln, das ich je an einem Menschen gesehen habe, und dazu sehr weiße Zähne.

»Ist das deine Freundin?«, fragt er mich und deutet über meine Schulter. »Sie sucht nach dir, glaube ich.«

Ich drehe mich um und winke Fee zu uns.

»Meine beste Freundin Fee«, stelle ich sie auf Englisch vor. »Fee, das ist Shirvan.«

Fee scheint irritiert, gibt Shirvan aber die Hand. »Hallo. Schön, dich kennenzulernen.«

»Er hat mir beim Übersetzen geholfen.« Ich spüre, wie ich rot werde, aber Shirvan lässt sich – ganz Gentleman – nicht anmerken, dass es ein wenig anders war.

»Du hast nicht ehrlich deine Müllsäcke an die Flüchtlinge verteilt?«, fragt mich Fee etwas ungläubig. »Typisch Toni, ehrlich.«

Es versetzt mir einen kleinen Stich, dass sie mit mir redet, als wäre ich zu bequem, um die Arbeit selbst zu erledigen. Aber bevor ich etwas sagen kann, ergreift Shirvan das Wort.

»Das ist okay. Wirklich. Für uns ist das Warten hier sehr langweilig. Wir tun gerne etwas Sinnvolles. Außerdem haben meine Freunde ihr die Müllbeutel fast aus den Händen gerissen.«

»Ach so. Habe ich das richtig verstanden, du übersetzt hier? Die DRK-Mitarbeiter am Büro suchen gerade jemanden, der übersetzen kann. Es scheint wichtig zu sein.«

»Dann«, sagt Shirvan, sieht mich an und tippt sich an die Stirn, als hätte er einen unsichtbaren Hut auf, »werde ich besser jetzt dorthin gehen. Es war sehr schön, euch kennenzulernen, Fee und Tooney. Hoffentlich sehen wir uns bald wieder, inschallah. Auf Wiedersehen.«

»Bestimmt, bis bald«, sage ich nicht ohne Bedauern. Eigentlich habe ich Grund, Fee ernsthaft übelzunehmen, dass Shirvan geht. Hätte sie das unbedingt sagen müssen? Ist die Übersetzung wirklich so wichtig?

Ihr schiefes Lächeln bewirkt aber, dass ich ihr gar nicht böse sein kann. »Er spricht deinen Namen sehr süß aus«, meint sie und schüttelt dann lachend den Kopf. »Von heute auf morgen sind gefühlte drei Dutzend Jungs neu in der Stadt. Viele davon richtig süß. Und was macht Toni? Zieht mit Müllbeuteln und Gummihandschuhen los und fischt auf Anhieb den Hübschesten heraus.«

sieben

Wir treffen Saskia im ehemaligen Clubhaus wieder.

»Das Essen wird gleich angeliefert, helft ihr bei der Ausgabe?«, fragt sie und ist nach unserem Nicken sofort wieder verschwunden. Etwas ratlos sehe ich mich nach unserer Aufgabe um. Die alten Tische und Sessel sind alle weg, dafür stehen jetzt Bierzeltgarnituren im Raum. An den meisten Tischen sitzen Leute. Um jede Steckdose bilden sich Trauben, und obwohl überall Mehrfachstecker angebracht sind, müssen einige warten, um ihre Handys aufzuladen. An einem Tisch sitzen zwei junge Frauen mit streng gebundenen Kopftüchern und nackten Füßen und stillen ihre Babys, ohne sich stören zu lassen.

Es ist verdammt laut. Manche telefonieren, viele reden, Kinder krakeelen, zwei Jungs hören über ein Smartphone einen Justin-Timberlake-Song.

Mir fällt eine kleine Gruppe von drei Mädchen auf, die alle ein wenig jünger als wir scheinen, ich schätze sie auf dreizehn bis fünfzehn. Sie lächeln uns immer wieder an und kichern, wenn wir zurückgrinsen oder winken. Schließlich kommen sie zu Fee und mir und jede sagt ein scheues »Hallo« auf wie ein auswendig gelerntes Gedicht.

»Ismi Behiye«, sagt die vermutlich Älteste, die als Einzige der drei ein Kopftuch trägt. Die anderen schließen sich an: Lilian und Tala.

»Wir heißen Fee«, ich deute auf meine Freundin, »und Toni. Ismi … Ismi Toni?«

Die drei klatschen begeistert in die Hände, als wären sie vollkommen fasziniert davon, sich mit uns verständigen zu können. Mit den Fingern zeigen sie uns ihr Alter (ich hatte gut geschätzt) und wollen wissen, wie alt wir sind.

Tala sagt etwas, aber ich komme nicht darauf, was sie meint. Es klingt wie »Kifferhaarlacki«. Zu dritt drücken sie auf einem Smartphone herum und halten es mir dann vor die Nase. »Wie geht es Ihnen?«, steht da.

Wir verständigen uns mit Händen und Füßen und Talas Handy. Die drei Mädchen kommen aus dem Irak und sind erst seit wenigen Tagen in Deutschland. Die Dolmetscher-App führt zu mehreren Ratespielen, denn nicht immer ist die Übersetzung eindeutig. »Wer der Frau halt Ihnen dieser Ort« sagt mir beim besten Willen nichts. Wir lachen zu fünft darüber. Als mir das Handy zum nächsten Mal hingehalten wird, lese ich: »Sie sind schön«, und offenbar ist das auch genau das, was die drei uns sagen wollen. Araber scheinen schnell und gern Komplimente zu verteilen, scheint mir. Ich spüre, dass ich trotzdem ein wenig rot werde.

Saskia kommt wie ein Wirbelwind hereingestürmt. »Wischt ihr eben die Theke ab? Das Essen kommt jeden Moment.« Sie zeigt uns, womit wir unsere Hände desinfizieren müssen und wo Schürzen, Haarhauben und Einmalhandschuhe aufbewahrt werden. »Strenge Hygienevorschriften!«, erklärt sie. »Ihr kriegt eine Einweisung von mir, ansonsten dürftet ihr hier gar nicht helfen. Und keine weiteren Alleingänge, bitte. Das mit dem Obst gestern, das war lieb gemeint, ich weiß das. Aber es war eine Ausnahme. Ich muss euch sonst rausschmeißen, die Chefetage steigt mir aufs Dach, wenn die Hygienevorschriften nicht penibel eingehalten werden.« Hastig rattert sie die Regeln herunter. Ich finde es etwas lächerlich, dass wir hier nicht mal einen selbstgebackenen Kuchen ins Camp mitnehmen dürfen, sondern alles industriell hergestellt und originalverpackt sein muss. Vor dem Hintergrund, dass zu wenig Essen für alle da ist, erscheint mir das schrecklich kleinlich. Aber wie Fee nicke ich brav alles ab und ziehe Haube, Schürze und Handschuhe an.

»Alle müssen ihre Camppapiere zeigen«, erklärt Saskia, »das sind diese laminierten Karten. Darauf steht eine Nummer, die haken wir auf dieser Liste hier ab. Damit stellen wir sicher, dass jeder nur eine Portion abholt.«

Eine junge Frau und zwei Männer kommen zu uns, schauen uns einen Moment lang schüchtern zu und treten dann zu uns hinter die Theke. »Helfen?«, fragt einer in bemühtem Englisch. »Wir können helfen.«

Ich finde das großartig – warum sollten die Menschen die anfallende Arbeit nicht selbst machen? Das Herumsitzen muss doch auf Dauer total öde sein –, aber Saskia macht mit resolutem »No, no, no!« klar, dass das nicht geht.

Einer der Männer sagt: »Koch. Koch in Syria!«, und deutet auf sich selbst, aber Saskia lässt auch bei ihm nicht mit sich handeln.

»Sorry – no!«

Das Trio trollt sich enttäuscht.

»Warum dürfen die Leute nicht mithelfen?«, frage ich. Es gibt doch genug zu tun, und zusammen macht die Arbeit sicher auch mehr Spaß.

Saskia knallt einen in Folie verpackten Stapel Papierservietten auf den Tisch. »Vorschriften. Die Hygieneeinweisung und so.«

»Jemand könnte die Anweisungen übersetzen.« Ich halte schon die ganze Zeit Ausschau nach Shirvan, aber auch wenn der Raum zunehmend voller wird, scheint er nicht hier zu sein.

»Das geht trotzdem nicht.« Sie wirkt genervt, will es mich aber offenbar nicht merken lassen. Ihr Lächeln hat etwas Angespanntes. »Unser Camp ist kein normales Flüchtlingsheim, sondern eine Notunterkunft. Die Menschen hier sind noch keiner Gemeinde zugeteilt. Im Grunde ist das alles wie ein riesiger Warteraum vor der eigentlichen Registrierung als Asylbewerber. Verantwortlich ist die Bezirksregierung. Und die wollen vermeiden, dass irgendwas passiert, verstehst du? Da braucht sich nur jemand an den heißen Behältern zu verbrennen oder sich mit einem Messer zu schneiden. Die Bewohner haben weder Kranken- noch Haftpflichtversicherung.« Ruppig reißt sie eine Schachtel Pappteller auf. »So begründet das mein Chef. In anderen Einrichtungen wird es anders gemacht, aber hier ist es nun mal so.«

Das Essen wird in großen Metallbottichen geliefert, die sich in Thermoboxen befinden. Es gibt Nudeln und eine Rindfleischsauce, dazu Fladenbrot und Äpfel. Saskia zeigt uns genau, wie viele Nudeln und

Sauce wir in jede Plastikschale füllen sollen. Das Portionieren ist nicht so leicht, denn die verkochten Nudeln kleben in dicken Brocken aneinander. Dazu bekommt jeder ein Achtel Fladenbrot und einen Apfel.

»Mehr als überleben kann man davon nicht«, murmelt Fee. Sie übernimmt es, das Brot zu schneiden, und lässt mich an die Fleischsauce. Ich verstehe sie. Was Essen betrifft, ist sie empfindlich, und diese wässrig-ölige Brühe um die Fleischstücke herum bereitet ihr vermutlich schon vom Hinsehen Übelkeit.

Die Campbewohner sind weniger anspruchsvoll. Hin und wieder schaut jemand enttäuscht in seine Schüssel oder bittet um etwas Nachschlag (den wir nicht geben dürfen), die meisten bedanken sich jedoch höflich. Manchmal gibt es Gedränge um den Tresen, hinter dem wir stehen, die beiden Männer und die Frau vom Sicherheitsdienst erinnern die Leute dann wieder daran, eine Schlange zu bilden. Tala, Lilian und Behiye sitzen mit ihrem Essen fröhlich schwatzend an einem Tisch in unserer Nähe und winken uns immer wieder zu.

Doch dann schaut Saskia mit besorgter Miene immer wieder zur Tür, durch die weitere Menschen eintreten. Die Schlange nimmt kein Ende. Unsere Bottiche sind fast leer.

»Ihr müsst zumachen!«, ruft Saskia den Sicherheitsleuten zu. Zu zweit gehen sie zum Ausgang, einer greift nach der Klinke und will die Tür zuziehen. Binnen eines Augenblicks kommt es zu einem kleinen Tumult, weil sich möglichst viele Menschen noch in den Raum pressen wollen, was der Wachdienst verhindern muss. Es wird geschubst, gestoßen und lautstark diskutiert.

»Wie viele stehen noch draußen?«, ruft Saskia. Sie wirkt frustriert, aber nicht übermäßig nervös, und ich bin dankbar für die Routine, die sie ausstrahlt. Ohne sie würde ich ernsthaft Angst bekommen, dass die Leute den Saal stürmen.

»Bestimmt achtzig«, ruft der Sicherheitsmann, und Saskia wischt sich mit dem Unterarm über die Stirn. Eine Sekunde lang wirkt sie erschöpft.

Eine Frau öffnet ein Fenster und drei, vier jugendliche Jungs springen herein, bevor die Security-Frau das Fenster wieder schließen kann.

»Toni!«, sagt Fee laut, und ich erwische mich dabei, mit einer Schale Nudeln wie angewachsen dazustehen. Ich räuspere mich und fülle schnell Sauce über die Nudeln. Meine Hand, die die Kelle hält, zittert. Dem nächsten in der Reihe fülle ich weniger in die Schale. Das Brot ist leer, die Äpfel sind es schon länger. Wenigstens die Nudeln sollten für alle im Raum reichen …

»Wer kann übersetzen?«, ruft Saskia auf Englisch.

Ein junger Mann tritt zögernd vor. Mir behagt sein Ausdruck nicht, er mustert Saskia mit unverhohlener Wut. Sie bemerkt das sicher, ignoriert seine Miene aber und redet leise mit ihm. Als sie ihm die Hand auf den Unterarm legt, reißt er ihn weg.

»Das ist nicht in Ordnung!«, sagt er. Er schreit nicht, aber er spricht laut genug, um das Stimmengewirr zu übertönen.

»Seit fünf oder sechs Tagen gibt es nicht genug

zu essen für die Menschen. Das geht doch nicht. Die Menschen müssen doch essen!«

Saskia antwortet ruhig, sodass ich sie nicht verstehe.

»Das sagt ihr seit drei Tagen! Jeden Tag sagt ihr: Morgen kommt mehr Essen. Aber nichts kommt! Viele von den Menschen hier haben kein Geld mehr, gar nichts, und dürfen nicht weg.« Seine Aggressivität scheint die Luft aufzuladen. Die Wachleute wirken ratlos, ob sie eingreifen oder ihn reden lassen sollen. Vorerst sehen sie zu, aber ihre Körper sind angespannt.

Auch unsere drei irakischen Mädchen giggeln und kichern nicht mehr, sondern sitzen ernst über ihrem Essen. Im ganzen Saal werden die Gespräche leiser oder verstummen ganz.

Der Mann läuft zu einer Familie mit einem kleinen Kind und einem Baby. Die Eltern sehen ihn unsicher an, es scheint ihnen unangenehm zu sein, im Mittelpunkt zu stehen, sie widersprechen aber nicht, als er mit weitausholenden Gesten auf sie deutet. »Diese Menschen hier«, ruft er. »Die haben gar nichts mehr. Fragt jemand, warum? Ich sage euch, warum. Sie wurden auf ihrer Flucht überfallen. Alles weg. Geld, Pässe, Schuhe. Milch für das Baby! Heute haben sie Glück und Essen. Gestern hatten sie ein Essen. Ein Essen – für Eltern und zwei Kinder.«

»Es tut mir leid«, sagt Saskia erschöpft. »Ich versuche alles, was ich kann.«

»Verlangen wir zu viel?«, ruft der Mann. »Ein Dach und etwas zu essen und zu trinken! Eine Möglichkeit zu überleben. Zu leben wie ein Mensch! Ist das zu viel?« Er scheint vollkommen die Nerven zu verlieren. Ich kann nicht fassen, dass sich seine Wut ausgerechnet gegen Saskia richtet. Sie kann doch nichts dafür! Durch meinen Magen frisst sich eine üble Furcht. Was, wenn der Typ ausrastet?

Nach einem kurzen Nicken gehen die Sicherheitsleute nun zielstrebig auf den Mann zu, fassen ihn links und rechts am Arm und bugsieren ihn nach draußen. Er lässt sich ohne Widerstand hinausführen, schüttelt nur immer wieder fassungslos den Kopf und wiederholt: »Verlangen wir zu viel? Verlangen wir zu viel?«

»Es ist nicht zu viel verlangt«, ruft Saskia ihm nach. »Sag allen draußen, dass es heute Abend genug Essen geben wird. Ich verspreche es!« Sie atmet durch, als die Tür hinter dem Mann wieder geschlossen wird. »Ansonsten serviere ich euch den Verantwortlichen auf Toast«, fügt sie leise und auf Deutsch hinzu.

Ich will fortfahren, dass letzte Essen auf die Schalen zu verteilen. Zumindest alle, die sich im Raum befinden, werden noch ein bisschen bekommen. Meine Hände beben allerdings, und jeder Versuch, das Zittern zu unterdrücken, macht es noch schlimmer.

»Gib her«, sagt Fee leise und nimmt mir die Schöpfkelle aus der Hand. »Ich erledige den Rest.«

Saskia lehnt an einem Schrank und massiert mit hängendem Kopf ihre Stirn.

»Nimm es dir nicht zu Herzen«, sage ich. »Es war unmöglich von ihm, dich so anzugehen.«

»Er hat ja recht.« Ihre Stimme ist belegt. »Er hat

recht – aber ich kann nicht mehr tun, als ich tue. Ich hasse diese Hilflosigkeit selbst, und ich hasse es, dass in einem der reichsten Länder der Welt Leute wegen falscher Listen nicht genug zu essen bekommen und sich mit vierhundert Personen vier Duschen teilen müssen. Wisst ihr, wie die Verantwortlichen das nennen? Sie sagen, es wären organisatorische Anfangsschwierigkeiten, und wir sollen dem nicht zu viel beimessen, denn das wäre zeitnah im Griff.« Sie wirft die Arme hoch. Aufmunternd reibe ich ihr den Rücken, um sie zu trösten, auch wenn meine Betroffenheit die Sache keinen Deut besser macht.

»Nenn es mal organisatorische Anfangsschwierigkeiten, wenn du einem Vater erklären musst, dass für ihn, Frau und Kinder heute leider nur noch trockenes Brot übrig ist. Das übernehmen die Leute im Büro natürlich nicht.«

»Aber sie merken es, wenn die Hygienebestimmungen mit einem Stück gespendetem Obst unterwandert werden«, wirft Fee ein.

Saskia lacht bitter. »Darauf kannst du Gift nehmen. Aber was kann ich noch machen? Aus Protest alles hinwerfen? Notfalls tue ich das, wenn hier nicht heute Abend genug Essen auf dem Tisch steht! Dann können die ihren Mist alleine machen!«

acht

In meinem Bauch arbeitet ein ausgesprochen unangenehmes, drückendes Gefühl, als ich zwanzig Minuten später nach draußen gehen will. Vielleicht warten dort immer noch Menschen, die zu wenig bekommen haben und sich ungerecht behandelt fühlen. Doch dann trete ich vor die Tür, und von der schlechten Stimmung ist nichts mehr zu spüren. Alles ist wie zuvor. Kinder jagen und fangen sich, Leute sitzen in der Sonne, lächeln oder nicken mir zu, wenn ich vorbeigehe. An einem Tisch spielen zwei Männer Schach, umringt von vielen anderen, die zuschauen.

Aus dieser Gruppe löst sich Shirvan und kommt auf mich zu. Er hält eine Thermoskanne in der Hand. »Hallo Tooney. Ich habe gehört, es gab einen Streit beim Essen? Ist alles okay?«

Ich nicke, als sei dieser Streit nicht der Rede wert. Vielleicht war er das auch nicht. Saskia hat den Vorfall innerhalb von Minuten wieder vergessen. »Jemand war verärgert, weil es nicht genug Essen gab. Du hast auch nichts bekommen, oder?«

Abwehrend hebt er die freie Hand. »Kein Problem. Ich habe selbst genug.« Wir entfernen uns langsam von den anderen, er schaut über die Schulter zurück, sein Blick scheint besorgt. »Manche hier sind gereizt«, sagt er leise. »Das gefällt mir auch nicht.«

»Kein Wunder, oder? Hunger macht reizbar.«

Er wiegt den Kopf. »Es ist nicht so, dass die Menschen hier wirklich Hunger leiden, Tooney. Zumindest nicht schlimm. Jeden Nachmittag kommen freiwillige Helfer und bringen belegte Brote vorne an die Straße.«

Natürlich – fürs Verteilen auf dem Gelände fehlen diesen Helfern ja die hochheiligen Hygienestandards.

»Und alle im Camp, die Geld haben, kaufen genug, um auch ihre Nachbarn einzuladen. Es hat noch andere Gründe, dass viele so schnell wütend werden. Zum Beispiel Balkan.« Er lässt das letzte Wort unheilschwanger in der Luft hängen. Ich habe keine Ahnung, was er damit meint.

Shirvan hockt sich nieder, greift nach einem kleinen Ast und zieht Linien in den Sand auf dem Boden. »Hier sind Syrien, der Libanon, Israel und Jordanien«, erklärt er. »Und hier der Irak und Iran. Das ist die Türkei.« Er zeichnet seine Karte ziemlich detailliert, scheint sehr genau zu wissen, wo die Flüsse sind und die Grenzen ihre Ausbuchtungen, Ecken und Kanten haben. »Fast alle syrischen Flüchtlinge kommen über die Türkei. Dort sind die Grenzen noch oft passierbar. Nun gehen die meisten in Richtung Ägäis und überqueren sie nach Griechenland.« Er vergrößert seine Skizze immer weiter in Richtung Norden. Als er die griechischen Inseln und die Küste markiert, muss ich schlucken. Viele kommen dort gar nicht erst an, weil die Boote, mit denen sie die Überfahrt versuchen, für den rauen Seegang nicht geeignet sind.

»Hier trennen sich oft die Wege. In diesem Frühjahr nahmen die meisten Flüchtlinge aus Nahost die Balkanroute: Mazedonien und Serbien. Dann entweder Kroatien und Slowenien oder«, er schaudert sichtlich, »Ungarn. Aber dort sind inzwischen hohe Zäune und Soldaten – kein Durchkommen mehr. In jedem Fall führt der Weg nach Österreich. Dann hat man es eigentlich geschafft.«

Ich ahne, dass er über Ungarn gekommen sein muss. Seit er dieses Land erwähnt hat, zeichnet sich ein Muskel hart unter seiner Wange ab, als beiße er die Zähne zusammen. Doch er scheint nicht zu wollen, dass ich es bemerke, also frage ich nicht nach.

»In diesem ganzen Bereich«, er wischt mit der Handfläche von der griechisch-mazedonischen bis zur ungarisch-österreichischen Grenze, »bist du auf dich gestellt. Im letzten Jahr und noch in diesem Frühling musstest du diese Länder wie ein Verbrecher bei Nacht durchqueren. In Autos und LKWs von Schleppern, die ein Vermögen dafür verlangen und dich im schlimmsten Fall ausrauben oder in einem Anhänger ersticken lassen. Alternativ gehst du zu Fuß. Auch sehr gefährlich.«

»Weil die Polizei die Flüchtenden aufgegriffen hätte?«

Er nickt. »Aber nicht nur. Es gab auch viele, viele Verbrecher, die sich zusammengerottet haben, um die Flüchtlinge abzufangen. Banden. Viele Flüchtlinge haben alles bei sich, was sie noch besitzen. Und glaube nicht, Tooney, dass nur arme Menschen fliehen. Den Krieg interessiert es nicht, ob du vorher arm oder reich warst. Am Ende bist du ein Bettler.«

Er lächelt, was seine Worte jedoch keineswegs abmildert. »In jedem Fall ist die Reise sehr hart. Inzwischen gibt es Flüchtlingscamps in Griechenland, Mazedonien und Serbien, wo die Menschen eine Nacht lang schlafen dürfen, Wasser und Essen bekommen und manchmal einen Arzt sehen. Und es gibt Busse und Züge, die wir benutzen können. Aber vor wenigen Monaten war das noch nicht so. Und bis heute wagen sich nicht alle in diese Camps hinein, weil es Gerüchte gibt, dass man dort ausspioniert, bestohlen oder verhaftet werden kann. Manche sind tagelang im Geheimen unterwegs, haben nichts zu essen, trinken Regenwasser oder aus Bächen.«

Seine Formulierungen bleiben allgemein. Er klärt mich über die Zustände auf, aber er spricht mit keinem Wort darüber, was er selbst erlebt hat. Ich traue mich nicht zu fragen, weil ich ihm nicht zu nahe treten will.

Wir schlendern langsam weiter, während ein paar Kinder die Karte, die Shirvan in den Sand gemalt hat, zum Spielen benutzen. »Man vergisst das vermutlich nicht, wenn man einmal wirklich hungern musste«, sage ich leise.

»Die ganze Situation frisst an den Nerven«, sagt Shirvan. »Du hast nicht viel zu essen und zu trinken. Du weißt nicht, wann du wieder etwas bekommst. Du weißt es einfach nicht. Vielleicht schon in einer Stunde. Vielleicht am nächsten Tag. Oder danach. Vielleicht auch nicht. Das Schlimme ist …« Er sieht mich hilfesuchend an.

»Die Ungewissheit«, schlage ich vor.

»Ja. Du bist anderen Menschen ausgeliefert, wie

du sonst nur Gott ausgeliefert bist. Auf Gedeih und Verderb. Und alles um dich herum macht dich nervös. Die Angst davor, was mit dir geschieht. Die Angst um deine Familie und deine Freunde, die auch auf der Flucht sind, in irgendeinem Lager oder noch in deiner Heimat, und zu denen du manchmal über Tage keinen Kontakt hast. Wir schützen unsere Mobiltelefone wie wertvolle Schätze. Aber manchmal hast du keinen Strom, der Akku ist leer und du bekommst lange Zeit keine Informationen. Nichts. Dann lädst du dein Telefon irgendwann wieder auf und betest dabei, dass die Nachrichten, die gekommen sind, nicht schlecht sind. Oder wenigstens nicht allzu schlecht.« Er sieht mich nicht an, sein Blick ist auf den Boden gerichtet, auf dem unsere Füße bei jedem Schritt Staub aufwirbeln. »Und dazu kommt der Ekel vor dir selbst. Wir sind nicht als Flüchtlinge geboren worden und nicht daran gewöhnt, so zu leben. Bis vor Kurzem waren wir ganz normale Leute. Wir haben uns gut angezogen, Parfum aufgelegt, unsere Haare gestylt und sind ausgegangen. Und plötzlich hast du über mehrere Tage keine Kleidung, um sie zu wechseln, nicht einmal …« Er zuckt mit den Schultern. »Es gibt oft keine Möglichkeit, Wäsche zu waschen oder zu duschen und manchmal nicht einmal Wasser, um die Zähne zu putzen. Das ist schlimm genug. Man fühlt sich nicht mehr wie ein Mensch. Aber für Muslime ist es besonders schlimm: Wer nicht sauber ist, kann nicht zu Allah beten. Doch du kannst in dieser Situation nichts für deine Familie und Freunde tun, außer zu beten. Wenn dir nicht einmal mehr das bleibt …«

Hilflos lässt er den Kopf hängen. Ich beiße mir auf die Lippe, möchte etwas sagen, das ihn tröstet, aber mir fällt nichts ein. Um diese Aspekte habe ich mir bisher kaum Gedanken gemacht. Es gefällt mir noch immer nicht, dass der Mann eben ausgerechnet Saskia angeschrien hat. Aber ich kann seine Verzweiflung nun besser einordnen.

»Und jetzt ist es hier auch nicht viel besser.« Meine Stimme klingt völlig niedergeschlagen – damit muntert man sicher niemanden auf. Toll gemacht, Toni!

Aber Shirvan schüttelt den Kopf. »Nein, nein. Hier ist es viel besser. Für mich ist es wirklich okay. Mein Bruder lebt in Köln, schon seit mehr als einem Jahr. Ich bin froh, in seiner Nähe zu sein. Er hilft mir.«

»Und du kannst nicht bei ihm wohnen?« Im nächsten Moment möchte ich die Frage zurücknehmen. Offenbar tut er es aus irgendeinem Grund nicht. So weit scheint die Hilfsbereitschaft seines Bruders nicht zu gehen, und ich will Shirvan nicht wehtun, indem ich unnötig daran rühre.

»Das darf ich nicht. Jeder muss das Asylverfahren durchlaufen, wie Deutschland es verlangt. Ich muss hier leben, bis ich an der Reihe bin und meine Registrierung stattfindet. Mal wieder. Dann ziehe ich um. Vielleicht in eine neue Unterkunft wie diese. Mal wieder. Irgendwann werde ich einer Stadt zugeteilt, in der ich Asylantrag stellen darf und darauf warten muss, bis er bearbeitet wurde. Und erst dann darf ich leben, wo ich möchte. Zum Beispiel bei meinem Bruder.«

Das klingt vollkommen verrückt. Shirvan könnte bei seinem Bruder wohnen, muss aber in diesem Flüchtlingscamp bleiben? Das ergibt keinen Sinn. »Was meinst du mit ›mal wieder‹?«, frage ich.

Er lacht ein bisschen, aber es ist dieses Lachen, das mehr Verwirrung nach außen kehrt als Heiterkeit. »Soll ich es dir genau erklären? Es wird aber ein bisschen länger dauern.«

»Ich habe Zeit. Erzähl.«

»Gut. Da vorne ist mein Zelt, ich mache uns Tee, und dann erzähle ich dir alles.«

Shirvan verschwindet in einem kleinen, blauen Zelt. Es ist so winzig, dass seine Beine ab den Knien heraushängen würden, wenn er sich ausgestreckt hineinlegt. Er kommt mit einer Wolldecke wieder heraus, die er vor dem Zelteingang auf dem Boden ausbreitet.

»Setz dich, bitte.«

Während ich mich niederlasse, verschwindet er wieder und kehrt mit zwei Metalltassen und einer Schachtel Pfefferminztee zurück. Er gibt Teebeutel in die Tassen und füllt sie mit heißem Wasser aus der Thermoskanne auf. Zwischen den Teebeuteln stecken kleine Zuckerbriefchen, einige legt er bereit, damit ich mich bedienen kann. Dann krabbelt er auf Knien noch einmal ins Zelt und bringt eine Tafel Schokolade mit, die er in Riegel bricht und auf einem Taschentuch als Serviettenersatz anrichtet.

»Entschuldige«, sagt er. »Das ist ein sehr armseliger Versuch, gastfreundlich zu sein.«

Ich fühle mich etwas überfordert davon, dass er sich berufen fühlt, gastfreundlich zu mir zu sein, und mir Tee und Süßigkeiten serviert. Aber ich möchte ihn auch nicht beleidigen, indem ich ablehne. Er hat mich schließlich nicht gefragt, ob ich etwas möchte, sondern bietet mir schlicht an, was er hat. Also bedanke ich mich, bewege den Teebeutel im Wasser und nehme mir ein Stück Schokolade. Trauben-Nuss. Meine Lieblingssorte. Erst jetzt merke ich, dass ich seit dem Frühstück nichts gegessen habe und mir vor Hunger schon ganz flau im Magen ist.

»Also«, beginnt Shirvan und schlägt seine Beine übereinander. »Im ersten Camp, wo ich war, habe ich ein Schreiben von der Regierung erhalten, mit vielen offiziellen Stempeln, übersetzt in sieben oder acht Sprachen. Dort ist es genau erklärt. Du kommst nach Deutschland, sagst, dass du Asyl brauchst, und musst zuerst registriert werden. Sie machen Fotos, nehmen deine Fingerabdrücke, und du musst in eine *Erstaufnahmeeinrichtung* gehen.« Ausgerechnet das schwierigste Wort sagt er auf Deutsch, es klingt mühsam auswendig gelernt. Mit einer kreisenden Handbewegung weist er um uns herum, um mir zu zeigen, dass dieses Camp eine solche Erstaufnahmeeinrichtung darstellt. »Dort bekommst du eine Nummer und so etwas wie einen provisorischen Pass.« Er holt ein Portemonnaie aus der hinteren Hosentasche und fischt eine laminierte Karte heraus, auf der sein Foto zu sehen ist.

Ich nicke, die Ausweiskarten, die die Campbewohner auch beim Essen vorzeigen mussten, kenne ich inzwischen.

»Manchmal bekommst du ein farbiges Plastikarmband umgebunden, auf dem deine Nummer steht. Das darfst du nicht entfernen, sonst kannst du das Camp nicht mehr verlassen oder betreten und bekommst auch kein Essen. Aber hier gibt es offenbar keine Bänder – das ist gut. Ich mag sie nicht.«

Das kann ich nachvollziehen, es hat etwas Stigmatisierendes für mich, Menschen mit bunten Armbändern und Nummern zu markieren. Es erinnert mich an Judensterne.

»In der *Erstaufnahmeeinrichtung* wirst du untersucht, ob du krank bist, sie machen Röntgenaufnahmen deiner Lunge, um zu sehen, dass du keine Tuberkulose hast. Du wirst geimpft – ein halbes Dutzend Mal ungefähr.« Er fährt sich von hinten durch die Haare. »Übrigens immer und ohne Ausnahmen, auch wenn du einen vollgeschriebenen Impfausweis aus Syrien mitgebracht und alle diese Impfungen schon bekommen hast. Sie durchsuchen die paar Sachen, die du hast. Und dann musst du warten, warten, warten. Immer nur warten. Du darfst dir keine Arbeit suchen, kein Geld verdienen und nicht einmal dein Essen darfst du selbst kochen. Helfer servieren dir alles, es ist schon kleingeschnitten wie für Babys, weil es nicht einmal richtiges Besteck gibt. Irgendwann nach drei oder vier oder acht oder zehn Wochen – oder wenn du nicht mehr daran glaubst – bekommst du Registrierungsformulare, die du ausfüllen musst. Wieder werden deine Fingerabdrücke genommen. Sie schreiben dieselben Daten auf, die sie schon haben, aber aus irgendeinem Grund brauchen sie sie noch einmal auf anderem Papier. Jetzt bist du offiziell registriert, sagen sie. Und dann musst du umziehen.«

Er trinkt von seinem Tee. Ich finde meinen noch viel zu heiß und nehme stattdessen ein weiteres Stück Schokolade.

»Vielleicht teilen sie dich nun einer Stadt zu«, fährt er fort. »Dann bekommst du ein Bett in einem *Fluch... Fluchtlingsheim.*« Wieder ein deutsches Wort, mit dem er seine Mühe hat. »Oder ein ganzes Zimmer, wenn du mit deiner Familie gekommen bist und Glück hast. Und wieder musst du warten, warten, warten. Aber meistens darfst du dich nun für einen Deutschkurs anmelden, und wenn du wieder Glück hast, kannst du bald teilnehmen. Und jetzt darfst du auch selbst kochen und bekommst mehr Geld für deinen Unterhalt. Arbeiten darfst du nicht, und du bist verpflichtet, in der zugeteilten Stadt zu bleiben, auch wenn du anderswo Verwandte hast. Irgendwann, nach Monaten, kommt ein Brief vom Amt, den du trotz Deutschkurs noch nicht lesen kannst, weil er viele merkwürdige Worte enthält, aber darin steht, wann du deine Termine für den Asylantrag und das Interview hast. Dann wieder warten, warten, warten und irgendwann kommt die Antwort vom Amt, ob du anerkannt bist oder nicht. Dann darfst du dir endlich eine Wohnung und eine Arbeit suchen. Aber bis es so weit ist, kann es Monate dauern oder Jahre. Keiner hier weiß es genau.«

Bis hierhin kann ich ihm gut folgen, aber ich ahne, dass da noch etwas folgt. »Du sagtest, dass man vielleicht einer Stadt zugeteilt wird. Was ist die Alternative?«

Zwei Jungs, etwa im Vorschulalter, kommen neugierig näher. Sie haben die Schokolade entdeckt.

Shirvan fragt mich, ob ich mehr möchte, ich verneine, und er gibt sie ihnen mit ein paar arabischen Worten. Jubelnd und johlend laufen sie mit ihrer Beute davon.

»Die Alternative ist«, sagt er dann und verzieht missmutig den Mund, »dass du in einen Bus einsteigen musst, der dich in deine Stadt fahren soll. Zumindest sagen sie das. Aber in Wahrheit hält der Bus nach langer Fahrt vor einer weiteren *Erstaufnahmeeinrichtung*. Und dann geht alles von vorne los: Fingerabdrücke, Daten aufschreiben, Sachen filzen, Untersuchungen, röntgen, impfen, egal, wie oft du geimpft wurdest, warten, warten, warten. Und irgendwann wieder: registrieren, Daten und Fingerabdrücke, in den Bus steigen, ohne zu wissen, wohin er fährt, und wieder hoffen ...«

»Das muss ja ein Irrtum sein«, sage ich. »Eine Verwechslung vielleicht.«

Er schmunzelt. »Dann verwechseln sie viel.«

»In wie vielen Erstaufnahmeeinrichtungen warst du denn bis jetzt?«

Er hebt die Hand und zeigt drei Finger. »Und vorher am LaGeSo in Berlin. Und hier sind Familien, die waren in vier Camps oder fünf.«

»Moment mal. Und sie sagen dir jedes Mal, du würdest jetzt einer Stadt zugeteilt werden und ein Zimmer im Flüchtlingsheim bekommen, und sie bringen dich doch wieder ins nächste Camp?«

Er zuckt mit den Schultern, als könnte er es selbst nicht recht glauben, aber dann nickt er. »Ja, so ist es. Und das hat alles seine Richtigkeit, sagen sie. Manche behaupten auch, wir hätten das falsch verstanden mit dem Versprechen auf ein Zimmer, oder die Dolmetscher hätten vielleicht nicht gut übersetzt. Aber, Tooney, mein Englisch ist sehr gut. Ich glaube nicht, dass ich so viel falsch verstehe.«

Nein, das glaube ich auch nicht. Sein Akzent ist stark, doch sein Englisch ist wirklich gut – und auch meins scheint nicht das Schlechteste zu sein. Ich habe ganz gute Noten in Englisch, aber früher habe ich mich nie wirklich mit jemandem in der Sprache unterhalten. Ich dachte, dass es mir schwer fallen und ich mich gehemmt fühlen würde. Doch mit Shirvan zu sprechen ist ganz leicht.

»Ich setze mich gleich mal ans Internet und versuche herauszubekommen, was das ganze Hinhalten soll«, verspreche ich ihm. Beim Wort ›Internet‹ fällt mir wieder ein, was ich ursprünglich im Camp machen wollte. Fotos für den Blog! Also erzähle ich Shirvan von unserem Plan, den Leuten zu zeigen, wie es wirklich hinter dem Sichtschutz aussieht. Er findet die Idee großartig.

»Es wäre gut, würden die Deutschen sehen, dass wir auch nur normale Menschen sind. Leider begreifen viele das nicht. Manche haben sogar Angst vor uns.« Er streckt ein Bein aus und wackelt mit den nackten Zehen in den rosa Flipflops. »Dabei sind wir nicht besonders furchterregend, oder?«

Wir müssen beide lachen. Ich hole mein Handy aus der Hosentasche. »Darf ich dann gleich ein Foto von dir und deinem Zelt machen?«

Doch da bekommt sein Lächeln etwas Gezwungenes. »Sei nicht böse, Tooney. Jemand könnte denken, ich würde mich beklagen. Es ist sehr gut hier.«

»Gut? In einem winzigen Zelt?«

»Ich schlafe freiwillig in dem Zelt. Im Haus gibt es Feldbetten, aber es ist sehr eng und unruhig dort. Ich kann nicht schlafen, und ich darf nachts keine Musik dort hören. Sobald es dunkel wird, schreien immer wieder Leute, wenn die Träume sie wecken.«

Trotz der Sonne, die auf uns niederbrennt, läuft mir ein eisigkalter Schauer den Rücken runter.

»Bevor ich nach Deutschland kam, war ich eine Woche in einem Camp in Österreich. Dort haben die Anwohner geschimpft, weil wir draußen gezeltet haben. Sie haben es nur gut gemeint, ich weiß. Sie wollten bessere Bedingungen für uns. Aber dann hat man uns alle Zelte weggenommen. Die Campleitung hat sie einfach weggeschmissen, und wir mussten in den überfüllten Zimmern schlafen. Acht Menschen in vier Betten oder auf dem Boden im Flur und auf den Treppen.«

»Oh. Ich verstehe.«

»Ich möchte mich nicht beklagen oder undankbar sein. Und ich will nicht, dass sie mich woanders hinschicken. Wer weiß, wie es dort ist.«

Okay, also keine Aufnahmen, auf denen man Personen erkennt. Die Zelte kann ich im Text als freiwillige und wichtige Alternative erwähnen.

Shirvan führt mich herum und zeigt mir Dinge, die im Bild festzuhalten sich lohnt.

Heimlich fotografiere ich die Toiletten – es sind sechs Stück für vierhundert Menschen. Duschen gibt es nur vier. In einem Nebenraum stehen zwei Waschmaschinen und zwei Trockner, davor warten ein Dutzend Männer und Frauen, bis sie an der Reihe sind, um eine Ladung voll für sich und ihre Familie waschen zu können.

In die beiden Schlafsäle – einer ist für alleinreisende Männer gedacht und einer für Familien – darf ich nicht. Aber Shirvan macht mir ein paar Aufnahmen. Die Beklemmung liegt mir schwer und dunkel in der Brust, als ich die Bilder ansehe. Viele Deutsche sind neidisch und gönnen den Asylbewerbern die Hilfe, die sie bekommen, nicht. Ich frage mich, ob sie eine Vorstellung davon haben, wie es aussieht in der Unterkunft, in der Feldbett an Feldbett steht, die Schlafenden so dicht beieinander liegen, dass ihre Schultern und Ellbogen aneinanderstoßen, und alles Gepäck in ein paar Plastiktüten passt, die unter die Pritschen geschoben werden.

Vor dem Gebäude treffen wir Fee und Saskia wieder. Als ich Fee mit einem vielsagenden Blick auf mein Handy signalisiere, dass ich Fotos habe, zeigt sie mir unauffällig einen Gefällt-mir-Daumen.

»Ich wollte noch mit meiner Familie telefonieren«, sagt Shirvan. Er lächelt noch immer unbeschwert, aber ich habe das Gefühl, dass er sich in der Nähe der anderen Mädchen nicht mehr so wohl fühlt wie eben, als wir allein waren. Ob es an Fee liegt? Oder an Saskia?

»Ich bin morgen wieder hier. Sehen wir uns?« Hoffentlich.

Seine dunklen Augen scheinen zu glitzern. »Sehr gerne. Aber dann musst du mir etwas über … über Deutschland erzählen.«

Womöglich hatte er sagen wollen: *über dich*. Ich jedenfalls möchte gern mehr über ihn erfahren, am liebsten jetzt und sofort. Müssen wir denn wirklich schon gehen?

Aber Shirvan verabschiedet sich bereits auf Deutsch mit einem »*Auf Wieder-seh-en*«, und ich erinnere mich rechtzeitig daran, mich Fee und Saskia zuzuwenden, bevor mein Ihm-nachstarren zu peinlich wird.

»Ich würde dich gerne noch etwas fragen«, sage ich zu Saskia. »Shirvan hat mir von ein paar Problemen erzählt, vielleicht kannst du mir das erklären.« So gut ich es mir merken konnte, fasse ich zusammen, dass Shirvan und andere Flüchtlinge mit der Registrierung immer wieder von vorn beginnen müssen und ständig in Erstaufnahmecamps gebracht werden, obwohl ihnen etwas anderes versprochen wird.

Saskia hebt in einer weitausholenden Geste die Arme. »Davon weiß ich natürlich. Fair ist etwas anderes, aber wenn die Bezirksregierung keine freien Kapazitäten von den Städten gemeldet bekommt, bleibt ihnen anscheinend nichts anderes übrig, als die Menschen von einer Notunterkunft in die nächste zu karren, dorthin, wo eben etwas frei ist. Und sobald die Leute dann das Bundesland wechseln, startet das ganze Asylverfahren wieder bei Null.«

»Aber warum?«, frage ich.

Sie schüttelt den Kopf, fängt einen kleinen Jungen ab, der an uns vorbeirennen will, zieht ihm die rutschende Hose wieder hoch und lässt ihn weiterflitzen. »Das Asylverfahren in Deutschland ist nicht auf die Menschenmengen ausgerichtet, die seit dem Sommer herkommen. Sämtliche Verfahren müssten neu strukturiert werden, in jedem Fall braucht das Amt mehr Sachbearbeiter. Aber das dauert. Bis dahin ist es einfach nur Chaos. Wir können uns darüber ärgern, und das tun wir auch, nur bringt uns das nichts. Also müssen wir hier das Beste daraus machen.«

»Verstehe. Danke, dass du es mir erklärt hast.«

»Ich hätte es dir gerne verständlicher erklärt, aber … nobody knows.«

»Es würde vielleicht schon helfen, wenn man ehrlicher zu den Menschen wäre«, überlege ich laut, doch Saskia verzieht den Mund.

»Theoretisch hast du natürlich recht, gar keine Frage. Praktisch verweigern nicht wenige Flüchtlinge, in den Bus zu steigen, wenn man ihnen die Wahrheit sagt. Es gibt Camps, in denen die Bedingungen deutlich schlechter sind als hier bei uns.«

Fee schaudert. Bisher hat sie uns schweigend zugehört.

»Hier mag einiges noch unrund laufen«, erklärt Saskia, »aber wir bemühen uns. In anderen Einrichtungen haben die Bewohner nicht einmal das Gefühl, als Menschen wahrgenommen zu werden, sondern bloß als fortlaufende Nummern. Als lästige Plage. Und viele hier kennen solche Einrichtungen schon. Niemand will dorthin gebracht werden.«

»Kann man jawohl verstehen«, sagt Fee.

»Sicher.« Saskias Tonfall kneift mich irgendwo. Sie klingt nicht direkt abfällig, lässt jedoch durchhängen, dass die Umsetzung nicht so einfach ist, wie es für uns den Anschein hat.

»Aber?«, frage ich vorsichtig.

»Wir bekommen unsere Anweisungen. Und wenn wir die Menschen nicht dazu kriegen, in den Bus zu steigen, müssen wir die Polizei rufen. Ich möchte niemanden anlügen, das könnt ihr mir glauben. Diese Menschen wurden oft genug belogen. Aber ich würde es tun, wenn ich befürchten muss, dass die Alternative bedeutet, die Leute vor den Augen ihrer Kinder von der Polizei mit Gewalt in die Busse zwingen zu lassen.«

Ich muss schlucken. Eben noch habe ich mich über diese Unwahrheiten total geärgert. Aber aus Saskias Sichtweise klingt die Sache wieder anders. Irgendwie beinah nachvollziehbar. Wie das kleinere Übel.

Fee und ich sind in unsere Gedanken versunken, als wir uns langsam auf den Heimweg machen. Vor dem Ausgang des Camps fotografiere ich kleine Kinder, die den Staub am Boden zusammenkratzen, mit Wasser vermischen und mithilfe von kaputten Plastikbechern daraus Sandkuchen backen.

neun

Seit ich Shirvan kennengelernt habe, möchte ich das Thema Flüchtlinge in meiner Familie am liebsten totschweigen. Es stört mich jetzt, zu wissen, dass mein Name auf dieser Unterschriftenliste steht, wobei ein Unterzeichner mehr oder weniger bestimmt keinen Unterschied macht. Für mich macht es allerdings einen Unterschied, denn es ist *mein* Name.

Beim Abendessen versuche ich, das Gespräch auf andere Themen zu lenken. Mama hat eine aufwendige Gemüselasagne gezaubert, und ich frage sie nach den einzelnen Arbeitsschritten aus, doch damit kann ich Alex und Paps nicht lange hinhalten.

Auf meinen Bruder ist mal wieder Verlass. »Im Gamer-Laden in der Stadt haben sie jetzt eine Spendenbox aufgestellt – sie sammeln dort Handys, Smartphones und Ladekabel. Für die Flüchtlinge.«

Der Tonfall, mit dem er das letzte Wort ausspricht, ruiniert mir den Geschmack der Lasagne.

»Da sieht man mal, wo bei den Leuten die Prioritäten liegen«, sagt mein Vater. »Und die Erwartungen. Kaum angekommen, muss erst mal die neuste Technik her.«

Ich frage mich, wie er von dem Umstand, dass ein Gamer-Laden Spenden sammelt, darauf schließt, die Flüchtlinge würden danach verlangen. Doch diese Frage ist eine, die mich auf dünnes Eis bringt.

Wenn ich mich verrate, verbieten sie mir vielleicht, wieder ins Camp zu gehen.

»Wenn du mal rausguckst«, meint Alex, »sind die längst gut versorgt. Ein Smartphone haben die alle. Scheinen ja wirklich alles ganz arme Leute zu sein.« Seine Stimme trieft vor Ironie.

»Die Schlepper kosten ein Vermögen«, wirft meine Mutter ein.

»Ich glaube, ein Handy ist ziemlich wichtig, um den Kontakt zur Familie zu halten«, sage ich vorsichtig. »Und es hat ja auch niemand behauptet, dass nur arme Leute fliehen, oder? Krieg betrifft alle.«

»Familie?«, ruft Alex mit Lasagne im Mund. Schnell kaut er zu Ende, bevor Mama ihn tadeln kann. »Wer lässt denn bitte seine Familie im Krieg zurück? Was sind das denn für Männer, die sich selbst als Erstes retten?«

»Es sind ja gar nicht nur Männer«, entgegne ich und spüre, wie mir Röte ins Gesicht schießt. »Ich meine … guck doch mal raus. Da sind viele Frauen und Kinder.«

»Achtzig Prozent sind junge Männer«, korrigiert mich mein Vater.

Ich widerspreche ihm nicht. Dazu kenne ich ihn zu gut. Er kann bestimmt die Quelle nennen, unter der man das nachlesen kann. Die realen Menschen im Camp interessieren da nicht.

»Junge Männer, die mal besser ihr Land freikämpfen sollten, statt hier auf Sozialleistungen zu spekulieren. Diese Terroristen können ja schalten und walten, wie sie lustig sind, wenn keiner da bleibt, um das Land zu verteidigen.«

»Denkst du, dass sich jeder zum Soldaten eignet, nur weil er ein Junge ist?«, frage ich. Die Vorstellung von Shirvan in seinen rosa Flipflops und mit einer Waffe in der Hand kommt mir absurd vor. Shirvan ist keineswegs mager, aber schlank, und seine Augen erinnern mich an Schokolade. Sein Blick hat etwas Weiches …

Ich ertappe mich bei Gedanken, die ich so nicht geplant hatte.

»In Kriegszeiten«, lenkt Paps mich ab, »kann sich kein Land den Luxus erlauben, auf seine Männer zu verzichten.«

Unauffällig rollt meine Mutter mit den Augen. Ich sehe förmlich vor mir, wie der feministische Teil in ihrem Inneren rebelliert. Doch der Rest von ihr scheint einen Kommentar für unnötig zu halten oder stimmt der Aussage ihres Mannes zumindest in Teilen zu, jedenfalls schweigt sie.

»Ich bin Pazifist, Antonia«, fährt mein Vater fort. »Das weißt du. Aber wir leben in einem Land und in einer Zeit, wo man sich das erlauben kann. Und ich möchte, dass das so bleibt.« Er nimmt einen Bissen von seiner Lasagne, um uns dann mit einem »Mh« darauf aufmerksam zu machen, dass er noch mehr zu sagen hat. Damit lässt er sich Zeit, gießt sich, meiner Mutter und mir die Gläser voll und trinkt einen Schluck.

»Im Übrigen«, sagt er dann und löst die aufgebaute Spannung, »sind das ja nun längst nicht alles Kriegsflüchtlinge. Da muss man genau differenzieren. Viele von denen kommen aus sicheren Herkunftsländern. Ländern, in denen viele Leute Urlaub machen. Das sind dann reine wirtschaftliche Interessen, die zur sogenannten Flucht führen.«

»Das sind alles Wirtschaftsflüchtlinge«, sagt Alex und nickt, als hätte er die meiste Ahnung von uns allen. Seine Wichtigtuerei nervt mich.

»Grenzt Deutschland irgendwo an Syrien oder an den Irak? Die reisen durch sieben, acht oder noch mehr sichere Länder, um nach Deutschland oder Schweden zu kommen, wo sie das meiste Geld abgreifen können. Wenn es ums Überleben ginge, würden sie in der Türkei oder in Griechenland oder sonst wo bleiben, da ist es schließlich auch sicher.«

»Die Griechen haben doch im Moment mehr als genug eigene Probleme und könnten das gar nicht bewältigen«, mischt sich Mama in die Diskussion ein. Ob ich von ihr etwas Unterstützung erwarten kann? Als sie vorhin beim Kochen am Küchenfenster stand, ging draußen eine Familie mit Kindern vorbei, und sie winkte ihnen freundlich zu. Dann schwenkte ihr Blick zwischen dem Fenster und unserer randvoll gefüllten Obstschale hin und her. Ich war sicher, dass sie gleich das Fenster aufreißen und der Familie etwas anbieten würde, aber plötzlich sprudelte das Wasser mit den vorkochenden Lasagneplatten über, ergoss sich zischend über den Herd, und Mama war wieder anderweitig beschäftigt.

»Allerdings frage ich mich auch, warum die Menschen ausgerechnet hierher flüchten.«, sagt sie und zerstört damit meine Hoffnungen. »Wir haben eine vollkommen andere Religion, eine andere Kultur, unterschiedliche Wertevorstellungen. Denkt doch allein an das Frauenbild im arabischen Raum.«

»Entschuldigung.« Ich bemühe mich, nicht zu genervt zu klingen. »Ich war leider noch nicht besonders oft im arabischen Raum. Wie sieht das Frauenbild dort denn aus?«

»Vollverschleierung«, sagt mein Vater, faltet seine Serviette auseinander und legt sie sich über den Kopf.

Soll das witzig sein?.

»Oder zumindest Kopftuchpflicht.«

»Es würde dir auf gar keinen Fall gefallen, Toni«, meint Alex. »Frauen dürfen da ja nicht mal Auto fahren.«

»Wirklich?« Das klingt schrecklich! Ich kann es kaum erwarten, mit meinem Führerschein anfangen zu dürfen, und spare schon, seit ich vierzehn bin, sämtliches Geld meiner Ferienjobs für ein eigenes Auto. Offene Seitenfenster – laute Musik. Für mich ist das der Inbegriff von Freiheit.

Meine Eltern beginnen eine Diskussion über die Unterschiede von Syrien, Saudi Arabien, dem Irak und dem Iran, aber bis ich gedanklich wieder bei ihnen bin, sind sie schon zurück beim ursprünglichen Thema.

»Es wäre in jedem Fall besser, wenn die anderen muslimischen Länder die Flüchtlinge aufnehmen würden«, meint Mama.

So viel zum Thema Unterstützung von ihrer Seite. Schade.

»Dort gäbe es viel weniger Konflikte, als der Kulturschock hier bei uns erzeugt. Und Saudi Arabien hat doch nun wirklich genug Geld!«

Saudi Arabien hat genug Geld.

In der Nacht träume ich von diesem Satz. Er beschäftigt mich, lässt mich aus irgendeinem Grund nicht mehr los.

Eigentlich wollte ich googeln. Ob Frauen in Syrien wirklich nicht Auto fahren dürfen, ob die Flüchtlinge sichere Länder durchqueren und ob Saudi Arabien genug Geld hat. Doch dann hat Fee mich angeskyped, und wir haben stundenlang an dem Text für unseren Blogbeitrag gearbeitet. Ich hatte überlegt, mit Fee über meine Fragen zu sprechen, aber ich wollte vor ihr nicht schon wieder vollkommen ahnungslos erscheinen. Hinterher war ich so müde, dass ich nur noch ins Bett fiel und schlaftrunken beschloss, mir Informationen aus erster Hand zu holen. Ich würde Shirvan fragen. Ob Saudi Arabien doch nicht genug Geld hat. Oder warum er sonst nicht in diese Richtung gegangen ist, als er Syrien verlassen musste.

zehn

»Bei der Unterbringung (der Menschen) wurden nicht einmal die Mindeststandards der WHO für Flüchtlingscamps eingehalten, an die man sich normalerweise selbst im Krieg halten müsste.«

(Gerhard Ehninger, Arzt, über ein Erstaufnahmelager in Deutschland, zeit.de, 06.08.2015)

Schon am Vormittag gehe ich zum Camp.

Fee will ausschlafen und etwas später nachkommen. Nach Paps' hat auch Mamas Arbeit wieder begonnen. Sie wird meist für eine Pastorin oder Lehrerin gehalten, ihr rehbraun gefärbtes Haar lässt einfach nur vollkommen öde Assoziationen zu. In Wahrheit arbeitet sie im Büro eines Autohändlers, der sich auf sündhaft teure, italienische Sportwagen spezialisiert hat. Alex schläft in den Ferien bis in die Puppen, sodass ich heute rübergehen kann, ohne aufpassen zu müssen, dass mich niemand sieht.

Am Eingang nenne ich meinen Namen. Die Frau vom Sicherheitsdienst – ihr Namensschild verrät, dass sie Christel Tübinger heißt – wühlt in einer Schublade und reicht mir dann ein Band, an dem ein laminiertes Namensschild mit dem DRK-Logo hängt.

Antonia Welsch – Ehrenamt steht darauf.

»Wenn du kommst und gehst, musst du dich mit Uhrzeit und Unterschrift in die Liste einschreiben«, erklärt Christel und reicht mir ein Klemmbrett. »Dein Namensschild solltest du bitte immer mitbringen und sichtbar tragen.« Sie zwinkert mit beiden Augen wie eine freundliche Eule. »Wir versuchen es mal mit etwas mehr Organisation, um das Chaos in den Griff zu kriegen.«

Oje. Bessere Organisation klingt gut, aber nun muss ich noch einen Helferausweis in mein Zimmer schmuggeln. Was soll's. Ich schreibe meinen Namen in die entsprechende Spalte von Christels Liste und gehe ins Camp.

Einige Bewohner erkennen mich wieder und lächeln mich an. Die Stimmung scheint besser als gestern, ich sehe viele freundliche Gesichter. Inzwischen kann man sich Getränke im Eingangsbereich des Clubhauses nehmen: Wasser, Kaffee, Tee und Saft, und es scheint genug für alle zu sein. Eine Frau kommt auf mich zu, deutet auf mein Schild, zeigt den Daumen nach oben und bietet mir Tee an. Ich verneine, sie bringt mich zu einem Tisch, auf dem große Kisten mit Äpfeln, Nektarinen und Bananen stehen, und vor allem die Kinder greifen tüchtig zu. Die Frau möchte, dass ich mir etwas aussuche, und ist erst zufrieden, als ich verspreche, später davon zu essen. Saskia hat also Erfolg gehabt. Endlich sind genug Lebensmittel da!

Im Vorbeigehen werfe ich einen Blick durchs Fenster in den Speisesaal. Das Frühstück ist schon abgeräumt, aber es stehen noch Fladenbrot und kleine Joghurtbecher zur Selbstbedienung bereit. Ich bin wahnsinnig erleichtert.

Nach Shirvan muss ich nicht lange suchen, er kommt mir mit nassen Haaren und einem Handtuch um den Nacken in der Nähe der Duschen entgegen.

»Du bist wirklich gekommen, Tooney!« Er strahlt, als wäre er überrascht, mich zu sehen.

»Das hatte ich doch versprochen.«

»Ja, das hast du. Ich war so gespannt. Ich möchte so gerne mehr über die Deutschen lernen.«

Und ich über die Flüchtlinge, denke ich, aber ich mag ihn auch nicht gleich wieder ausfragen.

Wir gehen wieder zu seinem Zelt, wo er sein Handtuch über einer schrägen Zeltleine zum Trocknen aufhängt. Die Wiese ist noch feucht vom Tau, deshalb suchen wir uns eine Bierbank in der Sonne. Shirvan besorgt Tee und frische Zitrone aus seinem Zelt. Zwar habe ich abgelehnt, als er fragte, ob ich auch etwas trinken möchte, aber er bringt mir trotzdem einen Becher mit.

»Später. Reden macht den Mund trocken.«

»Ein Nein akzeptiert ihr Syrer also nicht«, sage ich spöttisch.

Er wiegt den Kopf, eine Geste, die nicht nur typisch für ihn zu sein scheint. Ich sehe sie bei vielen Menschen hier. »Nein, nicht, wenn es um Essen oder Trinken geht.«

»Was möchtest du denn eigentlich von mir wissen?«, frage ich ihn. Ich habe es mir ziemlich leicht vorgestellt, ihm etwas über Deutschland zu erzählen, aber nun weiß ich gar nicht, wo ich anfangen soll. Wie sind sie denn überhaupt – die Deutschen?

»Einiges weiß ich schon«, sagt Shirvan und zählt an seinen Fingern auf: »Die Deutschen sind immer pünktlich.«

Ich muss lachen. »Da kennst du meinen Bruder schlecht!«

»Fleißig und ordentlich.«

Vor meinem inneren Auge taucht Fees Zimmer auf und sofort lache ich weiter.

»Und Bildung ist ihnen das Wichtigste.«

Jetzt vergeht mir fast das Lachen. Vor den Ferien haben wir uns in der Schule noch anhören müssen, wie erbärmlich Deutschland wieder in den Pisa-Studien abgeschnitten hat.

»Ich glaube, dass die Menschen in Deutschland sehr verschieden sind. Es gibt sehr fleißige und sehr faule, kluge und dumme, nette und … blöde. Viele sind hilfsbereit, andere denken nur an sich und«, mir fehlt die englische Vokabel für ›lästern‹ und ich imitiere einen schnatternden Schnabel mit der Hand, »reden schlecht über andere.«

Shirvan nickt langsam. »Ja. Manche reden sehr schlecht über Flüchtlinge, nicht wahr? Einige haben Angst, dass wir Terroristen sind. Darüber möchte ich am liebsten lachen, denn wir fliehen doch vor Terror. Aber gleichzeitig kann ich nicht lachen, denn ich kann nicht ganz ausschließen, dass sich Terroristen als Flüchtlinge ausgeben, um uns schlecht zu machen. Du siehst niemandem an den Augen an, was er denkt, und in die Herzen und Seelen schauen können nur sehr weise Menschen. Aber andere …« Er schüttelt verständnislos den Kopf und lässt den Satz unvollendet. »Ich habe Menschen gesehen, die keine Angst haben«, versucht er es noch einmal, »sondern nur Hass. Das verstehe ich nicht. Wir haben ihnen nichts getan und wollen ihnen nichts wegnehmen. Wir suchen nur Sicherheit und eine Perspektive. Zukunft.«

»Das sollte jeder verstehen«, sage ich, obwohl ich weiß, dass genau das nicht der Fall ist.

»Wir würden ja auch für die Hilfe arbeiten«, fährt Shirvan fort. »Aber wir dürfen nicht. Erst nach Jahren. So lange sind wir gezwungen, abhängig zu sein. Und das werfen sie uns vor, als hätten wir eine Wahl.«

Ich versuche, die Bedenken meiner Eltern ins Gespräch zu bringen, und fühle mich unwohl dabei. Einerseits hat Shirvan mich nach den Gründen für die Ablehnung gefragt, andererseits habe ich Angst, ihn zu verletzen. »Das Leben hier ist anders als in deiner Heimat«, beginne ich vorsichtig. Die Worte fühlen sich wie etwas gefährlich Scharfes in meinen Händen an. »Die Deutschen … also manche von ihnen haben Angst, dass ihr Probleme mit der Art habt, wie wir hier leben.«

»Sie sorgen sich über unsere Probleme?«

»Nimm mal die Frauen zum Beispiel. Hier ist es normal, dass Frauen kurze Röcke oder Shorts tragen, dünne Tops, knappe Kleider.« Ich schaue an mir runter. Bisher hat sich niemand über meine Jeans beklagt, die mir knapp bis zur Mitte des Oberschenkels geht. Aber ich weiß natürlich nicht, wie sie darüber denken.

»Aber wer hierherkommt, weiß das«, sagt Shirvan. »Jeder kann vorher überlegen, ob er damit ein

Problem hat. Und viele kommen bewusst nach Mitteleuropa. Wegen der Frauenrechte und der Freiheit für alle. Außerdem«, er lacht, »ist es ja nicht so, dass in Syrien alle Frauen mit Niqab herumlaufen.« Mit seinen Händen zeigt er mir, was ich mir unter der Bezeichnung vorstellen kann: eine Verschleierung, die bloß die Augenpartie freilässt.

»Ich dachte, das heißt Burka?«

»Burka gibt es eher in Afghanistan. Burka ist ...« Er hält sich die Finger vor die Augen, sodass er gerade noch hindurchschauen kann.

Zappenduster, denke ich seinen Satz zu Ende.

Shirvan zuckt mit den Schultern. »Es gibt ein paar Frauen, die das tragen, vor allem in den sehr konservativen Dörfern und Vierteln. Oft auch die Witwen. Und wir haben zu viele Witwen.« Er macht eine eigenartige, kleine Geste, als wolle er den Himmel anflehen, doch nur für den Bruchteil einer Sekunde. »Aber in den Großstädten in Syrien, in Aleppo, Homs, Latakia und natürlich Damaskus, da gibt es ebenso Frauen, die kurze Kleider tragen und langes, offenes Haar. Es sollte eine eigene Entscheidung sein. Schau!« Eilig zieht er sein Smartphone heraus, wischt darauf herum und zeigt mir dann ein Foto. »Meine Freunde«, sagt er sehr schlicht.

Auf dem Bild trägt Shirvan einen Anzug und tanzt mit einem schönen Mädchen in einem royalblauen Trägerkleid und aufwendig hochgesteckten Haaren.

»Das war auf einer Hochzeit in Latakia«, erzählt er. »Die Gegend um diese Stadt ist bis heute wunderschön. Es gibt bewaldete Hügel und Berge und dazwischen tiefgrüne Täler, in denen sich die Bäume unter den Orangen, Zitronen und Oliven nur so biegen. Die Strände sehen aus wie in der Karibik. Und schau!« Er hält mir ein weiteres Foto unter die Nase. Unweigerlich halte ich den Atem an. Shirvan und zwei andere Jungs stehen klitschnass und strahlend vor Glück in ihren schicken Anzügen – allerdings barfuß – auf einer gewundenen Straße, auf die ein Wasserfall niederprasselt. So etwas habe ich nie zuvor gesehen.

»Das war auf der Rückfahrt von der Hochzeit. Man fährt an dieser Stelle mit dem Auto unter dem Wasserfall hindurch. Je nachdem wie der Wind steht, fällt das Wasser auf die Straße. Es war heiß an diesem Tag, wir wollten unbedingt eine Dusche nehmen, aber meine Mutter hat meinem Bruder und mir Ohrfeigen versprochen, wenn wir unsere guten Schuhe ruinieren.« Er lacht und ich ebenso.

»Das ist dein Bruder«, sage ich und zeige auf den älteren Jungen, der ihm sehr ähnelt. »Und der andere?«

»Nour. Mein Cousin und bester Freund. Hier siehst du uns zu Hause in Aleppo.«

Das nächste Bild zeigt ihn ein wenig jünger im Kreise von sechs anderen Jugendlichen. Vier Mädchen und zwei Jungs, einer davon der Cousin Nour. Eins der Mädchen trägt ein lose gebundenes buntes Tuch in den Haaren, eins ein weißes Kopftuch, zwei andere sind gekleidet, wie Fee und ich uns auch anziehen würden. Na gut, der Ausschnitt von einem der Mädchen wäre mir ja etwas zu tief. Erstaunlicherweise trägt sie ein Kreuz an einer Kette um den

Hals. Die Jungs sehen aus, wie Jungs nun mal aussehen, wenn sie ausgehen. Vielleicht ein wenig möchtegern-cool – aber nett. Die Gruppe sitzt mit Teegläsern um den Tisch eines Straßencafés, im Hintergrund erkennt man einen gepflasterten Platz und einen stuckverzierten Springbrunnen. Und eine Bar, über deren Holztür ein grünes Heineken-Bier-Schild hängt. Das könnte überall auf der Welt sein. Ich hatte mir syrische Städte ganz anders vorgestellt.

»Das ist Aleppo?«, frage ich.

»Nein.« Er steckt das Handy wieder ein und senkt den Blick. »Das war einmal Aleppo.«

Mir läuft es kalt den Rücken runter. Die Art, wie sich seine Augen veränderten, als er die Worte sagte, verrät mir still, dass dort nicht nur der schöne Platz, der Brunnen oder das Café zerstört wurde. Sondern Bedeutsameres. Nicht etwas. Jemand.

Von einem auf den anderen Moment lächelt Shirvan wieder. »Nun, du sagst, die Deutschen wären sehr unterschiedlich. Wenn ich zurückdenke, an meine Freunde, an die Schule, an das Viertel, in dem ich gelebt habe, an das kleine Dorf, in dem meine Eltern ein Haus haben, an die Gegend im Norden, aus der mein Vater stammt, an Aleppo, Latakia und an Damaskus, dann muss ich sagen: Die Syrer sind auch sehr unterschiedlich.«

Nun trinke ich doch von meinem Tee. Lauwarm ist er, viel zu lange gezogen und gerade deshalb so köstlich. Es ist noch nicht einmal Mittag, aber die Sonne hat den Platz, wo wir sitzen, schon stark aufgeheizt. Ich beschatte meine Augen, während ich Shirvan zuhöre.

»In Syrien gab es immer viele Nationalitäten und Konfessionen. Die Mehrheit sind Muslime, Sunniten, wie meine Familie, aber auch viele Schiiten und wenige, aber mächtige Alawiten.«

»Wo liegt der Unterschied?«, frage ich und trinke mehr Tee. Ob es sich ähnlich verhält, wie bei den katholischen und evangelischen Christen?

»Die Alawiten zählen grob gesehen zu den Schiiten, sind aber sehr eigen. Die Schiiten und Sunniten …« Er fährt sich durch das Haar, sodass es wirr absteht. »Wie erkläre ich dir das? Sie sind religiöse Gegner, das spürt man mal mehr und mal weniger. Stell es dir vor wie zwei große Familien, die seit vielen Generationen darum streiten, wer von ihnen die rechtmäßigen Erben eines einzigen, wichtigen Mannes sind.«

»Und wer ist der Mann?«

»Der Prophet Mohammed. Allah segne ihn.«

Das klingt spannend. Ich bin nicht besonders gläubig, auch wenn ich getauft und konfirmiert bin, aber Religionsgeschichte interessiert mich, und ich habe schon in der ersten Klasse stundenlang gebannt in meiner Kinderbibel geschmökert. Allerdings befürchte ich, dass wir über mehrere Tage allein damit beschäftigt sind, wenn ich Shirvan bitte, mir mehr über seine Religion zu erzählen. Er scheint dasselbe zu denken, denn er wechselt wieder zum Ausgangsthema zurück.

»In Syrien leben außerdem Christen, Jesiden, orthodoxe Juden und Armenier. Und natürlich die Kurden, die den Islam oft noch etwas anders leben als die Araber.«

»Anders? Inwiefern?«

»Nimm die Frauen als Beispiel. Arabische Frauen gehen nicht zur Armee, soweit ich weiß. Die kurdischen Soldaten sind aber fast zur Hälfte Frauen. Unsere Frauen sind sehr stark. Und nur wenige tragen heutzutage Hidschāb.«

»Was ist das wieder?«

»Das Kopftuch über dem Haar.«

Ich muss noch mal nachhaken. »Das ist also keine Pflicht in Syrien?«

Shirvan lacht. »Nein. Nein, natürlich nicht. Syrien ist doch nicht Iran, Tooney.« Er sagt das, als hätte ich Brokkoli mit Brot verwechselt, aber ich fühle mich nicht schlecht, weil er sich über meine Ahnungslosigkeit amüsiert. Woher soll ich das auch alles wissen?

»Es gibt viele christliche Kirchen in den syrischen Städten. Und Damaskus hat ganze chinesische Viertel mit chinesischen Märkten und Bauten. Vor dem Bürgerkrieg haben viele Europäer in Syrien gelebt, kamen als Touristen oder zu einem Studienaustausch. Auch Deutsche – vor allem aus Ostdeutschland. Syrien war immer bemüht, ein modernes Land in Arabien zu sein – zumindest sollte die Welt das denken. Leider kam dann der Bürgerkrieg und mit ihm die Daesh – die islamistischen Radikalen. Sie haben viel zerstört.« Er senkt den Blick. »Aber sie waren weder die Einzigen noch die Ersten.«

Plötzlich sieht Shirvan auf und schaut sich verwundert um. Jetzt bemerke ich es auch: um uns ist es auffällig ruhig geworden. In einiger Entfernung geht noch eine kleine Gruppe zum Clubhaus, ansonsten ist niemand mehr zu sehen. Ist es etwa schon so spät geworden?

»Hoppla! Shirvan, ich glaube, wir verpassen das Essen.«

»Ist doch nicht schlimm. Ich besorge uns später etwas anderes.«

Ich muss lachen. »Aber ich bin doch hier, um bei der Essensausgabe zu helfen.« Außerdem will ich unbedingt wissen, ob endlich genug für alle angeliefert wird. »Komm, gehen wir. Wir reden später weiter.«

Zuerst zögert er, aber ich sehe ihn auffordernd an, und dann erhebt er sich doch.

»Beantwortest du mir noch eine Frage?«

Er neigt den Kopf, ein stilles: Nur her damit.

»Dürfen …« Oh Mann, ich blamiere mich. Das weiß ich jetzt schon! »Dürfen Frauen in Syrien eigentlich auch Auto fahren?« Warum habe ich diese eine Sache nicht einfach gegoogelt?

Sein rechter Mundwinkel zuckt nach unten. »Nein«, sagt er leise. »Daher gehen so viele kurdische Frauen zur Armee, weißt du? Auto ist verboten – Panzer erlaubt.« Er mustert mich, begutachtet mein Erstaunen und bricht dann in Gelächter aus. »Tooney!«, ruft er etwas atemlos. Seine Wangen sind ganz rot geworden. »Verzeih mir. Du stellst so lustige Fragen.«

»Oh. Das war ein Witz?«

»Natürlich. Frauen dürfen fahren, was sie wollen. Auto, LKW, Zug … meine gute Freundin Jalila – du hast sie eben auf dem Foto gesehen – will Pilotin werden.«

Das klingt nach mehr Gleichberechtigung, als meine Eltern glauben. Ich muss ihn dringend mehr fragen und fluche lautlos, weil meine Zusage, bei der Essensausgabe zu helfen, unserem Gespräch eine Pause aufzwingt.

Fee und Saskia haben bereits begonnen, das Essen zu verteilen, und ich fange einen vielsagenden Blick von meiner besten Freundin auf. Sie schaut zu Shirvan, registriert vermutlich sein gerötetes Gesicht, und ihr Blick wandert zu mir zurück, eine Augenbraue erhoben, als wollte sie mir etwas Wichtiges mitteilen. Rasch wende ich mich ab, um meine Hände zu waschen und zu desinfizieren.

»Sorry«, murmle ich, als ich eine Minute später mit Handschuhen, Haarhaube und Schürze zwischen Saskia und Fee stehe.

»Nicht dafür«, zwitschert Fee, aber Saskia betrachtet mich mit angespannten Gesichtszügen. Einen Moment später ist sie wieder in die Arbeit vertieft, vielleicht habe ich mir den eigenartigen Blick auch eingebildet.

Diesmal stellt Shirvan sich zu den anderen, holt sich eine Portion Reis mit Sauce und setzt sich zusammen mit anderen Jungen an ein Tischende.

Heute haben wir genug Essen für alle – sogar mehr als nur genug –, trotzdem müssen wir die Leute immer wieder bitten, sich hinten anzustellen, statt nach vorn zu drängen. Sie scheinen das für einen seltsamen Spleen von uns zu halten, befolgen unsere Anweisungen aber, wenn auch mit Kopfschütteln und Grinsen. Ich wundere mich nicht, als Saskia uns erklärt, dass es im Nahen Osten vollkommen unüblich ist, sich in einer Reihe aufzustellen. Mich erstaunt bloß, dass mich selbst die nach vorn zu uns hindrängenden Menschen kaum mehr beunruhigen.

»Was läuft da zwischen euch?«, flüstert Fee, als wir fast fertig sind und nur noch einzeln Nachschlag verteilen.

Mein Blick fliegt unweigerlich zu Shirvan und verkantet für einen Moment mit seinem. Nur mit Mühe kann ich mich lösen. »Er erzählt mir von Syrien«, sage ich leise und spüre Wärme, weil meine Wangen sich röten. Schnell drehe ich mich von Fee weg und wische die Theke ab. »Und ich ihm von Deutschland und den Deutschen.«

»Soso. Wie intim werden denn eure Studien?«

Fast verschlucke ich mich an meiner eigenen Spucke. »Also bitte! Fee!«

»Ja, was denn?« Sie lacht. Lacht sie mich aus? »Darf man nicht mal mehr fragen? Was wäre denn dabei?«

Ja, was wäre … Ich schüttle den Kopf. »Es ist rein platonisch.«

»Platonisch«, echot Fee und klingt dabei überaus ironisch. »Platonisch gibt es gar nicht, wenn einer solche Augen hat. Und hast du die Wimpern gesehen? Und wie der lächelt?«

Ich habe den Moment gesehen, in dem ihm das Lächeln vergeht. Ungewollt. Und nur kurz. Als würde er einen hochgehaltenen Schutzschild aus Lächeln aus purer Erschöpfung einen Augenblick lang senken müssen.

Saskia kommt zu uns, sodass ich auf Fees letzten Kommentar nicht antworten muss. »Der Deutschkurs beginnt hier um drei Uhr«, lässt sie uns wissen. »Die beiden Lehrerinnen sind schon da und sehen sich gerade um. Die wollen hier tatsächlich an die zweihundert Leute gleichzeitig unterrichten. Na ja, es gibt ja ein Mikro und sie werden schon einen Plan haben. Es wäre prima, wenn ihr die Kinder so lange draußen auf der Wiese beschäftigen könnt, damit sie die Eltern nicht stören. Ich habe leider im Büro zu tun.« Sie verzieht frustriert das Gesicht, was ich gut verstehe. Das Büro ist klein, dunkel und stickig. Kein schöner Ort, wenn es draußen knappe dreißig Grad hat.

»Antonia?«, ruft mir Saskia hinterher, als wir uns schon auf dem Weg nach draußen befinden. Ihre Stimme klingt, als stünde eines dieser Gespräche an, die niemand wirklich führen will. Und ich will es am wenigsten, dabei weiß ich nicht mal, worum es geht.

Saskia fächert sich Luft zu und öffnet ihre orangefarbene DRK-Weste. Darunter trägt sie ein T-Shirt mit der Aufschrift *Nazis essen heimlich Döner.*

»Nimm es mir bitte nicht übel«, sagt sie und meidet meinen Blick, was mich nervös macht. Saskia kommt mir vor wie eine Frau, die die Blicke von nichts und niemandem meidet. Habe ich etwas falsch gemacht? »Aber persönliche Beziehungen … engere … sind hier keine gute Idee.«

Das Blut steigt mir so plötzlich ins Gesicht, dass es sich anfühlt, als ob ein Vulkan ausbricht und Lava in die Höhe spuckt. »Klar, logisch, alles gut!«, kiekse ich schnell. »War auch gar nicht meine Absicht.«

Saskia lächelt. »Dann ist's ja gut. Ich muss halt ein Auge drauf haben. Im Grunde bin ich ja froh, dass du dich so gut mit Shirvan verstehst. Ich habe mir Sorgen um ihn gemacht.«

»Wie meinst du das?«

Zuerst scheint sie unsicher, ob sie mit mir darüber sprechen sollte, dann entscheidet sie sich dafür. »Na ja. Unsere Bewohner sind zum Warten und Nichtstun verdammt. Das hier ist für alle hart, aber für die Jungs und die jungen Männer ist es am schlimmsten, weil sie ohnehin das Gefühl haben, ihr Land, ihr Volk und ihre Familien im Stich zu lassen. Sie haben alle ihre verschorften Wunden, die bei einem entsprechenden Trigger aufbrechen. Trigger, so nennt man Reize, die einen gefühlt in die Vergangenheit katapultieren, sodass man glaubt, ein traumatisches Erlebnis noch einmal durchleben zu –«

»Ich weiß, was ein Trigger ist«, unterbreche ich sie. Ich weiß das viel besser, als mir lieb ist.

»Der eine kann kein Kinderweinen ertragen, der nächste beginnt unkontrolliert zu zittern, wenn ein Heli oder ein Flugzeug tief fliegt. Manche haben Angst vor jeglicher Uniformierung. Einige werden aggressiv oder lethargisch und depressiv. Das Rumsitzen und Warten ist vollkommen gegen ihre Natur, verstehst du?«

Sie wartet, bis ich nicke. »Natürlich.«

»Bei Shirvan war ich mir nicht sicher, in welche Richtung er sich entwickelt. Er schien auf den ersten Blick sehr nett, aber vollkommen verschlossen. Mir war nur klar, dass das Rumsitzen nicht mehr lange gut geht. Ich habe versucht, ihn mit Übersetzungsjobs zu beschäftigen, aber er hat sich trotzdem immer mehr zurückgezogen und vor sich hingegrübelt.

Seit gestern scheint es ihm schon deutlich besser zu gehen.« Sie sieht mich ernst an. »Trotzdem muss ich dich bitten, etwas aufzupassen, dass sich da nichts entwickelt.«

Ich zucke mit den Schultern. »Brauchst dir keinen Kopf machen.«

»Dann ist es ja gut. Bis später und viel Erfolg mit den Kids.«

Als ich auf der Suche nach Fee durch den Flur trotte, fühle ich mich wie ein zurechtgewiesenes Kind. Ein völlig zu Unrecht zurechtgewiesenes Kind! Was bildet sich Saskia denn ein? Dass ich nicht in der Lage bin, mit einem Jungen zu reden, nur weil er schöne Augen hat?

»Tzz«, mache ich leise. Okay, er hat ganz nüchtern betrachtet wirklich verdammt schöne Augen, aber das heißt ja nun nicht zwangsweise, dass …

Ich biege um die letzte Ecke im Flur und renne schmerzhaft heftig in eine Person hinein.

»Whoa – langsam!«, ruft jemand auf Englisch. Vor mir steht Shirvan und klimpert amüsiert mit ausgerechnet jenen Vorzügen, die mich gerade beschäftigt und abgelenkt haben; aber zusammengestoßen bin ich mit dem Jungen neben ihm. Der ist schlaksig und etwas größer als Shirvan, vermutlich auch ein bisschen älter. Er hat kleine, verschmitzt wirkende Augen, die ebenso dunkel sind wie Shirvans, und kurzes Haar, von dem ich nicht sagen kann, ob es dunkelbraun oder schwarz ist. Im Gegensatz zu Shirvan ist er blass, regelrecht bleich.

»Tooney, da bist du ja. Wir haben dich gerade gesucht.«

Zum Glück ist Saskia in die andere Richtung gegangen und kann nicht sehen, dass ich gleich nach ihrer Ansprache wieder mit Shirvan zusammen bin. Und dass wir uns anstrahlen wie zwei Scheinwerfer.

»Ich möchte dir meinen Freund Mejdi aus Albanien vorstellen.«

»Freut mich«, sage ich und schüttle dem Jungen die Hand. Mejdi wirkt sehr freundlich, aber in seinem Blick liegt eine gewisse Skepsis, als sei er nicht überzeugt, ob es sicher ist, mich anzufassen. Nervös schaut er sich in alle Richtungen um.

»Mejdi und ich wollen ein bisschen Fußball spielen«, sagt Shirvan. »Magst du uns anfeuern?«

Ich schaue auf mein Handy. Bis drei Uhr bleibt noch mehr als eine Stunde Zeit. »Gern, Fee kommt bestimmt auch«, sage ich.

Shirvan hebt den Daumen. »Super.«

»Aber wir gucken nicht zu.« Zu gut erinnere ich mich, an welcher Stelle wir eben unterbrochen wurden. Ich wollte mit ihm über Gleichberechtigung in Syrien sprechen – und das werde ich nicht vergessen! »Wir spielen mit!«

elf

Ich habe meine Klappe verdammt weit aufgerissen.

Fee und ich haben keine Schnitte gegen die Jungs. Wir spielen zwei gegen zwei, je ein Junge und ein Mädchen zusammen, aber eigentlich können Fee und ich uns nur größte Mühe geben, dem Gegner statt dem Mitspieler im Weg zu stehen. Spaß macht es trotzdem.

Mejdi mag muntere Dackelaugen haben, ist aber eher scheu wie ein halbwilder Kater und lächelt an uns vorbei, wenn wir mit ihm reden. Man könnte meinen, er versteht uns nicht, obwohl er mit Shirvan ein sicheres Englisch spricht. Während des Spiels ist von seiner Zurückhaltung allerdings nicht viel zu bemerken. Er rennt auf den Ball zu, als ginge es um die Weltmeisterschaft, und knallt seine Schüsse gegen den zum Tor erklärten Zaun, als wolle er Löcher hineinschießen. Egal, wie talentbefreit ich herumhample – Fee und Shirvan haben keine Chance gegen uns.

Offenbar bietet unser Spiel einen hohen Unterhaltungswert, denn in kürzester Zeit versammeln sich Leute am Spielfeldrand, die uns anfeuern und applaudieren. Auch Etienne und seine kleine Kinderschar sehen zu und machen die eine oder andere La Ola. Ganz besonders fällt mir eine junge Frau mit einem pummeligen Baby im Arm auf, die am Rand auf ihren Fersen sitzt und Mejdi kaum aus den Augen lässt. Hin und wieder schaut er in ihre Richtung, und dann passiert das, was man gemeinhin als *fliegende Funken* bezeichnet. Und das trifft es nicht mal ansatzweise. Eher scheint es, als würde der Raum zwischen den beiden funkeln, als würde die Sonne etwas wärmer scheinen und das Licht weicher werden. Ich muss unbedingt in Erfahrung bringen, wer sie ist.

Es steht bereits sieben zu zwei, als Shirvan und Mejdi wieder um den Ball kämpfen. Ich laufe näher zu den beiden, um Shirvan ganz unauffällig im Weg zu stehen, damit Mejdi freie Bahn zum Tor hat. Allerdings ist Mejdi nicht nur schnell – er ist viel schneller, als ich dachte. Kaum habe ich die Jungs erreicht, kickt er den Ball elegant zwischen seinen eigenen Füßen hindurch hinter sich, sodass Shirvan nicht mehr drankommt. Mejdi wirft sich herum und setzt in derselben Bewegung zum Sprint in Richtung Tor an. Er ist einfach zu flink, als dass ich ihm ausweichen könnte, und er hat zu viel Schwung, um abzubremsen. Wir versuchen beide, der Kollision zu entgehen, krachen aber dennoch mit den Schultern gegeneinander. Der Länge nach falle ich auf den Boden. Ein scharfes Brennen zieht mir in den linken Arm und die rechte Hand und treibt mir die Tränen in die Augen. Durch die Zuschauer geht ein Raunen. Ich setze mich vorsichtig auf und mache eine Bestandsaufnahme.

Mejdi taucht neben mir auf. »Entschuldigung«, flüstert er. Nun ist er nicht mehr blass – er ist weiß wie ein Bettlaken. Selbst seine Lippen haben die

Farbe verloren. »Das tut mir leid, tut mir wirklich sehr leid!«

»Ist doch nicht schlimm«, erwidere ich. Ich habe mir den Handballen und den Ellbogen aufgeschürft. Meine Knie fühlen sich an, als würden sie pulsieren und dabei grün und blau werden. Aber sowas passiert eben, wenn man Fußball auf dem asphaltierten Hof spielt. Mit Mejdis Hilfe kann ich sofort wieder aufstehen. »Es ist wirklich nichts passiert«, sage ich und bemühe mich, unbekümmert zu grinsen. »Ich habe mir nicht wehgetan.«

Unsere Zuschauer scheinen das nicht so locker zu nehmen. Rufe erklingen. Ich verstehe zwar kein Wort, aber dem Tonfall nach sind es zweifelsfrei Beschimpfungen. Mejdi steht mit geballten Fäusten neben mir und starrt den Boden an, als könne er mit genug Willenskraft im Asphalt versinken. Männer brüllen. Shirvan hat beide Hände erhoben, als müsse er sich ergeben. Sein Gesicht ist angespannt. Fee versucht es mit Grinsen und deeskalierenden Worten, wird allerdings vollkommen ignoriert.

»Es ist alles gut!«, rufe ich und versuche mich ebenfalls an einem Lächeln. »Es ist nichts passiert – gar nicht schlimm – mir geht es gut!« Doch mein Gesicht sieht vermutlich eher aus, als kämpfe ich gegen die Tränen. Die ersten Männer, dunkle Typen von Mitte zwanzig oder etwas älter, kommen näher, reden lautstark auf Mejdi ein, deuten auf mich. Er versteht sie ebenso wenig wie ich. Einer stößt ihn hart vor die Brust.

Ich rufe: »Nein – Stopp!«, ohne dass es jemanden interessiert.

Plötzlich kommt die junge Frau mit dem schlafenden Baby auf uns zu. Sie hält das Kleine geübt im linken Arm, ihre Hand stützt das Köpfchen. Mit der freien Hand schiebt sie erst die anderen Männer beiseite, anschließend gestikuliert sie heftig, während sie auf Mejdi einredet, lauter und lauter, bis sie schließlich schreit. Um sie herum sind alle still geworden, dabei verstehen die meisten vermutlich kein Albanisch. Die junge Frau deutet auf mich, zeigt auf meine Verletzungen. Dann spuckt sie Mejdi regelrecht einen weiteren Wortschwall ins Gesicht und holt weit mit der Hand aus. Ich halte die Luft an. Erwarte, dass sie ihn schlägt, und kann nicht ansatzweise absehen, was danach passieren wird. Doch sie deutet den Schlag nur an, droht Mejdi mit dem Zeigefinger und wendet sich ab, um mit eisigem Gesicht in Richtung der Zelte zu verschwinden.

Was immer die Frau getan hat, es hat die aggressive Stimmung der Leute eliminiert, wie ein Filter Schmutz aus der Luft entfernt. Ein paar Männer sagen noch etwas zu Mejdi, es klingt plötzlich freundlich-spöttisch bis mitleidig.

»Wer war das?«, fragt Fee, als sich der Pulk um uns herum aufgelöst hat.

»Das«, sagt Mejdi leise und bekommt glühend rote Ohren, »war Rezarta Daxha. Die Mutter meines Sohnes Luan. Meine Ehefrau.«

zwölf

Zivile, alte und kranke Menschen, Frauen, Kinder, Priester, Mönche, Mediziner u.a. dürfen nicht getötet werden. Ebenfalls werden ihre verwundeten Krieger verschont, die Leichen ihrer Toten dürfen nicht verstümmelt, ihre Tiere nicht getötet, ihre Häuser nicht zerstört werden. Ihre Brunnen und Wasserquellen dürfen nicht verschmutzt oder vergiftet werden, ihre flüchtenden Soldaten nicht verfolgt werden. Die Tötung eines dieser Menschen gilt als Unheilstiftung auf Erden, die Allah verboten hat. Allah sagt: Und trachte nicht nach Unheil auf der Erde, denn Allah liebt nicht die Unheilstifter.

(Koran, Sure 28, Vers 77)

Die Lust, weiter Fußball zu spielen, ist uns vergangen. Wir sitzen im Schatten zusammen und trinken lauwarmen Tee. Rezarta hat sich wieder zu uns gesellt. Sie sitzt in geringem Abstand neben Mejdi und beobachtet aus wieder sanft gewordenen Rehaugen, wie dieser mit dem kleinen Luan spielt, ihn vorsichtig in die Höhe hebt und wie ein Flugzeug durch die Luft gleiten lässt. Das Baby kreischt vor Vergnügen.

»Warum ist es eben beinah eskaliert?«, fragt Fee und spricht damit aus, was mir auf der Seele brennt. »Ich dachte, die wollten Mejdi lynchen. Dabei ist gar nichts passiert.«

»Mejdi ist verheiratet«, sagt Shirvan und zuckt mit den Schultern. »Es ist schon grenzwertig, wenn ein verheirateter Mann mit anderen Frauen herumalbert. Aber er hat Tooney auch noch wehgetan, bloß aus Unachtsamkeit. Sie haben Angst, dass sich sein Verhalten auf uns alle auswirkt. Wenn einer einen Fehler macht, heißt es danach immer: die Flüchtlinge.«

Ich will widersprechen, aber Shirvan hebt die Hand, als Zeichen, dass er noch nicht fertig ist.

»Mejdi ist ein sehr junger Mann und Rezarta eine sehr junge Frau. Sie sind ohne ältere Verwandte in Deutschland, die ihnen sagen, wie sie sich verhalten sollen. Manche haben das Bedürfnis, diese Rolle zu übernehmen. Im Nahen Osten ist es üblich, dass Ältere ein Auge auf die Jüngeren haben. Zur Orientierung und Erziehung. Außerdem«, er seufzt, und ich ahne, dass wir dem wahren Grund erst jetzt näher kommen, »ist es eine schwierige Situation für alle. Alle haben Stress, weil wir nicht wissen, was mit uns passiert. Alle fürchten sich, Fehler zu machen und fortgeschickt zu werden. Das Warten und die Sorgen machen die Geduld wie …« Er deutet auf einen meiner Chucks und nimmt das ausgefranste Ende des Schnürriemens zwischen die Finger. »Versteht ihr?«

»Lagerkoller«, sagt Fee auf Deutsch zu mir. »Die Typen sind mit den Nerven am Ende. Da reichen Kleinigkeiten, um sich aufzureiben.«

»Wir sollten ein bisschen vorsichtiger sein«, sagt Shirvan, als hätte er Fee verstanden.

Damit habe ich meine Antwort bezüglich der Gleichberechtigung zwischen Frauen und Männern wohl leider schon. Wie deprimierend, ich hatte gehofft, dass meine Eltern sich irren.

»Mädchen dürfen in deiner Heimat offenbar doch nicht alles«, sage ich leise zu Shirvan.

»Und Jungen auch nicht«, erwidert er. »Bei uns hängt viel davon ab, was deine Eltern oder ältere Verwandte entscheiden.«

Ich spüre das unsinnige Verlangen, ihm zu sagen, dass ich hier bin, obwohl mein Vater es mir verbieten würde. Aber dann lasse ich es. Zum einen ist es nicht seine Schuld, dass die Dinge in seiner Heimat anders sind. Zum anderen müsste ich ihm ebenfalls erklären, warum mein Vater mich nicht ins Camp gehen lassen würde. Und wie soll ich ihm das begreiflich machen? Mein Vater ist weder ein Nazi noch rechts orientiert. Er ist einfach nur …

Es bringt nichts, sich den Kopf zu zerbrechen.

»Wie konnte Rezarta die Situation so einfach klären?«, fragt Fee. Rezarta sieht auf und errötet leicht bei der Erwähnung ihres Namens.

»Sie ist eine Mutter und Mejdis Ehefrau«, sagt Shirvan, als brauche es keine weitere Erläuterung.

»Dadurch wird sie respektiert?«

Shirvan seufzt. Vermutlich mag er es nicht, dass wir von ihm verlangen, das Verhalten seiner Landsleute zu erklären. Aber die Reaktionen der Männer haben mir Angst gemacht, und ich komme besser damit klar, wenn ich die Hintergründe verstehe.

»Ihr wollt hören, dass arabische Männer Patriarchen sind«, sagt er. »Und ja, das sind sie. In unserer Heimat treffen Männer die Entscheidungen, und Frauen beklagen sich darüber. Wir haben aber auch sehr starke Frauen in Syrien. Hinter den geschlossenen Türen der Häuser sagen sie den Männern und den Söhnen, wo es langgeht. Aber draußen sind es eben die Männer, die entscheiden. Eine Frau braucht Männer zum Schutz vor anderen Männern. Ich habe es dir gesagt, Tooney, gute Menschen und schlechte Menschen gibt es überall.« Er macht eine Pause, signalisiert aber wieder, dass er gleich weitersprechen wird. Mir ist das schon einmal bei ihm aufgefallen: Manchmal überlegt er sehr genau, bevor er etwas sagt. Schließlich benetzt er seine Lippen mit der Zunge, lehnt sich vor und spricht weiter, den Blick auf den Boden gerichtet. »Die syrische Regierung ist verlogen. Der Staat schützt Menschen nicht. Die Polizei sieht weg, wenn sie nichts sehen will, und sie will nur sehen, wenn etwas in Aussicht steht.« Er reibt zwei Finger gegen seinen Daumen; das Zeichen für Geld. »Der Staatschef ist eine …« Er sagt ein arabisches oder kurdisches Wort, aus dem die pure Verachtung spricht. »Er sonnt sich im Glanz von modernem Wissen und Fortschritt. Aber er ist bloß ein Blender und ein Lügner.«

»Ich könnte mir vorstellen, dass es an der Religion liegt?«, wirft Fee ein. »Der Islam ist sehr –«

»Pah.« Shirvan springt auf. Einen Moment sieht er wirklich wütend aus, dann schluckt er mehrmals und wirkt nur noch frustriert. »Es ist nicht wegen der Religion«, sagt er leise. »Die Religion leidet ebenso wie das Volk von Syrien. Aber wir sollten nun zum Deutschkurs gehen. Vielleicht sprechen wir später über die syrische Regierung und die Religion. Inschallah.«

Sein ›Vielleicht‹ klingt, als würde es zittern. Bis gestern hatte ich mir nicht vorstellen können, Interesse an Themen wie Politik oder fremde Religionen zu entwickeln. Das schien mir einfach zu kompliziert. Jetzt kann ich es nicht mehr erwarten, mehr zu erfahren. Die Themen sind nun verwoben mit einem Menschen, den ich kennengelernt habe. Verwoben mit einem Menschen, der mir, obwohl wir uns erst so kurz kennen, bereits wichtig geworden ist.

Im Schatten einiger Sonnenschirme bauen wir Bierbänke und Tische auf dem Hof auf und legen stapelweise Papier, gespendete Farben und Pinsel aus, damit die Kinder malen können, während die Erwachsenen drinnen lernen. Das Angebot nehmen die Kleinen gern an. Im Nu sind wir umringt von mehr als zwei Dutzend Kindern im Kindergarten- und Grundschulalter. Auch meine beiden Zwillingsmäuse sind wieder dabei. Sie malen Prinzessinnen, die aussehen wie Kartoffeln mit Lippenstift und gelben Häusern auf dem Kopf, und zanken sich so sehr um den einzigen hellrosafarbenen Buntstift, dass sie versuchen, sich gegenseitig zu beißen. Es gelingt mir, sie abzulenken, indem ich ihnen den Titelsong von Sailor Moon vorsinge.

»Mir fiel nichts anderes ein!«, rufe ich zu Fee rüber, die sich fast schlapplacht, als die Mäuse und eine Handvoll weiterer Kinder halbverständlich mit mir grölen. Plötzlich vergeht ihr das Lachen. Sie beugt sich über das Bild eines Jungen. Von hier aus kann ich nicht erkennen, was ihre Aufmerksamkeit bannt, und zu ihr gehen kann ich auch nicht, ohne zu riskieren, dass meine wilden Kampfmäuse die nächste Runde einläuten. Die anderen Kinder sind recht einfach zu hüten. Hin und wieder lobe ich die bunte Farbauswahl, spitze einen Bleistift an, helfe bei den Umrissen von Tieren und Menschen und wuschel einen Haarschopf durch, während die Kinder malen.

Die wilden Zwillingsmäuse versuche ich, mit ein wenig Deutschunterricht abzulenken, bevor sie die anderen mit ihren Hummeln im Hintern anstecken. Wenig später wiederholen sie stolz, was sie gelernt haben:

»Hallo. Ich haiße Mira.«

»Hallo. Isch heiße Linda.«

»Ich bin fünf Jahr alt.«

»No, no, nooo! *Isch* ben funf Jahr alt!«

Im nächsten Moment hängen sie sich wieder mit zu Krallen gekrümmten Fingerchen gegenseitig in den Haaren, und ich beginne, die Mutter der beiden für ihre Nerven zu bewundern, ohne sie zu kennen.

Rezarta kommt mit dem brüllenden Baby nach draußen auf den Hof. Klein-Luan beruhigt sich sofort, als er die anderen Kinder sieht, und meine Kampfmäuse hüpfen vor Rezarta auf und ab und ziehen Grimassen, um ihn zum Lachen zu bringen. Rezarta setzt sich mit einem scheuen Lächeln zu uns und zeigt mit Gesten, dass sie den Kurs nicht mitmachen kann, weil es dem Baby drinnen wohl zu laut ist. Es tut mir leid für die junge Albanerin. Im Gegensatz zu ihrem Mann spricht sie nur sehr wenig Englisch. Der Deutschunterricht wäre wichtig für sie, um sich verständigen zu können.

Allerdings merke ich schnell, dass wir uns ganz gut verstehen, auch wenn wir keine gemeinsame Sprache sprechen. Sie ist klein und hat bis auf schöne, große Rehaugen ein vollkommen unscheinbares Gesicht und schulterlange, dünne Haare von der Farbe wie Salz und Pfeffer. Sie ist keine Schönheit, wie ich auch ihren Mann nicht als wirklich attraktiv bezeichnen kann mit seiner bleichen Haut, den vermutlich selbstgeschnittenen Haaren und den schiefen Zähnen. Aber wenn beide zusammen sind, dann umgibt sie ein Leuchten, und die Wärme, die sie füreinander empfinden, strahlt von ihnen ab, sodass man das Paar plötzlich ganz anders wahrnimmt.

Rezarta singt nun leise mit schöner Stimme und halbverständlichem Text ein Lied von Adele, und Klein-Luan fallen in ihrem Arm langsam die Augen zu. Ich mustere sie unauffällig. Noch nie habe ich innere Schönheit so deutlich bemerkt wie bei ihr und Mejdi.

Als das Baby schläft, erzählt sie mir, warum sie und ihr Mann Albanien verlassen haben, um in Deutschland Asyl zu beantragen. Dazu nutzt sie das bisschen Englisch, das sie kann, die Hände und Füße, und wenn das nicht reicht, schlägt sie mit einer Hand in einem abgegriffenen Wörterbuch mit ausgefransten Seitenrändern nach, während sie Luan im anderen Arm wiegt.

Die beiden haben sich in der Uni kennengelernt, und bei beiden war es Liebe auf den ersten Blick. Sie heirateten und malten sich ihre Zukunft trotz der schwierigen wirtschaftlichen Lage in Albanien in den schönsten Farben aus. Mejdi studierte Biologie und wollte in die Forschung gehen, Rezarta plante, Kinder- und Jugendpsychologin zu werden. Neben dem Studium mussten beide sehr viel arbeiten, um die Studiengebühren und ihren Lebensunterhalt bezahlen zu können. Manchmal schliefen sie über Tage hinweg nur drei Stunden jede Nacht. Doch sie hatten Ziele und wussten, dass sie sie erreichen konnten. Alles würde gut werden. Doch dann wurde Rezarta ungeplant schwanger. Nun musste das junge Paar zusätzlich für ein Kind sorgen. Rezarta pausierte ihr Studium. Mejdi brach es komplett ab und nahm eine Arbeit in einem Baumarkt an, um die Familie zu versorgen. Sein Lohn reichte allerdings nicht ansatzweise. Als die Familie vor der Wahl stand, für den Monat Essen und Gas für die Heizung zu bezahlen oder das Baby gegen die wichtigsten Krankheiten impfen zu lassen, an denen in Albanien häufig Kinder sterben, entschieden sie sich, ihre Heimat zu verlassen und ihr Glück woanders zu suchen.

Rezarta lächelt mich an, krempelt Luans kurzen Strampler ein Stück weiter hoch und zeigt mir das winzige Pflaster an seinem prallen, pfirsichfarbenen Oberschenkel.

»Impfung«, sagt sie auf Deutsch. Sie scheint sehr glücklich, dass ihr Baby nun sicherer ist, und ich fühle mich plötzlich, als wäre der Boden, auf dem wir stehen, ein anderer als noch einen Moment zuvor. Irgendwie wackeliger.

Ich habe nie zuvor mit jemandem an einem Tisch gesessen, für den solche Selbstverständlichkeiten wie ein sicheres Dach, genug zu essen oder eine Impfung gegen Kinderlähmung das ganze Leben und die Welt bedeuten. Natürlich kenne ich Zahlen, habe Bilder gesehen und weiß, dass in vielen Teilen der Erde schreckliche Armut herrscht. So nah waren mir solche Sorgen jedoch noch nie. Noch nie habe ich jemanden getroffen, der ernsthaft Angst haben muss, sein Kind könnte den Winter nicht überleben, und der gleichzeitig Adele mitsingen kann.

Mir so nah.

Mir so unglaublich fern.

Es fühlt sich an, als wären Welten miteinander kollidiert.

dreizehn

Donnerstagmorgen laufe ich auf der Suche nach Frühstück beinah in meinen Bruder.

»Wie kommt's, dass du schon wach bist?«, frage ich irritiert.

Er gähnt, und mir schlägt fieser, kalter Zigarettengeruch entgegen, dabei raucht Alex doch gar nicht. »War noch gar nicht im Bett. Ich war bei Max, wir haben die ganze Nacht gezockt.«

Was auch sonst? Seine Augenringe hätten es mir verraten müssen.

»Sind Mama und Papa schon weg?«, fragt er mich.

»Hast du mal auf die Uhr geguckt? Es ist gleich acht, natürlich sind die schon weg.« Aber woher soll er wissen, wann die beiden losgehen? In der Schulzeit müssen wir vor ihnen aus dem Haus, um unseren Bus zu kriegen, und in den Ferien beginnen Alex' Tage erst gegen Mittag.

»Na, egal. Ich brauch erst mal einen Kaffee, bevor ich schlafen kann.«

Über die Logik meines Bruders wundere ich mich selten.

Im Radio läuft ein Lokalprogramm, das nicht gerade für gute Musik bekannt ist. Ich will gerade einen anderen Sender einschalten, aber Alex protestiert. »Lass das mal laufen, bis die Nachrichten kommen.

Ich hab gehört, dass es in Alsberg Randale gab, und will wissen, was dran ist.«

»Was für Randale?« In unserer Nachbarstadt ist noch weniger los als bei uns. Wenn da Kinder Kirschen vom Baum klauen, ist es dem Lokalsender glatt eine Meldung wert.

»Massenschlägerei im Asylantenheim«, sagt Alex und kippt sich eine Salatschüssel randvoll mit bunten Maisflakes voll. Seit er vier Jahre alt ist, frühstückt er nichts anderes. »Angeblich mit Schießerei und einem toten Wachmann.« Den Rest verstehe ich nicht mehr, weil das Fauchen des Kaffeeautomaten seine Stimme übertönt.

»Seit wann interessieren dich eigentlich die Nachrichten?«, will ich von ihm wissen, sobald der Kaffee fertig ist.

Alex wirft mir einen Blick zu, als wäre ich nicht mehr ganz bei Trost. »Hast du mal aus dem Fenster geguckt, Toni Makkaroni?«

Ich hasse es, wenn er mich so nennt. Der Spitzname klingt witzig, beinah niedlich, wie Überbleibsel aus Kindertagen. Aber so ist er nicht gemeint. Der Name bezieht sich auch nicht auf meine nicht vorhandene Liebe zu Pasta, sondern darauf, dass eine Makkaroni innen hohl ist.

»Das ist doch bloß eine Frage der Zeit, bis es da drüben auch kracht.«

»Warum denkst du das?«

Genervt stöhnt mein Bruder auf, stopft sich einen vollgeladenen Löffel Flakes in den Mund und redet mit vollen Backen weiter. »Bitte, Toni. Keine naiven Gutmenschfragen beim Frühstück, ja? Warum sollte es hier anders sein als überall sonst? Du kannst auf Facebook nachlesen, was im Land los ist. Überall Raubüberfälle, belästigte Frauen und Ladendiebstähle. Und die Presse schweigt auf Befehl von oben.«

Er trinkt Cappuccino, während ich mir zwei Scheiben Toast in den Toaster schiebe. »Befehl von oben?«

»Von den Politikern. Haben nicht genug Arsch in der Hose, die Grenzen zu schließen, und versuchen, ihre Fehler zu vertuschen, indem die Kriminalität der Asylanten runtergespielt wird.«

»Die lügen deiner Meinung nach also alle?«

Alex lehnt sich auf seinem Stuhl zurück und streckt den Nacken, bis es knackt. »So sieht es leider aus.«

Langsam brodelt heiße Wut in meinem Bauch hoch. Ich schlucke dagegen an, aber lange werde ich mich nicht mehr beherrschen. Wie kann Alex sich hinstellen und vorgeben, den Durchblick zu haben, obwohl seine gesamte Recherche zum Thema darin besteht, irgendwelche Facebook-Beiträge zu liken? Was würde passieren, wenn ich ihm ins Gesicht rufe, dass ich seit unserer Rückkehr aus dem Urlaub meine Tage im Camp verbringe?

Es fehlt nicht mehr viel, damit ich es ausprobiere.

»Und es ist vollkommen undenkbar«, überlege ich laut, »dass es vielleicht die anderen sind, die lügen? Dass rechte Spinner die Menschen mit Gerüchten und Lügen auf ihre Seite ziehen wollen?«

»Das hat mit Rechtsradikalen gar nichts zu tun, sondern mit berechtigten Sorgen«, widerspricht Alex.

Erschreckenderweise würde ich ihm vermutlich glauben, wenn ich es nicht besser wüsste. »Man muss einfach wissen, was man tut, wenn man Horden von Fremden ins Land lässt. Und die Regierung weiß es nicht!«

Aber du, ja?, denke ich, sage aber etwas anderes: »Meinst du, die Menschen lassen alles zurück und fliehen auf den gefährlichsten Wegen vor Gewalt und Terror, um hier neue Gewalt und noch mehr Terror zu verursachen? Das macht keinen Sinn.«

»Du hast halt keine Ahnung.« Alex wirft mir einen Blick zu, als fände er mich auf niedliche Art dumm und naiv. »Hätte ich in deinem Alter auch nicht gehabt.«

»Die letzten beiden Jahre Dauerzocken müssen dich sehr klug und weise gemacht haben«, schieße ich zurück.

Er erwidert nichts, denn die Nachrichten beginnen. Der Vorfall in Alsberg ist gleich das erste Thema.

»Am Dienstag kam es in den späten Abendstunden in Alsberg zu einem umfangreichen Polizeieinsatz in einer Notunterkunft für Asylbewerber. Ein Streit zwischen Bewohnern der Unterkunft eskalierte und führte dazu, dass mehrere Gruppen aus unterschiedlichen Herkunftsländern aufeinander losgingen. Beim Versuch, den Streit zu schlichten, wurde ein Mitarbeiter des vor Ort beschäftigten Sicherheitsdienstes verletzt. Erst die Polizei konnte die Kontrahenten voneinander trennen; bei deren Durchsuchung wurden mehrere Messer und Holzlatten sichergestellt. Zur Ursache des Konflikts ist noch nichts bekannt, die Wortführer aller Gruppen wurden in den Morgenstunden in andere Unterkünfte verlegt. Mehrere Bewohner der Unterkunft wurden leicht verletzt, konnten jedoch ambulant behandelt werden. Auch der verletzte Angestellte konnte das Krankenhaus noch in der Nacht wieder verlassen.«

Die Wut in meinem Bauch ist während des Beitrags zu einem kalten Klumpen geworden.

»Ist ja interessant«, sagt Alex und schaltet das Radio ab. Ihn scheint nicht im Geringsten zu verunsichern, dass viel weniger passiert ist als in seiner Version der Geschichte. Sein mokantes Grinsen signalisiert eher, dass er sich bestätigt fühlt. »Die Täter wurden also in andere Unterkünfte verlegt, soso. Ich hoffe, die wissen von den Hintergründen und von der Spezialisierung der neuen Nachbarn.« Er deutet aus dem Fenster zum Zaun gegenüber. »Als ich eben nach Hause kam, hat die Polizei da drüben nämlich gerade wieder zwei *Fachkräfte* angeliefert.«

Den Vormittag verbringe ich in meinem Zimmer vor dem Laptop. Ich beginne mit dem Blogbeitrag über die Flüchtlingsunterkunft, und kaum fange ich an, meine Eindrücke zu schildern, rasseln die Zeilen nur so herunter. Doch als ich den seitenlangen Text anschließend durchgehe, habe ich das Gefühl, nicht einmal die Hälfte der wichtigsten Dinge gesagt zu haben. Ich muss kürzen – diese Ergüsse liest doch kein Mensch. Verdammt! Ich brauche Fees Hilfe, ohne sie muss ich nicht weitermachen. Aber bei ihr steht heute ein Ausflug mit ihrer Mutter an, sie hat erst später Zeit.

In meinem Mailprogramm finden sich neben zwei Urlaubsmails von Klassenkameraden auch Antworten auf unsere Spendenanfragen. Ein Kaufhaus verspricht zweihundert Packungen Unterhosen in verschiedenen Größen und will sich zur Übergabe mit dem DRK in Verbindung setzen, um die Ware direkt zur Unterkunft zu fahren. Ein anderes Geschäft möchte ebenfalls Sachspenden zur Verfügung stellen, und mein liebster Drogeriemarkt schickt mir ein Foto einer Spendenbox, die sie, angeregt durch unsere Mail, im Laden aufgestellt haben: Die Kunden können häufig benötigte Hygieneartikel wie Zahnbürsten, Zahncreme, Duschgel, Shampoo und Deo zu einem Sonderpreis kaufen und in die Box legen. Der Inhalt soll von den Mitarbeitern einmal wöchentlich zum Camp gefahren werden. Die letzte Mail verursacht mir Herzrasen: Ein Baumarkt bietet eine Spende von fünfhundert Euro für Schul- und Lernmaterial sowie Kinderspielzeug an. Außerdem werde ich eingeladen, gleich ein paar Kleinigkeiten abzuholen.

Toll, wie viel wir mit unserer Anfrage erreicht haben! Rasch schreibe ich Fee eine Nachricht über WhatsApp und frage sie, ob es ihr etwas ausmacht, wenn ich die Spenden allein abhole. Sie sendet eine Audio-Nachricht zurück und kreischt mir darin begeistert ins Ohr. »Klar, hol's ab! Aber sag mir sofort Bescheid, was es ist! Und wenn es ein Pony ist, dann darf ich es abends mit nach Hause nehmen!«

Ich bekomme fast einen Lachkrampf, denn zwei Stunden später stehe ich in einem Baumarkt und habe tatsächlich ein Pony. Na ja, zumindest irgendwie und für ein paar Stunden.

Sylvia Regens, die Geschäftsführerin des Baumarkts, die so begeistert spendet, ist eine muntere, grauhaarige Frau von Anfang vierzig und Reiterin. Sie bietet mir an, mal mit einem ihrer Pferde zum Camp zu kommen, damit die Kinder Ponyreiten können.

»Ich lese oft, dass in manchen Flüchtlingsheimen Willkommensfeste gefeiert werden, damit die Anwohner die Asylbewerber kennenlernen«, erzählt sie mir, während sie zwei große Plastiktüten auf die Theke wuchtet. »Ich dachte schon die ganze Zeit, dass wir so was hier auch machen müssten. Vielleicht wird dann weniger geredet.«

»Wird denn viel geredet?«, frage ich.

Frau Regens stöhnt leise. »Manchmal ist es kaum auszuhalten. Ich höre sogar schon von Kunden, dass in meinem eigenen Laden ständig geklaut wird. Da ist natürlich was dran«, sie lacht bitter, »aber weder wird mehr geklaut, seit das Heim eröffnet wurde, noch war bisher unter denen, die wir erwischt haben, ein Asylbewerber. Hier war bisher nicht mal einer aus dem Heim. Aber so ist das leider oft. Die Leute brauchen einen Sündenbock, und da werden Fremde immer gern genommen.«

Ich nicke, weil ich nicht weiß, was ich sagen soll.

Frau Regens deutet auffordernd auf die beiden gigantischen Plastiktüten. Ich komme erst jetzt auf die Idee, dass das unsere Spenden sein könnten. Ein Blick in die Tüten verrät, was drin ist: mehrere Planschbecken, Wasserpistolen, aufblasbare Tiere und Sandspielsachen. Und das ist noch nicht alles – sie legt noch ein Netz voller Fuß- und Volleybälle dazu.

Oh Gott. Kleinigkeiten hatte sie es genannt. Wie soll ich das alles bis zum Camp tragen?

Frau Regens schreibt mir noch ihre Telefonnummer auf einen Zettel – falls wir ein Fest feiern, will sie mit ihrem Pony unbedingt dabei sein. Dann mache ich mich auf den Weg und schleife ein halbes Dutzend Planschbecken und die anderen Spielsachen mit mir. Bis zum Bus ist es zum Glück nicht weit. Von meiner Endhaltestelle aus bis zum Camp allerdings schon. Die Tüten sind so schwer, dass sie mir in die Finger schneiden.

Als ich mich bei Christel vom Sicherheitsdienst anmelde, bin ich klitschnass geschwitzt. Ein älterer Kollege von ihr nimmt mir die Tüten ab, und wir beginnen sofort, die Spielsachen gerecht an die Kinder zu verteilen, die sich neugierig um uns geschart haben. Der Mann ist es auch, der einen Wasserschlauch besorgt. Ein paar Jungs und Männer blasen derweil die Planschbecken im Hof auf. Minuten später spritzt das Wasser, kreischen die Kinder und halten Mütter genüsslich die Füße ins kühle Nass, nachdem sie mich umarmt haben. Zuerst ist es mir peinlich, dass sie mir für die Spielsachen danken. Die Spende stammt ja nicht von mir, und Fee hatte die Idee zu der Anfrage. Aber das Englisch der meisten ist nicht gut genug für Erklärungen. Und letztlich habe ich die Sachen immerhin durch die halbe Stadt getragen, da darf ich den Dank vermutlich annehmen.

Ich bin so verschwitzt, dass ich sofort mitmache, als ein paar kleine Jungs mich frech zu einer Wasserschlacht einladen, indem sie mir von hinten ein Eimerchen Wasser über Nacken und Rücken gießen. Was soll's. Meine Haare kleben mir ohnehin wie Algen am Kopf, und meine Wimperntusche ist bereits durch den Schweiß verschmiert. Bevor ich mich revanchiere, nehme ich mein feucht gewordenes Handy aus der Hosentasche und lege es auf einen Tisch in der Nähe, damit es nicht komplett geflutet wird. Danach gilt: Auf sie mit Gebrüll!

Nach zehn Minuten wilder Wasserschlacht bin ich klitschnass, atemlos und muss mich für eine kleine Pause auf eine Bank zurückziehen. Eine ältere Frau mit lässig gebundenem Kopftuch kommentiert mein Aussehen auf Arabisch, ich kann nur raten, dass sie etwas Nettes, aber Tadelndes sagt. Ich lächle, schulterzuckend.

An die beiden Unruhestifter aus der Alsberger Unterkunft habe ich seit den tollen E-Mails gar nicht mehr denken müssen. Jetzt fällt mir allerdings eine Gruppe arabischer Jungs und Männer auf, die mich daran erinnern. Sie stehen etwas abseits, rauchen und schauen seltsam zu mir rüber. Irgendwie … zu interessiert. Oder sind sie bloß neugierig? Es sind vier junge Männer.

Vier. Wie damals.

Mir fröstelt von einem Moment auf den nächsten. Natürlich kenne ich noch nicht alle Campbewohner, aber ich habe das Gefühl, dass zwei von denen die neuen sind. Als mir auffällt, dass niemand von meinen Freunden in der Nähe ist – ich habe weder Shirvan noch Saskia, Mejdi oder Rezarta heute gesehen –, bekomme ich am ganzen Körper Gänsehaut. Auf dem Hof vor dem Clubhaus ist überhaupt auffällig wenig los heute. Bloß die alte Frau und mehrere Kinder sind hier. Wo sind denn all die anderen Leute? Vage erinnere ich mich, dass Saskia eine wichtige Ansprache für alle Bewohner im Speisesaal erwähnt hatte – es sollten extra Dolmetscher bestellt werden. War das heute?

Ich stehe auf. Ein Wasserfleck bleibt auf der Bank zurück, wo ich gesessen hatte. Die Kinder toben weiter in den Planschbecken, aber ich höre ihr Gelächter wie durch Watte, sehe sie wie undefinierte Farbenkleckse herumspringen. Scharf und deutlich ist die kleine Gruppe Männer. Der Rauch ihrer Zigaretten zieht zu mir rüber. Sind sie näher gekommen? Die ältere Frau scheint nichts zu bemerken. Versonnen betrachtet sie die Kinder, ihr Lächeln ist nach innen gekehrt. Würde sie mir im Notfall helfen? Sie, eine Frau, vermutlich eine Ehefrau, eine Mutter?

Eine Frau, die womöglich der Meinung ist, dass ich mich falsch und amoralisch verhalten habe, indem ich Jeansshorts mit Strasssteinchen auf der Pobacke trage und mit den Kindern im Wasser gespielt habe, sodass ich nun aussehe wie die Letztplatzierte auf einem Wet-T-Shirt-Contest. Sie wäre nicht die Erste, die einen Übergriff mit ›Sie hat es doch herausgefordert!‹ kommentiert.

Sofort schäme ich mich für meine Gedanken. Woher will ich wissen, was die Frau denkt? Oder, dass die Männer etwas vorhaben? Aber Scham und Ängste hemmen sich nicht gegenseitig, das tun sie nie. Sie hassen sich, sticheln gegeneinander, reiben sich auf und wollen beide recht behalten. Und am Ende stärken sie sich.

Ich gehe eilig zum Containerbüro am Eingang, wo Christel sitzt, weil es am nächsten liegt. So fest ich kann, klopfe ich gegen die Metalltür, bis es an meinen Fingerknöcheln schmerzt. Keine Antwort.

Ich muss mich nicht umsehen. Ich weiß, dass die vier Männer mir nachgegangen sind. Mich im Fokus ihrer Blicke behalten. Ich spüre diese Blicke, als hätten sie Hände.

Die Tür lässt sich nicht öffnen. Abgeschlossen!

Wo, verdammt noch mal, ist Christel? Es muss doch jemand im Containerbüro am Eingang sitzen!

Immer noch drehe ich mich nicht um. Die Angst, dass sie herkommen, sobald ich sie ansehe, ist zu groß. So war es schon damals. Ich spürte, dass sie da waren. Aber angegriffen haben sie uns erst, nachdem ich mich umgewandt hatte. Als erfolgte der Angriff auf ein geheimes Zeichen. Und ich hatte es gegeben.

Ich muss hier weg.

Es war eine dumme Idee, allein herzukommen. Mein Handy liegt noch auf einem der Tische im Hof, doch um dranzukommen, müsste ich an ihnen vorbei. Das Handy kann ich abschreiben, aber es ist mir vollkommen egal. Ich gehe zum Ausgang, drücke mich gegen das Tor.

Es ist zu.

Es ist zu. Abgeschlossen.

In meinem Kopf schießen die Gedanken wie Hagelkörner nieder, die zerspringen, wenn sie die Realität berühren, noch bevor ich sie greifen kann.

Abgeschlossen – wehrlos – eingesperrt – Gefängnis – machtlos – um Hilfe ru… – Hilfe?!

Ich stehe starr am Zaun, meine Hände umfassen die Gitter des Tors.

Ich könnte klettern.

Ich könnte rufen.

Aber ich bin starr. Die Blicke in meinem Rücken lähmen mich. Sie sind zu stark, ihre Kraft trennt meinen Willen von meinem Körper. Vor meinem inneren Auge sehe ich mir selbst dabei zu, wie ich mich am Zaun auf die Knie sinken lasse, mich zu einer kleinen Kugel zusammenkrümme und das Gesicht gegen meine Knie drücke, um nicht zuschauen zu müssen, was passiert, die Hände zu Fäusten geballt an meine Ohren presse, um nicht hören zu müssen, wie sie auf meinen Paps einschlagen.

Ich versuche, den Kopf zu schütteln, um die Bilder loszuwerden, aber sie gehen nicht weg. Dabei stehe ich immer noch aufrecht und umklammere die Torgitter.

Zuerst halte ich es für eine Halluzination, als Shirvan auf der anderen Seite des Zauns auftaucht. Er sagt etwas, sieht mich irritiert an, zuckt mit den Schultern.

Um ihn zu verstehen, muss ich sämtliche Beherrschung aufbringen.

»Es ist abgeschlossen«, sage ich, zuerst auf Deutsch, dann auf Englisch. »Abgeschlossen. Ich weiß nicht, warum. Ich will raus, da sind …«

Ich kann weder weitersprechen, noch darf ich mich umsehen.

Ich würde das Zeichen geben.

»Du bist ganz nass«, sagt Shirvan. Seine Stimme ist eigenartig hoch und zittert. Oder bilde ich mir das ein? Alles an mir bebt.

»Die müssen das aufmachen!«, ruft er. Nein, ich bilde mir nichts ein – er hat auch Angst. Dafür gibt es nur einen Grund: die Männer!

Sie sind hinter mir, und sie sind gefährlich!

Shirvan rüttelt am Tor. Es scheppert in seiner Aufhängung, lässt sich aber nicht öffnen. Sein Blick wird ganz wild, er scheint ebenso in Panik zu geraten wie ich. Die Haare fliegen ihm ins Gesicht, als er an den Gittern reißt. Mit seinem ganzen Gewicht wirft er sich gegen den Zaun. Erfolglos.

»Du musst klettern!« Er schreit beinah. Schlägt mit der Faust gegen den Container. Es donnert, und ich habe das Gefühl, im Krach kleiner und kleiner zu werden.

Klettern? Kann ich nicht.

»Komm schon!«, brüllt er mich an. Plötzlich hält er inne. Schüttelt den Kopf. Dann verzieht sich sein Mund zu einem kalten, falschen Lächeln, das mich schaudern lässt. »Alles okay!«, presst er zwischen zusammengebissenen Zähnen hindurch. »Es ist in Ordnung, beruhige dich. Ich bin … entschuldige.«

Hat er den Verstand verloren? Oder ich?

Eben noch sollte ich klettern, und er wollte das Eisentor aus den Angeln reißen. Jetzt soll alles in Ordnung sein?

»Was ist denn hier los?«, ruft eine Frauenstimme hinter mir. Christel. Ein Glück!

»Ihr dürft das nicht abschließen«, ruft Shirvan. Er steht vor dem Tor, als wäre nichts gewesen, und hakt die Daumen in die Gürtelschlaufen seiner Jeans. »Wir sind keine Gefangenen!« Er scheint vollkommen ruhig, aber um hundertachtzig Grad verändert, als hätte man ihn beleidigt oder schwer enttäuscht. So habe ich ihn noch nie erlebt.

Die Kerle sind weg, ich sehe sie nicht mehr. Erst jetzt, da mich Christels Anwesenheit wieder durchatmen lässt, erkenne ich, dass Shirvan die Lässigkeit bloß vorspielt. Seine Schultern sind angespannt, und die Finger zittern am Stoff seiner Hose.

»Meine Güte«, sagt Christel langgezogen. »Ich war bloß auf'm Klo! Ich muss dann absperren, könnt ja sonst jeder reinkommen.«

Sie schiebt mich zur Seite und schließt das Tor wieder auf. Sie hat Deutsch gesprochen, eigentlich müsste ich ihre Worte übersetzen, aber mein Mund ist so trocken, als hätte man mir ein benutztes Staubtuch hineingestopft.

Christel öffnet das Tor, und ich stürme hinaus, und Shirvan stürmt herein, und in dem kurzen Augenblick, in dem wir einander passieren, starren wir auf den gleichen Punkt am Boden.

vierzehn

Zu Hause angekommen, stürze ich ein großes Glas Wasser runter, ohne abzusetzen. Danach ist mir eiskalt. Meine Sachen sind noch klamm, und in der Küche sorgt die Klimaanlage dafür, dass es nordisch frisch bleibt, wie es Mama am liebsten hat.

Am liebsten würde ich heulen, aber es kommen keine Tränen.

Diese Typen … diese vier Männer.

Inzwischen weiß ich nicht mehr, ob sie wirklich da waren, ob sie wirklich eine Bedrohung waren, oder ob ein Schlüsselreiz, ein Trigger, meine Nerven hat durchbrennen lassen und ich deshalb in Panik geraten bin. Frau Schwan hatte mich gewarnt, dass das passieren könnte. In so einem Fall sollte ich mich in der Praxis melden.

Doch der Blick zum Telefon reicht aus, um mich daran zu erinnern, wie Paps über mich und meine Therapie gesprochen hat, um irgendwen von seiner Position zu überzeugen.

Alle wissen es.

In Frau Schwans Praxis hätte ich das Gefühl, auf einem Präsentierteller zu sitzen. Nein, danke!

Eine Weile lungere ich in meinem Zimmer herum, schalte den Fernseher ein und wieder aus, fange ein Buch an und lege es nach zwei Seiten wieder weg. Ich muss mich ablenken, aber nichts erreicht mehr als nur die Oberfläche meiner Gedanken. Darunter brodelt es.

Den Blogbeitrag weiterschreiben?, frage ich mich selbst, doch das fühlt sich an, wie mit voller Absicht in einen Stacheldraht zu greifen.

Also rufe ich Fee an.

»Toniii«, ruft sie ins Handy, dass mir die Ohren klingeln. »Ich bin gerade zurück und wollte dich abholen. Gehen wir zusammen rüber?«

Innerlich sacke ich zusammen. »Heute … ähm.« Ich kann nicht. »Können wir nicht mal was anderes machen?«

»Tut mir leid, ich bin mit Etienne verabredet.«

Der afrikanische Junge mit dem stechenden Blick, der mir am ersten Tag solche Angst gemacht hat. Fee hat mir viel über ihn erzählt – viel Gutes –, doch wenn sein Name fällt, zwingt mir meine Erinnerung wieder diesen Blick auf, und mit ihm das mulmige Gefühl.

Was bin ich eigentlich für ein Mensch!?

Hast du denn nicht allen Grund zur Vorsicht?, ruft etwas in mir. Vor allem du?

Keine Ahnung. Ja. Und nein. Doch. Aber …

Ich muss an Shirvan denken und an den Moment eben, als er genauso viel Angst hatte wie ich. Shirvan würde nicht ohne Grund in Panik geraten!

»Toni? Bist du noch da?«

»Sicher.«

»Willst du wirklich nicht mit? Was ist denn los?«

»Heute nicht«, sage ich schnell, bevor ich es mir anders überlegen kann. »Ich muss auch mal etwas anderes machen.«

Fee versucht nicht, mich zu überreden, kann den fragenden Unterton in ihrer Stimme allerdings nicht verbergen, daher halte ich das restliche Gespräch kurz. Wir kennen uns zu gut. Sie durchschaut mich sicher, und das gefällt mir nicht. Nicht, bevor ich mich selbst durchschaue.

Nachdem ich mich verabschiedet und aufgelegt habe, weiß ich immer noch nichts mit mir anzufangen. Doch herumsitzen und schmollen mag ich auch nicht. Ich hole mir einen Roman aus dem RuB (Regal ungelesener Bücher), nehme mir einen Pudding aus dem Kühlschrank (Nougat-Sahne, Alex' Lieblingssorte), eine Flasche Apfelschorle und mache es mir im Garten im Schatten der Markise bequem. Der Garten liegt auf der Rückseite des Hauses. Man hört weder die Straße noch die Stimmen aus dem Camp. Bloß Vögel und das leise, entspannende Summen der Insekten. Die Blumen duften, wie sie es nur am Ende eines Sommers vermögen, wenn sie bereits ahnen, dass es dem Ende zugeht. Über unserem winzigen Gartenteich schwirrt eine Libelle. Es ist so friedlich hier, dass es wehtut. Wenn ich mich hier nicht entspannen kann – wo dann?

Minutenlang halte ich das Buch aufgeschlagen in der Hand, ohne nur ein einziges Wort zu erfassen, bis das Telefon klingelt.

Lass es nicht Fee sein, denke ich.

Es ist nicht Fee, es ist Paps. »Liebes, Mama und ich sind heute beide früher zu Hause. Hannes kommt vorbei. Bist du so lieb, eine Torte aus der Tiefkühltruhe zu holen, damit sie schon mal auftaut?«

»Klar«, antworte ich. »Warum kommt er denn? Heute läuft doch gar kein Fußball.«

Mein Vater macht ein grummeliges Geräusch. »Ich habe ihn darum gebeten, damit wir über das Asylantenheim sprechen können. Er wollte mir zuerst einen Termin im Rathaus geben. Mir! Seinem ältesten Freund.«

Autsch! Sehr ungeschickt. Oder Herr Saltmeier wollte damit sehr deutlich etwas ausdrücken. »Ich lege einen Kuchen raus, kein Problem.«

»Danke dir. Falls wir um Viertel vor vier noch nicht da sind, wäre es nett, wenn du den Tisch decken würdest. Hannes ist sicher pünktlich.«

Die Mandarinen-Sahnetorte, die ich aus dem Froster hole, lässt mich fast bereuen, bei dem Gespräch nicht dabei sein zu wollen. Vielleicht bleibt etwas übrig? Nachdem ich sie angeschnitten habe, damit sie schneller auftaut, setze ich mich wieder in den Garten, versuche aber gar nicht erst, ins Buch zu finden.

Dieses Treffen nachher beschäftigt mich. Was soll ich davon halten? Shirvan hat gesagt: Hier ist es besser. Viel besser als anderswo.

Ich will nicht, dass Shirvan fort muss!

Und was spricht pragmatisch gesehen auch gegen das Camp? Der Tennisverein steht ohnehin leer, dort ist Platz für die Notunterbringung von Menschen, es gibt ein paar Toiletten und Duschen. Zu wenig, ja, aber das ist besser als nichts und lässt sich ausbauen. Niemand scheint genau zu wissen, wann und wie viele Menschen kommen – es ist nicht möglich, allen sofort bessere Unterkünfte oder sogar Wohnungen zu geben. Mir leuchten diese Argumente vollkommen ein.

Doch immer noch randaliert dieser andere Teil in meinem Inneren. Der Teil mit der Angst, den ich bis eben zum Schweigen bringen konnte und nun nicht mehr. Jetzt krakeelt meine Furcht in mir herum und will die Männer weit, weit weg haben. Egal wohin.

Saudi Arabien hat genug Geld.

Die Klingel schreckt mich auf. Mein erster Blick geht in den Himmel, wo sich dunkle Wolken zusammenziehen wie einzelne Risiken, die sich annähern, sich treffen und dann zu einer großen Gefahr werden. Leiser, grollender Donner rollt über sie hinweg. Es ist zwanzig vor vier – ich muss eingedöst sein. Verdammt! Ob das schon der Bürgermeister sein kann? Auf dem Weg zur Tür werfe ich im Vorbeihuschen einen Blick in den von kleinen Lämpchen gerahmten Spiegel im Flur, in dem man durch das sanfte Licht immer schöner aussieht, als man wirklich ist. Aber zaubern kann der Spiegel leider nicht. Die Nähte der Liegestuhlauflage haben ein wabenförmiges Muster auf meiner linken Gesichtshälfte hinterlassen, meine Augen sind geschwollen, die Mascara verschmiert und meine Haare zerzaust. Ich stelle mir vor, wie ich verschlafen und zerknautscht den Bürgermeister bespaßen muss, bis meine Eltern kommen, und überlege, ob ich nicht einfach so tun kann, als wäre niemand da. Doch dafür bin ich zu weit gegangen, unsere Haustür ist schließlich aus Rauchglas, und man kann zwar nicht direkt hindurchsehen, Bewegungen im Flur aber dennoch wahrnehmen.

Resignierend ziehe ich die Tür nach innen auf. Und muss schlucken.

Da steht nicht der Bürgermeister.

Es ist Shirvan.

»Entschuldigung«, sagt er auf Deutsch und wechselt dann wieder ins Englische. »Ich wollte dich eben nicht erschrecken.« Er schaut mich an, dann geht sein Blick zu Boden. Etwas stimmt nicht. Ich bin zu verschlafen, um es sofort zu benennen, aber dann erkenne ich es doch. Sein Lächeln ist fort. Mehr als nur das. Er steht vor mir wie jemand, der nie lächelt, der das nicht kann, der das Lächeln schon vor Jahren verloren und längst aufgehört hat zu suchen. Um ihn herum fallen die ersten Regentropfen auf den Weg.

Ich will ihn hineinbitten und ihm eine selbstgemachte Limonade vorsetzen. Oder heißen Kakao. Ja, er sieht aus wie jemand, der heißen Kakao braucht, egal, wie warm es draußen ist.

»Mach … mach dir keine Gedanken«, stammle ich, als mir klar wird, dass ich etwas sagen sollte. »Du hast mich nicht erschreckt.«

»Wer dann?«

Ich fahre mir durch die Haare und bleibe in verworrenen Strähnen hängen. »Vermutlich niemand. Gerüchte. Wieder nur Gerüchte.«

Er verlagert sein Gewicht. »Bitte, erzähl mir davon.«

»Heute Morgen sollen zwei neue Männer gekommen sein«, beginne ich, obwohl ich eigentlich überhaupt nicht darüber sprechen will. »Ich habe gehört, sie wurden aus einem anderen Camp rausgeworfen, weil sie eine Schlägerei provoziert haben.«

Shirvan nickt. »Das ist kein Gerücht. Diese Jungs erzählen es bloß ein bisschen anders.«

Der Regen wird stärker. Shirvan scheint es nicht zu stören. Mir schießt das Blut in den Kopf, als mir bewusst wird, wie unhöflich ich bin, ihn vor der Tür nasswerden zu lassen.

»Komm doch rein«, sage ich, und er tritt zu mir in den Flur. Ich würde ihn gern richtig hereinbitten, aber meine Eltern können jeden Moment heimkommen. Diese Sache will ich allerdings noch klären!

»Wie war es wirklich?«

Shirvan zieht die Schultern hoch, lässt sie eine Weile dort und senkt sie wieder. »Das weiß ich nicht. Ich war nicht dabei. Die beiden sagen, es gab nur einen harmlosen, verbalen Streit mit ein paar Afrikanern. Ein Wachmann kam hinzu und hat sie ohne Grund beleidigt, beschimpft und auf sie gespuckt. Da ist es eskaliert.«

Der Wachmann soll angefangen haben? »Schwer zu glauben, oder?«

»Ich weiß nicht. Es wäre möglich. Ich habe in einigen Camps Männer und Frauen vom Wachdienst erlebt, die keine Möglichkeit auslassen, Flüchtlinge zu schikanieren.«

Betroffen presse ich die Lippen zusammen.

»Das tut mir leid. Dann denkst du, dass die Männer die Wahrheit sagen?«

»Noch einmal, Tooney. Ich weiß es nicht. Wenn sie die Probleme verursacht haben, kann ich mir gut vorstellen, dass sie lügen. Auch uns anderen gegenüber. Sie haben Grund dazu.«

»Warum?«

Shirvan zieht einen Mundwinkel hoch, aber es ist kein Lächeln. »Weil die allermeisten von uns keine Unruhe wollen, die am Ende alle in einem schlechten Licht dastehen lässt. Wir wollen niemanden in unserer Mitte, der Probleme und Gewalt mit sich führt wie tollwütige Hunde.«

»Ich hab ein bisschen Angst«, gestehe ich ihm. Meine Stimme ist nur ein Flüstern. »Hast du einen Rat für mich?«

»Nein«, sagt er, ebenso leise. »Nur den einen: Sei immer vorsichtig.«

Ich muss schlucken, aber es geht nicht. Mein Hals ist zu trocken.

Was er sagt, will ich nicht hören.

Ich will mich nicht fürchten – nicht in der Siedlung, in der Straße, in der ich aufgewachsen bin.

Und am allerwenigsten will ich immer vorsichtig sein müssen.

Draußen donnert es jetzt lauter. Shirvan sieht über seine Schulter zur Tür. »Es gibt überall schlechte Menschen, Tooney.« Seine Stimme klingt ungewohnt rau. »Vierhundert Menschen mehr in deiner Nähe bedeuten vermutlich zwei oder drei gefährliche Menschen mehr in deiner Nähe. Aber vergiss nicht: Es bedeutet auch dreihundertsiebenundneunzig gute mehr.«

Ich zwinge mich zu nicken. Die Uhr im Flur tickt lauter als sonst. Zehn vor vier. »Shirvan. Sei mir bitte nicht böse, aber meine Eltern haben Gäste eingeladen, und ich sollte den Tisch …«

»Oh, ich verstehe«, sagt er rasch. »Ich wollte auch nicht stören, ich wollte dir nur das hier bringen.« Er zieht mein Handy aus seiner Hosentasche. »Du hast es vergessen, die Kinder haben es gefunden.«

»Danke.« Als ich es aus seiner Hand nehme, streifen sich unsere Finger, und ich verharre einen Augenblick. Er streicht sich vom Nacken aus durch die Haare, schlägt die Lider auf und sieht mich an. Da ist es endlich, sein Lächeln. Zumindest eine zarte Idee davon.

Jäh unterbrochen von dem Geräusch einer Tür im oberen Stockwerk.

Verdammt.

Alex. Ich hatte vergessen, dass er zu Hause ist.

»Du muss gehen«, hauche ich, drehe Shirvan an den Schultern um und schiebe ihn zur Tür. »Wir sehen uns morgen, ich komme zum Camp.«

»Ich warte draußen auf dich!«

»Okay.« Okay, wie immer du willst, aber geh nun!

Alex' Schritte auf der Treppe verraten, dass er nach unten kommt, und ich hoffe inständig, dass Shirvan keinen Ton mehr von sich gibt. Er bewegt die Lippen, ich ahne nur, dass er einen Abschiedsgruß murmelt. Oder sein Inschallah.

So leise ich kann, schließe ich die Haustür.

Alex würde mich definitiv verraten, und sollte herauskommen, dass ich im Camp war, muss ich vermutlich auch zum Flüchtling werden, wenn ich nicht morgen früh und die nächsten zwei Jahre in der Psychiatrie frühstücken möchte. Meine Eltern würden mich doch für verrückt halten, weil ich so kurz nach der Therapie ausgerechnet dort ein- und ausgehe. Oder für *linksversifft*, wie Alex es einmal nannte.

»Toni?«, ruft mein Bruder alarmiert von der Treppe. Seine Stimme erschreckt mich so, dass mir das Handy runterfällt. »Toni, wer war das?«

Verfluchter …! Er muss vom Fenster im Treppenhaus aus gesehen haben, wie Shirvan sich von unserem Haus entfernt.

»Ähm … niemand!«, rufe ich zurück.

Alex kommt die letzten Stufen herab. »Da war doch gerade jemand an der Tür.«

»Nö«, lüge ich und versuche, verwundert aus der Wäsche zu gucken. Das Herz schlägt mir bis in die Kehle. »Wie kommst du darauf?«

Er schiebt mich beiseite, öffnet die Tür und sieht hinaus. »Ich habe jemanden gesehen«, sagt er. »Sah aus wie ein Asylant.« Shirvan ist offenbar gerannt, er ist nicht mehr zu sehen. Kein Wunder bei dem Wetter, der Regen prasselt inzwischen vom Himmel.

Demonstrativ verdrehe ich die Augen. »Das war bestimmt der Junge, der die Wochenzeitung bringt. Der heißt Lasse Schneider und hat die schwarzen Haare von seinem Großvater, der Grieche ist und bei dem du immer …«

»Es ist Donnerstag, Toni!« Alex knallt die Tür zu und fixiert mich. »Da kommt keine Wochenzeitung. Verarsch mich nicht, was wollte der Typ? Geld? Kommen die jetzt an der Tür betteln?«

»Quatsch!« Ich habe das Gefühl, mich von seinem wütenden Blick losreißen zu müssen. »Du bist ja schizophren.«

»Und du blöde, wenn du denen die Tür aufmachst. Die kundschaften aus, wo was zu holen ist, das weiß jeder!«

»Ich sag dir, was für dich zu holen ist«, fahre ich ihm über den Mund. »Ein Anschiss. Dann nämlich, wenn der Bürgermeister gleich vor der Tür steht, du wie ein Penner im verschwitzten T-Shirt und mit ungeputzten Zähnen hier herumlungerst und Paps dich erwischt. Und jetzt hör auf zu nerven, ich muss den Tisch decken.«

»Der Saltmeier kommt heute?«

»Jeden Augenblick.«

»Na, das ist doch mal gut zu wissen.«

Ich werde vermutlich bereuen, Alex vorgewarnt zu haben, aber zumindest lässt er mich allein und stapft die Treppen wieder hoch.

Was wird das Gespräch wohl bewegen? Grübelnd fülle ich Bohnen in den Kaffeeautomaten und decke den Tisch auf Verdacht für vier Personen.

Draußen ertönt das Motorengeräusch eines einparkenden Autos, kurz darauf stürzt Mama ins Haus, begrüßt mich nur im Vorbeirauschen und stellt hastig weitere Teller und Tassen auf den Tisch.

»Wer kommt denn alles?«, frage ich irritiert.

»Hannes bringt seine *Fachbereichsleiterin für Soziales* mit«, antwortet sie. Die Worte klingen wie schlimme, ansteckende Krankheiten. »Wir haben um ein privates Gespräch gebeten, und er macht sofort einen amtlichen Termin draus. Dein Vater kocht vor Wut.«

Selbst Mama klingt beleidigt – und es erfordert einiges an Respektlosigkeiten, um sie zu kränken. Normalerweise lässt sie sich nichts anmerken.

»Aber was Hannes kann, können wir auch, nicht wahr? Wir haben Victor und Claudia eingeladen, dazuzukommen.«

Unsere Nachbarn? Was haben die denn damit zu tun?

»Sie können einige von Hannes‘ Schönredereien richtigstellen«, sagt Mama, als hätte sie mir meine Frage an der Nase angesehen. »Bei ihnen wurde nämlich eingebrochen.«

»Wirklich?« Mir wird unwohl.

Mama nickt mit verkniffenem Mund. »Ja. Während unserer letzten Urlaubswoche. Wir können froh sein, dass an unserem Haus die Alarmanlage gut sichtbar ist. Sonst … Ach, Antonia, sei so lieb und misch noch zwei Liter Limonade an, ja? Es ist trotz des Gewitters noch so heiß, dass wir etwas Kaltes anbieten sollten.«

Ich hole mir ein Messer, die Zitruspresse und ein Netz Zitronen. »Und die Einbrecher waren sicher Flüchtlinge?«

Bevor Mama mir antworten kann, klingelt es, und unsere Nachbarn treffen ein. Keine Minute später kommt Paps nach Hause, und kurz nach ihm stehen Hannes Saltmeier und seine Mitarbeiterin Frau Glaser vor der Tür.

»Entschuldigen Sie, dass wir nur eine Kleinigkeit anbieten können«, sagt Mama, während sie Kuchenstücke auf die Teller verteilt. Eben strömte der Ärger noch wie ein beißender Geruch von ihr aus. Jetzt lächelt sie freundlich, und nicht einmal ich erkenne, dass es innerlich ganz anders in ihr aussieht. Ich atme unauffällig ein und rieche nur ihr dezent aufgetragenes, blumiges Parfum. Chloé, wenn ich mich nicht irre. Eins ihrer guten, kein Für-die-Arbeit-und-normale-Tage-Parfum.

»Frau Welsch, ich bitte Sie«, erwidert Frau Glaser. »So spontan, wie wir uns Ihnen aufgedrängt haben, müssen Sie uns doch nicht beköstigen. Wobei die Torte ganz köstlich aussieht. Genau das Richtige nach einem langen Tag im Büro.« Frau Glaser ist viel älter, als ich gedacht habe, und macht auf mich den Eindruck einer herzlichen Oma mit silbergrauem Dutt und Apfelbäckchen. Sie trägt ein lindgrünes Kostüm, aber ich sehe sie im Kittelkleid und mit weißer Schürze vor mir, wie sie ein Blech mit Plätzchen aus dem Ofen holt. Diese niedliche Omi ist also die Hauptverantwortliche für Flüchtlingsfragen in unserer Stadt. Ich bin gespannt, was sie zu sagen hat, und setze mich mit an den Tisch, auch wenn mich niemand eingeladen hat und ich eigentlich nicht hatte bleiben wollen.

Paps beginnt das Gespräch, wie er vermutlich auch ein Meeting in seiner Firma anmoderieren würde: selbstbewusst und fordernd. Seine Argumente kenne ich bereits von der Unterschriftenliste. Er besteht darauf, dass das Camp ja möglicherweise sinnvoll und wichtig sein könnte (wie barmherzig von ihm!), aber hier in unserer Straße vollkommen deplatziert ist.

Herr Saltmeier, der endlich aufhören sollte, seine Haare dunkel zu färben, denn seine Brauen und sein Schnäuzer sind inzwischen vollkommen grau, was irgendwie lächerlich aussieht, hört schweigend zu. Hin und wieder nickt er. »Ich verstehe eure Sorgen«, sagt er schließlich, sieht meine Eltern an und wirft schließlich auch mir einen kurzen Blick zu. »Die ganze Situation ist eine Herausforderung, und ich bin mir bewusst, dass ich den Anwohnern hier sehr viel Toleranz und Nachsichtigkeit abverlange. Der Punkt ist, dass die Stadt von der Bezirksregierung in die Pflicht genommen wurde, eine Erstaufnahmeeinrichtung zur Verfügung zu stellen, und ich leider nicht sehr viele Auswahlmöglichkeiten hatte. Ich möchte ehrlich zu euch sein. Die Alternative wäre eine Zeltstadt auf der brachliegenden Wiese an der Autobahnauffahrt.«

»Aha«, sagt mein Vater und hebt die Augenbrauen, was tiefe Furchen in seine Stirn zieht. »Es ist also nicht so, dass es keine Alternativen gäbe.«

»Aber«, fährt Herr Saltmeier fort, »das hätte einen erheblichen Mehraufwand bedeutet. Denkt allein an sanitäre Anlagen, die wir dort installieren müssten. Zudem würde dort bei Regen alles knöcheltief im Matsch versinken.«

»Vor allem aber«, mischt sich nun Frau Glaser ins Gespräch ein, »kann es im Rathaus niemand mit seinem Gewissen vereinbaren, wenn all diese kleinen Kinder …«

»Entschuldigung!« Alex, offenbar geduscht, geföhnt und inzwischen ordentlich angezogen, platzt in die Küche. »Haben Sie schon begonnen? Scheinbar bin ich zu spät.« Er wirft mir einen scheinheilig freundlichen Blick zu. »Wolltest du mich nicht rufen, wenn die Gäste da sind?«

Ich grinse toxisch zurück.

»Schön, dass Sie sich zu uns gesellen, Alex«, sagt Herr Saltmeier. »Ich freue mich immer über politisches Interesse der jungen Leute. Bitte, Frau Glaser, fahren Sie fort.«

Frau Glaser nickt. »Ich berichtete gerade von unserem Beschluss im Rathaus. Wir entschieden uns für den ehemaligen Tennisverein nicht zuletzt deshalb, weil wir an den kommenden Herbst und Winter denken müssen.«

»Das Lager bleibt uns also eine Weile bestehen«, stellt mein Vater trocken fest.

Frau Glaser bleibt vollkommen ungerührt. »Aktuell beherbergt unsere Erstaufnahme zu sechzig Prozent Familien mit minderjährigen Kindern. Größtenteils sehr kleinen Kindern. Sie werden alle verstehen, dass Zelte«, sie setzt eine kurze Pause, und ihr Blick schweift, um jeden von uns zu berühren, »sowie ein Standort gleich an der Autobahn keine Lösung sind.«

»Ich nehme an, dass keiner der Entscheidungsträger in dieser Straße wohnt«, sagt Victor, und seine Frau nickt hektisch. Sie hat ihren Kuchen nicht angerührt. Die beiden sind etwas älter als meine Eltern, die drei Kinder bereits aus dem Haus. Dafür hat das Paar inzwischen einen Haufen Katzen. Das Verhältnis zu meinen Eltern ist seitdem zunehmend abgekühlt, da die Katzen ständig in Mamas Blumenbeete kacken und im Verdacht stehen, unseren Teich leergefischt zu haben (was ihnen nie bewiesen werden konnte).

»Bei uns wurde eingebrochen.« Claudias Stimme klingt, als könne sie sich nicht entscheiden, ob sie gedemütigt-weinerlich oder stolz-empört klingen will. »Ein schreckliches Gefühl – ich wünsche es meinem ärgsten Feind nicht. Wenn meinen Katzen dabei etwas zugestoßen wäre! Zum Glück waren wir nicht zu Hause. Was uns da alles hätte passieren können!«

Hannes Saltmeier senkt den Blick, und Frau Glaser tätschelt unserer aufgebrachten Nachbarin mitfühlend die Hand.

Dann sagt Saltmeier: »Sie wissen, dass ich mich von der Polizei persönlich jeden Tag auf den neusten Stand der Ermittlungen bringen lasse. Es gibt bislang keinerlei Hinweise darauf, dass die Täter in Kontakt mit den Bewohnern aus der Unterkunft stehen.«

»Das könnte sich ändern.«

Alle sehen meinen Bruder erstaunt an. Dem scheint es zu gefallen, im Fokus der Aufmerksamkeit zu stehen. Er gießt sich in aller Seelenruhe meine selbstgemachte Limonade in ein Glas und nimmt einen Schluck, bevor er weiterspricht.

Wage es bloß nicht!, denke ich.

»Ich habe heute einen der Asylanten beobachtet, wie er hier an der Tür geklingelt und um Geld gefragt hat. Was schon schlimm genug ist, aufdringliches Betteln ist eine Ordnungswidrigkeit, ich habe mich belesen.«

Unter dem Tisch grabe ich mir vor Wut die Fingernägel in den Stoff meiner Jeansshorts. Belesen! Pah. Ich weiß schon, wo er sich belesen haben will. Bei Facebook!

»Allerdings vermute ich, dass es eher darum ging, an Informationen über das Haus und die Bewohner zu gelangen. Man hat mir geraten, das Haus und die nähere Umgebung nach Gaunerzinken abzusuchen: Markierungen, mit denen anderen Kriminellen Tipps zugespielt werden.«

Ich muss laut lachen, es gerät ungewollt schrill. »Du spinnst total, Alex!«

Er bedenkt mich mit einem mitleidigen Blick. »Meine Schwester ist so ein liebes Mädchen«, sagt er, die Falschheit hinter seinen Worten durchschaue vermutlich nur ich. »Sie kann sich schwer vorstellen, dass Menschen lügen und betrügen.«

»Mein Bruder«, ätze ich zurück, »hat leider ein Detail vergessen zu erwähnen. Nämlich, dass ich die Tür aufgemacht habe und nicht er.«

»Dann stimmt es?«, fragt mein Vater, und auch Mama blickt mich erschrocken an.

»Es war jemand an der Tür?«

»Ja, es war tatsächlich jemand an der Tür«, antworte ich. Es hilft alles nichts, ich muss ihnen die Wahrheit sagen. Zumindest ein bisschen davon. »Und ja, es war ein junger Mann. Aber weder wollte er Geld noch irgendetwas ausspionieren. Und getan hat er mir erst recht nichts.«

»Was wollte er denn?«, fragt Mama, noch immer aufs Höchste besorgt.

»Ich habe mein Handy auf der Straße vor dem Haus verloren«, sage ich und verkneife mir einen gehässigen Blick zu Alex. »Es muss mir aus der Tasche gefallen sein, als ich nach dem Schlüssel gesucht habe. Er hat es gefunden und abgegeben.«

»Sieh mal einer an«, sagt Hannes Saltmeier.

»Und denkst du, es war ein Bewohner aus der Flüchtlingsunterkunft?« Frau Glaser nimmt einen Schluck Kaffee. »Ach, Frau Welsch, der ist aber köstlich. Sie müssen mir verraten, welche Bohnen Sie kaufen.«

»Na ja, er sah nicht besonders deutsch aus und sprach Englisch mit mir. Ich denke schon, dass er aus der Unterkunft war.«

Ein Durcheinander aus Stimmen brandet auf, während der Regen schräg gegen die Fenster prasselt, als wolle die Welt untergehen. Ich habe mein Buch im Garten liegengelassen, fällt mir ein, aber das ist vermutlich ohnehin nicht mehr zu retten.

»Trotzdem solltest du nicht jedem die Tür aufmachen, Toni.«

»Die Zahlen belegen …«

»Der Nächste haut dir den Schädel ein!«

»… keine gesteigerte Kriminalität durch Zuzug von Asylbewerbern.«

»Das hätte auch anders ausgehen können.«

»Unsere Polizei ist täglich vor Ort und zeigt Präsenz, um mögliche kriminelle Ideen im Keim zu ersticken.«

»… ganz andere Kultur und nicht unsere Werte.«

»Man kann überall nachlesen, worauf wir uns freuen dürfen, wenn der Laden da bleibt.«

»Ein gutes Stichwort, Alex«, durchdringt Frau Glasers Stimme freundlich, aber unüberhörbar das Durcheinander. »Wahrlich, lesen kann man sehr viel. Im Internet findet man Berichte, laut denen Flüchtlinge tun und lassen, was sie wollen, nicht wahr?«

Mein Bruder nickt. »Ja. Wie wollen Sie verhindern, dass es hier bald auch so zugeht?«

»Durch Aufklärung.«

»Sie meinen also, die würden nicht wissen, dass Stehlen und Rauben verboten ist, und lassen es, sobald man es ihnen sagt?«

Ich sehe meinem Bruder an, was seine Frage wirklich bedeutet: Wie naiv sind Sie eigentlich?

Frau Glaser hält mühelos an ihrem herzlichen Lächeln fest. Es verwackelt ihr noch nicht einmal. »Lassen Sie mich raten, Alex. Sie haben wie vermutlich wir alle von diesen Asylbewerbern gelesen, die im Laden weder an der Kasse anstehen noch bezahlen müssen.«

»Richtig.«

Claudia und Victor sehen sich an und stimmen zu. »Ja, wir auch.«

»Das liest man überall.«

»Aus diesem Grund habe ich mich mit den Ladenbesitzern und Geschäftsführern der betreffenden Geschäfte in Verbindung gesetzt«, sagt Frau Glaser. Ihr Lächeln bekommt etwas Diebisches. Ich weiß nicht, ob es den anderen auffällt, ihre Erheiterung versteckt sich in ihren Augenwinkeln. »Wissen Sie, was der eigentliche Skandal ist?«

Alle lauschen gebannt. Draußen donnert es krachend.

»Die Flüchtlinge bekommen auf diese Tour auch noch doppelt Payback-Punkte.«

Außer mir grinst niemand, nur Saltmeiers Mundwinkel zucken. »Frau Glaser hat recht. Wir stehen in regem Kontakt mit allen betreffenden Stellen. Seien es die Läden in der Stadt, die Polizei oder das DRK und der Sicherheitsdienst in der Unterkunft. Es besteht kein Grund zur Besorgnis. Bei den Berichten über Diebstähle handelt es sich bisher ausschließlich um Gerüchte, die keinerlei wahren Hintergrund haben.«

Frau Glaser sagt: »Ich hätte Ihnen heute gerne die junge Frau mitgebracht, die die Einrichtung leitet, damit Sie Ihnen«, sie sieht mich an, »noch einmal versichern kann, dass die Bewohner unseres Camps Respekt vor Frauen und Mädchen haben und Sie sich angstfrei bewegen können. Leider hat sie zu arbeiten. Vielleicht gehen Sie einfach mal rüber und lernen sie kennen.«

Ich möchte erwidern, dass das eine gute Idee ist, aber bevor ich den Mund öffnen kann, wird mir bewusst, wie mein Vater dreinschaut. Seine verkniffenen Lippen und die zusammengezogenen Augenbrauen sprechen eine deutliche Sprache – vermutlich sogar international verständlich:

Vergessen Sie's!

fünfzehn

»Morgen Abend endlich mal wieder *Musicbox*?«, fragt mich Fee.

Wir sind auf dem Weg ins Camp. Obwohl die *Musicbox* unser samstägliches Ritual ist und ich dringend mal auf andere Gedanken kommen müsste, erscheint es mir komisch, tanzen zu gehen, als wäre nichts gewesen. Die Diskussion – oder besser gesagt, der Streit – vom Vortag hängt mir noch nach.

Mein Vater wich keinen Fuß breit von seiner Meinung ab. Für ihn sind und bleiben die Flüchtlinge ein unkalkulierbares Risiko, ihre Anwesenheit mindert den Wert unseres Hauses, und dafür erwartet er von Hannes Saltmeier eine Lösung. Was auf Deutsch bedeutet: Der Bürgermeister soll sie anderswo unterbringen, wo und wie ist meinem Vater vollkommen gleichgültig, Hauptsache nicht in unserer Nachbarschaft. Herr Saltmeier blieb jedoch ebenso entschlossen. Die Stadt bietet keine bessere Unterbringungsmöglichkeit, und er sieht daher keinen Weg, meinem Vater entgegenzukommen.

Eine Liste mit Unterschriften, so sagte der Bürgermeister, wäre ein Zeichen. Ein Zeichen, das ihm nicht gefiele und das ihn enttäusche, da er uns für weniger borniert gehalten habe, aber ändern könne er daran wohl bedauernswerterweise nichts. Meine Eltern hatten sich ihrerseits noch den ganzen Abend darüber echauffiert, dass Hannes sie borniert genannt hatte.

Fee stupst mich an. »Toni, ich glaube, wir können beide etwas Ablenkung gebrauchen. Und ich bin schon die letzten drei Wochen allein in die *Musicbox* gegangen, weil du ja unbedingt einen auf herzlichen Familienfrieden in Dänemark machen musstest.«

»Da weiß man eben, wie gefeiert wird. Hörst du den dezenten Unterton? Man nennt ihn Ironie.«

»Komm, sag ja, ein bisschen abfeiern wird uns beiden gut tun.«

Irgendwie hat sie recht, also stimme ich zu.

Shirvan hat Wort gehalten. Er erwartet uns im Eingangsbereich des Camps, wo er zusammen mit Christel sitzt und eine Zigarette mit ihr teilt. Blass ist er heute, und seine Augen wirken umschattet. Doch zumindest hat er sein Lächeln wiedergefunden. Es macht etwas mit mir, dieses Lächeln. Ich werde mir meines Herzschlags bewusster.

»Guten Morgen«, begrüßt Shirvan uns auf Deutsch. »Wie geht es Ihnen?«

»Euch«, korrigiere ich grinsend. »Wie geht es euch. Und uns geht es sehr gut, danke. Wie geht es dir?«

Er knibbelt an der Bank herum, als wäre er verlegen. »Mir geht es gut.« Sagt er das, weil es stimmt, oder sind sie im Deutschkurs noch nicht weiter gekommen? Gut geschlafen hat er ganz offensichtlich nicht.

Shirvan wechselt wieder ins Englische. »Eure Sprache ist nicht so einfach – wie soll ich das je alles lernen? Unsere Lehrerin sagt, ›Wie geht es Ihnen?‹ ist die Höflichkeitsform, und es wäre wichtig, immer höflich mit Deutschen zu sprechen. Und nun ist das wieder falsch?«

»Nicht falsch, aber wir …« Ich stutze. Wie erkläre ich ihm den Unterschied zwischen ›du‹ und ›Sie‹, den es auch im Englischen nicht gibt?

»Die deutsche Sprache hat ein paar Schikanen«, rettet mich Fee. »Unnötigen Kram, den man einfach lernen muss. Aber das schaffst du schon.«

»Gut, dass ihr kommt, Mädels, mein Englisch ist so schlecht«, begrüßt uns Christel. »Ich hab schon versucht, mit ihm zu reden, aber ich weiß nicht, ob er mich verstanden hat. Es ist noch mal wegen gestern, wisst ihr?« Sie sieht mich zerknirscht an. »Weil ich doch eigentlich nicht abschließen darf, hier vorne. Falls mal was ist. Aber eigentlich müssten wir auch immer zu zweit sein, wenn einer mal aufs Klo muss, und ihr seht ja, wie's ist.«

Wir sehen es. Sie ist wieder allein.

»Wäre halt gut, wenn sich das nicht rumspricht. Ich will keinen Ärger.«

»Ist okay«, sage ich, »das bleibt alles unter uns. Ich übersetze es Shirvan gleich.«

Falls das nötig sein sollte. Wie viel er von ihren Versuchen, Englisch zu sprechen, verstanden hat, weiß ich auch nicht, aber ich sehe auf den ersten Blick, dass er versteht, worum es geht.

»Wegen gestern«, sage ich leise und ohne dass Fee uns hören kann, während wir zusammen in Richtung Speiseraum gehen. Ich erkläre ihm Christels Dilemma und möchte mich anschließend dafür entschuldigen, die Nerven verloren zu haben – nein, ich habe das Gefühl, mich dringend entschuldigen zu müssen –, aber er winkt ab.

»Lass uns nicht mehr darüber sprechen, Tooney«, sagt er. Und plötzlich ist mir, als ginge es ihm dabei viel mehr um seine Reaktion als um meine, denn ich erinnere mich nun wieder an das, was ich in seinen Augen zu sehen geglaubt habe. Nackte Panik.

»Einfach vergessen?«, frage ich, und er nickt, eher erleichtert als nachsichtig.

»Ja. Einfach vergessen.«

Fee wird von einem kleinen Rudel Kinder in Beschlag genommen und kurzerhand entführt. Ich glaube, sie ist nicht ganz undankbar darüber, denn es sind die Kinder, die sich meist um Etienne scharen. Sie scheint sich mit ihm angefreundet zu haben. Oder könnte da mehr laufen?

Wie immer wird Shirvan lockerer, sobald wir unter uns sind. »Okay, Tooney«, sagt er. »Ich habe mir Gedanken um euren Blog gemacht und mich gefragt, was eure Leser vielleicht interessieren könnte. Soll ich dir erzählen, woran Syrien zerbrach?«

»Bitte«, sage ich. Wenn ich doch nur verstehen würde, was da los ist. Sämtliche Internetrecherchen haben mich eher verwirrt als weitergebracht.

»Ich muss sehr weit vorn anfangen«, sagt Shirvan. »Am Anfang. Aber zuerst sollten wir Tee holen.«

Natürlich. Shirvan funktioniert nicht ohne Tee. Wir gehen zu seinem Zelt, holen seine Thermoskanne und füllen sie an der Getränkeausgabe vor dem Clubhaus mit Teebeuteln und heißem Wasser. Dann suchen wir uns eine ruhige Ecke im Speiseraum, der zwischen den Mahlzeiten als Aufenthaltsraum dient.

»Um alles zu verstehen«, beginnt Shirvan, »musst du wissen, dass Syrien nicht ganz die Staatsform ist, die sie auf dem Papier zu sein behauptet. Im Grunde ist es nichts anderes als eine Diktatur. Es gibt nur eine einzige Partei: die Arabische Sozialistische Baath-Partei, an ihrer Spitze die Familie al-Assad. Eine Opposition existiert so gesehen nicht.«

»Aber … es finden Wahlen statt, oder?« Das hatte ich zumindest gelesen.

»Ja, aber nur, wer für das Assad-Regime ist, wird zur Wahl aufgestellt. Der Clan der al-Assads ist seit über fünfzig Jahren an der Macht und sitzt auf jedem nur halbwegs wichtigen Posten im Land. Wenn hin und wieder doch mal ein Scheich oder ein Landbesitzer an etwas Macht gelangt, wird er bestochen. Korruption ist einer der beiden Grundpfeiler der Stärke, mit der das Regime regiert.«

»Und der zweite?«

»Angst.« Shirvan lässt das Wort eine Weile wirken, bevor er sich bequemer hinsetzt. Offenbar wird unser Gespräch eine Weile dauern. »Stell dir also vor, eine einzige Familie herrscht über ein Land, beutet es aus, füllt ihre Taschen, schröpft das Volk und stellt sich nach außen westlich, modern und zivilisiert dar und brüstet sich mit ihrem Weltkulturerbe, als hätte sie Damaskus, Aleppo und Palmyra mit eigenen Händen erbaut. Stell dir vor, die Familie wettert gegen die USA und ihre fehlgeleitete Politik, wäscht aber Milliarden von Dollar, indem sie sie nach Amerika schafft.«

»Das kann bestimmt nicht lange gut gehen, vermute ich.«

»Es ging fünfzig Jahre gut. Fünfzig Jahre. Und kaum ein junger Syrer hat seinen Vater und Großvater nicht gefragt, wie sie ihm ein solches Erbe hinterlassen konnten.« Kurz wirkt Shirvan seltsam abweisend und in sich gekehrt. Doch dann sieht er wieder zu mir auf, und ein feines, wenn nicht wirklich glückliches Lächeln spielt in seinen Augen. »2011 gab es in Daraa eine Dürreperiode. Vielleicht war der Klimawandel schuld, wie einige behaupten, vielleicht war es einfach nur eine normale Dürre, wie sie in dieser Gegend immer mal wieder vorkommt, immerhin ist es eine Wüstenregion. Eine sehr arme noch dazu, von ihrer Stadtverwaltung schlimm ausgenutzt. Ein Kind, ein Junge, der wie wir alle damals den Arabischen Frühling im Fernsehen verfolgte, schrieb Sätze, die er gelesen hatte, mit Farbe auf eine Wand. Er malte Herzen für das Mädchen, das er gut fand, dann ein Peace-Zeichen und schließlich schrieb er: ›Jetzt bist du dran, du hast das Land geplündert, al-Assad.‹ Es war gelbe Farbe, Lack für Autos oder Fahrräder. Gelb. Den Satz hatte er abgeschrieben, Wort für Wort, im Original stand da bloß ein anderer Name: Gaddafi.«

»Was passierte mit dem Jungen?«

»Soldaten und Geheimdienstler nahmen ihn fest, steckten ihn in ein Militärgefängnis und folterten ihn viele Tage lang. Ihn und andere Kinder, die in der Nähe waren.«

Ich spüre mich zusammenzucken. »Für Graffitis?«

»Für Graffitis. Die Eltern und Familien gingen zu Atef Najib, dem Sicherheitschef von Daraa, und verlangten ihre Kinder zurück, da rief Najib, sie sollten ihre Kinder vergessen, heimgehen und neue machen. Und wenn sie nicht wüssten, wie man Kinder macht, sollten sie ihre Frauen schicken, und seine Männer würden das erledigen.«

Ich beiße mir auf die Unterlippe.

»Die Familien bekamen ihre Kinder zurück«, fährt Shirvan fort, »allerdings schwer misshandelt. Sie waren nicht mehr dieselben und werden es nie wieder sein. Es wird Unterschiedliches erzählt, was man ihnen angetan hat, aber selbst die harmlosesten Berichte sind grausam. Man wollte ein Exempel an ihnen statuieren.« Er senkt den Kopf und fährt sich mit Daumen und Zeigefinger die Brauen von innen nach außen nach, als hätte er Kopfschmerzen. »Es scheint eine Ewigkeit her zu sein, dass alles begann, aber all diese Kinder sind jünger, als ich es bin. Der Junge mit der gelben Farbe ist heute fünfzehn Jahre alt.«

Ich schlucke schwer. Krieg … weil Kinder von zehn oder elf Jahren etwas an die Wand geschmiert haben?

»Die Syrer sind genügsam geworden in den letzten Jahrzehnten«, erzählt Shirvan weiter. Seine Stimme hat etwas Dunkles bekommen, einen rauen, unheilvollen Unterton. »Sie haben gelernt, Kritik nur zu flüstern, und hinzunehmen, was die al-Assads taten. Besonders die Bewohner von Daraa. Sie waren den Kummer durch General Najib gewohnt wie den staubigen Wind aus der Wüste von Osten. Aber als die Militärs ihre Kinder misshandelten, überschritten sie damit eine Grenze.«

»Es kam zu Aufständen?«

»Es kam zu Demonstrationen«, korrigiert Shirvan und sieht mir in die Augen. »Die Muslime begannen, nach dem Moscheebesuch auf die Straße zu gehen und Lieder zu singen. Lieder von Freiheit und von Gerechtigkeit. Die Jüngeren riefen nach Demokratie. Für die korrupten Männer in der Regierung war dieses Verhalten eine Beleidigung. Sie zerschlugen die Versammlungen, prügelten die Männer von den Straßen und sperrten sie in die Gefängnisse. Aber sie haben nicht damit gerechnet, was dann passieren würde.«

Mein Atem wird flacher. Würde Shirvan mir eine Geschichte erzählen, fände ich sie spannend. Aber er spricht von der Realität. Was geschah, ist gerade einmal vier Jahre her. »Was?«, frage ich leise.

»Die Frauen von Daraa demonstrierten nun ebenfalls. Und wer nicht auf die Straße ging, der erzählte anderen Syrern, was vor sich ging, verschickte Fotos und Videos und hauchte den Atem der Revolution über das ganze Land. In Daraa keimte etwas auf, das sah auch das Regime. Das Militär kam. Zuerst schossen sie mit Tränengas, dann scharf und binnen weniger Tage fielen die Schatten von Heckenschützen von den Dächern, und der Tod schlich durch jede Straße.« Shirvans Blick geht in die Ferne, als würde er die Bilder vor sich sehen. »Wenn sich Menschen zum friedlichen Demonstrieren trafen, tränkte danach Blut die Erde, weil sie einfach erschossen wurden. Bald schon konnte niemand mehr das Haus verlassen. Daraa wurde von der Außenwelt abgeschnitten und belagert. In den Kühlhäusern aller Geschäfte sammelte man die Leichen, weil es nicht mehr möglich war, sie zu begraben – selbst auf die Trauerzüge wurde geschossen. Und Lebensmittel gab es sehr bald nicht mehr.« Shirvan ballt seine linke Hand auf dem Tisch zu einer verkrampften Faust. »Die Lage war hoffnungslos für die Menschen. Vollkommen hoffnungslos. Doch …« Mit seiner rechten Hand zieht er langsam größer werdende Kreise über seiner Faust. »Das Regime unterschätzte die Herzen der Syrer. Ihre Loyalität untereinander. In Damaskus, Homs und Aleppo gingen die Menschen auf die Straße und demonstrierten gegen die Gewaltherrschaft in Daraa und für Freiheit und Demokratie. Kurz danach auch in den kleinen Städten – überall. Das ganze Land atmete Hoffnung für Daraa, während Daraa gewürgt wurde. In Wochen, ach, was sage ich, in Tagen organisierten sich Menschen, um die Demonstrationen zu planen, Flugblätter und Transparente zu gestalten. Es war ergreifend. Es war etwas Großes, etwas Gewaltiges – vielleicht das Wichtigste, das seit Jahrhunderten in Syrien geschehen ist.« Shirvans Augen leuchten, während er erzählt. Er war zu der Zeit selbst nur ein Teenager. Ich sehe ihn schmächtig, mit zu kurzen Hosenbeinen und In-Ears, die um seinen Hals baumeln, ein selbstgebasteltes Schild so hoch haltend, wie es ihm möglich ist.

»Aber natürlich war al-Assad anderer Meinung«, sagt er nun und das Leuchten verlischt. »Zuerst wurden gezielt die Anführer bedroht und verhaftet. Dann wahllos Demonstranten zusammengeschlagen. Frauen misshandelt. Die Botschaft lautete: Es ist zu gefährlich für euch zu demonstrieren. Überlegt es euch gut.

Und die Menschen überlegten es sich gut. Und sie demonstrierten weiter. Für jeden, der verhaftet wurde, gingen ein halbes Dutzend neue auf die Straße. Al-Assad setzte das Militär ein. Scharfschützen. Panzer. Geheimagenten.«

»Das ist doch gegen alle Menschenrechte!«, entfährt es mir. Im gleichen Moment weiß ich, dass der Gedanke naiv ist.

Aber Shirvan lächelt, als hätte ich etwas sehr Richtiges eingewendet. »Natürlich ist es das. Aber stell dir vor, du wärst ein Diktator mit siebzehn aktiven Geheimdiensten hinter dir.«

»Siebzehn?«

»Siebzehn. Einige kontrollieren die Medien, andere die außenpolitische Korrespondenz, wieder andere Geheimdienste kontrollieren natürlich auch die Geheimdienste, nicht zu vergessen der Geheimdienst, der die Geheimdienste kontrolliert, die die Geheimdienste kontrollieren …«

Mir wird ein wenig schwindelig.

»Du hast die Macht darüber, was im Land verbreitet wird und was nach außen dringt. Was würdest du tun?« Er dreht sich in meine Richtung und legt die offenen Hände auf die Oberschenkel, die Handflächen nach oben. »Was, Tooney?«

Ich will ihm nicht antworten, ich will mir das Szenario nicht einmal ausmalen. Alles in mir sträubt sich dagegen.

»Du weißt«, fährt Shirvan fort, »wen die Mächte, die dich aufhalten können, am meisten hassen und fürchten. Salafisten. Islamistische Terroristen. Was also würdest du tun?«

»Er hat ...« Ich bekomme den Satz nicht über die Lippen. »Sie haben ...«

»Ja. Die Regierung hat uns allesamt für Salafisten erklärt, und die ganze Welt hat sich abgewandt und ihn gewähren lassen. Al-Assad hat auch versucht, die Syrer gegeneinander aufzuhetzen. Die Schiiten gegen die Sunniten, die Alawiten, die Muslime gegen die Christen. Aber gelungen ist ihm das nur zum Teil. Also hat er sie alle bekämpft, auch die Anhänger seiner eigenen Glaubensgemeinschaft, wenn sie sich nicht deutlich auf seiner Seite positioniert haben.«

»Dann gibt es gar keine Terroristen in Syrien?«, frage ich verwirrt nach.

»Doch, die gibt es. Sie sind die wahren Gewinner im Kampf al-Assads gegen Syrien. Zu Anfang gab es das Regime mit seinem Militär, ein paar extreme Salafisten und die friedlichen Demonstranten. Diese wurden immer wieder angegriffen. Ganze Stadtviertel wurden belagert und mit Heckenschützen terrorisiert. Bettlaken prägten das Straßenbild, wo zuvor kleine Geschäfte und Cafés gewesen waren.«

»Bettlaken?« Er muss eine Vokabel vertauscht haben.

»Bettlaken«, beharrt er. »Und Tischdecken, Vorhänge, Teppiche und Stoffe aus den Schneidereien. Alles, was zu finden war. Die Menschen hingen sie in den Straßen auf, um dahinter von einem Haus zum anderen laufen zu können, ohne den Heckenschützen auf dem Präsentierteller serviert zu werden.«

»So etwas hast du gesehen?«, frage ich leise.

»Ich war hinter diesen Bettlaken«, antwortet er. »In der Dämmerung oder bei Nacht. Wenn man nicht mal mehr die Schatten erkennen kann.«

Ich will schlucken, aber es geht nicht. Mein Hals fühlt sich plötzlich wund und rissig an.

»Als die Bomben kamen, die Granaten, die Raketen … da nützten uns die Bettlaken natürlich nichts mehr. Aber immerhin konnten wir die Leichen in die Fetzen wickeln.«

Ich habe genug – mehr als genug. Er soll aufhören, wenigstens für eine Weile. Wenn das, wovon er spricht, die Welt ist, die reale, wahre Welt, dann soll sie aufhören, sich zu drehen.

»Irgendwann bildete sich eine gegnerische … nein, Armee ist das falsche Wort. Die Menschen versuchten, sich irgendwie zu verteidigen und sich zu wehren. Vielleicht auch, sich zu rächen. Aber sie waren keine Einheit. Es gab nichts, für das sie zusammen kämpften, es gab nur diesen gemeinsamen Gegner. Und manche kämpften für die falschen Ziele. Während die einen Demokratie wollten, sahen die anderen al-Assads Verbrechen nur vor dem Hintergrund, dass er kein wahrer Muslim ist.«

»Ist er nicht?«

Shirvan schüttelt den Kopf, sein Gesicht zeigt pure Verachtung. »Er nennt sich einen Alawiten. Die Alawiten haben ihre eigenen religiösen Gebräuche, aber auch für sie gilt das Wort des Propheten Mohammed. Der Prophet hat klare Regeln für den Krieg aufgestellt. Töte kein Kind, töte keine Frau, zerstöre keinen Baum, töte kein Tier, es sei denn, du musst es essen. Zerstöre kein Gotteshaus und töte keinen Gottesdiener.«

Ich stelle mir einen Krieg nach diesen Regeln vor. Wenn man Krieg überhaupt fair führen kann, dann vermutlich so. »Assad hat diese Regeln gebrochen?«

»Er bricht sie jeden Tag und mit allem, was er tut. Er ist so wenig Muslim, wie die Daesh es sind. Er verachtet und bekämpft sie. Aber er hat sie groß gemacht und genährt, denn viele, die unter ihm litten, schlossen sich ihnen an. Es passierte, was passieren muss, wenn man nicht gemeinsam für, sondern nur gegen etwas kämpft. Die Gegenbewegung zerbrach in unterschiedliche Gruppen mit den verschiedensten Zielen. Die Freie Syrische Armee verlangte nach dem Arabischen Frühling und Demokratie für Syrien. Andere glaubten an einen Islamistischen Staat. Sie denken, dass die Scharia, ein strenges Gesetz nach dem Islam, alles besser machen würde. ISIS und Dschabhat al-Nusra, eine abgespaltene Gruppierung von al-Qaida, versprachen den Menschen große Erfolge, Macht, eine Gemeinschaft, die gefürchtet und respektiert wird. Manche Menschen sind leicht zu beeinflussen und suchen ihr Heil in radikalisierter Religion, wenn sie verzweifeln, weil sie Familie, geliebte Freunde oder ihre ganze Zukunft verloren haben. Das Leid, das Assad geschaffen hat, die Angst und die Perspektivlosigkeit, treibt die Menschen immer denen in die Arme, die einfache Lösungen bieten. Auch und gerade dann, wenn es einfache Lösungen nicht gibt.«

»Ich habe im Internet gelesen, dass noch weitere Gruppen in diesem Krieg kämpfen.« Die Lage schien mir so verworren. Shirvan kann sie mir vielleicht verständlich erklären. Wenn er es nicht kann, kann es niemand.

»Ein halbes Dutzend weitere«, sagt er. »Die kurdischen Kämpfer halten große Gebiete und verteidigen sie vor allem gegen die Daesh am Boden sehr erfolgreich. Die Salafisten haben Angst vor ihnen.« Ein kleines, grimmiges Lächeln umspielt seinen Mund. »Vor allem vor unseren Frauen. Es gilt bei den Daesh als Schande, von einer Frau getötet zu werden. Wer durch die Hand einer Frau fällt, kommt nicht ins Paradies, sagen sie. Als die Revolution begann, das Regime die Demonstranten an der einen und die Salafisten an der anderen Seite bekämpfte, und die Oppositionsgruppen sich bewaffneten, sahen die Kurden ihre Chance, einen autonomen kurdischen Staat zu erkämpfen. Westkurdistan, in Nordosten Syriens.« Er sieht mich beinah entschuldigend an. »Die Kurden hatten es lange sehr schwer in Syrien. Viele wurden diskriminiert. Als der Bürgerkrieg begann, machte al-Assad dem kurdischen Volk plötzlich Geschenke. Alle Kurden erhielten nun die Erlaubnis zu arbeiten und in allen Universitäten zu studieren – das durften vorher nur jene, die die syrische Staatsangehörigkeit hatten. Staatenlose Kurden durften nun die syrische Staatsangehörigkeit annehmen.«

»Wie deine Familie?«

Er wiegt den Kopf. »Meine Familie ist auf dem Papier seit den achtziger Jahren syrisch. Eine lange und traurige Geschichte, eine weitere.« Sehr leise, wie nur für sich selbst, fügt er hinzu: »Viel Blut tränkt die

Erde Syriens. Es ist viel zu viel Blut.« Dann schüttelt er den Kopf. »Aber Geschenke hin oder her – die Kurden verfolgen jetzt in erster Linie ihre eigenen Ziele.«

Ich frage mich still, als was Shirvan sich sieht: mehr als Kurde oder mehr als Syrer? Fühlt er sich wie zwischen zwei Stühlen hin- und hergerissen?

»Und dann sind da noch die Wächter der Zedern, eine Gruppe nationalistischer Christen aus dem Libanon, die gegen Assad sind, sowie die libanesische und iranische Hisbollah, die wiederum auf der Seite von Assad kämpfen. Iran und Russland unterstützen Assad, der ohne deren Waffen und Milizen längst keine funktionierende Armee mehr hätte. Die Golfstaaten unterstützen mehr oder weniger unter der Hand die Salafisten, weil sie in Syrien weder Assad an der Macht haben wollen noch eine säkulare, demokratische Regierung. Sie wollen Muslime an der Spitze Syriens. Die Türkei wiederum … ach, wer weiß schon, was der türkische Präsident wirklich vorhat. Hauptsache keine Kurden – lieber Daesh als Kurden! Was absolut alle vergessen«, seine Stimme wird leiser, »ist, was die Menschen wollen, die in Syrien leben. Die Christen und Muslime und Armenier und Chinesen. Scharfschützen, Giftgas, Bomben und Raketen können sie nicht aufhalten. Sie demonstrieren bis heute für Freiheit, Frieden und Demokratie. Sie träumen davon. Und wer begreift, dass Syrien nach fünf Jahren Krieg zu zersplittert ist, um diese Träume zu erfüllen, der flieht, solange er noch kann. Tote, Hoffnungslose und Träume bleiben zurück.«

»Die Kurden und die Freie Syrische Armee«, frage ich vorsichtig, »sind dann also die Guten?«

Shirvan lacht bitter. Ich denke, er verspottet meinen verzweifelten Versuch, Ordnung in das zu bringen, das er längst als wildes, unbezwingbares Chaos durchschaut hat.

»Das dachte ich lange«, sagt er und mir wird bewusst, dass er nicht meine Naivität verspottet hat, sondern seine eigene. »Aber wenn sie kommen und an deine Tür klopfen, dann weißt du nicht, ob sie dich gewaltsam mitnehmen oder womöglich töten. Denn falls du nicht für sie kämpfen willst, tust du es womöglich gegen sie. Und spätestens dann wird dir klar, dass es Zeit ist zu fliehen. Weil der Krieg nichts Gutes lässt. Das Gute, das stirbt immer zuerst.«

sechzehn

»Was läuft da zwischen Etienne und dir?«

Ich muss mir nicht die Mühe machen, meine Stimme zu senken. Im Durcheinander von Hunderten Menschen im Speisesaal, die in einem Dutzend verschiedener Sprachen miteinander reden, könnte ich sie anschreien, ohne dass jemand anderes auch nur ein Wort verstehen würde. Wir füllen gerade den letzten Campbewohnern die Teller. Die Reste, die sich noch in unseren Schüsseln befinden, kommen mir beruhigend groß vor.

Fee lächelt. »Etienne ist nett.«

»Nett?« Das soll alles sein?

»Okay, er ist wirklich unverschämt nett. Ich finde es absolut süß, wie er sich um all die Kinder kümmert, die hin und wieder einen großen Bruder brauchen. Ich habe noch nie einen Jungen kennengelernt, der so uneigennützig ist wie er.« Ihr Blick bekommt etwas Versonnenes. »Aber, falls du darauf anspielst: Ich fange nichts mit ihm an. Aus Prinzip nicht!«

»Was für ein Prinzip soll das sein?« Ob Saskia ihr auch eingeredet hat, die Jungs im Camp seien das große Obertabu?

»Du kennst doch meine goldene Beziehungsregel: Ich werde mich niemals in einen gläubigen Katholiken verlieben – da bist du immer zweite Geige hinter Jesus.«

Ich bin mir nicht sicher, ob sie das ernst meint.

Gemeinsam fassen wir den leeren Bottich an beiden Seiten und tragen ihn zum Waschbecken rüber. Fee lässt Wasser einlaufen und ich spritze Spülmittel dazu. »Und wie sieht's bei dir aus, Toni? Du warst schon wieder den halben Tag mit Shirvan zusammen. Was macht ihr denn die ganze Zeit?«

»Wir haben über Politik gesprochen«, sage ich. »Über syrische Politik. Und über den Krieg.«

»Aha.«

Aha. Fee sagt Aha. Kein ironisches ›Ja, sicher‹ und kein ungläubiges ›Politik – du?!‹ sondern nur ein Aha. Dass ich mich verändert habe und plötzlich über ganz andere Themen nachdenke, als sie mich noch vor einer Woche interessiert haben, wundert mich nicht mehr. Ich kenne ja den Grund. Aber das meine beste Freundin diese Veränderung mit einem Aha registriert, irritiert mich dann doch.

»Und das macht ihn automatisch unattraktiv?«

Verwirrt schüttle ich den Kopf. »Nein, gar nicht. Wieso …«

»Also doch? Toni, ich sehe, wie der Junge dich anschaut.«

Wie aus Reflex blicke ich zu Shirvan. Er sitzt mit Mejdi, Rezarta und zwei anderen am anderen Ende des Speisesaals. Innerhalb dieses Raumes könnte der Abstand zwischen uns nicht größer sein, und trotzdem treffen sich unsere Blicke, und er lächelt so leicht, als würde ich direkt neben ihm stehen.

»Toni, der Bottich ist voll, mach das Wasser aus!«

Ich zucke zusammen und drehe rasch den Hahn zu, bevor es eine Überschwemmung gibt.

»Er gefällt dir, oder?«

»Er sieht gut aus, das wird ja niemand bestreiten.« Tiefstapler-Toni. Diese Schokoladenaugen, umrahmt von langen, seidigen Wimpern, sind hinreißend. Und die Art, wie seine schlanken Muskeln unter dem T-Shirt spielen, lässt in mir den Wunsch aufkommen, ihn mal ausgiebig beim Sport zu beobachten. Seine T-Shirts sind ihm zwar allesamt zu groß, aber da ich selbst ja nicht viel größer als eine Parkuhr bin, ist das eher … passend. »Na gut. Er ist richtig hübsch.« Dass ich das wahrnehme, ist allerdings erstaunlich, wenn man bedenkt, dass ich Jungs wie ihn vor wenigen Tagen noch als Bedrohung empfunden habe.

»Sein Aussehen meine ich aber nicht«, sagt Fee. »Und das weißt du.«

Natürlich. Fee gibt nichts auf optische Eindrücke.

»Wie ist er wirklich? Magst du ihn?«

»Ich mag ihn«, sage ich ohne zu zögern und rechne es Fee hoch an, dass sie während unseres Gesprächs nicht ständig zu Shirvan rüber sieht. Mir fällt das verdammt schwer.

»Aber ich höre ein Aber.«

»Das ist kein Aber. Überhaupt nicht. Da sind nur drei kleine Auslassungspunkte an der Stelle, an der ich noch keine Antwort für dich habe. Ich kenne ihn nämlich kaum.«

Fee hüstelt. »Du kennst ihn nicht? Es gibt Leute, die sind zwanzig Jahre verheiratet und können nicht über Politik reden.«

»Offenbar haben wir das Pferd von hinten aufgezäumt. Ich habe stundenlang mit ihm geredet, über alles Mögliche.«

»Aber jetzt kommt endlich das Aber!«

»Aber hallo. Er hat kaum ein Wort über sich erzählt.« Mehr noch. Er scheint mir auszuweichen und die Gespräche an sich vorbei und um sich herum zu lenken.

»Frag ihn«, sagt Fee mit ihrer typischen Selbstverständlichkeit. Sie wedelt mit dem Zeigefinger, als wäre er ein Zauberstab. »Frag – und du bekommst Antworten. Abra und Kadabra.«

»Und wenn er aus einem Grund schweigt?« Schließlich gibt es immer einen Grund, wenn man vermeidet, über etwas Persönliches zu sprechen. »Er erzählt mir von seinem Land, als wäre er ein Kameramann, der aufnimmt, zoomt, fokussiert. Aber er ist so gut wie nie im Bild.« Und gibt mir damit das Gefühl, dass er sich nicht zeigen will. Nicht mir.

Die Feuchtigkeit der Regennacht hängt noch am Nachmittag über dem Camp. Es ist drückend schwül geworden, und der Himmel ist wie Blei – schwer und grau. Bis zum Deutschkurs und der Kinderbetreuung bleibt Shirvan und mir eine gute Stunde Zeit.

»Du wolltest mir etwas über die Menschen hier erzählen«, erinnere ich ihn, aber eigentlich meine ich: Du solltest mir etwas über dich erzählen.

Ich werde wohl nie so direkt und mutig sein wie Fee, die einfach offen heraus Fragen stellt und Antworten bekommt.

Abra und Kadabra – das kann ich einfach nicht. Manchmal bedaure ich das. Sehr.

Wir schlendern in den hinteren Bereich des Camps und zwischen den Zelten entlang. Zwischen ihnen hängt Nebel, als wäre er an den Dutzenden Zeltschnüren festgebunden.

»Unterschiedlich sind sie«, sagt Shirvan und lässt den Blick schweifen. »Siehst du die Familie dort hinten?«

Zwei Erwachsene in den Dreißigern sitzen mit Teetassen und einer Schachtel Keksen trotz der Feuchtigkeit auf einer dünnen Decke auf dem Boden. Ein kleines Mädchen in einem rosa Kleid krabbelt immer von der Decke, die Frau, eine mollige Person mit kupferblond gefärbtem Kurzhaarschnitt, pflückt es jedes Mal von der Wiese und trägt es zur Decke zurück.

»Eine persische Familie aus dem Iran«, erklärt Shirvan.

»Im Iran ist doch kein Krieg?«, hake ich nach. Durch meinen Kopf hallt das Wort »Wirtschaftsflüchtlinge«, womit mein Vater Menschen bezeichnet hat, die bloß des Geldes wegen nach Deutschland kommen.

»Oh doch«, korrigiert mich Shirvan. »Als ich herkam, habe ich die Iraner gehasst, weißt du? Sie kämpfen im Krieg auf der Seite von Assad. Aber dann traf ich diese Iraner hier, sprach mit ihnen und musste feststellen, dass wir keine Feinde sind und niemals waren. Die Regierung im Iran führt erbittert Krieg gegen demokratisches Gedankengut. In keinem Land werden so viele Menschen hingerichtet wie im Iran.«

Mir schaudert. »Für welche Verbrechen?«

»Manchmal nur für Worte. Parmida, die Frau dort, ist Schriftstellerin. Sie schreibt Gesellschaftsromane, die ihrer Regierung nicht zugesagt haben, und sie kennt die falschen Leute. Europäer und Amerikaner. Demokraten. Ihr Verleger wurde bereits inhaftiert. Ihm droht die Hinrichtung, in jedem Fall aber Folter. Sie ist geflohen und hat ihre Familie mitgenommen. In Teheran waren sie angesehene, wohlhabende Leute. Parmidas Mann ist Zahnarzt, er hatte eine Praxis und einige Angestellte. Jetzt hat er«, Shirvan sieht zu der Familie rüber, »ein Zelt und eine nasse Decke.«

Ich schäme mich für meine Gedanken. Dieses Paar ist wohl kaum wegen des Geldes nach Europa gekommen. »Das wusste ich nicht«, murmle ich betroffen.

Shirvan nickt verständnisvoll, als wolle er sagen: Woher auch? Er deutet in die Richtung eines jungen Mannes, den ich sofort wiedererkenne. Er hat mich angesprochen, als ich zum ersten Mal offiziell hier war und Müll aufgesammelt habe.

»Das ist Hawal. Früher war er Taxifahrer in Damaskus. Ah, Damaskus. Weißt du, wie schön es dort ist? Damaskus ist voll bunter Lichter, und alles ist grün. Überall stehen Palmen. Es sieht aus wie … Miami Beach!«

Wir lachen über den Vergleich, und ich beschließe, Damaskus zu googeln.

»Vor vier Monaten sagte Hawal noch, dass er niemals aus Syrien fliehen würde. Seine kurdische Familie hat hart gekämpft, um die syrische Staatsbürgerschaft zu bekommen. Das ist nicht selbstverständlich für uns. Doch vor drei Monaten kam der Geheimdienst zu ihm.«

Mir läuft ein frostiger Schauer den Rücken runter. »Was wollten die von ihm?«

»Er sollte für sie arbeiten. Als Agent. Taxifahrer werben sie gern an, weil die sehen, wohin die Leute fahren, ob sie nervös scheinen und ob sie Schwachstellen haben. Familie. Frauen, Kinder. Kinder am liebsten.«

Noch ein Schauer. Kälter diesmal.

»Hawal hat Ja gesagt. Das musste er. Hätte er Nein gesagt, hätten sie einen Kollegen auf *seine* Schwachstellen angesetzt.«

Ich schlinge die Arme um meinen Körper.

»Der Mann da vorne heißt Moussa. Er sollte zur Armee gehen, wie seine Brüder. Alle haben für Assad gekämpft, so wie ihr Vater schon für Baschars Vater Hafiz gekämpft hat. Aber sie sind alle geflohen, ein Bruder nach dem anderen, und am Ende auch der jüngste.«

»Sie wurden Deserteure?«

»Ja. Sie gingen zur Armee, um ihr Land und das syrische Volk zu schützen. Aber Baschar al-Assad verlangt von ihnen, das Land zu zerstören und das Volk abzuschlachten. Er kennt keine Freunde mehr. Wer nicht für ihn ist, ist gegen ihn und muss eliminiert werden.«

Wir passieren ein paar Männer, die vor einem Zelt sitzen, rauchen und zwei Schachspieler beobachten, die mit schweißnassen Gesichtern über dem Brett brüten.

»Es gab eine syrische Schachgroßmeisterin«, erzählt Shirvan, »Doktor Rania Abbasi. Einst spielte Assad gegen sie und nannte sie seine Freundin. Zwei

Jahre nach dem Beginn der Revolution wurde sie mit ihrem Mann, den fünf Töchtern und dem Baby in ein Militärgefängnis entführt. Man hat sie nie wieder gesehen. Sie verschwanden.«

»Sie verschwanden?« Wie kann eine ganze Familie einfach verschwinden?

»Keiner stirbt in diesen Folterkellern. Nicht offiziell. Aber viele sind plötzlich … fort. Niemand verlässt die Gefängnisse mit Narben, die die Welt nicht sehen soll. Sie wissen genau, wie und wohin sie schlagen müssen, damit es später nicht nachzuweisen ist. Wusstest du, Tooney, dass man an den Fußsohlen keine Hämatome bekommt und dass die Haut an der Stelle zwischen Hüfte und Taille nicht aufplatzt, wenn man zum Schlagen ein Kunststoffkabel nimmt?«

»Du weiß es«, entfährt es mir mit zitternder Stimme, und daraufhin schaut er weg.

»Um Damaskus herum, in Homs und in den Studentenvierteln von Aleppo vermisst jede Familie mindestens eine Person. Es gibt keine offiziellen Zahlen, weil das Regime sie nicht nennt, aber es sind sicher eine halbe Million Menschen verschwunden. Sie kommen in die Militärgefängnisse, und es ist, als gäbe es sie nicht mehr. Sie bekommen keine Anklage, keinen Prozess, keine Papiere. Sie verschwinden. Wer Glück hat, flieht, bevor er geholt wird. Hast du schon einmal von Mohammed Faris gehört?«

»Nein, tut mir leid.«

»Er war als Astronaut im Weltall – der erste Araber im All. Er wurde zum syrischen Nationalhelden, noch heute sind Schulen und Plätze nach ihm benannt. Sie nannten ihn den arabischen Neil Armstrong, und als Baschar al-Assad an die Macht kam, erklärte er ihn sogar zu seinem Militärberater. Kannst du dir vorstellen, was er heute *beruflich* macht?«

Ich schüttle den Kopf, habe aber eine Vermutung. Die Art, mit der Shirvan den Satz ironisch färbt, lässt mich glauben, dass er …

»Er ist Flüchtling, er lebt in einem Lager in der Türkei. Nachdem er Assads Umgang mit den Demonstranten kritisierte, musste er mit seiner Familie bei Nacht und Nebel fliehen. Man sagt, der Wagen, der ihn holen und ins Militärgefängnis bringen sollte, war schon auf dem Weg.«

»Der Präsident scheint verrückt zu sein. Völlig geistesgestört.«

»Er ist bloß ein Diktator, der seine Zeit schwinden spürt. Ich glaube, er weiß, dass er das Land und das syrische Volk nicht behalten kann. Also vernichtet er es und geht so in die Geschichte ein. Baschar al-Assad, der letzte syrische Herrscher.«

Wir starren düster in dieselbe Richtung, betrachten die Schlaufen im Zaun und den Stacheldraht, den sie über den Maschenzaun gezogen haben.

Dann räuspert sich Shirvan und sieht wieder zu den drei Männern hinüber, die ich schon flüchtig kenne. Sie haben uns ebenfalls entdeckt. Einer winkt uns, sie alle grinsen. Ich wüsste auch heute gern, was sie wohl über mich denken.

»Der Dritte von ihnen heißt Süleiman, studierte Tiermedizin und arbeitete als Reitlehrer und Pferdetrainer. Er ritt edle Sportpferde im besten Gestüt bei Damaskus. Als er zurück nach Duma kam, wo er seine Wohnung hatte, war das Haus nicht mehr da. Eine Rakete hat alles zerstört. Seine Frau hatte sich und das Baby gerade noch in Sicherheit bringen können.«

Wie furchtbar. Ich überlege mir, wie es sich anfühlen muss, wenn man schlafen geht und nicht sicher sein kann, dass einem in der Nacht keine Bomben auf den Kopf fallen. Wie kann man unter solchen Bedingungen überhaupt einschlafen?

»Wo sind die Frauen und Kinder dieser Männer jetzt?«, frage ich. In Begleitung von Frauen habe ich keinen von ihnen je gesehen.

Shirvan atmet aus. »Ihr glaubt, dass wir unsere Familien zurücklassen, nicht wahr?«

Eigentlich will ich Nein sagen, aber das kann ich ja nicht. Denn meine Familie hat genau davon gesprochen. »Ich … ich frage dich ja, weil ich es nicht glauben will.«

Er nickt ernst. »Ich kenne kaum einen Mann, der Frau und Kinder in Syrien gelassen hat. Nicht in den Kampfgebieten. Die meisten sind in Flüchtlingscamps im Libanon, in Jordanien oder in der Türkei.« Plötzlich lacht er, ich verstehe den Grund dafür nicht, und es klingt verkehrt. »Es ist schwierig, Tooney. Das Leben in den meisten Camps ist sehr schlecht für die Menschen. Sie haben zu wenig Essen. Oft keinen Strom. Es gibt keine Schulen für die Kinder und zu wenig Ärzte und Medizin. Und es ist jetzt schon gar kein Platz mehr für weitere syrische Flüchtlinge. Sie sind auch dort nicht überall gern gesehen.«

Ich schüttle den Kopf. »Das sollte nicht sein.«

»Aber wie sollte es auch anders sein?«, fragt Shirvan scharf. »Schau auf den Libanon. Das Land ist so klein. Und sehr arm. Hafiz al-Assad, der Vater von Baschar, hat den Libanon nach dem Bürgerkrieg in den neunziger Jahren mit syrischem Militär belagert und ausgenommen. Und trotzdem nimmt das kleine Land nun syrische Flüchtlinge auf. Es hat jetzt vielleicht sechs Millionen Einwohner, davon sind über zwei Millionen Flüchtlinge aus Syrien und Palästina.«

Wieder schüttle ich den Kopf. Durch die Fernsehnachrichten ging gestern Abend noch eine korrigierte Zahl der Flüchtlinge, die in diesem Jahr wohl nach Deutschland kommen. Man rechnet mit etwa achthunderttausend Menschen. Und auch ich hatte gedacht: So viele! Angesichts der Tatsache, dass Deutschland über achtzig Millionen Einwohner hat, ist die Zahl allerdings lächerlich und unbedeutend.

»Die Flüchtlingslager«, fährt Shirvan fort, »sind bettelarm. Und nun werden die Hilfsmittel gekürzt, und es wird weniger Essen geben, noch weniger Medizin. Jeden Monat kommen mehr Menschen in die Lager, aber sie können kaum noch versorgt werden. Das alles lässt sich für eine Weile aushalten. Für ein bisschen Sicherheit nimmt man das in Kauf. Doch viele Familien leben seit drei Jahren in diesen Camps, und die Zustände werden schlimmer und schlimmer. Oder seit vier Jahren. Es ist kein Ende in Sicht. Und mit jedem Tag sinken die Chancen, je wieder aus den Lagern herauszukommen. Eine Arbeit zu finden, um eine Wohnung zu bezahlen. Oder um die Kinder in die Schule zu schicken. Genug

Essen zu haben und die Gewissheit, dass man auch im nächsten Monat etwas zu essen haben wird.«

»Ungewissheit«, flüstere ich. »Das muss ja schrecklich sein.«

»Alle fürchten sich vor dem Moment, an dem es ihnen egal wird. An dem man nicht mehr an seine Zukunft denkt, alle Träume und Wünsche vergisst und seine Identität verliert. Das passiert irgendwann, du kannst es nicht verhindern.«

Auf seinen Oberarmen bildet sich eine Gänsehaut.

»Man ist dann kein Mensch mehr. Man wird mehr wie ein Tier, das sich bloß noch um seinen Bau und sein Futter sorgt.«

Er reibt sich die Arme, geht zwei Schritte von mir weg nach vorn, fährt sich durch die Haare und sieht sich um, als müsste er sich vergewissern, dass uns niemand zugehört hat. Als hätte er mir etwas gesagt, das ich nicht hören sollte.

»Wir wollten über die Frauen reden«, sagt er, als er zu mir zurückkommt. »Die Frauen in den Lagern um Syrien herum.« Irgendwas an seiner Stimme ist entschiedener geworden. Weniger weich, als wäre er bereit, seine Worte zu verteidigen. Gegen mich oder jemanden da draußen oder die ganze Welt oder sich selbst. »Keine möchte in diese Lager gehen.«

»Das glaube ich gern.«

»Erst recht nicht ohne jemanden, der sie im Notfall beschützt. Du verstehst.«

Zu gut. Ich schlucke.

»Aber die Alternative ist gefährlich. Der Weg durch Syrien hindurch in die Türkei führt durch hart umkämpfte Gebiete. Manchmal durch die Wüste. Durch Gebiete der Daesh. Das Meer muss überquert werden, wenn man nach Europa will. Die Boote sind alt und überfüllt, und viele können nicht schwimmen. Die Wege durch den Balkan …« Er seufzt. »Früher gab es dort Räuberbanden, die Kinder entführt und Frauen vergewaltigt haben. Dann jagte das Militär Flüchtlinge und sperrte sie ein. Manchmal schließen sie ohne eine Warnung die Grenzen, und die Menschen sitzen ohne Proviant oder ein Zelt für Tage oder Wochen fest. Phasenweise kommt man gut durch, kann Züge nehmen oder Busse – aber das weiß man selten, wenn man aufbricht. Siehst du die Familie dort drüben in dem roten Zelt?«

Ich schaue in die Richtung, in die er zeigt, und nicke. Die Frau, die neulich so tragisch schön gesungen hat, gehört zu ihnen.

»Die Frauen bereuen es sehr, mitgekommen zu sein. Sie haben ein junges Mädchen verloren, eine Schwester, eine Tochter. Irgendwo in Griechenland wurden sie getrennt. Wochenlang haben sie nach ihr gesucht und sind schließlich weitergezogen, in der Hoffnung, sie hier zu finden. Ohne Erfolg.«

»Aber da kann man sicher etwas machen!« Dass ein junges Mädchen spurlos verschwinden kann, will ich nicht glauben. »Man könnte ihr Foto auf Facebook teilen. Und die Polizei muss helfen! Ist sie denn schon als vermisst gemeldet?«

Shirvan berührt mich am Handrücken, ganz kurz nur. »Tooney, das ist sie. Wie über tausend andere Flüchtlinge, die verschwunden sind. Vor allem Kinder und Jugendliche.«

Er macht eine Pause, in der mir die Worte und Gedanken fehlen.

»Es ist gefährlich. Wir sagen das nicht nur. Und viele halten es für zu gefährlich. Dann gehen nur die Männer. Weil sie die besten Chancen haben.«

Wenn mein Bruder früher meinte, irgendetwas wäre ›nichts für Mädchen‹ oder ›zu gefährlich‹, dann wollte ich diese Dinge erst recht durchziehen, um ihm zu zeigen, dass Mädchen dasselbe schaffen wie Jungs. Doch nichts davon war je wirklich gefährlich. Kein Risiko größer, als sich das Knie aufzuschrammen oder einen blauen Fleck davonzutragen. Bei Shirvans Worten muss ich mir eingestehen, dass ich in so einer Situation wohl auch irgendwo in einer provisorischen Sicherheit abwarten, hoffen und beten würde.

»Sie glauben, sie wären schnell wieder zusammen. Die Männer denken, sie könnten ihre Frauen nachholen.«

»Aber das ist doch so! Es gibt diesen«, ich muss Deutsch sprechen, weil ich das englische Wort nicht kenne, »Familiennachzug.«

»Theoretisch«, erwidert Shirvan düster. »Mein Bruder hat es mir erklärt. Es dauert manchmal mehrere Jahre, bis das Asylverfahren abgeschlossen ist und man als Flüchtling die Anerkennung bekommt. Erst dann darf man sich eine richtige Arbeit suchen, und erst wenn man ein sicheres Einkommen hat, kann man *Familiennachzug* beantragen. Das geht aber nur, wenn man die Visa bezahlen kann, das *Schmiergeld* in der libanesischen oder irakischen Botschaft und dann noch die Flugtickets. So lange halten es die

Frauen und Kinder aber oft nicht aus. Und die Männer, die nur warten können, auch nicht.«

Was er sagt, erschüttert mich völlig. Das klingt vollkommen unmöglich und hat überhaupt nichts mit dem zu tun, was ich mir unter dem Wort Familiennachzug vorgestellt habe. Sollte es nicht darum gehen, Frauen und Kinder in Sicherheit zu bringen? Aus dem Krieg herauszuholen? Da kann man doch keine Jahre ins Land ziehen lassen!

»Vor einer Weile kamen die meisten Männer allein«, erklärt Shirvan, »aber inzwischen reisen immer mehr Familien zusammen, weil jetzt alle wissen, wie schwer es ist, jemanden nachzuholen. Viele Frauen folgen ihren Männern allein. Und die Witwen, die keinen Grund mehr haben zu verharren, die fliehen auch. Die Leute bringen ihre Kinder, ihre Babys, ihre Alten, ihre Kranken. Es werden Babys auf der Flucht geboren, und die Mütter binden sie sich in ihren Tüchern um die Brust und ziehen weiter.«

»Unglaublich«, sage ich.

»Nein, das ist Hoffnung«, erwidert er schlicht. »Nur Hoffnung.«

Wir haben das Camp einmal umrundet, und obwohl ich kaum etwas getan habe, fühle ich mich wie nach Stunden körperlicher Anstrengung. Meine Augen brennen, und ich muss häufig blinzeln, als wäre ich übernächtigt.

Am Clubhaus steckt Fee den Kopf aus dem Fenster und signalisiert mir mit Handzeichen, dass unsere Kinderbetreuung in zehn Minuten losgeht.

»Nur noch eine Familie«, sagt Shirvan. Es klingt entschuldigend. »Danach brauche ich eine Pause.

Die Frau dort drüben mit weißem Hidschāb. Siehst du sie?«

»Die mit dem Baby?« Das Kleine trägt einen leichten Strampler mit langen Ärmeln und hat nackte Füße und entzückende schwarze Löckchen.

»Ja. Es ist ein kleines Mädchen, ihr Name ist Khalida.«

»Ich habe sie schon ein paar Mal gesehen, eben erst beim Essen. Sehr süß. Die Mama geht so liebevoll mit der Kleinen um.«

Shirvan lächelt wieder auf diese unglückliche Art. »Amal ist nicht die Mutter. Ihr Kind ist noch in ihrem Bauch.«

»Sie ist schwanger?« Blöde Frage. Jetzt, da ich darauf achte, bemerke ich die Wölbung unter ihrer Bluse.

»Ja, das ist sie. Amal ist alleine geflohen. Sie spricht nicht über ihr Leben in Syrien. Kein Wort. Vielleicht hat sie ihre Familie verloren. Womöglich ist sie auch weggelaufen. In jedem Fall konnte sie einen Platz auf einem Boot von der Türkei nach Griechenland bezahlen. Das Baby, Khalida, war auch auf dem Boot, zusammen mit seiner Mutter, einer Frau aus Homs. Es war kein gutes Boot.«

»Was ist passiert?«

»Es ist gesunken. Doch Amal ist eine gute Schwimmerin. Es schien fast, als sei sie vorbereitet, so gut konnte sie schwimmen. Sie schaffte es nicht nur, sich und ihr ungeborenes Kind retten, sondern auch Khalida.«

Mir schießen die Tränen in die Augen. Ich habe mich so lange zusammengerissen, ich möchte jetzt nicht weinen, aber die Tränen scheren sich nicht darum. »Die Mama nicht?«, flüstere ich.

»Die Mutter sank«, erzählt Shirvan. Seine Stimme wirkt abwesend, er blickt an Amal und dem Baby vorbei. »So schnell, so tief. Der Himmel war dunkel, und das Meer war schwarz in der Nacht. Jemand hat es geschafft, sie wieder aus den Wellen hochzuholen, ihren schweren Kopf aus dem Wasser zu ziehen und solange zu halten, bis das Rettungsboot kam. Es dauerte Stunden. Schwarze Stunden ohne einen Gott. Sie war sehr schwer. Sie war bewusstlos und hatte den Körper voller Salz und Wasser, als die Helfer sie ins Boot zogen, aber sie haben es geschafft, sie wiederzubeleben.«

Ich wage nicht, aufzuatmen.

»Doch sie hatte Wasser in den Lungen und bekam eine Lungenentzündung. Das Meer hat am Ende gesiegt.«

Wann lief mir die erste Träne übers Gesicht? Ich weiß es nicht. »Und Amal hat das Baby genommen?«

»Das hat sie ihr versprochen. Verrat es keinem, Tooney. Sie gibt es als ihr Kind aus, weil sie Angst hat, dass man es ihr sonst wegnimmt.«

Er blickt mich forschend an. Will er nun einen Rat von mir? Ich überlege kurz. In Deutschland würde ein Waisenkind zuerst in Obhut des Jugendamtes kommen. Eine Asylbewerberin hat sicherlich keine guten Chancen, ein Kind zu adoptieren. »Sie hat dem Baby das Leben gerettet, sagst du?«

»Ja.«

»Ihm das Leben geschenkt, könnte man sagen.«

»Das könnte man.«

»Dann ist sie seine Mutter und sollte sich auch so nennen. Zumindest, wenn du mich fragst.«

»Danke, Tooney«, sagt Shirvan. »Denn ich habe dich gefragt.«

Ich befeuchte meine Lippen mit der Zunge. »Darf ich dich auch etwas fragen?«

»Alles.«

»Woher weißt du so genau, was in dieser Nacht passiert ist?«

Er schweigt lange. Zuerst denke ich, er will nichts sagen, dann spricht er doch. »Ich nehme zurück, dass du alles fragen darfst. Das darfst du nicht fragen.«

siebzehn

Etienne bleibt mir unheimlich. Es tut mir leid und beschämt mich, da ich weiß, wie gern Fee ihn hat. Doch ich kann mir nicht helfen: Etwas in seinen Augen behagt mir nicht. Er sieht mich so scharf an, als wüsste er etwas über mich; etwas Schlechtes. Vielleicht, dass mein Name auf der Liste gegen das Camp steht.

Fee schaut er ganz anders an, viel weicher werden seine Züge, sobald er seinen Blick auf sie richtet.

Heute geht Etienne nicht zum Deutschkurs, sondern betreut mit uns zusammen die Kinder. Nach zwanzig Minuten kommen auch unsere irakischen Mädchen zu uns nach draußen: Tala, Lilian und Behiye. Mit Gesten zeigen sie mir, dass es ihnen im Kurs zu laut und zu voll war. Sie setzen sich zu uns, nehmen sich Malpapier und Buntstifte und beginnen zu zeichnen. Zwischendurch helfen sie, kleinere Streitereien zu schlichten oder die Umrisse gewünschter Tiere zu malen, wenn wir sie nicht anhand der Scharade, die die Kinder veranstalten, erraten können. Als Übersetzerinnen sind sie Gold wert.

Ich mag die drei und frage mich, ob man sich mit so wenig gemeinsamer Sprache, wie sie uns zur Verfügung steht, anfreunden kann. Talas Lächeln sagt Ja. Behiye zeigt mir Handyvideos von einem Mädchen, das akrobatische Sprünge auf Inlinern vollführt. Am Ende des Videos stößt es triumphierend die Fäuste in die Höhe und nimmt den Helm ab. Darunter trägt es ein Kopftuch – und erst jetzt erkenne ich, dass es Behiye selbst ist.

Auch Lilian hält mir ihr Handy hin, auf dem Display ist die Übersetzungs-App aufgerufen. Ich lese die Worte ›Meisterin‹ und ›Stadt‹, und Lilian deutet auf Behiye. Behiye, das durch ihr Kopftuch so konservativ aussehende, stille Mädchen ist eine Skate-Stadtmeisterin! Ich zeige ihr den Daumen nach oben und fühle auf eine seltsame Weise Stolz.

Tala holt ein Fläschchen Nagellack aus ihrer Handtasche, die aussieht, als hätte sie sie aus dem Nachlass einer uralten Frau. Sie lackiert erst Lilian die Nägel lila, dann einigen Mädchen, ein paar kleinen Jungs, schließlich mir und am Ende sich selbst.

»Wirf mal einen Blick auf den Jungen am ersten Tisch«, murmelt Fee, als wir für eine Weile nebeneinander stehen und ich mit den Händen wedle, damit der lila Lack trocknet. »Etwa acht Jahre alt, rotes T-Shirt. Er hat schon einmal so was gemalt.« Fees Gesicht gefällt mir nicht. Es wirkt fahl.

Der Kleine malt mit starren Augen. Saskia hat uns geraten, die Kinder zu motivieren, Blumen zu malen, Regenbögen oder Tiere, da es schwer auszuhalten sein kann, wenn sie ihre Heimat malen, und wir sind ihrem Rat gefolgt, weil wir überhaupt nicht wissen, wie wir damit umgehen sollen, wenn ein Kind von dem erzählt, was es erlebt hat.

Fee hat gefragt, ob wir überhaupt die Richtigen für die Betreuung sind. Wir sind doch vollkommen ahnungslos. Haben keine Erfahrung mit Kindern, keinen Schimmer von Psychologie oder Traumata, von denen die Kinder hier einige haben müssen.

Saskia hat uns ernst angesehen, genickt und dann gesagt: »Wir brauchen dringend Kinderpsychologinnen. Therapeutinnen. Lehrerinnen und Erzieherinnen. Aber die sind nicht hier. Ihr seid hier. Ihr und sonst keiner.«

Und da ist uns bewusst geworden, dass es Luxus ist, sich zu fragen, ob man etwas richtig macht. Für uns und diese Kinder, die den ganzen Tag im Camp auf die Entscheidungen der Erwachsenen warten, ist es von Bedeutung, dass überhaupt irgendjemand irgendetwas tut.

Das Bild lässt mich zweifeln. Der Zweifel ist kurz, aber stark. Wie ein Stromschlag. Ich zittere ein bisschen, als er vorbei ist.

Es zeigt ein Haus mit einer Tür und einem Fenster. Vor der Tür liegt ein Hund, aus seinen Beinen und aus seiner Schnauze kommen rote Spiralen und führen zu einem großen, blutfarbenen See.

Über dem Dach fliegen schwarze Klumpen durch die Luft.

Wie diese schwarzen Klumpen heißen, weiß ich inzwischen. Ich habe das Wort heute mehrere Male aus Shirvans Mund gehört, und jedes Mal war mir Säure in der Kehle hochgekommen. Shirvan hat sie gesehen. Aus allernächster Nähe.

Ich muss jetzt wissen, was das genau ist.

Am Abend, als meine Eltern schon ins Bett gegangen sind und die Bässe aus Alex‘ Zimmer verraten, dass er mitten in einem aufregenden Spiel ist und mit Sicherheit nicht aus einem dummen Zufall in mein Zimmer kommen wird, googele ich.

Fassbombe.

Mir werden Bilder und Videos angezeigt, aber ich wage es nicht, etwas anderes als einen Text anzuklicken.

Fassbomben (englisch: barrel bombs/ arabisch: al-barmil)

Leere Ölfässer werden mit bis zu einer Tonne TNT-Sprengstoff, Schrapnell aus Metall- und Eisenstücken und Nägeln gefüllt, mit Benzin, Öl und Brandbeschleuniger aufgegossen und mit einer Zündschnur oder einem Aufschlagzünder ausgestattet. Aus Hubschraubern oder Flugzeugen abgeworfen, explodieren sie am Boden.

Die Herstellung ist einfach und billiger als bei vergleichbaren Waffen, die Zerstörungskraft immens, da es nicht nur zu einer gewaltigen Explosion und großem Gebäudeschaden kommt, sondern der Inhalt geschossartig mehrere hundert Meter weit umherfliegt und weiche Ziele im großen Umkreis trifft. Für den Einsatz auf gegnerische militärische Ziele sind Fassbomben ungeeignet, weil sie nicht präzise eingesetzt werden können.

In dieser Nacht kann ich erst einschlafen, als am Horizont die Sonne einen Streifen Blau ins Schwarz haucht.

achtzehn

Ich schlafe bis zum Vormittag und quäle mich dann mit schweren Beinen und dröhnendem Kopf aus dem Bett, weil meine Mutter zum dritten Mal an meine Tür bollert.

Mist, ich hatte ihr versprochen, dass wir gemeinsam in die Stadt fahren. Meine Cousine Hanna hat in der kommenden Woche Geburtstag und sich etwas Cooles zum Anziehen gewünscht – was quasi ungesagt bedeutet, dass ich es aussuchen muss.

Ich mag keinen Kaffee, aber weil ich noch so müde bin, rühre ich mir in der Küche einen Instant-Schoko-Cappuccino aus Pulver und heißem Wasser zusammen. Der wird ja hoffentlich ein bisschen Koffein enthalten und mich wach machen.

Danach müssen wir schon los. Während der Fahrt in Stadtzentrum fragt mich Mama, wie meine restlichen Ferien waren, ob ich mich nicht langweile, was ich alles vorhabe, wie viel ich fernsehe oder chatte. Sie lehnt sich beim Autofahren wie immer bis zum Lenkrad nach vorn und redet in Schleifen und Schnörkeln um die einzige Frage herum, die sie wirklich interessiert:

Traust du dich trotz der ganzen Flüchtlinge denn überhaupt aus dem Haus?

»Mama, es ist alles entspannt, echt. Ich genieße einfach die letzten ruhigen Tage, bevor die Schule wieder losgeht.« Was leider früh genug der Fall sein wird. Ferien sind halt immer zu kurz. Meine Mutter reibt sich die Schläfe unter dem Bügel ihrer Brille. »Stört es dich so sehr, wenn ich mir Gedanken mache? Immerhin sind Papa und ich den ganzen Tag arbeiten, und du –«

»Ich zum Glück nicht!« Ich grinse sie an, aber ihr Blick bleibt auf die Straße gerichtet.

»Mir gefällt einfach die Vorstellung nicht, dass du zwei Wochen lang nur in deinem Zimmer hocken musst.«

»Mach ich auch nicht!« Aber es würde dir noch viel weniger gefallen, wenn du wüsstest, was ich stattdessen tue. »Sieh mal, ich treffe mich fast jeden Tag mit Fee, sitze schön im Garten, kümmere mich endlich mal um meinen SuB …«

»Um deinen wie bitte?« Warum schaut sie mich an, als wäre das etwas Unanständiges?

»SuB. Stapel ungelesener Bücher.«

Mama lacht laut auf. »Bist du erfolgreich dabei?«

»Er ist winzig geworden«, schwindle ich. »Schon kleiner als ich!«

Mama fährt in die Parkhausauffahrt, lässt das Fenster runter und zieht ein Ticket. Die Autoscheinwerfer gehen automatisch an, als wir in den Schatten fahren.

»Na, wir können ja gleich mal schauen, ob wir noch einen oder zwei Romane finden, die dich interessieren. Nicht dass die ungelesenen Bücher sich allein fühlen.«

Bei der Vorfreude auf neuen Lesestoff vergesse ich sogar meine Müdigkeit. Ich liebe meine Mutter!

Sie ist mitfühlend und klug und weiß sogar, dass Bücher Herdentiere sind.

Zuerst kümmern wir uns allerdings um das Geschenk für meine Cousine. Wir finden einen super angesagten Jumpsuit mit passendem Halstuch – sie wird ihn lieben. Danach erledigt Mama ihren Großeinkauf im Gewürz- und Teeladen, wir stöbern durch die Buchhandlung und schlendern danach mit vollen Taschen durch die Innenstadt. Es wirkt, als wären heute nur entspannte, gut gelaunte Menschen unterwegs. Ich sehe nur eine Person, die nicht zufrieden scheint, und das ist ein etwa zweijähriges Mädchen, das keine zweite Kugel Eis bekommt und sein Hörnchen deshalb schreiend auf die Straße wirft. Unsere City ist klein, hat aber alle Geschäfte, die man braucht, und ein paar winzige Cafés mit Außensitzplätzen. Mama und ich teilen uns einen riesigen, pinken Erdbeermilchshake, der eigentlich für Paare angeboten wird, und genießen den Tag.

»Lass uns noch zum Bauernladen gehen«, schlägt Mama vor und schaut auf ihr Handy. »Danach können wir eine Kleinigkeit zu Mittag essen gehen, ja? Alex hat mir gerade eine Nachricht geschrieben, er würde gern herkommen und sich uns anschließen.«

Ich presse die Lippen zusammen. Auf Alex habe ich überhaupt keine Lust. Seit wir aus dem Urlaub zurück sind, kennt er nur noch ein einziges Thema. An ihn zu denken, erinnert mich auch wieder daran, wie meine Mutter zu all dem steht. Zumindest redet sie nicht permanent darüber, sodass ich vergessen kann, dass auch sie teilweise wirklich gemeine Dinge behauptet.

»Ich hab eigentlich keinen Hunger«, murmle ich.

»Ach komm, Antonia. Du findest bestimmt etwas Leckeres, Kleines. Zur Not«, sie zwinkert, »nimmst du halt nur einen Nachtisch.«

»Na gut.«

»Prima. Ich schreibe Alex, dass er in zwanzig Minuten an der Kirche sein soll.«

Bis Alex mit ein paar Minuten Verspätung auftaucht, schneiden mir die Plastiktüten in die Hände. Am liebsten würde ich den Bus nehmen und nach Hause fahren, aber ich möchte Mama nicht verletzen. Es war schön, endlich mal wieder einen Mutter-Tochter-Vormittag zu haben. Der letzte ist nicht so lange her, aber durch die vergangene Woche fühlt er sich schrecklich weit weg an.

Wir gehen in ein Bistro, in dem ich normalerweise gern esse, und ich reiße mich zusammen. Vielleicht gelingt es mir ja doch, an das gute Verhältnis anzuknüpfen, das Alex und ich im Urlaub hatten.

»Was machst du heute Abend?«, frage ich ihn, als wir uns setzen. Endlich kann ich die schweren Tüten abstellen und mir die Finger massieren.

»Paar Kumpels treffen«, antwortet er. »Warum? Soll ich dich in die *Musicbox* fahren? Abholen wird schwierig, denke ich, wir wollen was trinken. Müsstest du Mama oder Papa fragen.«

»Danke, aber Fee und ich nehmen den Bus. Wie immer.« Das ganze letzte Jahr über hat uns niemand mehr gefahren. Die Busverbindung ist optimal, die Linie 45 fährt vom Club bis fast in unsere Straße.

»Sie sieht das einfach nicht ein«, beklagt sich Alex bei unserer Mutter.

»Was sollte ich denn einsehen?«

»Alexander hat recht, Antonia.« Mama tätschelt meine Hand. »Ich möchte auch, dass du vorsichtiger bist. Die Tochter meines Chefs ist auch schon belästigt worden.«

»Von Flüchtlingen aus unserer Straße?«

»Woher diese Männer kamen, weiß ich natürlich nicht.«

Eben!, denke ich und ziehe meine Hand weg.

»Aber die Nachbarn sagen, dass vor dem Heim nahezu jeden Tag ein Streifenwagen von der Polizei steht.«

Alex blättert in der Speisekarte, ohne einen Blick hineinzuwerfen. »Das stimmt. Ich sehe die da auch ständig.«

»Ich war bloß neugierig, was du heute vorhast«, sage ich zu Alex. »Vielen Dank dafür, dass du wieder eine Diskussion daraus machst.«

Mama trommelt mit dem Zeigefinger auf die Tischplatte. »Kein Grund, deinen Bruder anzugiften, Antonia. Er macht sich bloß Sorgen. Und jetzt würde ich gern das Thema wechseln und etwas bestellen.«

Nach dem Mittagessen gehen wir, mit Pausen an allen möglichen Schaufenstern, zum Parkhaus. Alex quatscht Mama noch ein Paar neue Sportschuhe ab. Es nervt mich, dass er erst unseren Mutter-Tochter-Tag untergräbt und dann auch noch neuen Kram bekommen soll. Wenigstens trägt er die Tüten. Ich bleibe trotzdem draußen, während er mit Mama *nur mal ganz kurz* in einem Sportladen verschwindet.

Ohne großes Interesse betrachte ich die Dekoration im Schaufenster gegenüber. Die Mode gefällt mir, aber sie wirkt schon herbstlich, und ich mag den Gedanken, dass der Sommer bald vorbei ist, noch nicht zulassen.

Plötzlich sehe ich einen Schemen, der sich in der Scheibe direkt neben meinen Umrissen spiegelt. Ich fahre herum, und mein Herz macht einen Satz.

Shirvan steht neben mir und grinst mich breit an. Knapp hinter ihm stehen zwei andere Jungs, die ich flüchtig aus dem Camp kenne.

»Guten Tag, Tooney«, sagt Shirvan stolz auf Deutsch. »Schön, Sie … uhm … heute kennenlernen?«

»Schön, dich zu treffen«, erwidere ich tonlos, und dann entfährt mir ein geflüstertes »Scheiße«, denn Mama und Alex treten aus dem Sportladen. Eine Sekunde lang hoffe ich, dass sie uns nicht bemerken, aber dann sehe ich schon, wie Mamas Augen hinter ihrer Brille hart und schmal werden.

Mir bricht jäh kalter Schweiß aus. Wenn sie realisieren, dass ich Shirvan kenne, kommt heraus, dass ich im Camp war, und ich kann mir weitere Besuche abschminken. Dann ist Sense. Keine Kinderbetreuung mehr. Keine irakischen Freundinnen mit Handy-Übersetzern. Keine Fragen mehr. Keine Kampfmäuse im Planschbecken. Keine Antworten, die etwas Licht in die für mich dunkelsten Regionen der Welt werfen.

»Tooney?«, fragt Shirvan verunsichert. »Wie geht es Ihnen?« Er wechselt in Englische. »Geht es dir gut? Ist alles in Ordnung?«

Kein Shirvan mehr.

Mama stößt Alex mit dem Ellbogen an und deutet mit dem Kinn in meine Richtung.

»Nein«, sage ich laut, hebe beide Hände, als müsste ich Shirvan auf Abstand halten. »Nein! No. No! Sorry.«

Sein Blick verwandelt sich so plötzlich von Verwunderung zu purem Entsetzen, dass es mir einen Dorn in den Magen treibt. Die beiden anderen werfen sich verwirrte Blicke zu. Aus dem Augenwinkel sehe ich Mama und Alex. Ich muss retten, was zu retten ist, und flüstere ein leises »Sorry«.

Shirvan macht einen winzigen Schritt zurück, als müsse er mir einen Weg freigeben, den mir niemand abgeschnitten hat. In seinem Gesicht sehe ich keine Wut, keine Enttäuschung, nur Resignation.

»Ich verstehe«, sagt er leise auf Deutsch, und ich will ihn schütteln, an mich drücken und wieder schütteln, bis er sich wehrt und mich schüttelt. Nichts versteht er. Kann er gar nicht, weil ich es selbst nicht verstehe.

Stattdessen hebe ich das Kinn, verziehe den Mund und gehe dann an ihm und den beiden anderen vorbei. Es fühlt sich an, als würde bei jedem Schritt unter meinen Chucks etwas zerbrechen, und ich kann nur hoffen, dass es nicht durch die dünnen Sohlen schneidet.

Mama kommt mir auf halbem Weg entgegen. »Was wollten die von dir, Toni, ist alles in Ordnung, haben die …?«

»Alles okay«, antworte ich. Alex' Miene gefällt mir nicht. Sie spiegelt Verachtung wider. Provokant starrt er Shirvan und seinen Freunden nach. Ich hoffe, dass sie nicht darauf eingehen, sondern einfach verschwinden, aber ich wage es nicht, mich nach ihnen umzudrehen.

»Antonia, was wollten die von dir?«, beharrt Mama zu wissen.

»Keine Ahnung«, blaffe ich. »Nur Guten Tag sagen, mehr nicht.«

»Drei Kerle wollen einem Mädchen nur ›Guten Tag sagen‹, ja?« Mama schüttelt den Kopf. Die Ironie tropft aus ihren Worten, und mir steigt eine heiße, zischende und Blasen werfende Wut vom Bauch in den Kopf.

»Chill mal. Die wollten mich kaum hier vor allen Leuten bei strahlendem Sonnenschein auf dem Marktplatz vergewaltigen«, gifte ich sie an. »Meine Güte, bist du hysterisch.«

Meine Mutter reißt die Augen auf. »Antonia! Nicht in diesem Ton.«

Abschätzig schnalze ich mit der Zunge und wende mich ab. Meine Wut gilt eigentlich mir selbst und mischt sich mit Scham. Ich hätte das anders lösen können.

Nein, ich hätte das anders lösen müssen!

Sie hätte sich viel weniger aufgeregt, wenn ich entspannter mit Shirvan umgegangen wäre. Doch es musste so schnell gehen – zum Nachdenken blieb keine Zeit. In meinen Innereien rumort es. Ich bekomme seinen Blick nicht aus den Gedanken. Es tut mir so leid, ihn verletzt zu haben. Am liebsten würde ich ihm nachrennen und alles erklären, aber als ich mich umsehe, sind die drei verschwunden.

Eine knappe Stunde später sitze ich neben meiner Tür und drücke das Ohr ans Holz. Meine Eltern sprechen in Papas Büro, und ich versuche, ihr Gespräch zu belauschen.

»Asylanten … Antonia in der Stadt angesprochen.«

»Angesprochen? Was … gesagt?«

»Verrät sie mir nicht … sei nicht so schlimm gewesen, aber …«

»Am helllichten Tag!«

»Ja, Gott sei Dank … wer weiß, was passiert wäre, wenn wir nicht rausgekommen … Alex war ja dabei und … weggegangen.«

»… Polizei …?«

»… drüber nachgedacht, aber …«

Ich will meinen Kopf vor die Tür schlagen. Wieder und wieder, bis sie aufhören, sich wie Verrückte zu verhalten.

Die Polizei?

Meine Eltern wollen die Polizei rufen, weil jemand ein paar Worte mit mir wechseln wollte? Sie müssen schizophren geworden sein, seit wir zurück in Deutschland sind. Vielleicht gibt hier irgendwer Drogen ins Trinkwasser.

Der Sarkasmus vergeht mir, weil die Schuld wieder angerollt kommt wie eine Welle, die mich packt und runterzieht. Vielleicht hätte ich meinen Eltern sagen sollen, dass ich im Camp war. Aber ich kenne sie einfach zu gut – sie würden mir verbieten, wieder hinzugehen, und damit wäre niemandem geholfen.

neunzehn

Syrisches Lied der Revolution

Wir haben Lieder. Und er hatte Schläge.
Wir haben Lieder. Und er hatte Kugeln.
Wir haben Lieder. Und er hatte Bomben.
Und du schreist in Blut und Asche.
Und du fliehst aus Blut und Asche.
Und du fällst in Blut und Asche.
Aber, oh, meine Schwestern und Brüder, verzagt nicht.
Denn wir haben Lieder.
Und wenn die letzte Bombe gefallen ist, werden wir sie singen.
Verzweifelt. Voll Trauer und Schmerz, mag sein.
Aber frei.
Irgendwann.
Und in hundert Jahren,
wenn die Erde das Blut aufgesogen
und der Wind die Asche verweht
und die Sonne die Tränen getrocknet,
oh, meine Seele, haben wir Lieder
voll Freude.
(nach Talibe Hout)

»Sagen deine Eltern gar nichts?«, frage ich Fee, als wir uns vor meinem Spiegel für die *Musicbox* fertigmachen.

Eigentlich habe ich keine Lust, feiern zu gehen. Ich muss Shirvan sehen, ich muss ihm erklären, was passiert ist. Mich entschuldigen. Als ich vorhin im Camp war, hatte ihn niemand gesehen, und Mejdi meinte, er wäre vielleicht das ganze Wochenende bei seinem Bruder in Köln. Das ist möglich. In der Stadt hatte er einen Rucksack bei sich und war vielleicht gerade auf dem Weg zum Bahnhof. Der Gedanke, die quälende Scham bis Montag mit mir herumzutragen, macht mich ganz schwer und träge. Am liebsten würde ich mich ins Bett legen und mir die Decke über den Kopf ziehen. Andererseits fehlt mir das Tanzen schrecklich. Normalerweise trainiere ich zwei Mal die Woche, oft kommen noch Auftritte hinzu. Doch derzeit sind auch im Verein Sommerferien.

»Nee.« Fee schüttelt den Kopf. »Meine Eltern sind entspannt. Die würden sich selbst gerne engagieren, wenn sie mehr Zeit hätten.«

»Meine haben Zeit, sich zu engagieren«, sage ich und reibe mir übers Gesicht. »Aber leider dagegen. Fehlt nur noch, dass sie bei Pegida mitmarschieren.«

Entsetzt schaut Fee mich über den Spiegel an. »Nicht ehrlich, oder?«

Ich zucke mit den Schultern. »Das wäre selbst denen zu peinlich. Hoffe ich.«

»Oh mein Gott, stell dir vor, wenn nicht!«

»Dann muss ich mich wohl selbst zur Adoption freigeben.«

Fee tätschelt mir den Rücken. »Wir müssen sie dazu bringen, die neuen Nachbarn kennenzulernen. Meinst du nicht, dass sie sich dann einkriegen?«

Zum Glück sagt sie jetzt nichts in die Richtung wie: ›Hast du ja auch getan.‹

»Ich habe Saskia mal wegen einem Willkommensfest gefragt«, fährt sie fort, »und ihr erzählt, dass die Idee von dir kommt.«

»Stimmt ja gar nicht. Den Vorschlag hat die Frau aus dem Baumarkt gemacht. In anderen Städten ist das erfolgreich, sagt sie.«

»Saskia war auch nicht abgeneigt. Aber erst, wenn die Notunterkunft etwas routinierter läuft und sie die Anfangsschwierigkeiten im Griff haben. Im Moment ist es ihr zu viel zusätzlicher Stress, was ich auch verstehen kann. Sie ist jeden Tag zwölf Stunden da. Minimum.«

»Es ist irre, was sie leistet. Ich würde gerne mehr helfen. Vielleicht können wir das Fest ja allein organisieren, dann hätte sie keine Arbeit damit.«

»Meinst du, wir kriegen das hin?«

Ich grinse. »Warum nicht?«

»Und denkst du, deine Eltern würden kommen?«

»Um ehrlich zu sein, weiß ich es nicht«, antworte ich zerknirscht. »Mama bestimmt, wenn ich sie darum bitte. Aber mein Vater ist stur, und wenn er einmal eine Meinung hat …«

»Und bei deinem Bruder ist Hopfen und Malz verloren.«

»Wie meinst du das?«

»Hm, ich weiß nicht, wie ich dir das sagen soll.« Fee beißt sich auf die Unterlippe.

»Sag's einfach.« Und schnell soll sie es sagen – bevor meine schlimmsten Fantasien mit mir durchgehen.

»Na ja. Es gibt auf Facebook so eine Gruppe. Ein Ableger unserer Stadtgruppe. Die heißt Nein-zum-Asylheim.«

»Und Alex ist da Mitglied?« Nicht wirklich, oder?

Doch Fee nickt. »Ich war neugierig, was die schreiben. Die Kommentare in der Stadtgruppe sind schon so krass – und das ist ja alles öffentlich. Also hab ich einfach mal auf Beitreten geklickt und abgewartet, was passiert. Die haben mich sofort reingelassen. Und da ist mir Alex' Profil entgegengesprungen.«

»Darauf hoffen, dass er auch bloß neugierig ist, darf ich nicht, oder?«

Fee seufzt. »Er reißt das Maul ziemlich weit auf.« Ich sehe meiner Freundin an, dass sie mir lieber etwas anderes sagen würde.

»Und ist die Gruppe so schlimm, wie du dachtest?«

»Nein, das kann ich so nicht behaupten«, erwidert Fee. »Sie ist leider schlimmer.«

Meine Eltern lassen uns erst in die *Musicbox* gehen, nachdem wir zustimmen, dass mein Vater uns um Mitternacht abholt. Damit uns ›niemand anmacht‹. Wir werfen uns vielsagende Blicke zu und verschweigen ihnen, wie oft man in der *Musicbox* angegraben wird. Einmal fassten zwei Jungs Fee sogar an den Hintern, und die Türsteher interessierte es überhaupt nicht. Für meinen Vater ist das vermutlich nicht schlimm, solange die Grabscher Deutsche sind. Hinfahren dürfen wir zumindest noch allein. Auf dem Weg zur Bushaltestelle spotten wir darüber, dass Flüchtlinge in der Vorstellung meiner Eltern nach Sonnenuntergang zu gierigen Vampiren mit Lust auf Jungfrauen werden. Ich muss über Fees Imitation einer gruseligen Metamorphose so lachen, dass ich für einen kurzen Moment sogar Shirvan und meine Gemeinheit von heute Mittag vergesse. Doch dann hält der Bus auf der anderen Straßenseite, ein paar arabisch aussehende Männer steigen aus, und in ihrer Mitte erkenne ich ihn: Shirvan.

Mein Herz schlägt plötzlich viel lauter.

Fee muss bemerkt haben, wie mir das Lachen im Gesicht zerrinnt. Sie folgt meinem Blick, und ihre Augen weiten sich überrascht. »Nichts wie hin«, entscheidet sie. »Wir nehmen einfach den nächsten Bus!« Damit fasst sie mich an der Hand, und wir warten auf eine Lücke im Verkehr, um eilig auf die andere Seite zu rennen. Ein Autofahrer hupt uns an, ich blaffe ihm ein nervöses »Komm mal runter, Blödmann!« hinterher.

Shirvan sieht sich zu uns um und zieht die Brauen zusammen, als er mich erkennt. Fee gestikuliert ihm, er solle warten. Er zögert. Dann sehe ich ihn mit den anderen sprechen, woraufhin sie ohne ihn weitergehen. Langsam kommt er uns entgegen. In seinem Gesicht steht Misstrauen in allen Sprachen der Welt.

»Was ist denn?«, fragt er, als er uns gegenübersteht. Dabei sieht er Fee an, als wäre ich überhaupt nicht da.

Ich wünschte, es wäre so.

»Toni möchte gern mit dir reden.«

»Shirvan«, sage ich leise. »Ich … es tut mir leid.«

Erst jetzt schenkt er mir einen kurzen Blick. »Ah. Und nachher soll ich wieder abhauen, oder was?«

»Das hat sie nicht so gemeint«, übernimmt Fee.

»Nein?« Shirvan sieht von ihr zu mir und wieder zurück. »Wie hat sie es denn gemeint?«

Fee schaut die Straße entlang. »Da kommt der Bus. Ich nehme den, dann könnt ihr reden. Du nimmst dann einfach den nächsten, Toni. Okay?«

Ich bin von der ganzen Situation so überfordert, dass ich bloß mit den Schultern zucke, was für Fee Zustimmung genug ist. Sie drückt kurz meine Hand, läuft über die Straße und ruft uns ein »Tschüss, bis später!« zu. Kurz darauf sitzt sie im Bus. Wir beobachten reglos, wie sie winkt.

Shirvan sieht mich nicht an, sondern lässt den Blick über die Häuser schweifen.

Ich schaue auf den Boden. Er hat neue Schuhe. Einfache, vermutlich sehr preiswerte, schwarze Turnschuhe. Dafür muss er in der Stadt gewesen sein.

Mir wird ein wenig unwohl. Ich kenne niemanden, der hier wohnt, aber das heißt nicht, dass ich nicht zufällig von jemandem gesehen werden könnte, der mich verpetzt. »Können wir irgendwo anders hingehen?«, frage ich vorsichtig. »Ich möchte dir alles erklären.«

»Okay«, sagt er, anscheinend ist es ihm egal.

Wir überqueren die Breite Hilge an einer Fußgängerbrücke und gehen das kurze Stück zu meiner alten Grundschule. Der Schulhof ist umzäunt und von Brombeerhecken eingefasst, an denen Fee und ich uns früher die Hände zerkratzten beim Versuch, die süßesten Beeren zu erbeuten. Ich setze mich auf ein metallenes Karussell zwischen Sandkasten und Schaukel, und er verharrt nur kurz und tut es mir nach. Der Schwung seiner Bewegung bringt das Karussell dazu, sich sanft zu drehen.

Während ich noch mit den Worten ringe, sagt er: »In Damaskus, da soll es einen unterirdischen Spielplatz in einem Bunker geben. Ich habe nur davon gehört. Sie sagen, es gibt Sandkästen, Schaukeln, Klettergerüste und Karussells wie in einem Vergnügungspark. Er liegt versteckt unter der Erde, damit die Kinder spielen können, ohne ständig zum Himmel schauen zu müssen, ob Hubschrauber oder Flugzeuge kommen.«

»Schlimm, dass so etwas nötig ist. Die armen Kinder.« Meine Stimme ist ganz rau, ich räuspere mich, aber das hilft nicht.

»Es ist gut, dass die Menschen nicht aufgeben«, korrigiert er mich. Danach sagen wir beide nichts. Das Karussell dreht sich langsam aus und bleibt schließlich ganz stehen.

»Das heute Nachmittag«, sage ich schließlich, »ist wegen meinen Eltern. Sie sind gegen … sie wollen nicht, dass …«

»Sie meinen, Menschen wie ich sollten wieder fortgehen?«

Das klingt so radikal, aber ich fürchte, ich muss nicken. »Sie sind verärgert, weil das Camp direkt in unserer Nachbarschaft ist.«

»Ich verstehe. Wir sind schlechte Nachbarn.«

»Nein. Aber das sehen sie nicht, weil sie nicht hinsehen wollen. Sie streiten ständig mit dem Bürgermeister herum, weil er sie vorher nicht informiert hat. Wir kamen aus dem Urlaub und plötzlich …« Meine Worte sind mir peinlich, ebenso peinlich wie die Einstellung meiner Familie. In Syrien kommen Leute von der Arbeit, und plötzlich sind es nicht neue Nachbarn, mit denen sie klarkommen müssen, sondern tote Nachbarn. Und das eigene Haus ist bloß noch ein Trümmerhaufen.

»Es tut mir sehr leid, was sie denken. Und was ich gesagt habe, tut mir noch mehr leid. Ich hatte Angst, dass meine Mutter uns zusammen sieht. Wenn sie erfahren, dass ich regelmäßig im Camp bin …«

»Bestrafen sie dich?« Shirvan schaut mich endlich wieder an. Ernst wie selten zuvor. Als würde er sich um mich sorgen.

Ich winke ab. »Nein. Aber ich darf dann wahrscheinlich nicht mehr kommen.«

»Dann solltest du auch nicht mehr kommen. Die Eltern muss man respektieren. Es hat einen Grund, wenn sie etwas sagen.«

»Mein Vater würde dich mögen«, sage ich und grinse, aber Shirvan erwidert meinen Humor nur mit einem Mundwinkelzucken.

»Ich meine es ernst.«

»Und warum? Weil mein Vater etwas sagt, muss es nicht richtig sein.«

»Aber er ist dein Vater.«

»Das heißt nicht, dass er mir vorschreiben kann, seine Fehler zu machen. Ich habe eine andere Meinung als er und werde wohl oder übel meine eigenen Fehler machen.« Shirvan gegenüber fällt es mir ganz leicht, meine Einstellung zu behaupten. Warum kann ich es meinen Eltern nicht genauso sagen?

»Ich möchte nicht, dass du Probleme bekommst.« Er sieht mich lange an. »Nicht wegen mir. Ich möchte aber auch nicht, dass du mich wie Dreck behandelst.«

»Es tut mir wirklich sehr leid. Ich war …« Mir fehlt das englische Wort für ›überrumpelt‹.

»Überfordert?«, schlägt Shirvan vor.

»Ja, weil es so plötzlich ging und ich mir nicht überlegen konnte, wie ich reagieren sollte. Es wird nie wieder vorkommen.« Wie, weiß ich noch nicht, aber ich werde mir etwas einfallen lassen, um meine Eltern zu überzeugen. »Ich will meine Eltern überreden, offener zu sein. Wenn sie ins Camp kämen, um euch kennenzulernen, würden sie umdenken.«

Shirvan grinst spöttisch. »Du glaubst, du bekommst deine Eltern dazu, das zu denken, wovon du willst, dass sie es denken? Das ist ein sehr sturer und arroganter Gedanke, Tooney.«

»Kein bisschen!«

»Sehr viel. Aber ich mag das an dir. Ich bin nur sehr froh, dich hier in Deutschland kennengelernt zu haben.«

»Ja? Warum?«

»So, wie du redest, hätten wir uns in Syrien sicher im Gefängnis getroffen.«

Zuerst schmunzle ich über seine Worte, dann wird mir mit einem Mal bewusst, was sie aussagen. »Du … warst wirklich im Gefängnis, oder?«

Shirvan reagiert nicht darauf. Er tut so, als hätte ich mit mir selbst gesprochen.

Ich fühle mich vollkommen aus dem Konzept gebracht, aber ich bin nicht allein damit. In seinem Gesicht hat sich etwas verändert, minimal nur, eher zu erahnen als zu sehen und beim besten Willen nicht zu benennen. Ich glaube, ihm anzumerken, dass er gedanklich nicht mehr hier ist, sondern in der Vergangenheit.

»Du denkst an Syrien, nicht wahr?« Meine Worte erschrecken mich selbst. Ich will an nichts rühren, was ihm wehtut. Das sollten Fachleute machen. Gutgemeinte Ratschläge von Freunden sind keine Hilfe, wenn man ein Trauma hat. Doch es ist wie bei den Kindern. Außer mir ist keiner da.

»An Aleppo«, sagt Shirvan. Er schaut über das Dach der Grundschule hinweg, als läge seine Heimatstadt in dieser Richtung. Vielleicht ist das sogar so. »Ich versuche, das zu vermeiden, aber manchmal lässt sie mich nicht.«

»Und ich hab dich daran erinnert. Tut mir leid. Ich bin ein Schaf, oder?«

»Weil du ›Syrien‹ gesagt hast?« Er spricht das englische syria sehr eigen aus. Nicht sy-ri-ja, sondern wie zu einer einzigen Silbe zusammengeschmolzen. Ssrja. »Das ist kein Problem für mich, nein. Es sind nicht die Worte. Worte sind ein guter Hinweis, die Gedanken zu konzentrieren und das Heimweh zu zügeln.

Aber manchmal ist Aleppo stärker. Manchmal, wenn ich die Augen zumache, sei es nur, um zu blinzeln, passe ich einen Moment lang nicht auf. Und dann ist da Aleppo.«

»Wie ist die Stadt?«, frage ich vorsichtig. Vielleicht gehe ich zu weit, aber wenn er ohnehin daran denken muss, hilft es vielleicht, wenn er es laut tun kann.

»*Heleb* – sie ist«, beginnt er und es klingt fast, als wollte er die Worte singen, »uralt. Uralt und jeden Morgen neu geboren. Das Licht ist dort zu Hause. Manche behaupten, wenn die Sonne in den Thronsaal der Zitadelle scheint, die inmitten der Altstadt auf einem Hügel alles beobachtet, dann strahlt das Licht vergoldet aus den Fenstern und flutet durch die Straßen. Und in jeder Gasse der Stadt hat es den Anschein, man müsse nur den Wüstenstaub von den Pflastersteinen wischen und darunter läge pures Gold. Reiche fühlen sich sehr klein und demütig in dieser Stadt, und Arme fühlen sich reich, weil sie dort sein dürfen.«

»Auf dem Foto, das du mir gezeigt hast, sieht die Stadt sehr modern aus«, sage ich.

Da lacht er leise. »Moderne, Aufgeschlossenheit und verschiedene Kulturen sind Aleppos älteste Tradition. Es war immer eine multikulturelle Stadt. Du findest in Aleppo so viele Kirchen wie Moscheen. Es gibt Klöster, Kathedralen, alte Tempelbauten. Und mittendrin die Umayyaden-Moschee, eine sehr konservative Moschee. Es war immer wie ein kleiner Urlaub in ein fremdes, fernes Land, wenn wir dort hingingen. Wie ein Tor in eine andere Zeit oder eine andere Welt.«

Er sieht mich an, eine stumme Frage, ob ich verstanden habe, doch ich bin nicht ganz sicher und nicke, damit er weiterspricht. Vielleicht will ich auch bloß, dass er mir mehr erzählt. Der nächste Bus ist sicher schon weg, aber das ist mir egal. Fee wird es schon verstehen.

»Ich nenne dir ein Beispiel: Wenn du über den Suq, den Markt, gehst oder in der Nähe der Universität bist, dann laufen dort die Frauen in sehr hübschen Kleidern herum.« Er grinst, und ich vermute, dass mit sehr hübsch auch kurz gemeint ist.

»Touristinnen?«

»Nein, die staunen nur. Ich meine einheimische Frauen, viele syrische Frauen sind sehr modern. Doch um die Umayyaden-Moschee siehst du plötzlich fast nur noch verschleierte Frauen. Einige in Niqab.« Er erinnert mich mit einer Geste, was das bedeutet: Nur die Augen bleiben frei. »Dort treffen sich die Muslime, die sehr traditionell leben. Wir waren nur ein paar Mal dort, mein Vater hat mich in einer anderen Moschee zur Koranschule geschickt. In den großen Freitagsmoscheen werden Chatīb und Imam – das sind Prediger und Vorbeter der Gemeinde – von der Regierung bestimmt. Das war meinem Vater Grund genug, ihnen nicht weiter zu trauen, als er spucken kann. Außerdem ist mein Vater kein konservativer Muslim und lebt nicht so streng nach den Regeln des Islam, wie man das dort gern hat.«

»Und das war kein Problem in Syrien?«

Shirvan schüttelt den Kopf. »Syrien ist nicht Saudi-Arabien oder Iran. Wir hatten viele Probleme, aber in einer Hinsicht war unser Regime auch fortschrittlich. Wer syrischer Präsident werden will, muss natürlich nach wie vor ein Muslim sein – vor allem auf dem Papier. Auf den Partys der Familie al-Assad fließt der Wein in Strömen.« Shirvan zuckt mit den Schultern. »Meine Familie und ich sind in eine kleinere, unabhängige Moschee gegangen, in der der Imam ein weltoffener und weit gereister Mann war. Mein Vater wollte trotzdem, dass ich die Umayyaden-Moschee gesehen habe. Sie ist beeindruckend. Sie hat die schönsten Brunnen im Hof. Die Steine darin werden so sauber gehalten, dass es aussieht, als wäre Silber im Wasser. Das Wasser riecht nach Mineralien, als käme es direkt aus einer Quelle. In den Lesesälen mit den meterhohen Decken und den feinen Teppichen sind die Menschen so leise, dass du die Buchstaben flüstern hörst, wenn jemand eine Buchseite umblättert. Und der Muezzin dort berührt mit seinem Ruf dein Herz so sehr, dass es vor Schönheit wehtut. Ganz besonders sein erster Ruf am Morgen, bei Sonnenaufgang.«

»Der Muezzin ruft zum Beten, richtig? Wie die Kirchenglocken zur Messe.«

»Sie rufen zum Beten, ja. Aber sie sind mehr. Sie sind Künstler, Sänger, Poeten. Der Mann, der in der Umayyaden-Moschee ruft, ist ein Virtuose. Er rief immer vom Minarett aus, wie es Tradition ist, auch wenn heutzutage Lautsprecher verwendet werden. Leider wurde das Minarett vor zwei Jahren zerstört.«

»Ich hoffe, dem Muezzin ist nichts passiert.«

»Soweit ich weiß, ruft er bis heute. Wer zum Gebet ruft wie er, steht unter Allahs Hand und wird beschützt.«

Ich bin mir da nicht so sicher, widerspreche aber nicht. »Ihr betet wirklich fünfmal am Tag?«

Shirvan wiegt den Kopf. »Viele tun das, ja. In meiner Familie haben wir die Rufe des Muezzin aber immer etwas anders interpretiert. Ich erzähle dir ein anderes Mal davon. Jetzt verlassen wir die Moschee und gehen über den Suq, den Markt. Er liegt teilweise im Freien und teils in den engen Gassen, unter den Gewölbebögen, die die Häuser verbinden. Dort würden dich die Gerüche umwerfen, Tooney.« Er schließt die Augen. »Süßwaren hier, verbrannte Haare von dem Barbier daneben, gebratene Hühner über offenem Feuer, gekochte Maiskolben und Essiggurken aus riesigen Fässern. Einfache, handgebaute Verkaufsstände hier, Ladengeschäfte mit blankgeputzten und von Lichtern geschmückten Schaufenstern daneben. Brot, überall duftet das Brot. Und die Gewürze natürlich. Dazwischen kannst du Stoffe kaufen, modische Kleidung aller Marken und den Tand der chinesischen Händler, die über Zauber verfügen, denn sie können dir alles anquatschen, wirklich absolut alles.« Shirvan lacht, und ich bemühe mich zu lächeln und nicht daran zu denken, dass all das, wovon er spricht, jeden Tag von Bomben bedroht wird oder längst zerstört ist.

»Und wenige Straßen weiter liegt die Bar, die du auf dem Foto gesehen hast.«

»Die, wo man Heineken-Bier trinkt.«

»Wenn man möchte, ja.«

Ich muss lächeln. »Trinkst du auch Heineken-Bier?«

»Nein.« Er lacht. »Ich habe meinem Vater früher versprochen, dass ich keinen Alkohol trinke, bis ich ein Mann bin. Und als ich Syrien verließ, habe ich meinen Eltern gesagt, dass wir zusammen Wein trinken, wenn ich zurückkomme. Den guten, libanesischen Weißwein, den meine Mutter so liebt. Und dass es, zur Feier des Tages, der erste Wein meines Lebens sein soll.«

zwanzig

Eine Biene fliegt heran und setzt sich auf Shirvans Handrücken. Er reagiert ganz gelassen, beobachtet sie und bewegt seine Hand ein wenig, sodass die Facetten der Flügel im Licht der Abendsonne schillern. Schließlich hebt sie ab und fliegt davon.

»Ihr habt wenig Bienen«, sagt er. »Es ist Sommer. Bei uns fliegen überall Bienen, wo Pflanzen sind. Sie lieben die Feigen- und Orangenbäume in den Gärten.«

»Hier sind sie bedroht«, sage ich leise. »Von der Umweltverschmutzung.«

»Mein Biologielehrer hat immer gesagt, wenn die Bienen sterben, sterben sehr bald auch die Menschen.«

Mir kribbelt es zwischen den Schulterblättern. »Das habe ich auch in der Schule gelernt.«

»In Syrien geht es den Bienen gut, denke ich. In jedem Fall besser als den Menschen, denn Bienen können wegfliegen. Aber Umweltverschmutzung gibt es auch, leider. Mein Bruder war Renaturierer, weißt du? Er hat geschädigte Bereiche wieder zu ihrem natürlichen Ursprung gebracht.«

»Das klingt gut. Ein schöner und sehr wichtiger Beruf.«

»Ja. Jetzt verkauft er Topfpflanzen und Blumenerde bei Obi. Das ist … auch okay.«

Wir lachen beide, aber nicht aus Spott. Als Flüchtling einen Job zu finden, muss eine große Leistung sein.

»Und was willst du machen?«, frage ich. Ich lege meine Beine über das Metallgestänge des Karussells und lasse meine Füße baumeln.

Shirvan betrachtet meine Schuhe. In Absatzschuhen hat er mich noch nie gesehen – und dieser Absatz ist immerhin sieben Zentimeter hoch. Außerdem habe ich meine Fußnägel dunkelgrün lackiert, auch wenn mir beim Tanzen sicher wieder jemand drauftritt und den Lack verkratzt.

»Ich habe die Schule nicht beendet«, sagt er. Es klingt, als wäre ihm das peinlich.

»Sicherheit ist wichtiger als ein Schulabschluss.«

Er schüttelt den Kopf. »Oh nein, Tooney. Ohne einen Abschluss und eine Ausbildung oder ein Studium ist dein ganzes Leben unsicher. Für immer.«

»Du kannst die Schule bestimmt hier weitermachen.«

»Ja.« Er lächelt. »Ich glaube auch. Mein Englisch ist ganz gut und … *dann ich muss Deutsch lernen.*« Er versucht es gleich auf Deutsch. »*Und ich musste …*«

»Möchte?«

»*Ja! Ich möchte studieren.*«

»Was möchtest du studieren?«

Er wechselt wieder ins Englische. »Architektur. Ich möchte Bauingenieur werden. Als ich das Minarett der Umayyaden-Moschee gesehen habe, wurde mir bewusst, was ich machen will. Es liegt in Trümmern, weißt du? Ein sehr trauriger Anblick. Der Muezzin hat noch am selben Tag neue Lautsprecher bekommen, damit er die Menschen weiterhin zum Gebet rufen kann. Damit er von Gott und Hoffnung und Kraft rufen kann. Sie stellten sie sogar lauter als vorher, damit sein Ruf über den ganzen Suq hallt. Aber es war nie wieder dasselbe. Ich dachte, jemand müsse das Minarett wieder aufbauen. Sicher und stabil – und natürlich noch schöner als zuvor. Und dann dachte ich: Warum sollte das nicht ich sein?«

Die Sehnsucht in seiner Stimme färbt ab. Ich spüre sie in der Brust, als wäre sie meine eigene.

»Vermutlich kann man in Syrien gerade nicht studieren, oder?«

»Doch.« Er streckt den Fuß aus, gräbt ihn in den Boden und gibt dem Karussell so noch einmal ein wenig Schwung, sodass wir uns leicht drehen. »Die Universität in Aleppo ist noch immer geöffnet. Vor zwei Jahren gab es einen schrecklichen Bombenanschlag, vermutlich waren es die Daesh. Über achtzig Menschen kamen ums Leben und zweihundert wurden verletzt. Aber sie haben sich nie unterkriegen lassen. Bis heute versuchen Menschen, selbst an den belagerten Stadtteilen in Aleppos Osten festzuhalten und nicht aufzugeben. Unsere Nachbarn kochen dort bis heute ihre Seife. Du hast doch bestimmt davon gehört, von der berühmten Aleppo-Seife?«

Ich nicke. »Mama kauft sie seit Jahren, sie schwört darauf.«

»Sie ist ihre Familientradition, ihre Geschichte, ihr Leben und noch viel mehr. Aleppo-Seife ist ein syrisches Kulturgut, sie muss die Zeiten überdauern, vor allem die schlimmen. Außer unseren Nachbarn ist niemand mehr übrig, der sie sieden könnte. Viele sind geflohen, andere tot. Und so tun die Übrigen ihre Arbeit, und die Kinder laufen zu einer provisorischen Schule. Die Menschen heiraten, feiern Geburtstage, gehen ins Kino oder ins Café und versuchen zu leben wie vorher.«

»Ist das nicht gefährlich?«

»Sehr.«

Ich sehe in den Himmel. Das langsame, gleichmäßige Drehen macht, dass mir duselig wird. Wieder einmal versuche ich mir vorzustellen, wie das Leben sein mag, wenn man keinen Moment lang sicher sein kann, dass nicht plötzlich ein Attentäter mit einem Sprengstoffgürtel vor einem steht, oder ein Hubschrauber oder ein Flugzeug kommt und eine Bombe abwirft.

Ich schaffe es nicht.

»Wolltest du nicht deine Freundin treffen?«, fragt Shirvan plötzlich. »Nachher wird sie mir böse, wenn sie allein ausgehen muss.«

»Fee hat Verständnis«, sage ich und verkneife mir ein Grinsen. Bei solchen Augen mit diesen Wimpern hat Fee immer größtes Verständnis.

»Ich möchte dir nicht den Abend verderben. Nicht mit schlimmen Dingen, an denen du keine Schuld hast.«

Du hast doch genauso wenig Schuld, denke ich. Und dann fällt mir etwas ein, das so naheliegt, dass es mir augenblicklich peinlich ist, nicht sofort daran gedacht zu haben. »Wir wollen in einem Club für Jugendliche tanzen gehen. Willst du nicht mitkommen?«

Kurz überlegt er. »Ich weiß nicht.«

»Warum denn nicht? Fee würde sich bestimmt freuen. Und … ich auch. Wir haben so lange geredet, und das war sehr schön, ich finde es wunderbar, mehr über deine Heimat zu erfahren. Aber ich glaube, es wäre auch gut, mal auf andere Gedanken zu kommen. Meinst du nicht?«

Er nickt, eine ganz kleine Bewegung nur. »Das wäre wirklich sehr gut.«

Als ich von dem sich drehenden Karussell auf den Sand springe, verliere ich beinah das Gleichgewicht. Mir ist schwindelig vom In-den-Himmel-starren. Ich fühle mich, als hätte ich Alkohol getrunken, und ich habe den Eindruck, dass Shirvan etwas damit zu tun hat.

»Dann komm! Den nächsten Bus kriegen wir noch.« Ich krame mein Handy aus meiner kleinen, runden Handtasche und schreibe Fee, dass wir auf dem Weg sind.

Shirvan folgt mir zögernd, und ich greife nach seiner Hand, um ihn mitzuziehen, ohne mir das Geringste dabei zu denken. Erst, als wir Hand in Hand und hastig atmend vom Rennen an der Haltestelle ankommen, den Bus gerade noch erwischen und von einem älteren Herrn ganz schräg von der Seite angeschaut werden, fällt mir auf, was wir für ein Bild abgeben. Wie ein Paar sehen wir aus. Als wären wir zusammen.

Wir spiegeln uns in der Busfensterscheibe, und ich strecke uns die Zunge raus. Ich finde, dass wir gut zusammen aussehen.

Shirvan muss für den Bus nicht zahlen, da ich mit meinem Schülerticket am Wochenende jemanden mitnehmen kann. Als wir aussteigen und uns von weitem die Außenbeleuchtung der *Musicbox* entgegenleuchtet, kommt mir allerdings der Gedanke, ob ihm der Eintritt nicht möglicherweise zu teuer sein könnte. In der Erstaufnahme bekommt er nur ein kleines Taschengeld. Da sind acht Euro vermutlich eine ganze Menge.

»Wenn du nichts dagegen hast, lade ich dich ein«, schlage ich ihm vor.

Er schüttelt den Kopf. »Das kommt nicht infrage. Es ist so lieb, dass du mich mitnimmst. Ich bezahle für uns beide.«

»Unsinn!« Ich will ihm nicht sagen, dass ich doch viel mehr Geld habe als er und deshalb bezahlen möchte, es würde ihn vielleicht kränken. Leider ist es trotzdem die Wahrheit. »Schau mal, in Deutschland ist nichts dabei, wenn die Mädchen zahlen.«

»Es ist auch nichts dabei, wenn die Jungs zahlen«, beharrt Shirvan.

Die Bässe aus der *Musicbox* dröhnen uns bereits entgegen. Ein letzter Versuch: »Ich möchte dich wirklich gern einladen.«

Er bleibt stur. »Ich bezahle. Du kannst mich beim nächsten Mal einladen, wenn du das dann immer noch willst.«

Also gebe ich auf, aber nicht, ohne ihm zu sagen, dass er ein halsstarriger Macho ist, was er ziemlich amüsant zu finden scheint.

Als wir zum Eingang kommen und sein Blick auf das große Schild mit dem aktuellen Preis für heute Abend fällt, schluckt er – oder bilde ich mir das nur ein? Wenn er meint, stur sein zu wollen, kann ich das auch. Ich tue so, als hätte ich nichts bemerkt. Vor uns gehen ein paar junge Leute in den Club, für einen Samstag ist es allerdings erstaunlich leer. Bei dem Wetter grillen vermutlich viele. Vielleicht wird es später voller.

Ich nicke dem Mann in der Security-Kluft freundlich zu, der jedes Wochenende hier steht und nach dem Rechten sieht. Er reagiert kaum darauf, aber das kenne ich von ihm. Fee und ich nennen ihn heimlich Grummel Griesgram, und Fee grübelt jede Woche, wie er wohl in seine hautengen Poloshirts hineinkommt. Erst als ich fast an der Kasse bin, registriere ich, dass Shirvan nicht mehr hinter mir ist. Ich recke den Kopf, um einen Blick an Grummel Griesgram vorbei zu werfen. Shirvan steht ihm gegenüber und sagt etwas. Grummel steht mit dem Rücken zu mir, sodass ich nicht sehen kann, wie er reagiert. Doch offenbar lässt er ihn nicht vorbei.

Ich gehe zu ihnen und tippe Grummel Griesgram auf die Schulter. »Entschuldigen Sie, aber gibt es ein Problem?«

»Nein.« Er sieht mich nicht mal richtig an.

»Was ist denn los?«

Shirvan hebt beide Hände. »Tut mir leid, ich verstehe nicht, was er möchte, Tooney.«

»Der kann nicht rein«, sagt Grummel Griesgram, und das klingt so trocken und endgültig, als hätten wir etwas vollkommen Offensichtliches übersehen.

Ich fühle mich wie vor den Kopf gestoßen. »Warum nicht?« Ist Shirvan falsch angezogen? Unsinn, es gab noch nie irgendeine Kleidervorschrift für die Jugenddisco in der *Musicbox*.

»Keine Diskussion hier.«

Das ist doch nicht zu fassen! Meint der Typ das ernst? Die *Musicbox* ist doch kein Großstadtclub, und er ist kein Türsteher, der die Leute anhand ihrer Gesichter aussortiert. »Hier war noch nie eine Eingangskontrolle!«, rufe ich.

Zwei Mädchen kommen dazu, und Grummel Griesgram macht ihnen sofort Platz, aber sie bleiben stehen. »Was ist denn los?«, fragt mich die eine.

Ich kenne sie flüchtig vom Sehen, sie war eine Weile im gleichen Tanzverein wie ich. »Er will meinen Freund nicht reinlassen.« Meine Stimme klingt total empört, ich reiße mich zusammen, werfe Grummel aber einen bösen Blick zu. »Vermutlich, weil er kein Deutscher und auch kein schwedischer Austauschschüler ist.«

Die beiden scheinen genauso schockiert wie ich. Die eine schnalzt entrüstet mit der Zunge, die andere sagt: »Nicht Ihr Ernst!«

»Ich muss eure Ausweise kontrollieren«, sagt Grummel Griesgram. »Ohne Ausweis kommt mir hier keiner rein!«

»Warum sagen Sie das nicht gleich?«, frage ich und will für Shirvan übersetzen, aber er hat längst verstanden. Er zieht die laminierte Karte aus seinem Portemonnaie, auf der sein Name, sein Geburtsdatum, ein paar Nummern und die Anschrift des Flüchtlingscamps unter seinem Foto stehen.

Grummel schüttelt den Kopf; ein aggressives Herumreißen von einer Seite zur anderen. »Das da ist nix Offizielles! Ich will Personalausweis sehen! Kapito, Amigo?«

Eines der Mädchen bemerkt zuckersüß, Shirvan würde gar nicht wie ein Italiener aussehen. Ich bin froh, dass die beiden da sind. Shirvan sieht aus, als würde er bloß bleiben, weil er durch Wegrennen noch mehr Aufmerksamkeit auf sich ziehen würde. Eine kleine Schlange bildet sich hinter uns, während er erneut sein Portemonnaie aufklappt.

»*Personalausweis*«, sagt er leise auf Deutsch und hält dem Security-Mann das Dokument hin.

Ich recke den Hals, um besser sehen zu können. Shirvans Ausweis sieht fast exakt so aus wie meiner. Eine kleine, fast farblos blassgrüne Plastikkarte mit biometrischem Foto, Zahlen und Buchstaben. Nur ist Shirvans Ausweis arabisch beschrieben. Ansonsten gibt es keinen Unterschied. Es ist erschreckend, denn hier, am Eingang dieser bescheuerten Jugenddisco, wird mir klar, dass wir mit demselben Ausweis vollkommen unterschiedliche Perspektiven haben. Ich werde mit meinem an jeder Grenze Europas willkommen sein. Ein Blick – und ich bin drin. Auch in die meisten außereuropäischen Länder kann ich damit problemlos reisen. Shirvan muss mit seinem Personalausweis illegal über Grenzen fliehen.

Gemurmel reißt mich aus meinen Gedanken, als das Wort ›Flüchtling‹ in der Schlange hinter uns ertönt. Der Tonfall hat etwas Abschätziges.

Irgendjemand sagt: »Die müssen doch echt nicht in die Disco.«

Ein anderer antwortet etwas, von dem ich nur ein ironisch klingendes ›schwer traumatisiert‹ verstehe.

»Kriegt bestimmt auch Eintritt frei«, meint der erste.

»Kann mein Freund jetzt rein?«, frage ich Grummel Griesgram. Ich versuche, genervt zu klingen, als würde mich die Verzögerung bloß ärgern. Aber das misslingt; meine Stimme wirkt hysterisch. Mein Herz rast. Shirvan wird nicht in diesen Club kommen. Schlicht und ergreifend, weil er die falsche Nationalität hat.

Der Securitymann schüttelt den Kopf.

»Das ist rassistisch!«, sage ich, mehr zu mir selbst.

Die beiden Mädchen, die uns unterstützt haben, scheinen die Geduld zu verlieren. Vielleicht knicken sie auch ein, weil die Jungs hinter ihnen lauter werden. Sie murmeln: »Viel Glück«, und gehen durch zur Kasse.

»Ich brauch einen Personalausweis«, beharrt Grummel Griesgram. »Einen, den ich lesen kann. Deutsch! Deutschen Ausweis. Sonst weitergehen!« Er untermalt seine Worte mit ruppigen Armbewegungen.

»Aber Sie haben niemanden hier nach seinem Ausweis gefragt!«, entfährt es mir. »Mich nicht, die anderen Gäste nicht, niemanden. Warum ihn?« Ich weiß nicht, welches Gefühl überwiegt. Entrüstung? Traurigkeit? Wut?

Scham. Scham ist weit vorn mit dabei. Das ist mein Stammclub, und ich habe Shirvan hergebracht. Dass er so herablassend behandelt wird, ist meine Schuld.

»Deutsch?«, fragt Shirvan leise und hebt noch einmal den Ausweis aus der Registrierung, hält ihn dem Mann unsicher hin. Er versteht überhaupt nicht, wo das Problem liegt. Mehr noch – er scheint nicht wahrhaben zu wollen, dass er nicht eingelassen wird, weil er Ausländer ist.

»Schluss jetzt damit«, blafft Grummel Griesgram. »Kein deutscher Ausweis – kein Einlass. Mach Weg frei!« Erneut macht er eine wegwerfende Geste. Dabei erwischt er Shirvans Hand, in der er sein Portemonnaie und einen der Ausweise hält. Das Portemonnaie fällt auf den Boden, und Münzen springen über den Asphalt. Shirvan schluckt. Der Schlag gegen seine Hand war vermutlich nicht mal Absicht – der Securitymann entschuldigt sich aber auch nicht. In der Schlange grölen die beiden Typen. Andere sehen weg, tun so, als hätten sie nichts bemerkt.

»Weg frei!«, wiederholt der Mann von der Security. »Oder Polizei.«

Shirvan nickt. Er tritt zur Seite und kniet sich hin, um sein Portemonnaie aufzuheben. Ich quetsche mich an dem Möchtegerntürsteher vorbei zurück auf die Straße.

»Das wird Ihr Chef erfahren«, zische ich. Er zuckt mit den Schultern.

Die Leute drängen sich an Shirvan vorbei. Einer der Pöbler, ein pickliger, blasser Typ, tritt auf die Ein- und Zweieurostücke, die auf dem Bürgersteig liegen. Shirvan sieht nicht auf, sein Blick klebt am Boden, und er wartet scheinbar ungerührt, bis er sein Geld aufsammeln kann. Nicht einmal seine Hände zittern, doch ich sehe die Anspannung, die er versteckt: Die Sehnen an seinen Handrücken treten unter der Haut hervor wie gespannte Stahlseile. Ich möchte ihm helfen, aber als ich mich nach einer Münze bücke, gibt Shirvan mir ein Handzeichen, innezuhalten, und zieht mir das Fünfzigcentstück regelrecht unter den Fingern weg. Seine Schultern wirken starr, seine Brust unbeweglich. Er atmet nicht einmal. Als er das Geld aufgesammelt hat, steht er auf und dreht sich weg, ohne mich ein einziges Mal anzusehen.

Mit etwas Abstand trotte ich ihm nach. Ein paar schnelle Schritte und ich hätte ihn eingeholt. Aber ich weiß nicht, was ich sagen soll.

An der Bushaltestelle bleibt er stehen, und als ich gerade »Es tut mir leid« murmeln will, sagt er es.

»Was?« Ich habe nicht die geringste Ahnung, was er meint.

»Es tut mir leid, was passiert ist.« Er klingt tonlos. Als wäre es ihm vollkommen egal. »Du kannst in den Club gehen, Tooney, ich gehe zum Camp zurück.«

»Das kommt überhaupt nicht infrage.«

»Doch. Bitte. Ich will dir den Abend nicht verderben. Fee wartet auf dich.«

»Nein!« Ich verlagere schon mein Gewicht, um wie ein trotziges Gör mit dem Fuß aufzutreten, kann den Impuls aber noch verhindern. Stattdessen balle ich die Fäuste. »Ich fasse es nicht, dass der Arsch dich nicht reingelassen hat! Das war so … so …«

»Respektlos«, sagt Shirvan leise, »aber das hätte ich wissen müssen. Es tut mir leid.«

»Dir?« Ich bin so wütend, ich würde ihn am liebsten gegen den Fahrplan schubsen, auch wenn er am wenigsten dafür kann. »Dir tut das leid?«

»Ich weiß, dass manche Deutschen uns nicht wollen. Das sehe ich jeden Tag. Ich hätte dich vorwarnen müssen.«

»Unsinn.« Jetzt stampfe ich doch auf. »Es ist total rassistisch, dich nicht reinzulassen. Das darf der Typ überhaupt nicht!«

Oder doch? Ich weiß es nicht. Es fühlt sich absolut unmöglich an und widerspricht allem, was ich in der Schule über deutsche Gesetze gelernt habe.

»Tooney, es ist okay. Sei nicht wütend.«

»Nichts ist okay!«

Shirvan kickt ein Steinchen vom Bürgersteig auf die Straße. »Ich kann daran nichts ändern. Überall ist es so, seit ich Syrien verlassen habe. In der Türkei bin ich der Kurde, in Ungarn bin ich der gefährliche Moslem, in Deutschland bin ich der Flüchtling. Würde ich jedes Mal wütend werden, wenn mich jemand schlecht behandelt, wäre ich nichts anderes mehr. Nur noch wütend.«

»Du nimmst das einfach hin?«

»Tooney, welche Alternative habe ich?« Er beißt kurz die Zähne zusammen. »Keine. Denn das, was diese Leute wollen – dass ich zurückgehe nach Syrien, egal, wie es dort jetzt aussieht und was dort passiert –, das ist nicht möglich.«

Meine Lippen kleben. Ich habe keine Spucke mehr im Mund, um sie zu benetzen. »Diese Leute reden großen Scheiß! Bullshit!«

Er zuckt ein wenig zusammen und sieht mich an, als hätte er noch nie ein Mädchen fluchen hören. Vielleicht hat er das auch nicht, was weiß ich denn.

»Leute, die so was sagen, die haben keine Ahnung. Das Schlimmste, was in ihrem Leben passieren könnte, ist ein kaputter Fernseher, oder das Handy, das ins Klo fällt.«

Shirvan lächelt. Müde zwar, aber er lächelt. »Das ist ziemlich schlimm.«

»Sie haben das große Glück, in einem sicheren Land geboren zu sein. Was haben sie dafür getan? Sag's mir!«

»Ich weiß es nicht.«

»Nichts haben sie dafür getan. Sie hatten Glück. Bloß Glück. Das ist kein Grund, herablassend auf andere zu schauen, die das Glück nicht hatten.«

Ich drehe mich um meine eigene Achse und dann in Richtung der *Musicbox*. »Habt ihr das gehört?«, rufe ich gegen den Verkehrslärm an. »Ihr blöden, halsstarrigen Egoisten! Ihr habt bloß Scheißglück!«

Shirvan lacht, blickt sich aber auch unsicher um, um zu schauen, ob uns jemand beobachtet, also halte ich inne. Ich kann ihn verstehen. Die Menschen sehen, was sie sehen wollen, und nachher heißt es, er, der Flüchtling, hätte auf der Straße herumgebrüllt, nur weil er in meiner Nähe stand.

»Vielleicht ist es weniger Glück, sondern mehr Gottes Wille«, sagt Shirvan nachdenklich.

»Ich weiß nicht, was dein Gott will. Aber meiner will, dass die Menschen sich gegenseitig helfen. Nächstenliebe und so.« Ich mag nicht besonders religiös sein, aber die Grundlagen habe ich drauf.

»Mein Gott kann nicht anderer Meinung sein«, sagt Shirvan, »weil es derselbe Gott ist. So wie ich im Arabischen shams zur Sonne sage und im Deutschen … *So-ne?*«

»Sonne«, korrigiere ich, und er spricht mir nach.

»*Sonne. Und Mund.*« Er zeigt in den Himmel. Es ist noch nicht richtig dunkel, aber der Mond lässt sich schon bleich im sich sanft verdunkelnden Blau erkennen.

Ich muss lachen. Irgendwie habe ich das Gefühl, er würde mich neppen. »Mond.«

»*Mond. Sonne und Mond. Sehr schön.*«

»Vermutlich sind sie das überall auf der Welt, meinst du nicht?«

Shirvan reibt sich das Kinn. »Du hast sehr gute Argumente, Tooney. Ich wünschte, mehr Menschen würden denken, wie du denkst.«

Und ich wünschte, denke ich und fröstle ein wenig, meine eigene Familie würde denken wie ich. Aber meinem Vater und meinem Bruder gegenüber scheinen mir meine Argumente sehr klein und schwach und brüchig.

einundzwanzig

Es ist nicht feige, zu fliehen, mein Sohn.

In manchen Zeiten braucht man mehr Mut, am Leben zu bleiben, als den Tod zu riskieren, Shirvan. Wir brauchen die Lebenden. Das Leben braucht Lebende. Die Toten brauchen Lebende, wer sonst würde sich ihrer erinnern?

(eine Textnachricht, Aleppo, im Sommer 2014)

Am Sonntag steht der Geburtstag meiner Cousine an. Wir wollen in einer Viertelstunde fahren, darum gehe ich im Erdgeschoss noch einmal ins Bad, um meine Wimperntusche zu überprüfen.

Alex poltert gegen die Tür, kaum dass ich sie geschlossen habe. »Blockierst du schon wieder das Klo?«

»Natürliche Bedürfnisse«, gebe ich zurück. Natürliche Mädchenbedürfnisse.

Das Handy vibriert in meiner hinteren Hosentasche. Ich ziehe es heraus und nehme den Anruf an, ohne darauf zu achten, wer anruft.

»Ja?«

»Toni, verdammt, kannst du herkommen?«

»Fee?«

»Wer sonst? Ich weiß, heute war irgend so ein Familiending bei dir, tut mir voll leid, Toni! Aber hier ist etwas passiert.«

»Passiert? Was ist passiert?« Ich rede leiser. »Wo bist du?«

Alex bollert erneut gegen die Tür. »Toni, ich muss auch mal. Beeil dich!«

»Du willst hier gar nicht nach mir rein, da gebe ich dir zwei Jahre Garantie drauf!«, rufe ich genervt. »Geh oben!«

»Was redest du da?«, fragt Fee. »Ach, egal. Hör zu. Ich bin im Camp nebenan. Shirvan muss gestern Abend noch … Ich weiß nicht – er sagt uns ja nichts. Wir brauchen dich hier, mit dir redet er bestimmt.«

Ich lasse mich auf den Toilettendeckel sinken. »Was ist mit Shirvan?« Am liebsten hätte ich die Worte gerufen, aber instinktiv flüstere ich, bevor mir klar ist, warum.

»Weiß ich nicht genau. Er blutet. Und es gab gestern nach Mitternacht noch eine Schlägerei in der Nähe der *Musicbox*.«

Ich verstehe überhaupt nicht, was Fee mir sagen will. Shirvan ist am Abend zum Camp zurückgefahren. Daraufhin bin ich in die *Musicbox* gegangen, mit einem schlechten Gewissen zwar, aber aus guten Gründen, an die Shirvan mich erinnert hatte: Fee wäre sonst ganz allein im Club gewesen und hätte später auch allein heimfahren müssen. Der Gedanke hat uns beiden nicht gefallen.

»Er ist verletzt?«, frage ich. »Was meinst du damit? Schlimm verletzt? Was hat er?«

»Kannst du kommen?«

Während ich aufstehe, fällt mein Blick in den Spiegel. Ich bin blass. Habe Schweiß auf der Stirn. Und eine Idee. »Ich komme.«

Erst stecke ich das Handy zurück in die Tasche, drehe das Wasser auf und lasse es über meine Hände laufen. Dann streiche ich mir die Haare mit nassen Fingern aus dem Gesicht und gehe aus dem Bad zu meinen Eltern, die im Wohnzimmer warten. Das Geschenk für Hanna liegt in einer runden Box, einer Art Hutschachtel. Meine Mutter hat sie mit transparenter Folie eingepackt und liebevoll mit Bändern und künstlichen Rosen dekoriert. Ich enttäusche meine Cousine ungern, zögere dennoch keinen Augenblick.

»Ich fürchte, ich muss hierbleiben«, murmele ich und lege mir eine Hand auf den Bauch. »Ich hab ganz plötzlich Durchfall bekommen.«

»Och nein«, sagt meine Mutter mitleidig und befühlt meine Stirn. »Das ist ja blöd. Du siehst auch nicht gut aus. Aber Fieber hast du nicht.«

»Nein, mein Bauch rumort nur ganz übel. Besser, ich lege mich hin. Grüßt ihr Hanna von mir?«

»Können wir dich allein lassen?«, fragt mein Vater besorgt. Wenn jemand krank ist, denkt er immer an das Schlimmste. »Nicht, dass dir der Kreislauf zusammenbricht und du die Treppe runterstürzt.«

Ich übe mich an einem gequälten Lächeln. »Ich hab nur etwas Bauchschmerzen. So schlimm ist es nicht. Aber ich will nicht riskieren, auf der Autobahn aufs Klo zu müssen, wenn kilometerweit kein Rasthof kommt. Und ich will auch keinen anstecken.«

»Anstecken?« Alex streckt den Kopf ins Zimmer. »Wer ist ansteckend? Du? Dann geh ich lieber schon mal zum Auto.« Natürlich will er schon mal den Beifahrerplatz für sich belegen. Alex würde auch in Touristenmanier ein Handtuch auslegen, um seinen Anspruch zu markieren, aber er weiß zu gut, dass sowohl Mama als auch ich uns kommentarlos draufsetzen würden.

»Wir haben noch ein Medikament, wenn du etwas brauchst«, sagt Mama. »Ich lege es dir raus, ja? Und ich koch dir noch schnell einen Kamillentee.«

»Mama, ihr müsst los, sonst kommt ihr zu spät. Den Tee schaffe ich gerade noch selbst.«

Es dauert noch mehrere Minuten, bis meine Eltern nach vielem »Ruh dich schön aus« und noch mehr »Aber wenn etwas ist, rufst du an« endlich das Haus verlassen und im Volvo wegfahren. Am liebsten würde ich sofort in meine Schuhe schlüpfen und zum Camp hinübersprinten, aber ich habe Angst, dass Mama wieder ihre Brille oder Alex sein Handy vergessen hat. Wie lange müssen sie fahren, um in einem solchen Fall sicher nicht umzukehren? Wenigstens haben sie das Geschenk mitgenommen.

Als ich mir gerade sicher bin, lange genug gewartet zu haben, klingelt mein Handy erneut. Wieder ist es Fee.

»Toni – Planänderung! Wir müssen hier weg. Schnell. Kannst du gleich zu mir kommen?«

»Wovon redest du überhaupt?«

Fee atmet durch. Ich höre sie etwas auf Französisch sagen, dann spricht sie wieder Deutsch mit mir. »Wir sind hinten durch den Zaun abgehauen. Shirvan musste da raus. Die Polizei durchsucht das Camp.«

»Dann kommt rüber«, sage ich, noch während ich zu verstehen versuche, warum die Polizei nach Shirvan suchen sollte. Das ergibt keinen Sinn. »Komm mit ihm hierher. Meine Eltern sind weg.«

»Sicher, Toni?«

»Macht schon!«

Als ich die drei auf der Straße vor unserem Haus treffe, sind meine Handflächen und mein Nacken bereits klitschnass geschwitzt. Bei Shirvans Anblick wird dieser Schweiß augenblicklich eiskalt. Er blutet, hatte Fee mich vorgewarnt. Aber, Herrgott, sein ganzes Gesicht ist voller Blut!

»Oh Scheiße, was ist passiert?«, entfährt es mir.

Etienne schaut mich an, als hätte er noch nie ein Mädchen fluchen hören. Dabei bin ich gegen Fees Schimpfwortschatz verbal ein Kirchenmäuschen.

»Keine Ahnung«, sagt Fee und sieht sich hektisch um. »Hast du die Polizei gesehen?«

»Was ist mit dir?«, frage ich Shirvan, aber der schüttelt nur minimal den Kopf. Seine Lippen formen ein lautloses »Später«. Aus zwei Platzwunden, eine unter dem Haaransatz und die andere wie parallel darunter am oberen Rand der linken Augenbraue, rinnt Blut wie aus tropfenden Wasserhähnen.

»Toni!«, sagt Fee. »Die Polizei!«

Ich muss mich zusammenreißen. »Vor dem Eingang stehen vier Streifenwagen. Aber die Polizisten sind alle im Camp drinnen.«

»Dann beeilen wir uns besser«, entscheidet Fee. »Damit wir in eurem Haus sind, bevor sie wieder rauskommen.«

»Okay. Kommt!« Erst als ich mich noch einmal umblicke, fällt mir auf, dass Etienne Shirvan stützt. Mir fährt der Schreck durch alle Glieder. Geht es ihm so schlecht?

Gemeinsam mit Fee halte ich die Augen offen. Ich dränge den Gedanken beiseite, was wir tun, wenn uns jemand entgegenkommt – ein Nachbar oder ein Polizist. In meinem Magen rumort es nun wirklich. Das müssen die Fragen sein: Was ist Shirvan passiert? Und warum flüchtet er vor der Polizei?

Egal. Nur noch ein paar Meter. Ausgerechnet am letzten Haus, an dem wir vorbei müssen, wird die Tür geöffnet, und Frau Schäfer, unsere runzelige, alte Nachbarin, humpelt heraus. In der einen Hand hält sie ihre Krücke, in der anderen die Hundeleine, an deren Ende ihre Yorkshire-Terrier-Hündin Fritzi kläfft. Bei Shirvans Anblick schlägt Frau Schäfer sich eine Hand vor den Mund, sodass Fritzi einen kräftigen Ruck an der Leine bekommt und zu bellen aufhört. »Jesses! Was habt ihr denn mit dem gemacht?« Bevor ich antworten kann, weiten sich ihre Augen. »Ist das denn ein Flüchtling? Direkt aus dem Krieg? Ich seh das immer im Fernsehen, ganz schlimme Bilder. Kommen die denn nicht mal ins Krankenhaus, bevor die hier ins Lager müssen?«

Ich starre Frau Schäfer eine unvernünftig lange Zeit an, bevor mir eine Antwort einfällt. »Aber nein! Das sind doch die Austauschschüler meiner Freundin Felicitas. Aus Frankreich.«

»Aus Frankreich?«, wiederholt sie. Ihrem kritischen Gesicht ist abzulesen, dass diese Erklärung sie nicht vollends überzeugt.

»Aus Paris!«, sagt Fee und brabbelt irgendetwas auf Französisch. Etienne antwortet ebenso Französisch. Ich verstehe kein Wort, Frau Schäfer offenbar schon, denn auch sie erwidert etwas.

»Shirvan«, sage ich und betone die letzte Silbe, um den Namen irgendwie französisch klingen zu lassen, »ist beim Fußballspielen auf dem Bolzplatz gestürzt und gegen den Torrahmen geknallt. Wir bringen ihn erst einmal ins Haus.«

Frau Schäfer verzieht mitleidig das Gesicht. »Diese Franzosen sollten das besser lassen mit dem Fußballspielen. Das muss ja schief gehen, die können es nicht.« Daraufhin zwinkert sie uns zu und hinkt mit ihrer Fritzi davon.

»Was habt ihr eben gesagt?«, frage ich Fee, während wir weitergehen. Nur noch ein paar Schritte. Zum Glück. Shirvan sieht nicht so aus, als würde er es noch viel weiter schaffen.

»Interessanter ist, was sie gesagt hat«, antwortet Fee. »Sie hat gesagt, dass sie die schändliche Liste nicht unterschrieben hat. Weißt du, was sie meint?«

Mir schießt das Blut in den Kopf. »Nein.« Das ist gelogen. Aber ich bringe es nicht über mich, Fee zu gestehen, dass sogar mein Name auf dieser Liste steht.

»Ich auch nicht. Vielleicht wird sie auch langsam senil.«

Ganz im Gegenteil, sie ist zwar sehr alt, scheint allerdings noch ausgesprochen fix im Kopf zu sein.

»Wir bringen Shirvan erst mal ins Badezimmer«, entscheide ich, während ich die Haustür aufschließe.

Fee übersetzt für Etienne ins Französische. Es kommt mir seltsam vor, Etienne ins Haus zu lassen. Ich sollte ihm vertrauen, denn Fee tut es, und ihre Menschenkenntnis ist hervorragend, im Gegensatz zu meiner. Aber ich kann immer noch nicht ganz vergessen, wie drohend er mich beim ersten Besuch im Camp angesehen hat.

Wenige Augenblicke darauf sitzt Shirvan im Bad auf dem Toilettendeckel, wo eben noch ich gesessen habe, während mir quälende Fragen durch den Kopf geschossen sind. Antworten habe ich noch immer keine. Dafür Blutstropfen auf dem cremefarbenen Teppich im Flur.

Egal. Nicht daran denken, nicht jetzt.

Ich muss alles ausblenden. Die Fragen. Meine Eltern. Die Sorgen.

Shirvan sieht mich an, als müsse er mich um Entschuldigung bitten, doch würde die Worte nicht heraus bekommen. Ich schiebe Etienne beiseite und rolle Toilettenpapier ab, um Shirvan das gröbste Blut aus dem Gesicht zu wischen, aber das blöde Papier zerfasert und klebt ihm an der Haut fest. Verdammt, das hätte ich wissen müssen.

Konzentration jetzt!

Ich werfe das Papier in die Badewanne. Fee und Etienne sehen mir mit großen Augen dabei zu, wie ich erst einen und dann einen zweiten Waschlappen anfeuchte und damit Shirvans Gesicht bearbeite, ohne an die offenen Wunden zu kommen. Die Flecken gehen vermutlich nie wieder raus – was kein

Problem wäre, müsste ich blutige Waschlappen nicht meinen Eltern erklären. Egal! Shirvan zuckt, als ich versehentlich die Wunde über der Augenbraue berühre. Seine Arme zittern ein wenig.

»Tut mir leid, Tooney. Es ist besser, ich gehe. Ich will nicht, dass du Schwierigkeiten bekommst.«

Er merkt also auch, wo ich mit meinen Gedanken bin. Na toll, großartig gemacht, Toni!

»Quatsch«, erwidere ich ruppig. Dieses Zittern macht mir Sorgen. Ob er schlimmer verletzt ist, als es auf den ersten Blick aussieht? »Halt still. Und sag mir bitte, ob dir noch etwas wehtut, außer deinem Kopf.«

»Geht schon, Tooney.«

Wir machen also einen auf Helden, denke ich sarkastisch. Ich wende mich Fee zu. »Kannst du einen Tee kochen? Mit viel Zucker.«

Fee kennt sich aus in unserer Küche, sie nickt und geht. Etienne folgt ihr.

»Du bist mir böse«, sagt Shirvan, als wir allein im Bad sind. Ich wasche den Waschlappen aus, wringe ihn aber nicht genug aus. Das Wasser rinnt mit Blut vermischt von Shirvans Gesicht, versickert in seinem T-Shirt und tropft auf den Vorleger.

»Kann ich ja gar nicht sein.«

»Warum nicht? Nur weil ich blute? Das ist wirklich nicht so schlimm.«

Natürlich nicht. Es ist nichts, nicht mal ein oberflächlicher Kratzer. Vermutlich ist das Wasser zu kalt und du zitterst deshalb. Und blass bist du, weil du die Sonne zu selten siehst, du blöder, syrischer Honk.

Ich stelle mir vor, ihm die Worte laut zu sagen, aber allein sie zu denken, beschämt mich. Das muss die Angst um ihn sein, sie weckt bitterbösen Sarkasmus in mir.

»Weil ich nicht weiß, was passiert ist.« Ich presse den Satz durch zusammengebissene Zähne. Vermutlich bin ich ihm doch böse. Die Alternative wäre zu heulen. »Du könntest langsam mal erklären, woher du diese Verletzungen hast.«

Er zuckt mit den Schultern und verzieht plötzlich schmerzhaft den Mund. Die Platzwunden sind also nicht das Einzige, was er einstecken musste. Das dachte ich mir.

»Ich habe mich bloß geschlagen.«

»Ach. Sag bloß.«

Doch mehr will er offenbar nicht erklären.

Das Blut ist größtenteils abgewaschen. Es war eine ganze Menge, aber ich habe mal gelesen, dass Kopfverletzungen immer stark bluten. Sein T-Shirt ist nun klitschnass und völlig besudelt.

»Zieh das aus«, sage ich.

Und er sagt: »Nein.«

Ein sehr, sehr endgültiges Nein, das mich erschreckt. Gut, dann halt nicht. Vorsichtig taste ich mich näher an die beiden Wunden. Die über der Augenbraue ist ziemlich klein, die heilt vermutlich von selbst. Die andere gefällt mir nicht.

»Ich glaube, du musst ins Krankenhaus. Eine der Wunden muss genäht werden.«

Shirvan grinst müde. »Das heilt schon wieder.«

»Du wirst eine fette Narbe bekommen, wenn du nicht zum Arzt gehst.«

»Und?«

»Willst du eine Narbe? Narben sind hässlich.«

Er schnaubt abfällig.

Mir rinnt Wasser über die Hand, so fest presse ich sie um den Waschlappen. »Warum bist du nur so stur? Du kannst in ein Krankenhaus gehen, die werden dich schon gut behandeln.«

»Nein. Aber vielleicht hast du ein Pflaster, Tooney?«

Ich habe Lust, ihm den Waschlappen links und rechts um die Ohren zu hauen. »Ich schau mal«, sage ich und gehe in die Küche, wo unser Apothekerschränkchen steht. Fee gibt gerade zwei Löffel Honig in eine Tasse, aus der Dampf aufsteigt. Im Radio läuft *Reality* von Lost Frequencies.

Today I got a million, tomorrow I don't know.

Die unbeschwerte Melodie betont, wie still es im Haus ist. Fee und Etienne schauen mich fragend an, doch ich zucke nur mit den Schultern.

»Er ist bockig«, erkläre ich, als wäre es seine Diagnose und ich seine Ärztin. »Eine der Wunden muss bestimmt genäht werden. Das will er aber nicht.«

»Er hat ziemliche Angst vor der Polizei«, sagt Fee sehr leise. Sie bräuchte nicht flüstern, außer uns versteht hier niemand Deutsch.

»Ich wüsste gern, warum.«

Fee zieht vielsagend die Augenbrauen hoch. Weil er etwas getan hat, was ihn in Schwierigkeiten bringt. Warum auch sonst?

Ich nehme Pflaster, Kompressen, Desinfektionsspray und die Teetasse und trage alles zurück ins

Bad. Shirvan sitzt da, als hätte er sich nicht von der Stelle bewegt, aber zwischenzeitlich hat er das blutdurchzogene Wasser vom Boden aufgewischt. Ich drücke ihm den Tee in die Hände.

»Das könnte jetzt brennen«, sage ich und ziehe den Deckel vom Wundspray.

»Kein Problem«, erwidert er, trinkt von seinem Tee und zuckt zusammen, weil der wohl heißer war, als er dachte.

Geschieht ihm recht!

Und tut mir leid.

Ich hasse es, wenn etwas auf der Haut brennt. Wenn ich mich richtig erinnere, taten die verdammten Jodtinkturen, die meine Mutter immer auf meine aufgeschlagenen Knie gegeben hatte, um ein Vielfaches mehr weh als die eigentlichen Wunden.

»Ich kann dich hier nicht verstecken. Das weißt du, oder?« Eigentlich will ich entschlossen klingen, eine deutliche Ansage machen. Stattdessen hört sich meine Stimme an, als müsse ich um Entschuldigung bitten.

»Natürlich weiß ich das.«

»Aber ich werde dir helfen, sofern ich irgendwie kann.« Ich kämpfe den Impuls nieder, die Augen zuzupressen, und pumpe ihm das Desinfektionsspray auf die größere Wunde. Es brennt schon beim Hinsehen.

»Das tust du«, sagt Shirvan. Offenbar brennt es doch nicht, er klingt ganz entspannt, und ich atme erleichtert durch.

»Aber dazu musst du mir sagen, was passiert ist.«

»Ich hab mich geschlagen.«

»Toll!«, fauche ich ihn an. Meine Nerven fühlen sich bis zum Zerreißen gespannt an, und er provoziert mich noch. Ich drücke ihm unsanft eine Kompresse gegen die größere Wunde. »Hier, halt das fest, bis es nicht mehr blutet. Mit wem hast du dich geschlagen? Und warum?«

»Das ist egal. Ich habe nicht angefangen.«

»Und weshalb sucht die Polizei nach dir?«

Er meidet meinen Blick. »Die suchen gar nicht nach mir. Aber wenn die mich finden, mit der Wunde am Kopf, würden sie glauben, dass sie nach mir suchen. Ich hab kaum noch Geld und will meinem Bruder keine Schwierigkeiten machen.«

Wovon redet er denn nur? »Geld? Wofür brauchst du Geld? Vielleicht kann ich –«

»Nein! Es ist alles okay, Tooney. Ich komme schon klar. Wenn ich dich um eine Kleinigkeit bitten dürfte …«

»Natürlich.«

»Darf ich hier duschen?« Er wirft einen Blick in unsere Duschwanne. »Nur ganz kurz. Ich hab schon lange keine saubere Dusche mehr gesehen.«

»Klar. Kein Problem, mach nur.« Es fällt mir schwer, zu verbergen, wie sehr sein Wunsch mich trifft. Dass diese alltäglichen Kleinigkeiten im Camp zu Schwierigkeiten werden, vergesse ich immer. »Hier im Schrank liegen Handtücher. Ich bringe dir ein frisches T-Shirt.« Auch wenn sich das komisch anfühlt, werde ich ihm wohl eins von Alex geben müssen.

»Danke, Tooney.«

»Nicht dafür.«

Ich hole eins aus dem Wäschetrockner, traue mich aber nicht, die Badezimmertür wieder zu öffnen. Er könnte sich schon ausgezogen haben. Schließlich hänge ich es von außen an die Klinke und gehe in die Küche, wo Fee inzwischen auch vor einer Tasse Tee sitzt.

»Etienne ist zurück zum Camp gegangen. Er wollte die Kinder nicht so lange allein lassen.«

Für mich hat sie ebenfalls einen Tee gemacht. Während sie mir die Tasse hinschiebt, hält sie einen Zeigefinger an die Lippen. Sie hat das Radio lauter gedreht. In den Nachrichten wiederholen sie gerade den Beitrag über die Schlägerei vor der *Musicbox,* und ich lausche gebannt. Drei arabisch aussehende junge Männer, die kein Deutsch sprachen, so wird berichtet, wurden nicht in die Diskothek gelassen und pöbelten deshalb Besucher an. Daraufhin kam es zu einer Schlägerei, bei der zwei Deutsche verletzt wurden und im Krankenhaus behandelt werden mussten. Auch die Gegner erlitten Verletzungen, flüchteten aber, bevor die Polizei eintraf.

Fee stützt das Kinn auf beiden Händen ab. »Was denkst du?«

Aber was soll ich schon denken?

»War Shirvan dabei?«

»Nein!« Ich antworte viel zu schnell und viel zu laut, obwohl ich die Antwort überhaupt nicht wissen kann. Aber irgendwie weiß ich sie doch.

»Hat er etwas gesagt?«, fragt Fee.

»Nur, dass er sich geschlagen hat. Und dass er nicht angefangen hat.«

»Dann liegt es nah, dass er dabei war. Er war ziemlich sauer, als Grummel Griesgram ihn nicht reingelassen hat, oder?«

Ich schüttle den Kopf. »Traurig und enttäuscht. Und verletzt. Aber nicht wütend.« Im Gegenteil, er hat mich ja noch in meinem Zorn besänftigt.

Fee erwidert etwas, aber im gleichen Moment klingelt das Telefon. Ausgerechnet jetzt – Mist! Kurz halte ich mir den Finger an den Mund und hebe dann ab.

»Hallo?«

»Hallo Toni, hier ist Mama. Ist alles in Ordnung?«

Ein Freund wurde verdroschen und versteckt sich jetzt vor der Polizei. Übrigens in unserer Dusche. »Ja, alles gut.«

»Was machst du?«

»Lesen.«

»Du warst so schnell am Telefon.«

»Ich hab es extra mit nach oben genommen.« Aus der Diele ertönt ein leises Geräusch. Die Badezimmertür. Still bete ich, dass Shirvan jetzt nicht meinen Namen ruft, und mache für Fee ein paar hektische Gesten. Sie guckt mich verständnislos an und zuckt mit den Schultern.

»Mama, mir geht es wirklich gut, mach dir keine Sorgen, ja?«

»Dann sind wir beruhigt. Willst du kurz mit Hanna sprechen?«

Nicht jetzt. Nicht jetzt, nicht jetzt! »Ich ruf sie gleich an. Ich muss noch mal zur Toilette.«

»Es geht dir wirklich besser? Sollen wir nicht lieber nach Hause kommen?«

Shirvan erscheint im Türrahmen; barfuß, die Haare nass und ein zusammengerolltes Handtuch im Nacken. Aus irgendeinem Grund vergesse ich, was ich gerade sagen wollte.

»Antonia?«, fragt meine Mutter besorgt.

»Ähm, nein, wirklich alles gut. Sorry. Ich …«

Fee tippt ihre geöffnete Handfläche an.

Danke für den Tipp! »… schreibe nur nebenbei mit Fee. Mir geht es wirklich gut, ich rufe gleich an, um Hanna zu gratulieren. Bis heute Abend, Mama.«

Ich lege auf, atme tief durch und vergrabe das Gesicht einen Moment lang in den Händen. Was mache ich hier eigentlich? Wenn das rauskommt, bin ich geliefert. Und Shirvan gleich mit, was am Ende vermutlich deutlich üblere Konsequenzen nach sich zieht.

»Ich gehe jetzt besser«, meint er im gleichen Moment, als ich gerade »Setz dich« sage. Auffordernd deute ich auf den Stuhl.

Fee geht zum Fenster, öffnet es, streckt den Kopf heraus und dreht sich wieder zu uns um. »Die Polizeiautos sind in jedem Fall noch da.«

Shirvan setzt sich zu mir an den Tisch. »Shit.«

Nachdem sie das Fenster wieder geschlossen hat, lehnt Fee sich gegen die Arbeitsfläche. »Wir könnten dir besser helfen, wenn du uns verrätst, was genau passiert ist.«

»Das kommt nicht infrage«, sagt er sehr entschlossen. »Ich frage meinen Bruder, sobald ich an mein Handy komme. Es liegt noch im Zelt.«

»Denkst du, dein Bruder kann was machen?« Ich kann mir kaum vorstellen, dass seinem Bruder mehr

Lösungen einfallen als Fee. Meine beste Freundin hat zu allem eine Idee.

»Er kann mir Geld geben.«

»Was hast du denn vor?«, rufe ich, und dann fällt mir die erschreckende Antwort siedend heiß ein. »Shirvan, alles wird sich klären! Du musst nicht weiter flüchten.«

Irritiert zieht er die Brauen zusammen. »Das will ich nicht. Wo sollte ich denn hin?«

Plötzlich lächelt Fee erleichtert. »Ich glaube, wir reden aneinander vorbei. Shirvan, es ist alles okay. Du brauchst kein Geld für die Polizei.«

»Aber …«

»Nein. Wirklich nicht. In Deutschland muss man die Polizei nicht bezahlen.« Sie wendet sich mir zu. »Daran hätte ich denken müssen – woher soll er das auch wissen?«

»Um ehrlich zu sein, verstehe ich es auch nicht ganz«, sage ich und untertreibe maßlos. Ich habe keine Ahnung, wovon sie spricht.

»In Syrien«, erklärt sie, »muss man für die Unterstützung der Polizei bezahlen.«

Woher weiß sie das nun wieder? Shirvan nickt zurückhaltend, es scheint also zu stimmen.

Fee setzt sich auf den freien Platz neben ihm. »Aber in Deutschland ist das nicht so. Ganz im Gegenteil, es ist absolut verboten, der Polizei, Ärzten oder Richtern Geld zu geben.«

»Verboten?«, fragt Shirvan. Er mustert sie, als wolle sie ihm weismachen, dass der Himmel grün sei.

»Ja. Sie würden dich anzeigen. Wegen …« Sie kennt das englische Wort wohl ebenso wenig wie ich und sagt es einfach auf Deutsch. »Bestechungsversuch.«

»*Besch-schteschungs-fluch*«, wiederholt Shirvan und schließt einen Moment die Augen. Das tut er oft, wenn er versucht, sich neue Worte einzuprägen.

»Du brauchst also kein Geld für die Polizei. Sag einfach die Wahrheit, wenn sie dich fragen.«

Davon bin ich nicht zu hundert Prozent überzeugt. Natürlich hat Fee theoretisch recht. Aber den Gesetzen nach hätte Shirvan auch am Vorabend nicht diskriminiert werden dürfen. Das hat in der Realität aber niemanden interessiert. »Vielleicht«, murmle ich, »erzählst du uns erst mal, was wirklich passiert ist.«

Er fährt sich durch die Haare, stützt den Ellbogen auf den Tisch und lehnt die Stirn gegen seine Handballen. Ich bin versucht, ihn zu ermahnen, auf seine Wunden zu achten. Sie bluten nicht mehr, und ich möchte, dass das so bleibt.

»Ich habe einen Fehler gemacht«, sagt er leise, doch für mich klingen die Worte laut und wichtig, und schlagartig sind mir seine Wunden egal.

»Du kannst es uns sagen.« Fee legt Shirvan die Hand auf die Schulter, und im gleichen Moment flammt in mir kurz und unangenehm ein Gefühl auf, das ich so rasch nicht zu benennen weiß. Es gefällt mir nicht, dass sie ihm so nah ist. Näher als ich.

Im nächsten Augenblick bin ich irritiert von mir selbst. Sie will ihm bloß helfen, genau wie ich. Das ist kein Grund für Eifer…

Eifersucht?

Bin ich eifersüchtig?

Ich betrachte Shirvan und erkenne, dass Fee sich geirrt hat. »Er kann es nicht. Er kann es uns nicht sagen.« Noch nicht.

Um seine Lippen spielt ein Lächeln. Kein glückliches, es wirkt bloß erleichtert, als hätte ich einen Druck von ihm genommen, der ihm eine schwere Last war.

Von draußen hören wir Autos und sehen alle drei zum Fenster. Die Streifenwagen fahren vorbei. Shirvan stützt sich am Tisch ab, um aufzustehen. »Ich muss wirklich gehen.«

»Pass auf deine Wunde auf«, bitte ich ihn. »Und überleg dir das mit dem Arzt noch mal.«

»Du musst im Krankenhaus auch nichts bezahlen«, fügt Fee hinzu.

»Danke. Aber eine hässliche Narbe macht mir nichts aus. Es wäre ja nicht die einzige.«

Ich beiße mir auf die Lippe. Verdammt, ich hatte bei meinem Kommentar gar nicht daran gedacht, dass er … Den Gedanken mag ich nicht zu Ende denken. Wo hat er diese Narben? Und woher? Aus dem Krieg? Von einem Bombensplitter? Aus dem Gefängnis in Syrien?

Eben noch habe ich nicht verstanden, warum er solche Angst vor der Polizei hat, aber nun fügen sich alle Teile zusammen.

Korrupte Polizei. Gefängnisse, in denen sogar kleine Kinder gefoltert werden.

Er hatte nicht geglaubt, dass es in Deutschland anders ist. »Warte!«, rufe ich, bevor er die Tür erreicht hat. »Warte bitte, einen Moment nur.« Ich renne in mein Zimmer hoch, hole ein schwarzes

Cappy aus meinem Kleiderschrank und eile wieder hinunter. »Hier, setz das auf, aber sei vorsichtig mit der Wunde.«

Wir tauschen – Shirvan bekommt das Cap und gibt mir dafür das Handtuch. Ich begutachte ihn kurz. »Steht dir nicht besonders, aber es verdeckt die Verletzungen, sodass sie nicht auffallen.«

Er wirft einen Blick in den Spiegel und lächelt, diesmal etwas optimistischer. »Großartig. Danke. Vielen Dank für eure Hilfe. Tooney … dir Danke zu sagen, ist nicht genug. Es tut mir –«

»Muss es nicht«, unterbreche ich ihn. Mir tut es leid, einem Freund nicht helfen zu können, sondern ihn heimlich an meinen Eltern vorbei ins Haus schmuggeln zu müssen. Wie kann ich Ehrlichkeit von Shirvan verlangen, wenn ich selbst von einer Lüge in die nächste schlittere, weil ich zu feige bin, gegen meinen Vater und Alex Stellung zu beziehen?

Als Shirvan seine Schuhe anzieht und das Haus verlässt, um ins Camp zurückzugehen, kommt es mir vor, als würde sämtliche Kraft aus meinem Körper entweichen. Ich fühle mich, als hätte ich keine Muskeln und nicht einen einzigen Knochen mehr im Leib und würde bei der geringsten Berührung zu einem kraftlosen Haufen aus Fleisch und Haut zusammensacken. Mit dem Rücken lehne ich mich gegen die Tür und lasse mich zu Boden rutschen.

»Scheiße«, sage ich zu Fee.

Sie kniet sich neben mich und reibt meinen Oberarm. »Das wird schon. Mein Gott, er hat sich geprügelt, das ist Mist, aber auch kein Weltuntergang. Deshalb kommt er weder ins Gefängnis, noch wird er abgeschoben. Er ist nicht der erste Junge, der mal die Nerven verliert und die Fäuste antworten lässt.«

Aber zu ihm passt es nicht. »Er ist ein Flüchtling«, antworte ich. »Du weißt, dass einige Leute nur auf einen guten Grund für ihren Hass warten.«

Fee verzieht den Mund. Ihre Mimik alarmiert mich.

»Weißt du mehr als ich?«

»Ich war auf Facebook. Die Schlägerei hat sich herumgesprochen. Die ganze Stadt weiß, dass Flüchtlinge aus unserem Camp beteiligt waren, und alle meinen zu wissen, dass sie die Deutschen bloß aus Niedertracht verprügelt haben.«

»Siehst du. Und gleich kommen meine Eltern und werden mich fragen, was die Blutstropfen auf dem Teppich zu bedeuten haben.« Ich schaue zu der Stelle, kann aber nichts entdecken.

»Etienne und ich haben uns darum gekümmert. Er hat sofort Salz und eiskaltes Wasser darauf getan, und der Rest ging mit Fleckenentferner raus. Ich weiß doch, wo deine Mutter alles stehen hat.«

»Puh, danke.« Vielleicht ist doch noch nicht alles verloren. Ich stehe auf, auch wenn ich mich schlapp und gerädert fühle. Das Bad muss noch auf Vordermann gebracht, und alle Spuren müssen beseitigt werden. Doch als ich die Tür öffne, ist dort nichts mehr davon zu erkennen, dass Shirvan eben noch blutend auf dem Klodeckel gesessen hat. Lediglich der Vorleger ist leicht verfärbt, aber das könnte von schmutzigen Schuhen stammen. Shirvan hat sogar die Duschwanne trocken gewischt. Ich muss bloß die nassen Handtücher und die ausgewaschenen Waschlappen in meine Schmutzwäsche schmuggeln, und niemand wird erfahren, dass er hier war.

»Bete, dass Frau Schäfer nichts verrät.«

Fee grinst. »Ich habe dir eben nicht alles übersetzt, was sie auf Französisch gesagt hat, Toni.«

»Was hat sie denn gesagt?«, frage ich, weiß aber gar nicht, ob ich es wirklich hören will. Hoffentlich ging es nicht um die beschämende Liste.

»Sie sagte, es war 1945, als ihre Familie aus Ostpreußen floh. Damals war sie so alt wie wir jetzt. Sie waren auch längst nicht überall willkommen, aber dank ein paar guter Menschen haben sie es irgendwie geschafft.«

zweiundzwanzig

Danish, mein Bruder, ich habe schlimme Nachrichten aus Homs gehört und kann dich am Telefon nicht erreichen. Sie sagen, es traf ein Krankenhaus. Das ist nicht wahr, oder? Das kann er nicht machen – doch kein Krankenhaus! Bist du in Ordnung? Geht es deiner Familie gut? Bitte schreib mir kurz, damit ich schlafen kann, mein Freund.

Danish, o bitte, lies deine Nachrichten und antworte mir doch. Sie sagen, es war wirklich ein Krankenhaus. Wie kann er ein Krankenhaus treffen? Bitte sag, dass du nicht bei der Arbeit warst. Antworte mir, mein Bruder.

Danish …
Danish.
(eine Textnachricht im August 2015)

Meine Ausrede, mich nicht gut zu fühlen, bewahrt mich davor, mir die Hasstiraden den ganzen verdammten Abend lang anhören zu müssen.

Die Welt scheint verrückt geworden zu sein.

In einer Stadt in der Nähe sollen in einem Schwimmbad Frauen belästigt worden sein. Zwar wurden keine Täter gefasst, und die Beschreibungen sind sehr oberflächlich, aber meine Familie scheint genau zu wissen, dass es Flüchtlinge waren. Von den Vorfällen bei der *Musicbox* haben sie inzwischen natürlich auch gehört. Laut Alex' dubiosen Internetquellen waren es nicht drei flüchtige Asylbewerber, sondern mindestens ein Dutzend. Und in einem Asylbewerberheim in Köln wurde laut den Nachrichten ein siebzehnjähriger Iraker festgenommen, von dem man mit an Sicherheit grenzender Wahrscheinlichkeit sagen kann, dass er für den IS gekämpft hat.

Erwähnt wird nebenbei, dass Kampfflugzeuge ein Krankenhaus bei Aleppo in Schutt und Asche gebombt haben. Ich muss an Shirvan denken. An seine Freunde auf dem Foto, das er mir gezeigt hat. Hoffentlich geht es ihnen gut.

Mein Vater sagt: »Die können nicht anders, die können nur Gewalt.«

Am nächsten Morgen, als meine Eltern auf der Arbeit sind und Alex aufgebrochen ist, um einen Freund zu besuchen, gehe ich zum Camp. Die Stimmung ist eigenartig. Es ist ruhiger als sonst. Meine Kampfmäuse sind die Einzigen, die laut jubeln, als sie mich entdecken. Sie umringen mich, spielen Hund und Katze, zanken miteinander und werden sich erst einig, als ich vorschlage, ihnen ein Lied beizubringen. Diesmal bin ich vorbereitet. Wir singen: *A, B, C, die Katze lief im Schnee.* Sie lachen sich atemlos über meine Versuche, ihnen pantomimisch die Worte zu erklären. Ob sie mich verstehen, werde ich wohl nie erfahren, aber sie brauchen nur wenige Wiederholungen, bis sie das Lied allein in perfekter

Aussprache singen. Nach meinem Lob rennen sie davon, um es ihren Eltern vorzutragen.

Inmitten einer bedrückten Stimmung bleibe ich zurück. Nach wie vor gibt es hier den einen oder anderen Campbewohner, dem ich nicht allein begegnen möchte. Doch heute Vormittag treffe ich nur einige Frauen, die mir freundlich zulächeln, und Familienväter, die mich auf Deutsch begrüßen, dabei aber leiser wirken als sonst.

Shirvans Zelt ist leer. Zuerst erschreckt mich der Gedanke, er könnte doch noch festgenommen und ins Gefängnis gebracht worden sein. Doch seine neuen Schuhe stehen im Zelteingang, und ohne feste Schuhe ist er sicher nicht weit gegangen. Ich frage einen vorbeihuschenden Jungen, und der deutet auf das letzte Zelt hinten am Zaun.

Dort wohnt Amal, die junge Frau mit dem Baby, dem sie das Leben gerettet hat. Shirvans Erzählungen lassen mich vermuten, dass sie ab der Türkei gemeinsam gereist sind, trotzdem habe ich die beiden nie miteinander sprechen sehen. Und nun ist er bei ihr? Ich schäme mich, als es mir bewusst wird, aber wieder kneift mich eine Eifersucht, zu der ich weder Recht noch Grund habe.

Amals Zelt steht mit dem Eingang in Richtung Zaun, ein verzweifelter Versuch, etwas mehr Privatsphäre zu schaffen. Eine weiche, männliche Stimme singt etwas. Inzwischen habe ich die im Camp gesprochenen fremden Sprachen oft genug gehört, um sie zu unterscheiden. Das Lied ist kurdisch. Erst als ich um das kleine Zelt herumgehe, erkenne ich Shirvan und verharre. Er hat mich nicht gesehen, seine Augen unter dem Schirm der Baseballcap sind geschlossen. Aber er singt nicht mehr.

Er sitzt vor dem Zelt, den Rücken an den geschlossenen Reißverschluss gelehnt, das Kinn leicht auf der Brust. In seinen Armen liegt das Baby, Khalida, in eine Decke gewickelt und schläft. Ich will keinesfalls stören. Es sieht so harmonisch aus, wie er dort sitzt, das Köpfchen an seine Brust geschmiegt. Vorsichtig gehe ich einen Schritt zurück und will mich davonschleichen, als seine Mundwinkel zucken.

»Bleib doch, Tooney«, sagt er tief und leise. »Setz dich, wenn du magst.«

In Zeitlupe lasse ich mich neben ihm nieder, um auf dem knisternden Unterboden kein Geräusch zu verursachen.

»Ich halte Habibti eine Weile, weil ihre *Mutter*«, er wirft mir einen fragenden Blick zu und ich nicke, denn er hat das Wort sehr gut ausgesprochen, »duschen gegangen ist. Jetzt betet Amal im Zelt. Habibti und ich passen auf, dass die Kinder sie nicht dabei stören.«

»Wie lieb von euch. Wie nennst du sie? Habibti?«

»Das bedeutet so viel wie: geliebtes Mädchen. Sie muss beim Wachehalten eingeschlafen sein. Das passiert ihr sonst nie.«

Ich strecke die Hand aus. Bevor ich das Baby berühre, warte ich, bis Shirvan es mit einem Nicken erlaubt. Mit den Fingerspitzen fahre ich über den Jäckchenärmel und danach über die samtseidige Haut am Handrücken der Kleinen. Im Schlaf gibt es ein kleines, zufriedenes Maunzen von sich, schmatzt und sabbert Shirvans T-Shirt nass. Aus dem Inneren des Zeltes klingt eine leise, fast gewisperte Stimme in einem melodischen Singsang.

»Ich muss dich um Verzeihung bitten, Tooney«, sagt Shirvan. »Du hast gestern unglaublich viel für mich riskiert, und ich hatte nicht einmal den Mut, dir zu sagen, was passiert ist.«

»Kein Problem.«

»Wirklich nicht?«

»Nein. Ich kenne das. Ich weiß, wie es ist, wenn man etwas sagen sollte, was man nicht sagen kann.«

Er nickt. Das Baby strampelt mit den Füßen, und er wiegt es sacht hin und her, bis es wieder ruhig schläft. Es ist die Frage, die er mir nicht mit Worten gestellt hat, die es mir möglich macht zu antworten.

»Meine Eltern sind gegen das Camp hier. Sie wollen es weg haben.«

»Sie mögen uns nicht als Nachbarn.«

»Nein. Und bis vor Kurzem habe ich genauso gedacht. Ich dachte: Natürlich muss man helfen. Aber nicht bei uns.«

Er fragt nicht nach meinen Gründen, und auch sein Blick verändert sich nicht. Er wartet einfach ab. Sein Daumen streicht dem Baby durch das feine, schwarze Haar.

»Mein Vater und ich wurden vor einigen Jahren überfallen. Von jungen Männern, die … nun ja, deren Haut und Augen ein wenig dunkler waren als die der meisten Deutschen.«

Nun reagiert er doch. Er kneift die Lippen zusammen.

»Mir ist nichts passiert, ich hatte nur schreckliche Angst. Mein Vater wurde verletzt. Und mit ihm etwas in meinem Kopf – in meinem Herzen … ach, schwer zu erklären. Irgendwie etwas von meiner Kindheit.«

»Weil man seinen Vater für übermächtig hält«, sagt Shirvan. »Für unschlagbar. Einen Superhelden. Bis man begreift, dass er sterblich ist. Dann wird man erwachsen, ob man dazu bereit ist oder nicht.«

Ich ziehe die Luft ein. Seine Worte klingen, als wäre sein Vater gestorben.

Shirvan sieht mich an und schüttelt schnell den Kopf. »Nein, nein, nicht, was du denkst. Mein Vater wurde auch bloß verletzt. Und ich war schon fünfzehn, als es passiert ist. Alt genug, um erwachsen zu werden.«

»Eine Bombe?«

»Nein. Verzweifelte Männer und Frauen, die mit Maschinengewehren wahllos in die Apotheke und in andere Geschäfte geschossen haben, um sich danach vor der Schule mit Sprengstoff in die Luft zu jagen.«

»Mein Gott.« Mich durchläuft ein Zittern. »Warum?«

»Weil ihnen jemand eingeredet hat, sie würden dann als Helden und Märtyrer sterben und nicht als die erbarmungswürdigen Opfer, die sie wirklich waren.«

IS vermute ich. Daesh, wie er sie nennt.

»Wie alt warst du bei dem Überfall?«, fragt er.

»Der Vergleich hinkt doch. Wir sind bloß beraubt worden. Die wollten uns nicht töten, die wollten bloß unser Geld.«

»Macht das denn einen Unterschied, wenn man Angst hat?«

Vermutlich nicht. Oder doch, denn ein Moment der Angst ist auszuhalten. Unendlich aneinandergereihte Momente der Angst allerdings … Ich muss an den Spielplatz im Untergrund von Damaskus denken, von dem Shirvan mir erzählt hat.

»Ich war zwölf«, sage ich. »Mir war immer bewusst, dass das Arschlöcher waren und dass man Arschlöcher in jeder Kultur und in jeder Hautfarbe findet. Und doch …« Ich zucke mit den Schultern. »Angst ist nicht immer …« Rational, will ich sagen, aber ich kenne das englische Wort nicht. »Mit dem Verstand zu erklären.«

»Aber offenbar hast du deine Angst überwunden. Wann?«

Unwillkürlich muss ich lächeln. »Als drei Männer mich scheinbar angriffen und ein Junge kam, um mir zu sagen, dass sie mir bloß beim Müllaufsammeln helfen wollten.«

Shirvan lacht leise. »Nein. Du hast deine Angst viel früher überwunden. Und zwar ohne das Zutun dieses Jungen. Ganz alleine. Sonst wärst du nie ins Camp gekommen.«

Darüber muss ich nachdenken.

Der Reißverschluss vom Zelt wird von innen geöffnet. Amal streckt ihren Kopf heraus. Sie sieht aus, als hätte sie geweint. Ihre Augen sind rot und geschwollen. Aber jetzt lächelt sie.

»Es ist schön, wie du hier bist«, sagt sie auf Deutsch zu mir. »Du bist gut Mensch. Danke für helfen.«

»Nichts zu danken«, erwidere ich und werde rot. Ich habe doch kaum etwas gemacht. »Du sprichst sehr gut Deutsch. Wie hast du das so schnell gelernt?«

»Internet mit Telefon. Ich sage auch Shirvan, soll lernen. Aber Shirvan …« Sie verdreht amüsiert die Augen, und wir grinsen beide, während Shirvan ein gequältes Gesicht zieht.

Er redet mit ihr und gibt ihr das schlafende Baby zurück. Kurz darauf schlendern wir zu seinem Zelt. Dabei passieren wir eine größere Gruppe von mindestens zwanzig Kindern, die, dirigiert von meinen Kampfmäusen, allesamt *A, B, C, die Katze lief im Schnee* singen.

Am Zelt angekommen, bereitet Shirvan wie üblich seinen Tee zu. »Ich bin diese Beutel leid«, sagt er, es klingt entschuldigend. »Wenn mein Bruder mich besuchen kommt, bitte ich ihn, mir richtigen Tee mitzubringen. Der fehlt mir.« Er seufzt sehnsüchtig. »Und das syrische Essen.«

Ich muss ein wenig grinsen. So dünn, wie er ist, sieht er nicht aus, als würde ihm Essen viel bedeuten.

Wir halten auf eine Bank in der Nähe zu. »Darf ich dich etwas fragen, Shirvan?«

»Fast alles«, sagt er.

»Amal hat eben gebetet, sagtest du. Ich frage mich immer … betet ihr wirklich fünfmal am Tag?«

»Fünfmal am Tag ruft der Muezzin zum Gebet. In Deutschland natürlich nicht, aber ich habe eine App.«

Ich verschlucke mich am Tee, und er lacht laut.

»Das war Spaß. Was nicht heißt, dass es diese App nicht gibt. Aber im Ernst: Muslime beten fünfmal am Tag, ja. Manche auf ihrem Teppich mit Niederwerfung und allem, was du aus *Homeland* zu wissen denkst.«

»Du kennst *Homeland*?« Ich für meinen Teil habe davon gehört, die Serie aber nie gesehen.

Er schaut mich an, als hätte ich etwas Dummes gesagt. Was vermutlich der Fall ist. »Klar. Hab ich im Internet angeschaut. Es gibt eine lustige Geschichte dazu. Für eine Folge wurden arabische Graffiti an eine Kulisse gemalt. Der Künstler sprayte aber nicht das, was die Produzenten wollten, sondern Sätze wie: ›*Homeland* ist rassistisch!‹ Und: ›*Homeland* ist ein Witz, aber wir haben nicht gelacht.‹ Das ist niemandem aufgefallen, bis es gesendet wurde.«

»Die haben das nicht kontrolliert?«

»Die hinterfragen gar nichts. Das ist ja das Problem der Serie. Der Künstler, der das gemacht hat, wurde in der arabischen Welt gefeiert.«

»Versteh ich.«

Wir setzen uns auf eine Bank, die in der Sonne steht. Zumindest noch. Am Horizont brauen sich Wolken zusammen. Es sieht nach Regen aus, wenn nicht sogar nach einem kräftigen Sommergewitter.

»Interessiert es dich, was mir mein Vater über den Muezzin beigebracht hat, als ich ein Kind war und lieber spielen wollte, statt zu beten?«

Brennend! Heute habe ich endlich das Gefühl, dass Shirvan sich mir gegenüber mehr öffnet. Er erzählt jetzt nicht mehr ausschließlich von seiner Heimat. Sondern von sich.

»Mein Vater sagte immer: ›Halt kurz inne, wenn der Muezzin ruft, mein Sohn. Frage dich, wie du Allah zeigen kannst, dass du ein guter Mensch bist, und wie du ihm dienen kannst, bis der nächste Ruf erklingt. Das kann ein Gebet sein, das kann ein kluger Gedanke sein, das kann bedeuten, jemandem zu helfen, vielleicht der Mutter beim Haushalt oder einem Freund beim Lernen.«

»Das klingt schön.« Und für sinnvoller, als ein Gebet aufzusagen, halte ich es insgeheim auch.

»Das Gute daran ist«, sagt Shirvan und grinst, »dass der Muezzin so oft ruft. Bei jedem Ruf beginnst du von vorn, du bekommst immer eine neue Chance, dir und Allah zu beweisen, dass du gut bist und Gutes tust. Meine Mutter sagte, dadurch würde man Lasten und vergebene Möglichkeiten weniger mit sich herumtragen. Mein Vater gab mir diesen Rat, Tooney, weil der Vater dem Sohn Gott nahebringen soll. Aber rückblickend glaube ich, dass er das Sprachrohr meiner Mutter war. Sie ist eine Künstlerin, weißt du? Sie malt Bilder. Aber eigentlich sind diese Bilder Mittel zum Zweck. Wichtiger sind ihr die Gedanken, die die Bilder öffnen, wenn Menschen sie betrachten. Im Herzen ist sie Dichterin.«

»Hast du Fotos dieser Bilder?«, frage ich. Ich würde sie gern sehen.

Shirvan hebt beide Hände. »Nein«, sagt er lachend. »Man kann das nicht auf Fotos sehen. Es hätte meine Mutter beleidigt, wenn ich Fotos ihrer Bilder gemacht hätte.« Plötzlich schluckt er, vielleicht, weil er an etwas Trauriges denken muss. Im nächsten Moment ist der Ausdruck wieder verschwunden. »Aber ich zeige dir Fotos von meiner Mutter.« Er läuft zum Zelt und holt das Handy heraus. Auf dem Rückweg rennt er fast, als könne er es nicht erwarten. Dann drückt er mir das Smartphone in die Hand.

»Das ist meine Mutter«, sagt er stolz.

Die Frau auf dem Bild ist älter, als ich dachte. Aber klar, Shirvan hat ja auch einen Bruder von Mitte zwanzig. Sie hat schiefergraue Haare, die ihr, zu einem Zopf geflochten, über die linke Schulter hängen. Ihre verschränkten Arme sind schlank und muskulös, und ihr Lächeln ist selbstbewusst. Sie sieht eher aus, als würde sie gleich ganz allein ein Haus bauen wollen, statt Bilder zu malen.

»Im Hintergrund siehst du unser Haus in Ashdnana. Das ist ein winziges Dorf am Rand der Wüste, kaum mehr als drei Nachbarhäuser gibt es dort. Es hat nur deshalb einen Namen bekommen, weil es sonst aus Traurigkeit im Sand versinken würde. Meine Mutter liebt die Wüste, deshalb hat mein Vater dieses Haus gekauft. Als Jugendlicher war ich nicht gern dort. Ich musste immer im Garten helfen. Wir haben dort Feigen, Trauben, Zitronen und Pistazien, und all das ist in der Wüste ein ziemlicher Aufwand. Ich fand es anstrengend und langweilig. Aber jetzt …« Er schüttelt den Kopf, als hätte er etwas Falsches gesagt. »Hier!«, ruft er beinah und wischt ein paar Mal übers Display, bis andere Bilder erscheinen. »Das war unser Haus in Aleppo von vorn. Hier sind die Eingänge zur Apotheke meines Vaters und zu der kleinen Galerie meiner Mutter.«

Ich bin baff. Das sandfarbene Haus erweckt den Anschein einer orientalischen Villa. Die torbogenartigen Eingänge sind aufwändig bemalt und werden von riesigen Blumenkübeln mit bunten Pflanzen darin flankiert. Über den Fenstern prangen in den Stein geschlagene Ornamente.

Shirvan wischt weiter. »Der Hof«, sagt er schlicht.

Aus dieser Perspektive sieht das Haus noch beeindruckender aus. Es scheint den Hof ganz einzuschließen. Im oberen Stockwerk verbinden Arkaden die einzelnen Räume, unter einem der Steinbögen sitzen zwei weiße Katzen auf der Brüstung. Shirvan zeigt auf eine beschnitzte Holztür hinter einem der Steinbögen. »Mein Zimmer liegt dahinter.«

Das Schönste ist der in unterschiedlichen Cremetönen gepflasterte Hof selbst. In einer Ecke steht eine riesige, geneigte Palme mit dickem Stamm, in einer anderen ein großer, runder Holztisch mit zahlreichen Stühlen darum. Mittig platziert befindet sich ein Zierbrunnen.

»Der Brunnen ist toll«, schwärme ich.

Shirvan brummt leise. »Das ist der Hamsterbrunnen.«

»Der was?«

»Eine Geschichte der Schande«, sagt er mürrisch, aber seine Stimme verrät, dass er es nicht ganz ernst meint.

»Die will ich jetzt hören.«

Shirvan seufzt grabesschwer. Seine Augen leuchten allerdings dabei, ich bin sicher, dass er die Geschichte gern erzählen möchte.

»Lass mich nicht betteln.«

»Na gut. Als ich in die Schule kam, war ich der kleinste Junge meiner Klasse. Und damit nicht genug. Ich war auch der dünnste, der schwächste und konnte nicht mal schnell rennen oder besser rechnen und schreiben als die anderen. Sie nannten mich al Hamistir.«

»Das klingt wie das deutsche *Hamster*«, bemerke ich. »Das Nagetier, das an eine Maus erinnert.«

»Das Gleiche bedeutet es auch im Arabischen. Nun war al Hamistir, also ich, das Kind mit dem größten Mundwerk. Und so erzählte ich, mein Vater sei der reichste Mann in Aleppo, und in unserem Hof gäbe es einen ganzen Palmenwald, ein feines Restaurant und einen riesengroßen Pool, in dem man schwimmen kann.«

Damit hat der kleine Shirvan wohl leicht übertrieben, denke ich und verkneife mir das Lachen. Der Brunnen ist prächtig! Allerdings nicht größer als ein Kinderplanschbecken.

»Für eine Weile war ich ein Held. Dann allerdings kam mein Geburtstag, und meine Mutter lud die gesamte Klasse zu einem Fest in unserem Hof ein. Es sollte eine Überraschung für mich werden, eine riesengroße Überraschungsparty mit allem, was dazu gehört. Da stand ich also plötzlich umringt von Kindern, denen ich von einem Schwimmbad vorgelogen hatte, und besaß nur einen gewöhnlichen Brunnen und ein paar Luftballons.«

»Oje.« Fast bekomme ich Mitleid mit dem kleinen Aufschneider.

»Ich sah es ihnen an: Sie hielten ihre Geschenke fest und warteten darauf, dass meine Mutter ins Haus ging, um den Kuchen zu holen. Dann wollten sie mich für meine Lügen nach allen Regeln der Kunst vermöbeln. Aber sie hatten ihre Rechnung ohne al Hamistir aufgestellt.«

Ich halte beinah die Luft an. »Was hast du gemacht?«

»Todesmutig zog ich mein kleines Hemd aus, kletterte auf den Rand des Brunnens und rief: ›Ich sagte euch, dass ich einen Pool besitze, in dem man schwimmen kann. Und hier ist er! Ich bin Shirvan al Hamistir – und ich schwimme in meinem Pool!‹ Dann habe ich mich ins Wasser geworfen und bin – da ich überhaupt noch nicht schwimmen konnte – fast darin ertrunken. Aber von da an war ich einer von ihnen.«

dreiundzwanzig

Inzwischen bin ich sicher, dass ein Gewitter aufzieht. Man riecht förmlich die Elektrizität in der Luft.

Nach dem Mittagessen begleitet mich Shirvan zu unserem provisorischen Kindergarten vor dem Clubhaus. Er weicht heute gar nicht von meiner Seite. Ob das mit dem Vorfall zu tun hat, bei dem er verletzt wurde? Mein schwarzes Cap beschattet weiterhin seine Augen. Hin und wieder schaut er sich in alle Richtungen um. Um ehrlich zu sein, ist es mir egal, warum er in meiner Nähe bleibt, Hauptsache, er tut es. Eben habe ich mich bei der Überlegung erwischt, was seine Eltern wohl zu der Frage sagen würden, ob Shirvan ein christliches Mädchen küssen dürfte. In meiner Vorstellung haben sie in jedem Fall deutlich weniger Einsprüche als meine Eltern zu der Überlegung, ihre Tochter könnte einen muslimischen Jungen küssen.

Ich habe mich fast an meinem Tee verschluckt, als mir klar wurde, über was ich da fabulierte … nur um einen Moment später festzustellen, dass ich Shirvans Lippen anstarrte und mir wünschte, er würde noch einmal kurdisch singen, so wie vorhin für die kleine Khalida.

Wir sprechen über Musik, während die ersten Kinder eintrudeln, sich um die Maltische versammeln und nach Buntstiften greifen. Er spielt mir übers Handy ein Lied einer syrischen Popband mit einer tollen Sängerin vor, und ich bin erstaunt, wie wenig sich die Musik von den Charthits unterscheidet. Offenbar habe ich mich an die arabische Sprache gewöhnt. Zu Anfang kam sie mir wegen der Kehllaute rau, ruppig und beinah aggressiv vor, aber jetzt irritiert mich meine eigene Einschätzung. Es ist eine schöne Sprache.

»Ansonsten mag ich Ed Sheeran gern«, sagt Shirvan, »oder Bastille. Eminem ist sehr beliebt in Syrien, den mag ich auch. Und … Katy Perry.« Wird er etwa rot?

»Gefällt die dir?« Ich pike ihm spielerisch einen Buntstift zwischen die Rippen, er beugt sich zur Seite und kommt mir dabei näher.

»Würde es dir besser gefallen, wenn mir Justin Biber gefiele?«, flüstert er, und ich muss so laut loslachen, dass alle Kinder aufsehen und uns neugierig anstarren. Vermutlich, weil wir jetzt beide errötet sind.

Eine meiner Kampfmäuse kommt zu mir gehüpft und zupft mir am Shirt, bis ich aufstehe und mit ihr zu ihrem Platz gehe. Stolz zeigt sie mir das Bild, das sie gemalt hat, und ihr Stolz färbt augenblicklich auf mich ab. Denn sie hat eine Katze gemalt. Eine Katze im Schnee.

Und als sie wieder raus kam, da hat' sie weiße Stiefel an!

»Ihr habt ja doch verstanden, was ich euch erklärt habe!«, rufe ich überrascht auf Deutsch aus.

Kampfmaus Nummer Zwei stemmt eine Hand in die Hüfte, als wollte sie sagen: Ja natürlich, hast du denn gedacht, wir wären blöd?

»Schneit es in Syrien?«, frage ich Shirvan neugierig. Dass die Mäuse Schnee kennen, hätte ich nicht gedacht. Ich fühle mich ihm gegenüber inzwischen nicht mehr so dumm, wenn mir bewusst wird, wie viel ich nicht weiß. Dafür genieße ich es zu sehr, wenn er mir etwas erzählt.

Er nickt. »Ja. Nicht überall. Aber um Damaskus herum schneit es im Winter häufig. In Aleppo regnet es bloß.«

»Dimaschq«, sagt meine erste Kampfmaus plötzlich entschlossen, grinst und zeigt erst auf ihre Brust und anschließend auf ihre Schwester.

»Dimaschq?«, frage ich. »Ist das Damaskus? Kommst du aus Damaskus?«

Beide Mäuse nicken. »Aus Damaskus«, wiederholen sie, und ich greife das auf, und wir üben mit allen Kindern noch einmal, sich vorzustellen.

»Ich heiße Shirvan al Hamistir«, sagt mein faulster Schüler, der heute seinen Deutschkurs schwänzt und stattdessen mit Buntstiften das Flüchtlingscamp zeichnet. Die Kinder lachen sich fast scheckig über seinen Spitznamen. »Ich komme aus Aleppo. Wie geht es Ihnen, Frau Tooney Welsch?«

»Darf ich dich etwas fragen?«, bitte ich Shirvan, als die Erwachsenen vom Deutschkurs nach draußen kommen und die Kinder sich von uns verabschieden und sich ihren Eltern anschließen.

»Fast alles.«

Ich zögere einen Moment, überwinde mich dann aber doch. »Deine Familie, deine Eltern … warum sind sie nicht mit dir gekommen?«

Ich hatte Angst, ihn damit zu verletzen, aber er lacht. »Mein Vater hat eine Weile in Ostdeutschland studiert, damals, als Deutschland noch geteilt war. Er hat gute Erinnerungen an die Zeit, zurück will er trotzdem nicht.«

»Das ist lange her. Vieles hat sich geändert.«

»Aber nicht mein Vater«, sagt Shirvan schlicht. »Und meine Mutter würde Syrien vermutlich erst verlassen, wenn in diesem Land kein Quadratmeter unverbrannter Erde mehr übrig ist. Sie hat ein halbes Dutzend Katzen. Ohne die würde sie niemals fortgehen.« Er zuckt mit den Schultern, sie sehen aus, als wären sie ihm zu schwer. »Ich habe natürlich versucht, sie zu überreden. Meine Eltern sind nicht stur. Man kann mit ihnen über alles reden. Doch wenn sie eine gemeinsame Entscheidung getroffen haben, dann kann Gott selbst sie vermutlich nicht mehr umstimmen. Sie haben entschieden, dass es in Ashdnana sicher genug ist.«

»Das kleine Dorf am Rande der Wüste?«, frage ich.

»Ja. Nachdem erst mein Bruder ging und dann ich, sind sie komplett dorthin gezogen. Zum Glück haben sie den Garten, sodass sie eine Weile unabhängig leben können.«

»In Aleppo kann man vermutlich nicht mehr bleiben?«

»Es gibt Menschen, die können alles«, sagt Shirvan. »In manchen Teilen Aleppos versuchen die Bewohner, ihren Alltag weiterzuleben, die Leute gehen zur Arbeit, und die Restaurants und Kinos öffnen. In den Rebellenvierteln liegen die Toten auf der Straße, und es sind kaum mehr genug Lebende da, um sie aufzuheben. Im Osten Aleppos ist es sehr schwer zu leben. Es gibt keinen Strom und kein sauberes Wasser mehr. Aus den Leitungen kommt nur noch eine dreckige Brühe. Vieles ist völlig zerstört, nur noch Schutt und Asche, und du weißt nie, wann die nächsten Bomben fallen. Oder wo. Und wieder ein paar Straßen weiter sind die Daesh und zwingen den Menschen die Scharia auf. Ich bin froh, dass meine Eltern das Haus in Ashdnana haben. Das Dorf ist nur noch von alten Leuten bewohnt, dadurch beachtet es niemand. Wenn die Soldaten, die Rebellen oder die Daesh kommen und sehen, dass es keine Männer gibt, die man mitnehmen oder töten kann, dann verschwinden sie wieder.«

Mir schaudert.

Plötzlich ruft jemand aus der Nähe des Eingangs, es klingt alarmiert und aufgewühlt. Shirvan und ich laufen in die Richtung und stoßen auf Mejdi, der noch bleicher ist als sonst.

»Eine Demonstration«, sagt er tonlos. »Draußen, auf der Straße. Habt ihr Rezarta gesehen? Ist sie im Camp?«

Ich habe sie zum Glück eben im Haupthaus getroffen. »Ja, sie kam aus dem Deutschkurs und ist in Richtung der Duschen gegangen.«

Mejdi atmet erleichtert aus.

»Was denn für eine Demonstration?«, fragt Shirvan. Er reckt den Kopf, aber wegen des Sichtschutzes erkennt man natürlich überhaupt nichts. Allerdings erheben sich Parolen auf der anderen Seite des Zauns, erst zögerlich und dann schnell lauter, entschlossener und aus vielen Kehlen. Noch sind sie relativ weit weg, aber sie scheinen näher zu kommen.

»Asylgegner«, sagt Saskia, die gerade vom Eingang zu kommen scheint. »Ich habe schon mit der Polizei telefoniert. Die Demo ist angemeldet, die können nichts machen, solange es friedlich bleibt.« Ein leises Donnergrollen untermalt ihre Worte und lässt mich schaudern. »Fuck, wie können die Trottel in der Stadtverwaltung zulassen, dass der Zug hier am Camp vorbeimarschiert!«

Mir ist es auch ein Rätsel. Als Hannes Saltmeier bei uns am Tisch saß, hat er einen so vernünftigen Eindruck auf mich gemacht. Und nun erlaubt er eine Demonstration gegen Flüchtlinge direkt vor dem Camp? Und warum hat niemand vorher etwas davon gewusst? Die Demonstranten kommen immer näher, ihre Stimmen werden lauter und lauter.

Ich schreibe eine Message an Fee, die heute eine Mailfreundin besucht. Ausgerechnet heute! Fee ruft mich sofort zurück.

»Nee, natürlich habe ich nichts davon gehört, sonst hätte ich doch etwas gesagt! Was grölen die denn da? Ich verstehe es nicht.«

»Sie rufen: ›Wir sind das Volk‹«, sage ich tonlos.

»Vom Volk der Arschlöcher sind die! Vermutlich haben diese blöden Nazispacken die Demo angemeldet, aber nicht in den sozialen Netzwerken geteilt – oder nur in ihren internen Gruppen, sodass sich keine Gegenbewegung bilden kann.«

»Darum rufe ich dich ja an, du bist immerhin so etwas wie unser Maulwurf in der Nein-zum-Heim-Gruppe.«

»Leider tauge ich nicht zur Undercover-Fee«, erwidert meine Freundin frustriert. »Die haben mich offenbar enttarnt und sofort wieder rausgeworfen. So ein Mist!«

Ratlos verabschiede ich mich von ihr und sehe Saskia hilfesuchend an. »Die ziehen hier bloß vorbei, oder?« Nur ungern gestehe ich mir ein, dass die Rufe vor dem Zaun, das Grölen und Lachen, mir Angst bereiten. Einige rufen nun: »Nein zum Heim!«, und eine einzelne, aber laute Stimme verlangt: »Asylanten raus!« Es wirkt barbarisch, und dass man den Protestmarsch von drinnen nicht sehen kann, macht es nur schlimmer. Diese Leute draußen klingen, als würden sie Fackeln und Mistgabeln schwenken, und das näherkommende Gewitter verstärkt mein Gefühl, mich in einer mittelalterlichen Hexenverfolgung zu befinden.

»Die Polizei begleitet den Zug«, sagt Saskia beruhigend. »Die laufen hier bloß spazieren und brüllen ihren verbalen Dünnschiss. Wir müssen nur aufpassen, dass drinnen alles ruhig bleibt. Wenn hier jemand die Nerven verliert und auf die Provokation eingeht, kriegen die, was sie wollen.«

Ich übersetze ihre Worte für Shirvan und Mejdi. Shirvan sieht aus, als stünde er unter Schock. Er ist blass geworden, und seine Schläfen sind feucht.

»Die tun niemandem etwas«, wiederhole ich. »Sie wollen bloß provozieren.«

Der Lärm lockt weitere Campbewohner auf den vorderen Hof, und Shirvan beginnt, ihnen zu erklären, was vor sich geht. In seinem Gesicht steht immer noch der Schrecken und verschmilzt mit einer

Härte, die mir Sorge macht. Ich glaube, Shirvan ein bisschen zu kennen, doch letztlich weiß ich von keinem der schlimmen Ereignisse, die er zweifelsfrei erlebt hat, und habe keine Ahnung, welche unverarbeiteten Traumata die Situation in ihm aufpeitschen könnte.

»Shirvan!«, ruft Saskia. »Hol die Familie mit der Gitarre ins Clubhaus.«

Shirvan reckt den Daumen hoch, murmelt etwas von »beste Idee« und rennt los.

»Was hast du vor?«, frage ich Saskia.

Sie zieht ein grimmiges Gesicht und schlägt die rechte Faust in die andere Handfläche wie eine zu allem entschlossene Kriegerin. »Harte Geschütze auffahren«, sagt sie. »Wir singen!«

Draußen wird es immer lauter. Ab und an grollt der Donner, und dazwischen poltern die Demonstranten gegen den Sichtschutz. Doch Saskias Plan geht auf, denn fast alle Campbewohner versammeln sich im Clubhaus. Zwei haben ihre Gitarren dabei, ein älterer Mann zückt eine Mundharmonika, und ein paar Jungs und Mädchen haben einfache Flöten mitgebracht. Frauen rufen sich gegenseitig trällernde Laute zu. Noch singen und musizieren die einzelnen Gruppen für sich, was zu einem unvergleichlichen Krach zusammenschmilzt, der allerdings weder ängstlich noch wütend oder aggressiv klingt, sondern, wenn schon nicht nach Lebensfreude, dann wenigstens nach Lebenswillen. Jeder scheint zu wissen, worum es geht: eine Ablenkung für die Ängstlichen und die Kinder zu schaffen. Der Wut keinen

Raum zu geben. Den hasserfüllten Stimmen da draußen etwas entgegenzusetzen.

Wir wollen alle dasselbe: Wir wollen nicht hören, was der Zug hinter dem Zaun uns zubrüllt.

Im großen Raum des Clubhauses vernimmt man die Demonstranten draußen nicht mehr. Saskia stimmt schief und mit Texthängern Michael Jacksons *Heal the World* an, und irgendwie, unterstützt von vielen Handys, auf denen das Lied mitläuft, klappt der Refrain schon nach dem dritten Versuch ganz gut.

Shirvan und ich bleiben im Eingang zum Haus stehen, um die letzten Bewohner, die noch auf dem Hof sind, hereinzubitten, und um Bescheid sagen zu können, sobald der Zug draußen endlich vorbeimarschiert ist. Doch sie scheinen sich Zeit zu lassen. Wenn ich auf den Hof gehe, höre ich hin und wieder die Durchsagen der Polizei, die die Demonstranten zum Weitergehen auffordert. Offenbar haben ein paar Idioten allerdings größten Spaß daran, vor dem Camp herumzugrölen.

»Ich wüsste gern, wie viele gegen uns sind«, sagt Shirvan leise zu mir, und ich weiß sofort, was er meint. Es geht ihm nicht um den Demonstrationszug, sondern mehr um die Frage, wie viele Deutsche ihn und die Menschen um ihn herum nicht hier haben wollen.

Ich nehme seine Hand in meine. »Wir sind viele«, sage ich. »Die sind nur laut. Gleich ist es vorbei, sie scheinen sich schon zu entfernen, hörst du?«

Plötzlich stürmt Christel aus ihrem Containerbüro und rennt zum Tor. Aus unserer Perspektive lässt sich nicht erkennen, was sie gesehen hat, aber es scheint sie fuchsteufelswild zu machen. Sie öffnet das Tor, und mich durchfährt ein eiskalter Schreck, vermischt mit Fassungslosigkeit und Zorn. Ich wechsle einen Blick mit Shirvan, der ebenso entsetzt scheint.

Tala, Lilian und Behiye stürzen ins Camp, und selbst auf die Entfernung sehen wir, dass sie weinen. Behiyes Kopftuch ist ihr bis in den Nacken gerutscht – oder gerissen worden? Die beiden anderen haben sie in ihre Mitte genommen. Christel schreit einen derben Fluch aus dem Camp heraus und knallt das Tor wieder zu.

Wir rennen los, ich erreiche die drei vor Shirvan und habe sofort Behiye und Tala im Arm. Sie stammeln und stottern und erzählen abwechselnd und unter Tränen, was passiert ist. Shirvan übersetzt einsilbig mit zusammengepressten Zähnen. Von seiner Angst ist nichts mehr zu spüren, ich fürchte nun eher, er könnte etwas Dummes tun.

»Sie waren in der Stadt. Auf dem Rückweg haben die vielen Leute ihren Weg abgeschnitten. Sie haben ihnen Dinge zugerufen. Sie angeschrien. Sie … », Shirvan ballt die Fäuste, »bespuckt. An der Kleidung gerissen!«

Wie gut, dass Christel da ist. Während ich Behiye an mich drücke und Tala dabei helfe, das kunstvoll gebundene Kopftuch ihrer Freundin provisorisch zu richten, heftet die resolute Frau sich an Shirvan, hält ihn am Arm und tätschelt beruhigend seine Schulter. Vermutlich verhindert sie auf diese Weise, dass er nach draußen stürmt und sich allein mit einer Horde

Nazis anlegt. Mit dem dunklen Cap, das sein Gesicht beschattet, und dem verächtlich verzogenen Mund sieht er furchterregend aus. In seiner Vergangenheit wird er Dinge erlebt haben, die diese Möchtegernprotestler da draußen allenfalls aus Büchern oder aus dem Fernsehen kennen. Nein, eher nur aus dem Fernsehen und aus Computerspielen. Wer genug Hirn hat, um ein Buch zu lesen, läuft doch in keinem Protestmarsch vor dem Flüchtlingscamp auf und ab!

»Mach jetzt keinen Unsinn!«, beschwört Christel Shirvan auf Deutsch und schaut mich dann an. »Wenn die Leute hier erfahren, was das braune Gesocks da draußen getan hat, kann das im schlimmsten Fall mit einem Straßenkampf enden. Und ihr wisst, was das heißt! Am Ende sind doch wieder unsere Leute schuld und nicht die Braunen!«

Sie hat recht. Ich übersetze für Shirvan, erkenne seinen Widerwillen. Er will nicht totschweigen, was den Mädchen passiert ist. Seine Fäuste zittern, und der Drang nach Vergeltung strahlt wie Fieber von ihm ab. Doch jetzt ist der denkbar schlechteste Zeitpunkt, um den Campbewohnern die Wahrheit zu sagen.

Shirvan scheint es nicht einzusehen. »Sollen wir dazu etwa schweigen?« Er deutet auf die zitternden Mädchen.

»Natürlich nicht!«, schreie ich ihn an. »Aber nicht jetzt, sonst endet es in Gewalt. Hast du je erlebt, dass Gewalt zu etwas führt? Wurde dadurch jemals etwas besser?«

Für eine unerträglich lange Zeit starrt er mich an, als wolle er mich einfach brüsk zur Seite schubsen.

Doch dann schüttelt er den Kopf. »Nein. Nein, nie. Du hast recht.« Die Kraft scheint aus ihm zu entweichen, er lässt die Arme hängen, seine Hände öffnen sich. Ich habe das Gefühl, ihn verletzt, ihm etwas Wichtiges genommen und es zerstört zu haben. Die Illusion, etwas tun zu können. Es tut mir leid, obwohl ich bestimmt das Richtige gesagt habe.

Christel hat damit begonnen, Behiyes dünne Strickjacke mit einem Taschentuch abzureiben. Auch Lilian wurde angespuckt. Sie steht dicht neben uns und hat die Arme um sich selbst geschlungen. Tala redet immer noch, aber Shirvan übersetzt ihre Worte nicht mehr, und ich verstehe kein Wort.

»Die Mädels brauchen ein heißes Bad«, sagt Christel.

Sie hat recht. Ja, ein Bad würde sicher helfen. Und saubere Sachen, etwas Zeit und einen sicheren Ort zum Durchatmen. Ich schaue auf meinem Handy auf die Uhr. Meine Eltern kommen erst in drei Stunden heim. Bleibt noch Alex … Shirvan und die Mädchen sehen mich irritiert an, als ich beginne, eine Textnachricht zu tippen.

Hallo Brüderchen. Bist du gleich zu Hause und könntest mir einen Gefallen tun?

Er schreibt schnell zurück. Das wundert mich. Meist sendet er Audionachrichten, weil er zu faul zum Tippen ist.

Sorry, bin unterwegs. Wird heute später. Musst ein anderes Taxi nehmen. ;)

Ich kann mir ein düsteres Grinsen nicht verkneifen. »Christel hat ein heißes Bad vorgeschlagen«, sage ich zu Shirvan. »Frag die Mädchen, ob sie das möchten. Wir gehen zu mir.«

Kurz darauf schleuse ich einen Syrer und drei Irakerinnen in das Haus meiner Eltern. Es donnert, und ein Blitz zuckt über den Himmel, als ich die Tür hinter uns schließe. Tolles Omen!

Wir haben erneut den Weg durch den Zaun genommen, um nicht Gefahr zu laufen, einem dem Zug nachtappernden Rassisten über den Weg zu laufen. Behiye, Lilian und Tala wirken eingeschüchtert und gehemmt. Ich fürchte, dass sie meiner Einladung nur aus Höflichkeit nachgekommen sind, und bezweifle inzwischen, dass meine Idee gut war. Shirvan musste sie mehrmals bitten, bis sie zugestimmt haben. Aber jetzt gibt es kein Zurück mehr. Erst in meinem Zimmer fühle ich mich etwas entspannter, und offenbar wirkt sich das auch auf meine Gäste aus. Über Shirvan und ihre Handyapps erklären sie mir, wie glücklich sie sind, ein richtiges Bad zur Verfügung zu haben. Ihre Dankbarkeit macht mich kleinlaut. Für mich ist das alles so selbstverständlich. Ich muss mein Badezimmer nicht mal mit meinem Bruder teilen, jeder von uns hat ein eigenes. Und im Camp gibt es bloß eine Dusche für hundert Personen.

Shirvan bittet mich, mein Internet benutzen zu dürfen, und surft auf arabischen Nachrichtenseiten, während ich einen riesigen Stapel weicher Handtücher ins Bad balanciere und den Mädchen zeige, wo sie alles finden: duftenden Badezusatz, Duschgel, Peeling, Shampoo, Haarspülung. In die zurückhaltend lächelnden Gesichter stiehlt sich langsam Freude, und als ich Bodylotion mit Mandarinen-Sahne-Duft aus dem Schrank hole, schnuppert Behiye daran und strahlt endlich. Na also, Mädchen sind sich am Ende doch alle ähnlich, überall auf der Welt.

Ich plündere meinen Kleiderschrank und lege für alle drei ein paar Sachen raus, die ihnen hoffentlich gefallen. Die Größe müsste stimmen – ich bin zwar älter, aber nicht nennenswert größer, und schlank sind alle drei. Hauptsache, sie müssen nicht wieder die angespuckte Kleidung anziehen. Die drei sind begeistert, und ich höre nur noch »Danke, danke, shukran, danke!« Als ich Behiye bitte, mir ihr Kopftuch zu geben, nimmt sie es sofort ab. Einen Ersatz habe ich nicht, meine Schals werden sich nicht eignen. Aber sowohl unsere Waschmaschine als auch der Trockner haben ein Schnellprogramm – damit bekomme ich die Sachen in zwanzig Minuten sauber.

Die Mädchen schließen hinter mir ab, als ich das Bad verlasse, und kurz darauf hört man das Wasserrauschen aus Dusche sowie Badewanne und hin und wieder ein Kichern.

Ich geselle mich zu Shirvan, der angestrengt auf ein Video starrt. »Aleppo«, sagt er. Zuerst zeigt das Bild nichts außer strahlend blauem Himmel. Dann erahnt man einen Punkt in der Mitte des Monitors, der sich als kleiner Fallschirm entpuppt. Es hängt kein Mensch an den Seilen, nicht einmal etwas Menschliches.

»Noch knapp dreißig Sekunden«, flüstert Shirvan. »Dann sterben dort Menschen. Du musst das nicht ansehen.«

Es entsetzt mich, wie genau er die Dauer des Falls schätzen kann.

Der kleine Fallschirm verschwindet hinter Dächern, einen Augenblick später sieht man eine gewaltige Detonation, und eine ganze Häuserzeile bricht in sich zusammen.

»Da haben Menschen gelebt.« Ich bin es, die das sagt. Ich berühre Shirvans Schulter, aber nicht, um ihn zu trösten. Ich muss mich an ihm festhalten.

»Ja«, erwidert Shirvan. »Und jetzt eilt der Zivilschutz dorthin, die Weißhelme, in der Hoffnung, noch jemanden lebend zu bergen. Und genau aus diesem Grund fällt vermutlich in zehn Minuten die nächste Bombe.«

Ich kann und will mir das nicht vorstellen und frage mich gleichzeitig, wie oft er bereits diese dreißig Sekunden Zeit hatte, um sich in eine fragile Sicherheit zu flüchten.

Etwas später gehe ich in den Keller, werfe die Klamotten der Mädchen in die Waschmaschine und schließe die Trommel. Erst jetzt, da ich allein bin, merke ich, dass meine Finger leicht zittern. Dreißig Sekunden liegen in Aleppo zwischen wunderschönem blauem Himmel und einer Fassbombenexplosion, die ein Viertel dem Erdboden gleichmacht. Gleichzeitig bin ich immer noch unglaublich wütend auf die Mistkerle, die die Mädchen derart behandelt haben. Die drei sind fast noch Kinder. Sie haben niemandem etwas getan und wollen nichts weiter als ein sicheres, friedliches Leben. Wie kann man sie dafür anpöbeln, ihnen Angst machen – sie bespucken?! Es zerreißt mir das Herz, dass ausgerechnet Behiye, die liebe, leise Skateboard-Stadtmeisterin, so böse Erfahrungen machen musste – und das ausgerechnet hier, direkt vor unserer Haustür.

Ich gehe wieder nach oben. Aus meinem Zimmer klingt laute Musik – Shirvan hat Meghan Trainors *Lips Are Moving* angemacht und voll aufgedreht. Bei sämtlichen ›Nanana‹- und ›Lalala‹-Stellen singen die Mädchen im Bad mit.

»Ich bin erleichtert, dass sie sich so schnell beruhigt haben«, sage ich zu Shirvan. Damit er mich trotz der lauten Musik hören kann, muss ich mich dicht zu ihm beugen.

Er antwortet viel leiser, aber ich verstehe ihn trotzdem. »Sie überstehen das, Tooney. Sie haben Schlimmeres überstanden.«

vierundzwanzig

Ich werfe einen Blick auf den Laptop, kann aber nicht erkennen, was Shirvan liest, weil es Arabisch ist. Er klickt von Link zu Link, überfliegt den Text, klickt sich weiter, grollt leise in sich hinein. Alles, was ich erkenne, ist die ungarische Flagge, die irgendwo klein abgebildet ist. Nebenan im Bad singen die Mädchen inzwischen arabische Lieder.

»Suchst du etwas Bestimmtes?«, frage ich ihn, auch wenn ich sicher keine Hilfe bin.

»Gesetze«, erwidert er. »Wegen Ungarn.«

»Ungarn?«

Er reibt sich die Stirn, stützt seinen Kopf auf und wirkt eine Sekunde lang, als könnte er jeden Moment unter einem Gewicht zerbrechen, das ich nicht zu sehen vermag, egal, wie aufmerksam ich auch sein will. »Meine Flucht«, sagt er leise, als wollte er verhindern, dass die Mädchen im Bad mithören, »war wie eine Schlucht. Es ging immer tiefer, tiefer und tiefer in ein Elend hinein, das ich mir vorher kaum vorstellen konnte. Nicht einmal in Syrien, nicht einmal im Gefängnis, in diesem Loch, habe ich mir das vorstellen können. Da war es auch schlimm. Aber wenigstens gab es einen Grund, aus dem ich eingesperrt wurde.«

»Und der war?«, flüstere ich, unsicher, ob ich die Antwort hören will.

»Ich habe demonstriert«, sagt Shirvan mit einem Schulterzucken. »Baschar mag das nicht. Wir wussten es vorher, aber wir haben es riskiert zu jedem Preis, den ein Mensch bezahlen kann. Doch als ich floh, hatte ich nichts getan, sondern versucht, alles richtig zu machen. Und trotzdem wurde es schlimmer und schlimmer. In der Türkei wollten sie uns zurück über die Grenze jagen. Später hat ein rassistischer türkischer General uns Kurden gedroht, uns an die Daesh zu verkaufen.«

»Oh mein Gott.«

»Keine Angst, Tooney. Ich konnte besser bezahlen. Nicht so viel, zum Glück hätte auch niemand viel für mich gegeben. Allerdings musste ich dann schnell fort und habe das erste Boot genommen. Es war kein gutes Boot.«

Er schließt kurz die Augen, ist für wenige Momente sehr weit weg; eine Entfernung, zu groß, um sie in Kilometern zu benennen.

»In Griechenland haben wir den Weinbauern unreife Trauben von den Reben gestohlen, weil wir Hunger hatten. An der mazedonischen Grenze mussten wir Tage im Freien warten und uns vom Militär hin und her treiben lassen. Irgendwann verloren einige von uns die Nerven und rissen einen Zaun ein. Die Antwort war Tränengas im ganzen Camp, selbst da, wo nur Frauen mit kleinen Kindern waren. Sie schossen die Kapseln direkt auf uns ab. Du spürst, wie dich etwas trifft, du weißt nicht, was es ist. Der Schock setzt ein, und du fragst dich: War das eine Kugel? Stirbst du jetzt? Du kannst nicht mehr atmen. Das Gas macht den Brustkorb ganz eng, und man wird es über Tage nicht los, wenn man nicht duschen kann. Es klebt auf der Haut, brennt wie Säure und setzt sich in den Kleidern fest. Weißt du, was man macht, wenn man Tränengas in die Augen bekommt und kein Wasser hat, um es auszuspülen?«

Ich weiß nicht mal, ob ich es wissen will.

»Man reicht eine Zitrone herum, und alle reiben sie in ihre Augen, damit die Tränen das Gift herauswaschen.«

»Scheiße«, entfährt es mir leise.

»Der Mazedonier mit einer Wagenladung voll Zitronen war noch vor dem Militär dort. Der hat schon gewusst, was passieren wird. Ich habe noch nie so teure Zitronen gekauft.«

Mir ist nicht ganz klar, wie man darüber grinsen kann, aber er tut es. Vielleicht aufgrund der Erleichterung, die Situation überstanden zu haben.

»Doch es war auch internationale Presse vor Ort, und kurz darauf öffneten sie uns die Grenze, und wir rannten die ganze Nacht hindurch, aus Angst, das Militär würde uns folgen und uns gewaltsam zurückholen. In Serbien konnten wir mit dem Zug fahren und bekamen an der Grenze Hilfe von Einheimischen. Sie ließen uns in ihrer Scheune schlafen. Am nächsten Morgen stürmten Männer die Scheune und klauten uns alles Bargeld, das sie bei uns fanden. Aber vielleicht hatten wir sie auch falsch verstanden, und das war der Preis für die Übernachtung.«

Wie unglaublich mies!

»Und dann kam Ungarn.« Er würgt das Wort förmlich aus. Sein Blick klebt auf dem Monitor, als bringe er es nicht über sich, mich oder irgendetwas anderes anzuschauen, solange er so wütend ist. »Zuerst hieß es, die Weiterreise sei problemlos möglich. Wir sollten zum Bahnhof gehen. Polizisten zeigten uns den Weg. Busse fuhren dorthin. Teure Busse, aber wir durften damit fahren, also war es gut. Wir reisten also zum Bahnhof in Budapest. Dort sagte man uns über mehrere Tage, dass es nicht weiterginge und kein Zug mehr nach Österreich fährt. Immer mehr Flüchtlinge kamen, der ganze Bahnhof war voll. Wir warteten und warteten in brütender Hitze unter gleißender Sonne. Es gab kaum Essen, nicht genug Wasser, nur wenige Toiletten und keine Duschen. Niemand traute sich, für eine Nacht in ein Hotel zu gehen, denn allen war klar: Die Züge würden wieder fahren, aber sie würden nicht auf uns warten. Schließlich verkaufte man uns Tickets nach Wien. Zweihundertvierzig Euro. Weißt du, was Europäer für dieselbe Strecke bezahlen?«

Ich schäme mich, ohne Schuld zu sein. »Die Hälfte?«

»Zehn bis zwanzig Euro plus Reservierung für einen Sitzplatz.« Er ist so anständig, sich das bittere Grinsen zu verkneifen und mich nicht anzusehen.

»Die haben ja gut an euch verdient.«

»Sehr gut, ja. Aber keiner hat etwas gesagt. Die meisten wussten natürlich den normalen Preis nicht, und wir anderen, die mit Touristen, Einheimischen und den vielen guten Helfern gesprochen haben, wollten nichts sagen, damit es keinen Aufstand gibt. Dafür dass wir still waren, haben sie uns ein paar Tickets billiger gegeben, für die Armen und die Familien mit vielen Kindern.«

»Die Züge müssen rappelvoll gewesen sein, als die dann fuhren.«

»Es hätte keine Maus mehr hineingepasst. Die Menschen mussten ihr weniges Gepäck auf dem Bahnhof liegen lassen, denn für jede Plastiktüte weniger passte noch ein kleines Kind hinein. Ich fuhr in dem siebten Zug mit, weil er ein bisschen leerer war. Amal wollte mit Khalida nicht in das schlimmste Gedränge.«

Natürlich nicht, als Schwangere mit einem Baby.

»Ich habe den Schaffner gefragt: Fährt der Zug nach Wien? Nach Vienna? Vienne? Ich habe den Zug sogar von außen fotografiert, weil es böse Gerüchte gab. Auf dem Zug stand BÉCS/WIEN.«

Aber er fuhr nicht nach Wien. Shirvan würde Ungarn nicht hassen und fürchten, wenn das alles gewesen war.

»Wir fuhren also los, Richtung Wien, die teuren Tickets in den Händen. Der Zug fuhr sehr langsam. Als würde er durch den Bahnhof rollen, obwohl wir längst auf freier Strecke waren. Wir wussten alle, dass etwas nicht stimmt. Aber keiner wollte den anderen Angst machen, und so verharrten wir und warteten, aneinandergepresst, verschwitzt und stinkend. Und dann hielt der Zug an.« Shirvan fährt sich so ruppig durch die Haare, dass einige zwischen seinen Fingern hängen bleiben und ausreißen. »Jemand brüllte auf Englisch: Kommt da raus, ihr Tiere, ihr Affen, ihr seid in Wien! Vienna, Vienna! Aber natürlich waren wir nicht in Wien. Wir hätten bei normaler Geschwindigkeit über drei Stunden fahren müssen und sind nur zwanzig Minuten gerollt.«

Unbemerkt habe ich die Luft angehalten. Jetzt ist mir flau im Magen, und mein Herz bollert.

»Sie hatten uns zu einem Camp gebracht, wo wir uns registrieren lassen sollten. Es war ein sehr eigenartiges Camp. Vermutlich ist die Kultur in Ungarn anders, als wir es gewohnt waren, aber in Syrien sagen wir Gefängnis zu solchen Anlagen. Um das Lager herum standen drei Meter hohe Mauern, und oben auf diesen Mauern war gerollter Stacheldraht – dieser, der dir das Fleisch aufschlitzen kann, weißt du?«

»Klingendraht«, murmle ich auf Deutsch, weil ich das englische Wort auch nicht kenne.

»Ungarische Polizisten baten uns, hineinzugehen, und weil sie so einladend ihre Maschinengewehre auf uns richteten, taten wir, was sie wollten. Am Eingang nahmen sie uns alles weg, was wir noch hatten. Unser Gepäck, unsere Wechselkleidung, unser Essen. Wir mussten auch unsere Telefone abgeben, sie haben uns durchsucht, damit keiner seins behielt. Sie hatten aber die Rechnung ohne al Hamistir und seine Komplizin gemacht.«

»Was habt ihr getan? Die Handys versteckt?«

»Amal hat meines in Khalidas Windel getan. Das war gefährlich und dumm, aber später auch von großer Bedeutung. Ein Soldat schlug mir einen Gewehrkolben vors Kinn, als ich behauptete, kein Handy mehr zu haben. Er glaubte mir nicht, sie glaubten es mir erst, als ich sagte, dass ich es verkauft hätte, um die Zugtickets bezahlen zu können. Sie sperrten uns in Zellen ein, immer zwanzig oder dreißig Leute in eine. Nackte Zellen, nur Wände und

Gitter und ein paar Decken auf dem Boden und ein Eimer in einer Ecke, um …«

Ich nicke. Er braucht nicht weiterzusprechen, ich weiß, was er meint.

»Solche Zellen kannte ich schon. Das Tadmor-Militärgefängnis in Palmyra war auch nicht anders. Aber nun war ich in Europa. In der EU, wo alles anders sein sollte. Ich wollte es nicht glauben.«

Ich will es auch nicht glauben. Am liebsten würde ich mir die Finger in beide Ohren stecken.

»Sie steckten alle in diese Zellen. Männer, Frauen, kleine Kinder, Babys. Ich habe Fotos gemacht und meinem Bruder geschickt, damit er damit zur Botschaft geht, zur Regierung – egal wohin. Aber es dauerte lange, viele Tage. Wir konnten Khalida beschützen, weil sie bei uns war, aber die Windeln gingen aus. Khalida musste über einen halben Tag dieselben tragen, und dann zog Amal ihr Kopftuch aus und riss es in Streifen, um sie als Windeln zu gebrauchen. Sie gaben uns manchmal über Stunden kein Wasser, und wenn, dann war es schmutzig. Das Wasser für Khalidas Fläschchen mussten wir über einer Kerze erhitzen. Und dann gab Amal ihr das letzte Milchpulver.«

»Sie müssen euch doch Babynahrung gegeben haben!« Meine Stimme zittert. Mir läuft eine Träne in den Mundwinkel. Ich merke es erst, als ich Salz schmecke.

»Das haben sie. Aber erst, als Khalida vor Hunger schrie. Danach taten alle, die in der Zelle waren, was die Soldaten wollten. Sie hatten uns in der Hand.«

»Was wollten sie denn?«

»Das war sehr eigenartig. Sie wollten nur unsere Fingerabdrücke.« Shirvan gestikuliert, wie er seine Daumen auf Stempel und Papier drücken musste. »Sie schubsten und traten uns in einen Raum. Wir mussten dort unsere Namen sagen und unsere Pässe zeigen. Ich hatte Angst, sie würden ihn mir nicht zurückgeben, aber als ich fragte, setzte es wieder Prügel, also gab ich meinen Pass ab. Danach mussten wir unsere Fingerabdrücke abgeben. Und das war alles. Wir bekamen die Pässe zurück und sollten gehen. Ich habe nie erfahren, was das alles zu bedeuten hatte. Zuerst dachte ich, mein Bruder hätte Erfolg gehabt. Aber dann standen wir dort in Ungarn – ohne Geld, ohne Zug, ohne eine Richtung.«

»Was habt ihr getan?«

»Wir hatten ja immer noch ein Ziel«, sagt Shirvan. »Also suchten wir einen Weg und gingen zu Fuß weiter.«

Ich schüttle mich vor Abscheu. »Ich fahre nie wieder nach Ungarn.«

»Ich muss dorthin zurück.«

»Was? Warum?«

»Hoffentlich nicht sofort. Aber irgendwann will ich zurückgehen. Sie haben noch mein Gepäck. Meine Fotos. Meinen sağğāda, den Gebetsteppich, den ich von meinem Vater habe. Ein kleines Bild, das mir meine Mutter gemalt hat.«

Ob er die Sachen je zurückbekommen wird? Ich kann mir kaum vorstellen, dass sie sie aufbewahren.

»In diesem Land«, fährt Shirvan fort, »wurde uns allerdings auch sehr geholfen. Ich habe gebettelt, um

Essen und Babynahrung zu kaufen, solange ich über Western Union nicht an mein Geld gelangen konnte. Und während ich das tat, hat Amal Milchpulver für Khalida gestohlen. Sie tut das manchmal, nach den Nächten in Ungarn. Stehlen, meine ich.« Er schaut mich an, als müsse er mich um Entschuldigung bitten. Mich! Die immer alles in den Hintern geblasen bekommt, was sie sich wünscht. »Sie stiehlt die Babynahrung, egal, wie viel sie schon in ihrem Zelt hortet. Sie braucht die Gewissheit, dass genug da ist, dass sie selbst in der Hand hat, wie viel Nahrung sie für das Baby hat, verstehst du. Sie wurde erwischt, damals in Ungarn, aber anstatt die Polizei zu holen, hat der Ladenbesitzer ihr eine zusätzliche Dose geschenkt. Vielleicht war das der Fehler.«

»War es nicht«, flüstere ich unter Tränen. »Ich verstehe es. Es ist schon gut.« Was für ein Schaden entsteht schon, wenn eine junge Mutter ein Päckchen Milchpulver klaut, im Vergleich zu den Gründen, aus denen sie es tut?

Shirvan deutet auf den Bildschirm vor sich. »Einige schreiben, es könnte passieren, dass der Asylantrag nicht bewilligt wird, wenn man seine Fingerabdrücke in Ungarn abgegeben hat. Sie sagen, man müsste dann zurück dorthin.«

Ich starre ihn an, als würde er sich jeden Moment in Luft auflösen. Als müsste ich ihn Kraft meiner Konzentration bei mir behalten.

»Ich wusste das vorher, Tooney, weißt du?«, flüstert Shirvan. »Das sind die Regeln, auch wenn es laufend heißt, es gäbe Ausnahmen. Man muss in dem EU-Land Asyl beantragen, in dem man sich zuerst registrieren lässt, und niemals, nie, darf man sich in Ungarn registrieren lassen. Wer das tut, ist verloren. Aber ich habe meine Fingerabdrücke trotzdem abgegeben. Und ich habe Amal und den anderen im Gefängnis nicht gesagt, dass man es nicht tun darf. Gar nichts. Ich hatte Angst. Verstehst du das? Angst, dass sie dann die Registrierung verweigern. Angst, dass die Soldaten uns umbringen, wenn wir nicht tun, was sie sagen. Angst, dass Khalida stirbt, wenn ich nicht tue, was sie sagen. Weißt du, was ihr Name bedeutet, Tooney?«

Ich schüttle den Kopf.

»Die, die ewig lebt. Aber in Ungarn, da konnten wir nicht sicher sein.«

fünfundzwanzig

Als wir zum Camp zurückkehren, steht ein Streifenwagen vor dem Eingang. Kaum habe ich zweimal geblinzelt – schon ist Shirvan verschwunden. Keine Ahnung, wohin er geht, vermutlich kriecht er durch die Lücke im Zaun, oder er klettert irgendwo drüber. Hauptsache, er muss den Polizisten nicht begegnen. Inzwischen verstehe ich den Grund dafür besser, aber mir wird auch bewusst, dass er nicht ewig so weitermachen kann.

Die Mädchen gehen mit mir, eilen aber in Richtung der Schlafräume. Wir haben mit ihnen besprochen, ob sie den Vorfall melden oder anzeigen wollen – ich hoffe, ihnen wirklich klargemacht zu haben, dass man ihre Peiniger dafür bestrafen kann und muss –, aber keine von ihnen wagt sich das. Shirvan hat sich darüber ziemlich geärgert.

Vor dem Bürocontainer spricht Saskia mit einem Polizisten, und ich setze mich in der Nähe auf eine Holzbank. Wenn die fahrradfahrenden Jungs nicht gerade mit Indianergeschrei an mir vorbeisausen, kann ich gut verstehen, worüber sie reden.

»… hat leider nicht so gut geklappt, wie Sie mir das jetzt verkaufen wollen«, sagt Saskia mit fester Stimme. »Wir wurden hier neunzig Sekunden, bevor die Ersten draußen ihre Parolen brüllten, vorgewarnt. Niemand wusste, was los war, ob die uns angreifen und das Camp stürmen wollten, oder ob es sich um einen angemeldeten Marsch handelte. Können Sie sich vorstellen, dass die Menschen Angst bekommen haben? Selbst wir Verantwortlichen?«

»Ich kann Sie verstehen. Das ist sehr unschön verlaufen.«

»Wir haben hier zwei Dutzend ganz kleine Kinder!«

»Es tut uns ja auch leid.«

»Sogar unsere Leute vom Sicherheitsdienst haben Angst bekommen. Versetzen Sie sich mal in deren Lage! Die sind hier zu zweit für die Sicherheit verantwortlich und sehen plötzlich eine Horde Neonazis draußen aufmarschieren.«

»Davon kann nicht die Rede sein. Der Zug war begleitet und unter Kontrolle. Es waren auch keine Neonazis. Die Menschen sind besorgt und haben Fragen. Sie wollten mit ihrer Demonstration aber in erster Linie die politischen Entscheidungen kritisieren, nicht die Menschen, die –«

Saskia lacht humorlos. »Ist das Ihr Ernst, Sheriff? Besorgte Bürger mit Fragen und politischer Kritik skandieren brüllend Parolen vor einem Flüchtlingscamp voller Familien und Kinder? Anderswo brennen Heime – was kritisiert man da? Die Architektur?«

»Ach, Mensch!«, ruft der Polizist aus. »Ich muss Ihnen ja recht geben. Es tut uns allen sehr leid, und wir werden morgen früh eine Teambesprechung einberufen, wie wir in Zukunft vorgehen, damit es nicht mehr zu solchen Situationen kommt. Wir haben Hochachtung vor dem, was Sie leisten, wir alle.«

»Kann man die Sauce essen?«, frage ich Alex, nachdem er zum zehnten Mal probiert hat.

»Sie sieht nicht so aus, ist aber echt lecker. Hast du gut gemacht.«

»Tja.« Ich kann mir nicht verkneifen, meine Gedanken auszusprechen. »Manchmal sind die Dinge eben ein wenig anders, als sie auf den ersten Blick erscheinen.«

Das Essen scheint wirklich zu schmecken, meine Familie langt zu. Nur ich bekomme kaum einen Bissen runter. In meinem Bauch gärt immer noch ein Gemisch aus den Nachwirkungen der Demonstration und dem, was Shirvan über seine Flucht erzählt hat. Einerseits lähmen mich seine Geschichten, machen mich ganz sprachlos und geben mir das Gefühl, dass all meine Sorgen und Nöte im Vergleich zu seinen bloß lächerliche, kleine Witze sind, über die niemand lacht. Andererseits fachen sie eine Wut an, die stärker brennt als meine ständige Sorge, etwas Dummes zu sagen. Streitsucht brodelt in mir, und ich bin sicher, nun endlich jedem Vorwurf meines Vaters und meines Bruders ein Argument entgegensetzen zu können.

Doch jetzt, da ich mich endlich trauen würde mitzureden, kommt das Thema nicht mehr auf. Meine Eltern sprechen über die Arbeit, über den Garten, über die Idee, für die Weihnachtsferien eine Hütte in Österreich zu mieten. Alex sagt nicht viel und nimmt sich zweimal Pasta nach.

Schließlich bemerkt meine Mutter, dass ich auch noch am Tisch sitze. »Wie war denn dein Tag, Toni? Du bist so still. Ist alles in Ordnung?«

Ich lächle künstlich. »Alles super. Toller Tag. Abgesehen von dem Nazi-Mob, der heute hier durch die Straße gezogen ist!«

Alex wirft mir einen scharfen Blick zu, senkt den Kopf aber sofort wieder und isst weiter, als wäre nichts gewesen. Meine Mutter legt ihre Gabel auf ihren Teller.

Mein Vater trinkt einen Schluck Limonade und sieht mich dann auffordernd an. »Was hast du gerade gesagt?«

»Habt ihr doch alle verstanden. Hier ist heute eine Demo gegen das Flüchtlingscamp vorbeimarschiert.«

Mein Vater hebt Zeige- und Mittelfinger, fast ein Victory-Zeichen, nur dass er seine Finger dicht aneinanderlegt. »Da besteht wohl ein Unterschied, Antonia. Eine Demonstration ist etwas vollkommen anderes als ein Mob. Demonstrationen sind ein Grundrecht in einer Demokratie und –«

»Dann war es ein Mob!«, unterbreche ich ihn. »Sie haben gegen die Sichtschutzwände gebollert, Parolen gebrüllt und –«

»Die Leute sind unzufrieden!«, sagt mein Vater schulterzuckend. »Mit Recht.«

»Und Mädchen bespuckt!«

Meine Mutter atmet lautstark ein. Mein Vater zieht seine Augenbrauen so hoch, dass seine Stirn ein halbes Dutzend tiefe Falten wirft.

»Ist doch Quatsch«, murmelt Alex. Und plötzlich schießt mir heißes Blut ins Gesicht. Denn Alex meidet meinen Blick. Alex unterlässt es, lautstark und besserwisserisch seine Meinung zu verkünden, wie so oft in den letzten Tagen und eigentlich immer, wenn es um dieses Thema ging. Alex war heute Nachmittag nicht zu Hause und hat mir eine Nachricht getippt, statt wie üblich eine Audio-Message zu schicken.

Und mir Schaf wird erst jetzt klar, warum.

Mein Bruder ist bei der Demonstration mitgelaufen.

»D-das … das geht gar nicht«, sage ich laut, aber ich stottere. »In dem Camp, da leben Familien. Kleine Kinder. Die bekommen doch gleich das nächste Trauma, wenn Leute ihren Hass gegen sie herausbrüllen und vor die Wände treten.«

Ungerührt schiebt sich mein Vater Nudeln in den Mund und kaut zu Ende, bevor er antwortet. »Das ist leider eine unschöne Folge dessen, dass die Bürger vorher nicht zu dem Thema angehört wurden.«

»Cool«, erwidere ich sarkastisch. »Wenn meine Lehrer mir nicht zuhören, randaliere ich demnächst auch vor einem Kindergarten.«

»Das geht wirklich zu weit«, sagt meine Mutter. »Die Menschen können nichts dafür. Ich war von dem Camp ja auch nicht begeistert, aber ich muss inzwischen sagen, dass man doch kaum merkt, dass sie da sind. Auf der Straße grüßen sie nett, und Probleme gab es bisher wirklich nicht, oder?«

»Von verprügelten Deutschen in der Stadt mal abgesehen«, wirft Alex ein.

Ob mein Bruder sich weit aus dem Fenster lehnen sollte? »Als hättest du dich noch nie geprügelt! Außerdem ist zu den Umständen gar nichts bekannt. Vielleicht haben auch Deutsche angefangen.«

»Warum sollten sie das tun?«

»Keine Ahnung, warum Leute zu Rassisten werden. Sozialneid? Gier? Mimimi, der Flüchtling kriegt ein Feldbett und ein Dixi-Klo, und was krieg ich?!«

Alex erwidert nichts, er zeigt mir nur einen Vogel. Offenbar hat er nicht damit gerechnet, dass ich ihm widersprechen könnte. Ihn jetzt sprachlos zu erleben, verleiht mir Mut.

»Oder warst du etwa dabei, dass du alles beurteilen kannst?«, setze ich nach.

Er schweigt. Bei der Demo war er dabei, hundert pro. Und nun macht er sich ins Hemd, aus Angst, dass ich ihn gesehen habe und verpetze. Ich könnte mir jetzt in den Hintern beißen, dass ich diesen Demonstranten so weit ausgewichen bin.

»Kinder zu erschrecken, muss wirklich nicht sein«, sagt mein Vater. »Aber ich kann die Leute auch verstehen. Sie haben Angst.«

Ich verschränke die Arme. »Wovor denn bitte? Davor, dass Deutschland ein paar Menschen versorgen muss, die vor Krieg und Terror, Bomben und Scharfschützen fliehen? Papa, würdest du Alex, Mama und mich nicht einpacken und mit uns fliehen, wenn hier jeden Tag eine Fassbombe runterkommen könnte, die alles zerfetzt?« Meine Frage scheint ihn kalt zu lassen – wie kann das sein? »Fassbomben treffen *weiche Ziele* im weiten Umkreis – weißt du, was das bedeutet, *weiche Ziele*?«

»Das ist etwas anderes, Antonia«, erwidert mein Vater. Sofort merkt er, was er da gesagt hat. Mein Vater ist nicht blöd. Einen Moment schaut er von einem zum anderen. »Natürlich«, sagt er dann, »will jeder sein Leben und seine Familie beschützen. Das kann man den Leuten nicht vorwerfen. Aber –«

»Aber als Araber, Afrikaner, Perser oder Kurden haben sie weniger Recht dazu?«, frage ich bissig. »Haben sie das Grundgesetz geändert, Papa? Als wir das in der Schule durchgenommen haben, begann es noch mit: ›Die Würde des Menschen ist unantastbar‹. Heißt das inzwischen: ›Der Wohlstand der Europäer ist unantastbar‹?«

»Was denkst du denn, Antonia?«, fragt er nun deutlich gereizt. »Sollen wir die ganze Welt aufnehmen, weil es denen gerade schlecht geht? Wo soll das enden?«

»Totschlagargument!«, pariere ich. »Von der ganzen Welt kann kaum die Rede sein. Die passt nicht in unseren Tennisclub.«

»Es werden mehr kommen, wenn wir dem keinen Riegel vorschieben.«

Zu meinem größten Ärger sehe ich meine Mutter nicken, was mir Tränen in die Augen treibt. Diese Tränen ärgern mich gleich noch mehr.

»Mama hat mir mal eine Geschichte erzählt«, antworte ich und ziehe die Nase hoch. »Von dem kleinen Jungen, der an den Strand gespülte Seesterne wieder ins Meer trägt. Ein alter Mann kommt dazu und meint, dass die meisten der Seesterne ohnehin sterben werden und dass es keinen Unterschied macht, ob er ein paar rettet oder nicht. Und der Junge zeigt ihm einen einzigen Seestern und sagt: ›Für diesen hier macht es einen Unterschied.‹« Ich wische mir über beide Wangen. »Ihr habt mich so erzogen, es wie der Junge zu sehen. Ich kann das nicht aushalten, dass ihr dieser alte Mann seid und es nicht einmal bemerkt!«

Wütend springe ich auf und will nach oben laufen, aber mein Vater gestikuliert mir, ich solle warten. Sein Blick gibt mir ein bisschen Hoffnung.

»Man muss bei allem Wunsch zu helfen aber auch aufpassen, sich nicht zu übernehmen.«

Jetzt kann ich mir nur noch die Haare raufen. »Libanon! Vier Millionen Libanesen – dazu zwei Millionen Flüchtlinge. Und jetzt kommt mir nicht mit gleicher Kultur oder so, im Libanon sind die meisten Menschen Christen.«

Meine Mutter sieht mich an, als hätte ich gerade Quantenphysik erklärt. Auf Mandarin.

»Das kann man alles in fünf Minuten googeln!«, setze ich nach.

Alex nickt, es erschreckt mich, denn sein Blick trieft vor Sarkasmus. »Oder sich von seiner Freundin eintrichtern lassen, nicht wahr?«

»Was meinst du damit?«

»Benno meint, er hätte Fee mit einem Afrikaner gesehen. Und einem Kind. Das ist eine ganz beliebte Masche bei denen. Ein blödes, naives Mädchen schwängern und sich damit die Aufenthaltserlaubnis sichern. Ich an deiner Stelle würde meine Freundin ja warnen. Offenbar hat der Spaß an der Vermehrung, hat ja schon ein Kind.«

»Das ist seine kleine Schwester.« Meine Stimme zittert vor Wut. Verdammt, ich habe mich verraten. Ich schüttle den Kopf. »Außerdem redest du Müll. Etienne ist kein Flüchtling, sondern französischer Austauschschüler.«

Im Moment, als ich die Lüge ausgesprochen habe, bereue ich sie bereits. Es fühlt sich an wie Verrat. Nicht nur an Etienne, auch an Shirvan. Und an mir und dem, was ich tue, jeden Nachmittag.

Ich bin ein solcher Feigling. Sobald der Druck etwas größer wird, knicke ich ein.

»Das Frauenbild ist in jedem Fall ein gutes Argument«, sagt mein Vater. »Religionsfreiheit ein weiteres. Wir haben in Mitteleuropa sehr viel persönliche Freiheit kultiviert. Die würden wir durch zu viele Einwanderer aus Nahost definitiv gefährden. Die Leute sind anderes gewohnt.«

»Und womöglich genau deshalb hierher geflohen«, erwidere ich, aber dieser Posten ist verloren. Trotzdem will ich mich nicht geschlagen geben, nicht so schnell. »Gehören Nächstenliebe, Hilfsbereitschaft und Toleranz nicht auch zu unseren kulturellen Werten? Wollen wir die opfern, nur weil andere Werte einen Kratzer abkriegen könnten?«

Mein Vater stützt sich auf einen Ellbogen und sieht mich über den Tisch hinweg kritisch an. »Antonia, ich wundere mich ein wenig über deinen Sinneswandel. Vor ein paar Tagen hast du mir noch eine Liste unterschrieben, dass du das Heim ebenso wenig vor der Tür haben willst wie ich. Kann es sein, dass Alex recht hat und deine Freundin Felicitas auf dich einwirkt?«

Wenn du wüsstest!, denke ich. Es würde dir die Füße aus den Latschen hauen.

Sechsundzwanzig

Am nächsten Morgen ist Shirvans Zelt verschwunden. Einfach weg. Dort, wo es gestern stand, ist nur die Wiese ein wenig gelber, doch das Gras ist schon im Begriff, sich zu erholen.

Er kann doch nicht weg sein?

Verdammt, wir haben nicht einmal unsere Handynummern ausgetauscht. Bisher war es nicht nötig, wir konnten uns ja täglich sehen.

Ich laufe über den Hof. Amals Zelt ist noch da, aber es steht leer. Ich halte ein paar Kinder auf, die um mich herumspringen. »Shirvan?«, frage ich sie. »Wo ist Shirvan? Shirvan al Hamistir, du weißt, wen ich meine!«

Sie verstehen mich, aber sie zucken mit den Schultern.

Schließlich treffe ich auf Rezarta. »Polizei«, sagt sie verunsichert. »Polizei, heute.«

Was will sie mir sagen? Dass die Polizei Shirvan mitgenommen hat? Aber … wieso? Ob es mit der Schlägerei zu tun hat?

Rezarta nimmt mich bei der Hand und zieht mich in den Schlafraum, wo Mejdi auf einer Pritsche sitzt und das Baby im Arm schaukelt. Sie spricht auf Albanisch mit ihm. Beide sehen besorgt aus.

»Du findest Shirvan nicht?«, fragt mich Mejdi auf Englisch.

Ich schüttle den Kopf. »Sein Zelt ist weg. Wo kann er denn sein? Hat er dir nichts gesagt?«

»Er hätte es mir gesagt, wenn er fortgegangen wäre«, meint Mejdi. »Vielleicht konnte er nicht.«

»Was heißt das? Sag mir, was das heißt!«

»Heute Morgen war Polizei da. Ganz früh. Leise. Wir sind beide wachgeworden, fast alle im Raum waren wach, aber keiner ist aufgestanden. Alle wissen, was es heißt, wenn Polizei am frühen Morgen kommt.«

Ich weiß es nicht und zeige das Mejdi, indem ich ungeduldig die Hände ausbreite.

»Abschiebung«, erklärt er mir. »Eigentlich erst, wenn der Antrag abgegeben wurde. Aber manchmal bekommt man keinen Bescheid, sondern Polizei kommt sofort und bringt dich weg. Sie kommen am frühen Morgen, wenn alle schlafen, damit man keine Zeit hat, sich vorzubereiten. Wegzulaufen … unterzutauchen – du verstehst?«

Das darf nicht sein. »Shirvan?«, frage ich.

Er zuckt mit den Schultern. »Polizei war da. Ich weiß nicht, wen sie mitgenommen haben. Tut mir sehr leid.«

Ich versuche, nicht an das Schlimmste zu denken. Es ergibt gar keinen Sinn. Shirvan hatte bisher weder den Termin, um seinen Asylantrag zu stellen, noch die Anhörung. Man kann jemanden doch nicht vor dem Antrag abschieben, oder? Andererseits habe ich überhaupt keine Ahnung, wie sich die Registrierung in Ungarn auswirkt. Mejdi weiß es auch nicht.

»In Ungarn darfst du Fingerabdrücke nicht abgeben!«, erklärt er entschieden. »Niemals. Wir haben das auch nicht gemacht. Alle wissen, was es bedeutet: Du musst dann zurück.«

Ich treffe Fee, als ich nach draußen taumle, leer im Kopf und voller Sorgen.

»Mein alter Kindergarten spendet eine Riesenkiste Farbtuben und Pinsel«, begrüßt sie mich und klatscht in die Hände. »Weißt du, was wir heute damit machen? Wir bemalen die Wände von diesem blöden, hässlichen Sichtschutz. Von innen und von außen. Quietschbunt! Damit die Nazifratzen sehen, dass hier kleine Kinder wohnen, gegen die sie ihre Parolen schreien, und damit es von innen nicht so trist aussieht. Was sagst du dazu, Toni? Toni, was ist denn los?«

»Ich glaube …« Ich kann es kaum aussprechen. »Ich … ich … du hast Shirvan auch nicht gesehen?«

Fee schüttelt den Kopf. Ich muss mich überwinden, ihr von Mejdis Bericht zu erzählen. Erneut schüttelt sie den Kopf, diesmal entschlossen. »Vor der Anhörung darf doch keiner abgeschoben werden.« Wenn ich da nur sicher sein könnte! Ich rede mit ihr über Ungarn, über Fingerabdrücke in Ungarn und all das, was Shirvan mir gesagt hat. Sie sieht sich nach Saskia um, aber die ist mit zwei Campbewohnern zum Arzt gefahren. Irgendwer hier muss wissen, was passiert ist! Auch Amal und das Baby sind fort – drei Menschen können doch nicht einfach verschwinden, ohne dass es jemand bemerkt.

Christel ruft nach Fee, denn vor dem Eingang stehen zwei Erzieherinnen und fünf Kinder des Kindergartens mit einem Bollerwagen voller Farbtuben, Dosen, Pinseln und Rollen sowie einem großen

Stapel Schürzen. Fee braucht mich, um alles auszuladen, und sofort sammeln sich unsere Campkinder in Scharen um uns, um nur nichts zu verpassen. Vorerst kann ich nicht weiter nach Shirvan fragen, sondern muss aufpassen, dass meine Damaszener Kampfmäuse sich nicht gegenseitig pink und hellgrün anmalen.

Fee entscheidet, dass wir mit den Innenwänden des Sichtschutzes anfangen. Zusammen mit etwa zwanzig Kindern und einem knappen Dutzend Jugendlicher malen wir Regenbögen, Blumen, bunte Handabdrücke und Smileys auf das dunkle Grün. Tala, Lilian, Behiye und zwei Jungs in ihrem Alter zeichnen Tiere vor – Rehe, Pferde, Hunde, Katzen und viele verschiedene Vögel –, die die kleineren Kinder ausmalen dürfen. Nach zwei Stunden sind sämtliche Kinder farbverschmiert, aber glücklich, und die Zauninnenwände leuchten in allen erdenklichen Farben.

Da Saskia noch nicht zurück ist, kümmern Fee und ich uns zum ersten Mal allein um die Ausgabe des Mittagessens, inzwischen haben wir genug Routine. Die Stimmung unter den Erwachsenen wirkt angespannt. Ein paar Männer sehen sich seltsam an und suchen ihre Plätze mit größtmöglichem Abstand zueinander. Ich frage etliche Leute nach Shirvan und Amal, aber niemand hat sie gesehen. Manche erzählen mir, dass die Polizei da war und dass es immer Kummer bedeutet, wenn das vor Sonnenaufgang passiert. Doch niemand weiß etwas Konkretes.

Dass Fee mich gleich nach dem Essen wieder mit sich zerrt, ist vermutlich das Beste, was sie machen kann. Erneut versammelt sich eine Gruppe Kinder und Jugendlicher um uns, und gemeinsam widmen wir uns nun den Außenwänden. Das Malen lenkt mich zwar nicht ab, aber die Verantwortung, die ich nun für die Kinder trage, umso mehr, schließlich muss ich aufpassen, dass keines auf die Idee kommt, einfach davonzuspazieren oder auf die Straße zu rennen. Zwar fährt hier nur hin und wieder ein Auto vorbei, doch viele der arabischen und afrikanischen Kinder scheinen der Auffassung zu sein, die Fahrer würden ihnen schon ausweichen.

Ich bin so damit beschäftigt, diesen sprichwörtlichen Sack Flöhe zu hüten, dass ich mir kaum Gedanken darum mache, ob mich jemand sehen könnte. Wer sollte auch herkommen? Meine Eltern sind arbeiten, und Alex sitzt bestimmt wieder vor seinem Computer und zockt.

Wir malen Schmetterlinge auf die Außenseite des Zauns. Dutzende von bunt gemusterten Schmetterlingen.

Ein kleiner Junge tippt mich an der Hüfte an, meine cremefarbene Caprihose bekommt himmelblaue Punkte. »Al Hamistir«, sagt der Knirps und strahlt stolz über beide Ohren, während er mit seinem blauen Zeigefinger über die Straße deutet. Im gleichen Augenblick durchfährt mich die Erleichterung wie eine warme Welle. Auf der anderen Seite sind Shirvan und Amal. Shirvan trägt die kleine Khalida im Arm, reicht sie aber nun an Amal, die mir zuwinkt und dann ins Camp geht. Shirvan kommt zu mir. Ich kann nicht anders, schaffe es überhaupt nicht, auch nur darüber nachzudenken, was ich tue:

Ich falle ihm um den Hals und drücke mein Gesicht an seine Schulter.

Er steht einen Moment wie eingefroren, und schon schießt mir die Scham in den Kopf – Herrgott, Toni, nun flipp mal nicht gleich aus. Wie peinlich!

Aber dann schließt er seine Arme um mich und zieht mich noch näher, und ich spüre es ganz genau: Sein Herz bollert genauso sehr wie meines. Sie schlagen uns gegen die Rippen, als wollten sie zueinander. Ich drehe meinen Kopf, bis meine Lippen seinen Hals berühren. Sein Geruch macht mich ein bisschen schwindelig, und eigentlich … möchte ich ihn küssen. Sofort. Oder von ihm geküsst werden, was sogar noch sehr viel besser wäre!

»Tooney«, flüstert er irgendwo in meine Haare. »Was ist denn los?«

»*Was denkst du denn, du blöder Hornochse.*« Es ist herrlich, ihn auf Deutsch beleidigen zu können, ohne dass er es merkt. »Wie konntest du denn einfach verschwinden? Ich hatte Angst, sie hätten dich weggebracht.«

Er räuspert sich. Ein bisschen arg spät merke ich auch, warum. Um uns herum kichern und lachen die Kinder, und ein paar, die schon zu groß für völlige Ahnungslosigkeit, aber deutlich zu jung für ernste Romanzen sind, geben das typische »Uuh« von sich, das man wohl überall auf der Welt kennt. Meine irakischen Freundinnen werfen sich Blicke zu, scheinen sich dann gemeinschaftlich daran zu erinnern, dass Shirvan und ich gestern allein in meinem Zimmer waren, und werden rot wie drei Himbeeren. Tala hält sich schockiert eine Hand vor die Augen, Lilian lacht unterdrückt, und Behiye wiederholt immer wieder einen einzigen Satz, den ich verstehe, ohne ein Wort Arabisch zu sprechen: Ich wusste es, ich wusste es, ich wusste es.

Wir lösen uns widerwillig voneinander, und ich fluche insgeheim auf das ganze Publikum, das mich um meinen Kuss gebracht hat, der ansonsten so was von fällig gewesen wäre. Fee grinst in sich hinein, während sie weitere Schmetterlinge vorzeichnet.

»Wo warst du denn bloß?«, frage ich Shirvan. Meine Stimme fühlt sich an, als hätte ich eine Stunde lang gebrüllt. »Ich habe mich so erschreckt, weil dein Zelt weg ist. Mejdi hat mir erzählt, dass die Polizei da war, und er sagte mir, es würde bedeuten, dass jemand abgeschoben wird, wenn die Polizei vor dem Sonnenaufgang kommt.«

Ernst schüttelt Shirvan den Kopf. »Die Polizei war aus einem anderen Grund da. Wir reden später darüber. Allein.« Er deutet auf die Kinder um uns herum, von denen einige von Tag zu Tag mehr Englisch und Deutsch verstehen.

»Und wo warst du nun?«

Offenbar bestand nie ein Grund zur Sorge, denn er lächelt. »Ich habe Amal zum Kinderarzt begleitet. Khalida hatte eine *Vorsorgeuntersuchung*.«

Ich zucke immer zusammen, wenn er unerwartet ein kompliziertes deutsches Wort in sein Englisch mischt. »Ist denn alles in Ordnung mit ihr?«

»Sie ist bestens entwickelt, und ihr Gewicht ist auch schon beinah wieder so, wie es sein soll. Die Kinderärztin war sehr zufrieden mit ihr. Nach der

Untersuchung habe ich sie herumgetragen, und Amal war bei einer Hebamme. Sie hat kontrolliert, ob es dem Baby in ihrem Bauch gut geht. Weißt du, was sie gesagt hat?« Er wirkt stolz wie ein werdender Vater, und ich spüre einen kleinen, fiesen Stich aus Eifersucht, die mir peinlich ist. Amal und Shirvan haben auf der Flucht eine Menge gemeinsam überstanden. Es steht mir nicht zu, eifersüchtig auf ihren Zusammenhalt zu sein. Und doch bleibt da ein wenig von diesem nagenden Gefühl.

»Was denn?«, frage ich.

»Dass es ein großes Baby ist, das kräftig tritt. Amal kann zu einem Arzt gehen und dort einen *Ultraschall* machen lassen. Vielleicht erfährt sie dann, ob es ein Mädchen oder ein Junge wird.«

Langsam löst sich die Anspannung von mir, und ich bin erleichtert, dass Shirvan so glücklich ist. Keine meiner schlimmen Befürchtungen ist eingetreten. »Wenn du ahnen könntest, was ich mir ausgemalt habe«, sage ich leise.

Shirvan schenkt mir einen sanften Blick und zieht mich ein weiteres Mal in seine Arme, ohne auf die Kinder um uns herum zu achten. Diesmal lasse ich meiner Beherrschung die Zügel frei – wenigstens ein kleines bisschen – und drücke ihm einen Kuss auf die Wange. Ein Muskel zuckt unter meinen Lippen; er lächelt. Ich spüre sandfeine Bartstoppeln, atme den Geruch seiner Haut tief ein und möchte ihn am liebsten in mir aufbewahren. Er riecht warm und orangig und fremd und vertraut zugleich. Wie etwas, das ich mir seit Langem wünsche, ohne dass ich wusste, wie sehr es mir fehlte, bevor ich es fand.

Jemand zieht an meinem T-Shirt. Ich folge dem Zupfen etwas widerwillig mit dem Blick. Es ist eine meiner Kampfmäuse: Mira. Ihre Finger fügen dem Farbenmischmasch auf meinem T-Shirt weiteres Gelb hinzu. Die Kleine zeigt auf die Straße. Auf der anderen Seite steht ein Auto, ein schwarzer Kleinwagen. Ein Mini. So einer, wie Alex ihn hat. Mein Verstand arbeitet sehr langsam. Während ich nur begreife, dass es das Auto meines Bruders ist und Alex auf dem Fahrersitz sitzt und mich durch das heruntergelassene Fenster anstarrt, als hätte ich gerade jemanden mit blanken Händen erwürgt, fährt er mit durchdrehenden Reifen an und rast die Straße entlang, bis ich sein Auto nicht mehr sehen kann. Der Gestank von Abgasen und verbranntem Gummi bleibt zurück.

»Scheiße!« Fee hat sich vor mir gefangen und spricht aus, was ich denke. »Scheiße, Toni, tut mir leid, ich hab auf die Kinder geachtet, ich hab ihn nicht gesehen.«

»Ich ja auch nicht«, murmle ich.

Shirvan mustert mich verständnislos. »Wer war das, Tooney. Dein Freund?«

»Schlimmer«, sagt Fee.

Mir ist kalt. »Das war mein Bruder.«

Siebenundzwanzig

Solange deine Vergangenheit Feuer und Glut in dir ist, mein lieber Sohn, wird die Gegenwart in Rauch ersticken und die Zukunft nie gezeugt. Lösche Feuer und Glut, mein Herz.
(eine Textnachricht, Aleppo im März 2015)

Ich folge meinen Freunden ins Camp, ohne viel wahrzunehmen.

Shirvan und Fee setzen mich zu Rezarta auf eine Bank, Behiye bringt mir Tee, und irgendwer treibt Schokolade auf. Tala zeigt mir mit Gesten, dass ich blass aussehe. Fast spüre ich es, mein Gesicht kribbelt. Ich habe nicht die geringste Ahnung, wie ich den Mädchen erklären soll, dass mein eigener Bruder mich nie mit ihnen hätte sehen dürfen. Besser, sie erfahren es nicht, nachher machen sie sich Vorwürfe, weil sie in unserem Haus waren.

Eine Sache tröstet mich geringfügig: Behiye, Lilian und Tala haben meinen Bruder nicht erkannt. Wenigstens war er nicht in den Angriff auf die drei verwickelt. Doch das geht auch weit über meine schlimmsten Befürchtungen hinaus. Alex mag einer menschenfeindlichen politischen Meinung aufgesessen sein – aber er quält nicht bewusst Kinder und Schwächere. Das ist nicht seine Art.

Schließlich scheucht Shirvan die Mädchen fort, und aus irgendeinem Grund haben auch Fee und Rezarta plötzlich etwas Wichtiges zu tun.

Shirvan nimmt meine Hand zwischen seine, als hätte er es schon ein Dutzend Mal getan. »Wirst du große Probleme bekommen?«

Ich grinse gequält. »Mein Vater wird mich umbringen.« Doch als mir wieder einfällt, dass es in der arabischen Welt und vermutlich auch in Syrien durchaus sogenannte Ehrenmorde gibt, schüttle ich schnell den Kopf. »Quatsch, nein. Das war bloß ein Spruch. Ein sehr dummer.«

»Aber es wird unangenehm für dich.«

»Ja, das wird es. Ist das nicht bescheuert? Sie haben mich so erzogen, wie ich bin. Zu einem toleranten Menschen, der sich sein eigenes Bild macht, statt das zu schlucken, was andere vorkauen. Zu einem Menschen, der hinterfragt und eigene Entscheidungen trifft. Das war ihnen immer sehr wichtig. Und genau das, Shirvan, das halten sie für die tollen, deutschen Werte, die wir gegen euch verteidigen müssen.«

Shirvan lächelt unglücklich. »In einem gebe ich ihnen recht. Diese Attribute sind viel wert. Man sollte sie gegen jede Bedrohung verteidigen.«

»Aber genau das werden sie mir jetzt vorwerfen!«

Er lässt den Kopf hängen. »Ich wollte dich nicht in Schwierigkeiten bringen. Es ist meine Schuld.«

Jetzt ist Shirvan auch noch niedergeschlagen. Wegen mir. Nein – Schluss mit den blöden Schuldgefühlen. Schuld ist die bescheuerte Einstellung meiner Familie! Und jetzt haben sie es schon geschafft, mich zu verängstigen und Shirvan traurig zu machen. Aufgebracht springe ich auf und laufe vor der Bank auf und ab. Trete in den Schmutz, sodass Staub aufwirbelt. Wut fühlt sich besser an als hilflose Ohnmacht.

»Ich lasse mir das nicht gefallen!«, presse ich zwischen den Zähnen hervor. »Meine Eltern haben recht – wir sind in Deutschland, und hier entscheiden Mädchen selbst! Nicht die Eltern!«

Shirvan hebt den Kopf nur ein kleines Stück und sieht mich von unten an. »Jetzt wird mir klar, warum meine Mutter in Syrien bleiben will«, spottet er lahm. »Was hast du vor?«

»Ich sage ihnen, dass es meine Entscheidung ist, ob ich hier helfe oder nicht. Oder ob ich dich küsse oder nicht!«

Er legt amüsiert den Kopf schief.

»Na gut, du hast auch noch etwas mitzuentscheiden. Ein bisschen!«

»Kein Problem, Tooney. Ich mag Mädchen, die wissen, was sie wollen. Dein Wille ist mein Wille.« Wir lachen miteinander, und ich lasse mich wieder neben ihm auf die Bank fallen.

»Du bist eine tolle Frau«, sagt Shirvan. »Dein Vater wird dich verstehen. Deine Argumente sind klug, und weder dein Gesetz noch deine Religion sprechen sich dagegen aus.«

»Leider argumentiert er auch gut.« Die Energie weicht aus mir wie Luft aus einem Ballon. Zurück bleibt eine kleiner und schwächer werdende Hülle. »Manchmal sagt er Dinge, die mich vollkommen aus dem Konzept bringen. Er stellt Fragen, auf die ich die Antwort nicht kenne.« Ich atme tief durch. »Am liebsten hätte ich dich dabei. Dann könnte ich dich fragen, wenn ich etwas nicht weiß. Zusammen …«

Zusammen würden wir ihn fertigmachen, geht es mir durch den Kopf, aber ich spreche es nicht aus. Ich will meinen Vater doch gar nicht fertigmachen. Alles, was ich will, ist, dass er mir zuhört und mich ernst nimmt. Wenigstens ein einziges Mal, wenn es um eine derart wichtige Sache geht.

»Das ist keine schlechte Idee.« Shirvan schaut mich an, als hätte er einen Plan. Einen verrückten Plan.

»Woran denkst du? Deine Augen blitzen, es macht mir ein bisschen Angst.« Nicht genug Angst, als dass ich nicht darüber lächeln könnte, denn mein Shirvan al Hamistir ist ziemlich sexy, wenn er verrückte Pläne schmiedet.

»Wenn ich dich noch einmal brauche«, sagt er, »so wie ich dich gebraucht habe, als du meine Wunden versorgt hast – kann ich dann zu dir kommen, Tooney?«

Ich nicke, ein wenig zurückhaltend, aber im Grunde meines Herzens vollkommen überzeugt. »Immer. Ich kann dir nur nicht versprechen, dass meine Eltern dich nicht wegschicken. Also komm lieber, wenn sie nicht da sind.«

»Danke.« Er beugt sich zu mir, und diesmal ist er es, der meine Wange küsst und den Geruch meiner Haut atmet. Mein Herz poltert, seins auch, das weiß ich.

»Verrätst du mir jetzt, warum die Polizei heute Morgen da war?«

Er überlegt kurz und mustert mich dabei, als müsse er sich vergewissern, mir alles sagen zu können. »Wegen Adwar.«

»Adwar?« Den Namen habe ich noch nie gehört.

»Der Junge, der aus dem anderen Heim in der Nachbarstadt hergeschickt wurde.«

Ach, der. Der Flüchtling, der angeblich eine Schlägerei angefangen hat. Und der mich angestarrt hat, als ich mit den Kindern in den Planschbecken gespielt habe. Mit einem Schaudern denke ich daran.

»Adwar ist einer von denen, die viel Gewalt erlebt haben. Und seine Familie verlangt Unmögliches von ihm. Er soll sie nachholen, seine Schwestern retten, dafür haben sie ihn geschickt. Aber er kann seine Eltern und Schwestern nur nachholen, wenn er seine Anerkennung als Flüchtling bekommt, solange er noch minderjährig ist. Danach ist es nicht mehr möglich. Er wird allerdings schon in wenigen Wochen achtzehn.«

Er ist siebzehn? Ich hatte ihn auf einiges älter geschätzt. Verdammt, er ist nur ein Jahr älter als ich! Und beladen mit der Aufgabe, seine Familie aus dem Krieg retten zu müssen.

»Ich will ihn nicht entschuldigen, ich habe nur versucht, ihm zu helfen.« Shirvans Stimme klingt unglücklich, der Versuch ist wohl gescheitert. »Aber es stand von Anfang an etwas zwischen uns.«

»Sind die Wunden an deinem Kopf von ihm?«

Er nickt, und ich bin seltsamerweise erleichtert, heißt das doch, dass Shirvan mit der Schlägerei vor der *Musicbox* nichts zu tun hat. Ich habe nie daran gezweifelt – Fee allerdings durchaus. Umso höher rechne ich ihr an, dass sie keinen Moment lang Misstrauen geäußert hat.

»Warum lächelst du?«, fragt Shirvan irritiert.

»Ich bemerke gerade zum ersten Mal, wie unglaublich loyal meine beste Freundin ist.«

»Das seid ihr beide.«

Wenn es doch so wäre. Ich habe vor allem Fee gegenüber so vieles nicht ausgesprochen, dass ich mich alles andere als loyal fühle.

»Aber ich habe dich unterbrochen. Bitte erzähl, warum dieser Adwar dich geschlagen hat.«

Shirvan greift mit beiden Händen an die Kante der Bank, als müsse er sich festhalten. »Das war meine Schuld. Es war an dem Abend, als wir beide ausgehen wollten und der Sicherheitsmann mich nicht in den Club gelassen hat.«

Er senkt die Stimme mitten im Satz. Noch immer scheint es ihm peinlich zu sein.

»An dem Abend kam ich ins Camp zurück und war enttäuscht. Ich wollte mit Mejdi darüber sprechen, aber sein Baby hatte in der Nacht zuvor viel geweint, und er schlief schon. Irgendwie kam es, dass ich mich zu Adwar und seinen Freunden setzte, auch wenn ich ihnen sonst aus dem Weg gehe.«

»Gibt es dafür einen Grund?«, hake ich nach.

Shirvan nickt ernst. »Oh ja, den gibt es. Adwar ist ein Anhänger von Baschar al-Assad. Ihm und seiner Familie ging es unter der syrischen Regierung sehr gut. Vor der Revolution.«

»Deiner doch auch.« Das wundervolle Haus in Aleppo, der Hof und die beiden Geschäfte sprechen Bände.

»Ja, aber meine Familie stand vom ersten Tag an auf der Seite der Revolution. Mein Vater hat sich immer nach mehr Demokratie verzehrt, und meine Mutter …« In seinem leisen Lachen klingt Sehnsucht mit. »Ah, meine Mutter hätte die Revolution aus ihrem Leib geboren, wenn sie könnte. Adwars Familie aber war zufrieden, wie es war. Sie werfen den Demonstranten vor, ihr geliebtes Syrien zerstört zu haben. Seine Familie hat gegen meine gekämpft und meine gegen seine. Wir wissen beide, dass wir unsere Meinungsverschiedenheiten hinter uns lassen müssen, um hier neu anzufangen. Aber manchmal fällt Vergebung schwer.«

»Warum ist er geflohen, wenn er auf Assads Seite ist?«, frage ich.

»Tooney«, antwortet Shirvan, »wenn Krieg ist und Bomben fallen, wird dir egal, ob dich Freund oder Feind bombardiert. Assad ist es auch nicht wichtig, wen er trifft. Adwars Bruder war Arzt. Er ist erst vor wenigen Tagen während der Arbeit bei einem Angriff der syrischen Luftwaffe ums Leben gekommen.«

Ich reibe mir unweigerlich die Oberarme. Wie schrecklich! An jemanden zu glauben, für eine Überzeugung zu kämpfen – und dann als Bauernopfer zu sterben oder erfahren zu müssen, dass der eigene Bruder …

»Aber die Menschen, die Baschar al-Assad noch folgen, geben ihm nicht die Schuld, weißt du? Sie denken, er müsste das tun, um das Land vor den Terroristen zu retten: vor den islamistischen genauso wie vor denen, die gegen seine Regierung schreiben, reden und demonstrieren. Baschar al-Assad gibt allen die Schuld, die Veränderung wollen. Adwar glaubt ihm. Und vielleicht hat er sogar recht.« Shirvan hebt die Hände, die Handflächen zum Himmel gewandt. »Es klingt paradox, aber hätten wir nie nach Freiheit verlangt, wären die meisten von uns frei. Ich hätte dieser Tage die Schule beendet und wäre nach dem Sommer mit Nour zur Universität gegangen.«

»Glaubst du wirklich?« Ich nicht. Nicht nach allem, was er mir bisher erzählt hat.

»Es wäre nicht unmöglich. Vermutlich hätte die Revolution ein halbes Jahr später begonnen oder ein ganzes. Ich denke, sie hätte in jedem Fall begonnen. Das syrische Volk ist der harten Hand seiner Väter entwachsen.« Er macht eine Pause. Einige Sekunden, vielleicht sind es auch Minuten, ist er weit fort. Dann sieht er mich plötzlich an, als wäre er überrascht, dass ich da bin.

»Ich habe an diesem Abend bei Adwar gesessen. Wir haben geraucht und geredet. Ich hätte meinen Mund halten sollen, aber die Einsicht kam zu spät. Ich habe ihm davon erzählt, wie der Sicherheitsmann bei dem Musikclub mich fortgeschickt hat. Und Adwar und zwei seiner Freunde sind später losgezogen, um mit diesem Sicherheitsmann zu streiten. Dabei kam es zu der Prügelei mit Deutschen. Ich weiß nicht, wer angefangen hat und was genau dahinter steckt. Aber ich vermute, dass Adwar wütend war, weil man mich beleidigt hat und mit mir jeden anderen Syrer, als wären wir eine Person. Wer Streit sucht, der wird überall welchen finden. Ich hätte das wissen müssen.«

»Du bist doch nicht für ihn verantwortlich«, widerspreche ich ihm.

»Aber wer dann?« Shirvan betrachtet mich, als erwartet er ernsthaft eine Antwort. »Er ist ohne Halt und noch nicht bereit dazu. Irgendjemand muss ihm geben, was er braucht.«

»Das hast du versucht?«

»So habe ich es gelernt.«

Ich berühre seine lädierte Augenbraue mit den Fingerspitzen. »Und du hast dafür eins auf die Mütze bekommen.«

»Ungeachtet dessen, dass er Halt braucht«, sagt Shirvan ungerührt, »wollte er ihn leider nicht. Nicht hier, nicht von mir, nicht von al Hamistir.« Er grinst humorlos. »Seit dieser Nacht ist es besonders schwierig zwischen uns. Wir gehen uns aus dem Weg. Nachts fiel mir das immer schwer, weil die Zelte von ihm und seinen Freunden links und rechts von meinem standen. Wenn sie vorbeigingen, haben sie oft dagegengetreten oder die Heringe herausgezogen. Darum bin ich in den Männerschlafsaal gegangen. Das hat sie geärgert, in der Nacht haben sie herumgebrüllt, ich solle herauskommen und mir noch mehr Prügel abholen.« Ein weiteres schiefes Grinsen. »Ich habe keine Angst vor ihnen, aber ich weiß, dass sie das ernst meinten. Darauf hatte ich keine Lust.«

»Kam deshalb die Polizei?«

Shirvan nickt, es wirkt absolut ungerührt. »Wenn du ein Flüchtling bist, darfst du bei Nacht nicht schreien. Auf keinen Fall. Die haben sie sofort mitgenommen.«

»Fürs Herumbrüllen wird die deutsche Polizei sie aber nicht lange festhalten.«

Er zuckt mit den Schultern. »Dann sollen sie kommen. Meinst du, streitsüchtige Jungen können mir etwas anhaben?«

Nein. Jemand mit seinen Erfahrungen hat sicher Angst vor nichts und niemandem mehr. Vielleicht noch vor der Zukunft, aber die ist auch ein anderes Kaliber als Menschen.

»Du irrst dich«, sage ich schließlich.

»Ja, oft. Worin diesmal?«

»Es war überhaupt nicht deine Schuld; nichts von dem, was passiert ist.«

Shirvan zuckt zusammen, als hätte ich ihn getroffen. Unvermittelt und scharf. Habe ich etwas Falsches gesagt? Dann atmet er schnell aus, und der Eindruck ist verschwunden. »Wegen Adwar? Adwar meintest du, nicht wahr?«

Ich wüsste zu gern, woran er vorher gedacht hat, aber es bleibt keine Zeit, ihn danach zu fragen, denn Saskia kommt auf uns zu. Ihr ernstes Gesicht gefällt mir nicht. Ob sie den harmlosen Kuss auf Shirvans Wange auch gesehen hat?

»Toni, wir müssen ein ernstes Wort miteinander reden«, sagt sie. Dann wirft sie Shirvan einen Blick zu. »Und zwar allein.«

Er sieht mich ebenso ratlos an wie ich ihn. »Ich spreche mit Saskia«, sage ich. »Wir reden später weiter.«

Saskia möchte sich nicht zu mir auf die Bank setzen, sondern bittet mich, ihr zu folgen. Zuerst denke ich, dass wir einfach nur über den Hof spazieren, stattdessen führt sie mich in ihren Bürocontainer. Sie schließt die Tür und schaltet die Lampe ein, denn durch das kleine Fenster kommt nur wenig Tageslicht.

Mir wird mulmig. »Was ist denn los?«

Saskia geht um ihren Schreibtisch herum, setzt sich und bedeutet auch mir, mich auf dem Platz ihr gegenüber niederzulassen. Ich zögere, verschränke die Arme, starre sie fragend an. Doch erst als ich mich auf den unbequemen Klappstuhl fallen lasse, spricht sie. »Fee hat mir gerade etwas anvertraut. Ist es richtig, dass deine Eltern nicht darüber informiert sind, wo du dich befindest?«

Fee hat … was? Ich beiße mir auf die Unterlippe und suche nach einer Antwort. »Sie wissen, dass ich hier bin, nehme ich an«, sage ich schließlich. Inzwischen hat Alex es ihnen sicher erzählt.

»Das nimmst du an?«

»Ich bin sechzehn und muss ihnen kein Protokoll vorlegen, wann ich wohin gehe.«

Saskia stützt die Ellbogen auf den Tisch. »Lass es mich anders formulieren: Hast du die Erlaubnis deiner Eltern, hier zu sein?«

»Sie haben es mir nie verboten.«

Ich komme mir recht clever vor, aber mein Gegenüber ist leider auch nicht dumm.

»Hast du sie gefragt?«

Jetzt muss ich wohl oder übel mit der Wahrheit rausrücken. »Nein.«

Saskia atmet tief ein und sehr beherrscht wieder aus. »Ist dir klar, dass du mich damit in Teufels Küche bringst?«

»Warum?« Gern würde ich cool bleiben, aber ich spüre, wie die Fassade bröckelt. »Du hast mich doch nie gefragt, ob meine Eltern erlauben, dass ich hier mithelfe.« Ich weiß, wie patzig ich reagiere, und wie wenig Saskia das verdient hat. Vermutlich hat sie vollkommen recht und allen Grund, stinksauer auf mich zu sein, aber meinen Frust an ihr auszulassen, ist die einzige Möglichkeit, die ich habe, solange ich nicht so weit bin, zuzugeben, dass meine Familie eine Horde von Rassisten ist und mir mein Ehrenamt hier im Camp selbstredend verbieten würde. Dass ausgerechnet Fee mich verpetzt hat, gibt mir den Rest.

»Kann ich nicht davon ausgehen, dass ihr ein bisschen mitdenkt und euch selbstständig die Zustimmung eurer Eltern holt?«, fragt Saskia gereizt.

»Offenbar nicht. Was man nicht selbst macht …«

»Antonia, ich kann das gerade gar nicht glauben.« Saskias Blick flackert. Ihre Stimme zittert, ganz leicht nur. Sie ist stinksauer auf mich. »Du weißt, dass wir hier bis zum Kinn im Chaos versinken und ich den organisatorischen Kram einfach hintenanstellen muss. Hier sind gerade hundert Punkte wichtiger, als ein paar Einverständniserklärungen abzuheften.«

»Die krieg ich aber nicht!« Die Worte platzen aus mir heraus, als käme mir der Mageninhalt hoch. »Meine Eltern würden es nicht erlauben, wenn ich frage. Sie würden es mir verbieten. Weißt du, warum?«

Plötzlich bin ich dankbar, dass wir im Container sind, wo niemand mitbekommt, dass ich die Nerven verliere und kreische wie hysterisch geworden.

»Weil sie gerade Unterschriften gegen das Camp sammeln! Weil sie dem Bürgermeister sagen, er soll zusehen, dass die Leute hier wegkommen! Weil sie sie nicht hierhaben wollen, weil sie ihnen scheißegal sind, weil sie finden, dass sie in Syrien oder wo auch immer verrecken sollen. Hauptsache, sie kommen nicht her! Hauptsache … sie …«

Ich habe tausend Worte auf der Zunge, tausend Sätze im Kopf. Aber ich bekomme nichts mehr raus. Nichts außer Schluchzen.

Mit einem Mal ist Saskia neben mir, drückt mir ein kratziges Papiertuch in die Hände und nimmt mich in den Arm. Ich heule Rotz und Wasser an ihrer Schulter und schäme mich dabei in Grund und Boden. Für meine Familie. Für mein Verhalten. Für meinen Namen auf der Liste meines Vaters.

Wie lange ich weine, weiß ich nicht. Saskia reibt mir den Rücken zwischen den Schulterblättern, und ich fühle mich noch ein wenig elender, weil ich so widerlich zu ihr war und sie nun auch noch Verständnis für mich hat.

»Besser?«, fragt sie mich irgendwann. Meine Nase und meine Augenlider sind wund von Tränen und dem rauen Tuch, und mein Kopf dröhnt, aber ich fühle mich leichter.

»Tut mir wirklich sehr leid, Toni. Das muss ein ekliges Gefühl sein, wenn die eigene Familie auf der anderen Seite steht.«

Ich nicke. »Egal, was ich sage, sie hören mir gar nicht richtig zu.«

»Das tun sie bestimmt. Vielleicht brauchen sie einfach länger, um sich durch den Kopf gehen zu lassen, was du sagst.« Sie schluckt und schaut zu Boden. »Aber du verstehst hoffentlich, dass ich …«

»Was?«

»Toni, ich kann dich unmöglich hier arbeiten lassen, wenn ich weiß, dass deine Eltern etwas dagegen haben. Das geht beim besten Willen nicht! Es war ein Fehler, die Einverständniserklärungen hintenanzustellen. Wenn deine Eltern sich bei meinen Vorgesetzten beschweren, riskiere ich, die Campleitung zu verlieren, oder Schlimmeres. Und nachher zieht es auch wieder den Ruf unserer Einrichtung in den Dreck, wenn sich so was herumspricht.«

Fassungslos starre ich sie an. »Du schmeißt mich jetzt raus?«

»Was bleibt mir denn übrig? Die Rechten fackeln da nicht lange, die benutzen so was als Publicity, um Stimmung gegen uns zu machen. Ich muss da vorsichtig sein. Verdammt, meinst du, ich tue das gern?«

Ich schlucke an einem fetten, harten Stein herum, der in meiner Kehle feststeckt. Er bewegt sich nicht.

»Vielleicht kannst du das ja klären. Bis dahin …«

»Aber ich darf zu Besuch kommen, oder?«

Saskia verzieht den Mund. »Ich war heute Mittag bei einem Termin mit der Bezirksregierung. Die haben angeordnet, dass außer den Bewohnern nur noch Mitarbeiter und angemeldete Ehrenamtler ins Camp dürfen.«

»Na toll!«

»Toni, das hat mit der Sicherheit zu tun. Wir müssen verhindern, dass hier jemand reinkommt, der Schlechtes im Sinn hat. Dafür wurden jetzt Regeln für alle Unterkünfte festgesetzt, an die ich mich halten muss. Kannst du das hinnehmen, ohne es mir übel zu nehmen?«

Saskia sieht mich eine Weile lang an, bis ich mir ein knappes Nicken abringe.

»Okay. Dann muss ich dich jetzt leider nach draußen bitten. Sorry. Ich habe noch furchtbar viel zu tun.«

»Ich finde schon raus«, murmle ich.

Und gehe.

Die Stunden bis zum Abend ziehen sich erbarmungslos in die Länge. Ich rechnete damit, dass Alex auftauchen würde, aber das tut er nicht. Er scheint unseren Eltern noch nicht verraten zu haben, was das schwarze Schaf der Familie vor dem Flüchtlingsheim getrieben hat, denn weder kommen sie früher nach Hause, noch melden sie sich.

Einzig Fee versucht ständig, mich anzurufen. Ich könnte das Handy ausschalten, aber warum sollte ich? Sie kann sich gern schwarztelefonieren und immer wieder meiner Mailboxansage lauschen. Mehr wird sie von mir nicht zu hören bekommen.

Ich bin wahnsinnig enttäuscht von ihr. Warum musste sie Saskia die Wahrheit über meine Familie auf die Nase binden? Nun gut, vermutlich hätte sich meine Aufgabe im Camp ohnehin vorerst erledigt, da Alex' Schweigen nicht ewig anhalten wird. Aber meine Eltern können mich kaum einsperren. Wenn etwas Gras über die Sache gewachsen wäre, hätte ich heimlich weitergemacht, genau wie bisher. Jetzt, da Saskia mich einfach aussperrt, ist dieser Weg buchstäblich nicht mehr offen. Die Wut über diese Ungerechtigkeit pocht heiß in meinem Kopf. Ich war noch nie in meinem Leben so zornig.

Meine Verzweiflung liegt nicht an Shirvan. Ich will mehr als ihn sehen – ich will weitermachen! Ich will mit den Kindern malen, spielen, singen und ein paar deutsche Worte lernen. Ich will mit den irakischen Mädchen herumalbern, mit Rezarta sprechen, Amal näher kennenlernen. Vor allem will ich lernen. Viel mehr lernen. In den letzten Tagen habe ich zum ersten Mal in meinem Leben etwas wirklich Sinnvolles getan. Einen kleinen, aber bedeutsamen Beitrag geleistet. Vielleicht habe ich sogar herausgefunden, in welche Richtung ich mich später beruflich orientieren könnte.

All das werde ich nicht aufgeben!

Shirvan kann ich überall treffen – notfalls auch nachts, nachdem ich mich nach draußen geschlichen habe. Ich werfe mir einen kurzen Blick in meinem verspiegelten Kleiderschrank zu und sehe mich grimmig lächeln. So kenne ich mich gar nicht; diese neue, rebellische Seite überrascht mich. Aber bisher hatte ich auch nie einen Grund, mich so entschlossen aufzulehnen.

Wieder klingelt mein Handy. Wieder schaue ich darauf, wer anruft. Wieder ist es Fee, und wieder wende ich mich ab.

»Keine Zeit«, knurre ich und fahre meinen Laptop hoch. Ich muss mich rüsten. Alex hat mir Zeit gegeben; Zeit, meine Argumente zu bündeln und ein paar entscheidende dazuzugewinnen. Bisher habe ich mich bei meinen Recherchen über Syrien allein an Texte gehalten und allenfalls das ein oder andere

Foto angesehen. Früher oder später tauchte dabei immer das Foto eines am Badestrand angeschwemmten Kleinkindes auf, das beim Versuch, das Ägäische Meer zu überqueren, ertrinken musste. Nun liegt es dort, friedlich beinah, in seinem roten T-Shirt und der kurzen Hose. Wie beim Spielen eingeschlafen. Das Bild verrät nichts von einem Todeskampf, und irgendwie macht es das Leid dadurch nur schlimmer. Bisher habe ich den Laptop immer schnell zugeschlagen, als könnte ich nicht aushalten, dieses Foto anzusehen. Aber den Luxus, wegsehen zu können, kann ich mir nun nicht mehr leisten.

Jetzt werde ich hinsehen.

achtundzwanzig

Wenn mein Vater vor Wut explodiert, dann zeigt sich das meist kurz vorher daran, dass er still wird. Seine Lippen werden schmaler, und an seinen Wangen zeichnen sich die Muskeln ab. Eigentlich ist Explodieren auch das falsche Wort – er implodiert vielmehr, sobald ein gewisses Maß voll ist.

Als wir uns abends in der Küche um den Esstisch versammeln, verrät mir ein Blick, dass er sich bereits im roten Bereich befindet und es vermutlich keinen großen Unterschied mehr macht, was ich sage. Der Punkt, an dem die Kühlsysteme den drohenden GAU nicht mehr verhindern können, wurde bereits überschritten.

Meine Mutter erscheint mir wesentlich ruhiger, wirkt abwartend, nur besorgt ob der Dinge, die da kommen. Ihre deutlichste Ansage ist die Abwesenheit einer Mahlzeit auf dem Tisch. Sie ahnt wohl, dass das Gespräch uns allen den Appetit verderben wird.

Alex provoziert mich am meisten. Er mustert mich mit einem Blick, in dem die Frage liegt, ob ich nicht entlaust werden muss, bevor ich mich wieder ins Haus wagen darf. Ich grinse ihn kindisch an, und er wendet sich ab. Man könnte meinen, ich hätte sein Vertrauen missbraucht und ihn auf hinterhältige Weise verraten.

Bevor ich mich setze, positioniere ich meinen Laptop auf dem Tisch. Was ich nicht ausdrücken kann, vermag das Video, das ich im Netz gefunden habe. Aber zuerst warte ich die Anklage ab.

»Stimmt es, was Alex uns erzählt hat?«, beginnt mein Vater mit neutralem bis kritischem Gesichtsausdruck.

Ich verschränke die Arme. »Was hat er denn erzählt?«

Meine Mutter reibt sich bloß die Stirn. Meinem Vater fehlen dagegen selten die Worte. »Dass du dich mit Asylanten herumtreibst.«

»Ist ihm das aufgefallen, als er mit seinen neuen Nazifreunden pöbelnd vor dem Camp aufmarschiert ist?«

»Das war eine angemeldete Demonstration!«, klugscheißt Alex.

Wie lange kann ich mich wohl beherrschen, bevor ich ihm etwas Schweres an den Kopf werfe? Wie er da steht und sich mit dem Hintern an den Tisch lehnt, an dem ich sitze, und Arroganz versprüht, erkenne ich ihn nicht wieder. Im Urlaub haben wir uns so gut verstanden. Ist das wirklich erst wenige Wochen her?

»Ach wirklich? War auch angemeldet, dass Mädchen bespuckt werden? Wer genehmigt so was?«

»Mädchen bespuckt«, wiederholt Alex höhnisch. »So ein Unsinn.«

»Leider nicht.«

»Wir können hier und heute nicht klären, was wirklich passiert ist«, versucht meine Mutter zwischen uns zu vermitteln, aber Alex und ich begehren sofort auf – immerhin waren wir beide dabei, wenn auch auf unterschiedlichen Seiten des Zauns.

»Darum geht es hier überhaupt nicht«, mischt sich mein Vater ein und wendet sich dann meinem Bruder zu. »Du kannst jetzt gehen, Alexander. Wir reden besser allein mit Antonia.«

Ich würde Geld darauf setzen, dass es Alex ärgert, fortgeschickt zu werden. Er spielt Desinteresse vor und schleicht sich.

»Herrgott, Antonia!« Mein Vater hebt die Stimme, kaum dass Alex den Raum verlassen hat. »Was denkst du dir eigentlich? Willst du uns vollkommen lächerlich machen?«

»Darum geht es?« Mir ist nicht danach, aber ich lache trotzdem. »Ist es euch peinlich, dass ich Helferin bin? Kommt bestimmt nicht gut bei euren Besorgte-Bürger-Versammlungen, was?«

»Hoffentlich reißt du dich bald zusammen!«, blafft mein Vater.

Meine Mutter wird blass. »Helferin? Was soll das heißen?«

»Dass ich mich nicht herumgetrieben habe!«, erwidere ich. »Ich arbeite im Camp. Ehrenamtlich.«

»Du tust was, bitte?«, fragt mein Vater gefährlich leise.

Ich hebe das Kinn und rede ganz bewusst nicht in der Vergangenheit. »Ich betreue die Kinder, während die Eltern Deutschkurse haben.«

»Mit wessen Zustimmung?«

»Man braucht nur eine Einverständniserklärung, die habe ich gefälscht«, murmle ich. Damit müsste Saskia aus dem Schneider sein.

»Du hast was?« Diesmal brüllt mein Vater.

»Hatte ich eine Wahl? Ihr hättet mir das nie erlaubt!«

»Natürlich nicht! Und zwar aus gutem Grund! Ist dir eigentlich klar, was alles hätte passieren können?«

»Ja, haltet ihr mich denn für blöd? Dreimal wäre ich fast im Kochtopf gelandet und einmal –«

Mein Vater springt auf und schlägt mit der flachen Hand so sehr auf die Tischplatte, dass es kracht und die Blumenvase in der Mitte einen kleinen, erschrockenen Hüpfer macht. Ich fahre zusammen. So habe ich ihn noch nie erlebt.

»Hältst du das für witzig?«, brüllt er mich an.

»Um ehrlich zu sein, ja«, flüstere ich. Sein Geschrei schüchtert mich mehr ein, als ich zugeben würde. »Weil es so absurd ist. Ihr habt einfach vollkommen falsche Vorstellungen von den Menschen, die da leben.«

Mama legt meinem Vater eine Hand auf die Schulter. »Reg dich nicht auf, Jochen«, sagt sie leise. »Frau Theiss hat uns darauf hingewiesen, dass das passieren könnte. Konfrontation gehört zum Heilen dazu. Wir sollten das nicht überbewerten.«

Richtig, meine Psychologin hat meinen Eltern gesagt, ich würde vielleicht einmal intensiven Kontakt zu dunkelhäutigen Männern suchen, um meine Ängste zu überwinden. Sie hat ebenso wenig wie meine Eltern mitbekommen, dass ich lauschte, und ich habe das Gespräch verdrängt, weil es mir damals so absurd vorkam. Jetzt erinnere ich mich.

»Ich bewerte das, wie es ist«, entgegnet mein Vater kühl. »Sie lungert in einem Lager voller ausgehungerter, junger Männer mit mittelalterlichem Frauenbild herum. Das geht zu weit.«

»Wir könnten Frau Theiss anrufen.«

Hallo? Ich bin auch noch da. Haben sie das vergessen? »Ihr braucht Frau Theiss nicht anrufen«, sage ich. »Und ihr braucht auch kein Drama vorspielen, wo keins ist. Im Camp leben Familien, Männer, Frauen und Kinder. Niemand dort war jemals respektlos zu mir.« Den Vorfall mit Adwar wische ich beiseite, schließlich ist überhaupt nichts passiert. »Ganz im Gegenteil. Alle sind freundlich und nett und –«

»Und haben sofort angefangen, dich anzubaggern!«, unterbricht mein Vater mich. »Oder was hast du zu der Szene zu sagen, die Alexander beobachtet hat?«

»*Ich* habe Shirvan auf die Wange geküsst!«, rufe ich, und nun muss ich wirklich lachen. Allerdings kommen mir dabei die Tränen, und das nicht nur, weil ich so wütend bin. Es berührt mich, wieder an die Szene denken zu müssen. Und an die Angst, die ich vorher um Shirvan ausgestanden habe. »Wir sind Freunde!«

»Na, herzlichen Glückwunsch«, höhnt mein Vater. »Antonia, du bist doch vollkommen naiv, dich mit diesen Leuten anzufreunden. Die nutzen dich bloß aus.«

»Natürlich. Das erkennst du woran? Am Stempel im Pass oder an der Augenfarbe?«

»Antonia, versteh das doch bitte«, fleht meine Mutter. »Diese Menschen sind mittellos und verzweifelt. Die spielen dir alles vor, was du sehen willst, um einen Vorteil daraus zu schlagen. Kann man es ihnen denn verdenken?«

Ich schüttle den Kopf. Ihre Vorstellung ist so absurd, dass mir darauf keine Antwort einfällt.

»Und am Ende sollst du sie heiraten, damit sie in Deutschland bleiben können!«, sagt mein Vater.

»Shirvan«, zische ich, »kommt aus Syrien. Da ist Krieg, da fallen jeden Tag Bomben. Syrer bekommen ohne billige Tricks den Flüchtlingsstatus in Deutschland. Er hätte überhaupt keinen Grund für eine Schmierenkomödie.«

»Du kannst das trotzdem nicht ausschließen.«

»Ich kann auch nicht ausschließen, dass der nette Junge von nebenan ein Psychopath ist – auch nicht, wenn er Deutscher ist.«

Mama stützt die Stirn auf ihre Fingerspitzen. Mein Vater tigert neben dem Tisch auf und ab. »Du bist sechzehn und kannst das nicht beurteilen.«

»Denkst du, dass du das besser beurteilen kannst?«

»Durchaus!«

Ich springe so heftig auf, dass mein Stuhl umkippt und auf die Fliesen knallt. »Du kennst Shirvan überhaupt nicht«, rufe ich. »Und du kennst Amal, Mejdi und Rezarta nicht. Du kennst weder Tala, Behiye und Lilian noch Linda oder Mira.«

»Du auch nicht«, sagt mein Vater. »Du lässt dich bloß ausnutzen. Diese Leute sind nicht umsonst hier, Antonia. Die haben ihre Pläne.«

Meine Handflächen brennen. Offenbar habe ich die Hände so krampfhaft zu Fäusten geballt, dass ich mich an meinen eigenen Nägeln geschnitten habe.

»Ja, überleben, zum Beispiel«, flüstere ich. »Willst du einen kleinen Eindruck von dem, was da los ist?« Ich klappe meinen Laptop auf. Der Tab, in dem ich das Video aufgerufen habe, ist noch offen. Aus dem Augenwinkel sehe ich, wie mein Vater den Kopf schüttelt, als interessiert es ihn überhaupt nicht, was ich ihm zeigen will.

»Seht es euch wenigstens an«, bitte ich und starte das Video.

Die Aufnahmen beginnen recht harmlos. Eine Drohne fliegt bei azurblauem Himmel über das hinweg, was einst eine Stadt war. Die Namen »Homs (Ḥimṣ, Ḥumṣ)« werden eingeblendet. Gefühlt kann man kilometerweit schauen, und überall sieht man das gleiche Bild: Ruinen. Zerbombte Wohnhäuser, Hochhäuser, Bürogebäude, Straßen und Autos. Alles ist versunken in Aschegrau, wodurch der Himmel noch blauer zu leuchten scheint. Davon abgesehen ist die Patina eines zur Hälfte eingestürzten Kuppeldaches einer Moschee der einzige Farbklecks.

Mein Vater schnaubt. »Ich weiß, wie so etwas aussieht.«

»Sieh es dir an!«

Es folgt eine Szene am Boden, gefilmt von einer wackeligen Handykamera. Ein Haus wird gezeigt, auf den ersten Blick scheint es unversehrt, doch aus den Fenstern dringen dichte, weiße Staubwolken, die aussehen wie der Rauch eines Feuers. Ungeachtet dessen klettern ein paar junge Männer mit weißen Helmen, in T-Shirts und Sportschuhen unter lauten Rufen durch eines der Fenster ins Gebäude. Die Kamera umrundet das Haus, und nun erkennt man die Rückseite, die wirkt wie ein eingetretener Pappkarton. Kaum etwas außer der Frontfassade scheint noch zu stehen, und zu glauben, dass irgendetwas oder irgendwer darin noch lebt, ist ausgesprochen naiv. Jemand schreit arabische Worte. Die Kamera zuckt zurück, und die jungen Männer tragen ein Mädchen aus dem Fenster nach draußen. Wie alt mag sie sein? Acht vielleicht oder neun. Zuerst nimmt man an, sie wäre tot. Sie ist über und über mit Staub bedeckt. Er färbt ihre Haut und ihre Haare weiß. Bloß ihre Wunden stechen grell in tiefem Rot hervor. Sie blutet am Kopf, am Arm, an beiden Füßen. Das Blut tropft auf den Boden und hinterlässt eine Spur auf dem Weg, den die jungen Männer – fast sind es noch Jungs – sie tragen. Als sie an der Kamera vorbeilaufen, hebt sie plötzlich beide Arme, streckt sie in Richtung des Fensters, aus dem man sie getragen hat, und ruft ein einziges Wort.

Mama presst sich eine Hand vor den Mund. Sie muss kein Arabisch verstehen, um zu erkennen, wenn ein kleines Kind nach seiner Mutter ruft.

Das Video geht weiter. Wieder fliegt eine Drohne über eine vollkommen zerstörte Wohngegend. Zuerst wirken die zerbombten Häuser menschenleer. Doch dann sieht man Kinder über die Straße laufen und ihre Hälse nach der Drohne recken. Sie zeigen mit den Fingern in die Höhe. Eines winkt, und meine Mutter beißt sich in den Zeigefinger. Mein Vater verlagert sein Gewicht auf das andere Bein.

Eine weitere Szene, in der Leute Kinder, verletzte Frauen, Ohnmächtige und alte Menschen über Schutt hinweg auf die Straßen reichen, wo man sie wegträgt, auf dem Boden oder auf Tragen notdürftig die schlimmsten Blutungen verbindet, um sie weiterzutransportieren. Männer rufen sich etwas zu, die englische Übersetzung steht darunter.

»Die Schule, Bruder. Die Schule hat es auch erwischt.«

Schnell, schnell, hier muss alles hastig gehen, denn man hört sie noch, die Hubschrauber am Himmel. Niemand weiß, wann die nächste Bombe fällt. Aber wo sollten sie auch hin, diese Menschen?

Wieder die Skyline einer Stadt. »Damaskus, Dimaschq, Damas«. In der Ferne jagen tieffliegende Flugzeuge über den Himmel. Ein Pfeifen ertönt, während sie etwas abwerfen. Ein Moment gespenstischer Ruhe folgt. Dann explodieren die Bomben, als hätte man sie zuvor wie Perlen auf eine Kette gezogen. Vier, fünf, sechs Detonationen. Stichflammen schießen in die Höhe. Häuser krachen ein. Schließlich wird alles von einer gewaltigen Staubwolke verschlungen. Das Bild wird schwarz.

»Seht ihr das?«, frage ich. Meine Mutter weint, nur meinen Vater lässt das Video scheinbar unberührt. Aber das kann doch nicht sein, oder? »Die Leute kommen nicht hierher, weil es hier so toll ist. Sondern weil es dort so furchtbar ist.«

»Nachvollziehbar, dass dort keiner bleibt«, sagt mein Vater schließlich. »Aber Frieden gibt es nicht nur in Deutschland.«

Ich klicke einen zweiten vorbereiteten Tab auf. »Hier sieht du eine Tabelle, wie viele Flüchtlinge in den angrenzenden Ländern untergekommen sind. Länder, die zum Teil winzig klein und sehr arm sind und trotzdem tun, was sie können. Nun werden für das Welternährungsprogramm und die UN-Flüchtlingshilfe die Mittel gekürzt. Das heißt, dass die Menschen dort nicht mehr ausreichend versorgt werden können, geschweige denn, dass Platz für weitere Menschen geschaffen werden kann. Die Leute haben Angst, dass sie dort vergessen werden. Sie müssen herkommen, denn in den Nachbarländern wird die Hilfe gestrichen. Außerdem«, ich sehe meinem Paps fest in die Augen, »mal ganz ehrlich: Wenn hier Bomben fallen würden und jeden Tag Leute klopfen könnten, die Alex in einen aussichtslosen, grässlichen Krieg zwingen würden, den keiner von uns will – würden wir dann nicht fliehen? Und würden wir nicht dorthin fliehen, wo wir die besten Chancen hätten? Wo du und Mama arbeiten könntet, Alex studieren und ich weiter zur Schule gehen?« Ich sehe zu Mama. »Würdet ihr in ein Land gehen, wo Essen und medizinische Versorgung knapp sind? Keine Bildung für die Kinder? Keine Zukunft?«

»Natürlich nicht«, meint mein Vater, »aber …«

»Aber das ist etwas anderes, ich weiß.« Mit gesenktem Blick klappe ich meinen Laptop zu und klemme ihn mir unter den Arm. Ich habe genug gesagt, ich habe mehr sagen können, als ich erwartet habe, und fühle mich erschöpft. Und traurig, denn obwohl Mama sich Tränen abtupfen musste und mein Vater zumindest das Video bis zum Ende angesehen hat, habe ich das Gefühl, sie nicht wirklich erreicht zu haben. »Das ist etwas völlig anderes, weil wir schließlich deutsche Pässe haben.«

neunundzwanzig

Nun ist Mohammed auch gegangen, Shirvan. Wie fast all unsere Freunde. Er will nach Österreich, sagt er. Manchmal denke ich, auch du solltest gehen. Was, wenn sie keine Ruhe geben und uns an der Waffe sehen wollen? Ich erinnere mich daran, was du gesagt hast, mein Freund, du sagtest, wenn wir je gehen, dann zusammen. Aber wie könnte ich denn gehen? Schau, meine Mutter schafft die lange Reise nicht mehr. Wer soll für sie sorgen? Sie ist zu stolz, um das Angebot deiner Mutter anzunehmen. Nimm es ihr nicht übel. Ich bleibe. Solange sie lebt, bleibe ich. Ich gehe mit Mutter in die Wüstendörfer, wenn es hier zu schlimm wird. Doch ich verzweifle an dem Gedanken, wohin du gehen kannst.

Dein Nour

(eine Textnachricht, Oktober 2014)

Etwas später am Abend klingelt es an der Haustür. Ich lausche, kann aber nicht hören, was gesprochen wird. Als ich aus dem Fenster sehe, entdecke ich Fee, die langsam und mit hängendem Kopf nach Hause schlurft. Ein bisschen tut sie mir leid. Es fühlt sich falsch an, Streit mit ihr zu haben, versetzt mir Stich um Stich. Wir haben uns in den vergangenen Jahren das eine oder andere Mal gezankt, aber so übel, dass die eine nicht mehr mit der anderen reden wollte, war es noch nie. Doch ich kann ihr einfach nicht verzeihen, dass sie mich eiskalt bei Saskia angeschwärzt hat.

Ich öffne meine Zimmertür ein kleines Stück. Vielleicht lässt sie mir etwas ausrichten? Zwar höre ich Schritte auf der Treppe, aber sie kommen nicht bis zu mir nach oben, sondern nur bis in die erste Etage. Jemand klopft, wahrscheinlich an das Büro meines Vaters, dann klappert die Tür. Ganz leise vernehme ich, wie meine Eltern im Inneren des Zimmers reden. Über mich, vermutlich. Und über Fee? Sie hat doch bestimmt etwas gesagt!

Auf Socken schleiche ich die Treppe hinab und bleibe im Flur stehen. Zumindest meinen Vater kann ich von hier aus gut hören, seine Stimme ist lauter als sonst, er ist immer noch aufgebracht.

»Ich hatte es mir schon gedacht.«

Meine Mutter erwidert etwas, zu leise, um sie zu verstehen.

»Das glaube ich nicht«, sagt mein Vater. »Antonia hat sich nie für Politik interessiert. Felicitas hat ihr das eingeimpft. Und der Junge. Sie fällt auf schöne Augen rein, mehr nicht!«

Mein Gesicht prickelt, als hätte er mir links und rechts Ohrfeigen verpasst. Wie können meine Eltern meine Meinung nur so abfällig beiseite wischen? Als wäre es Fees Überzeugung, die ich – warum auch immer – bequem nachplappere. Als wäre meine Meinung bloß die Nebenwirkung einer Schwärmerei.

In ihren Augen bin ich ein Blatt, das vom Wind beliebig herumgewirbelt wird, und das ausgerechnet jetzt, wo ich zum ersten Mal wirklich von etwas überzeugt bin. Es sollte mich wütend genug machen, um einfach an ihnen vorbei nach draußen zu spazieren. Tschüss, bin weg!

Aber wo sollte ich hin? Mein Leben lang wäre ich zu Fee gegangen, wenn ich so heftigen Stress mit meinen Eltern gehabt hätte. Wir waren immer füreinander da. Und nun, da ich sie wirklich brauche, hat sie mich verraten.

Lustlos setze ich mich an meinen Laptop und surfe im Internet, ohne eine Seite näher zu beachten.

Auf Facebook ploppt eine Privatnachricht auf: Nathalia, eine Schulfreundin. Fee und ich gehen zwar auf dieselbe Schule, aber wir besuchen unterschiedliche Kurse. Nathi sitzt in den meisten Fächern neben mir.

Na, wieder zurück?, schreibe ich ihr. Wie war der Urlaub?

Langweilig!, lautet die Antwort. Nathalias Eltern haben ein Ferienhaus in Spanien, und obwohl das Land natürlich Sonne, Sonne und noch mal Sonne garantiert, hasst sie die Urlaube dort, denn außer besagter Sonne sowie einer Eselzucht hat der kleine Ort nichts zu bieten.

Ich zähle die Tage, bis ich 18 bin. Dann können sie mich nicht mehr zwingen, mit ihnen dahin zu fliegen. Der Ballermann ruft, Ibiza lockt, ich höre sie schon! Sie schickt einen verrückten, halb tanzenden, halb hüpfenden Smiley hinterher.

Ich muss grinsen. Achtzehn hin, Volljährigkeit her. Nathalias Eltern sind überbesorgter als meine und kennen jeden miesen Trick, ihre Tochter emotional zu erpressen. Sie erlauben ihr nicht mal die *Musicbox*. Dass sie sie in gut einem Jahr allein nach Mallorca reisen lassen, kann ich mir nicht vorstellen. Sylt vielleicht – ja, Sylt wäre vorstellbar. Zusammen mit der katholischen Frauen- und Mädchengruppe.

Wir tauschen ein paar Fotos vom Urlaub aus, und Nathalia kommentiert die Bilder, auf denen Alex zu sehen ist, mit Herzchen.

Kannst du das mal lassen?!, schreibe ich ihr nach dem dritten. Sie findet ihn schon länger toll. Früher hab ich ihr oft genug angeboten, sie näher mit ihm bekannt zu machen, aber dafür war sie dann doch zu schüchtern.

Huch! Was bist du denn so empfindlich?

Wenn du wüsstest, wie herzig mein feiner Bruder drauf ist!

Ein Smiley, der mit den Schultern zuckt.

Lange Geschichte, Nathi. Skype?

Keine zehn Sekunden später kann ich ihre spanische Sommerbräune auf meinem Bildschirm bewundern.

»Da bin ich! Und jetzt erzähl, was mit Alex los ist.« Nathi kneift die Augen zusammen. »Wie siehst du denn aus, Toni? Hast du geweint? Hast du mit Alex gestritten?«

»Wenn es nur das wäre«, erwidere ich. Und dann erzähle ich ihr alles, angefangen bei dem Sichtschutzzaun auf der anderen Straßenseite, über Etienne, Shirvan und die Damaszener Kampfmäuse, bis hin zu der Demonstration gegen die Flüchtlinge,

Alex' Beteiligung sowie von meinen Streit mit Fee und der Sache mit meinen Eltern.

Nathalia hört zu, nickt hin und wieder, macht ein zustimmendes oder ablehnendes Geräusch oder beißt sich auf die Unterlippe. Nicht einmal unterbricht sie mich. Als ich fertig erzählt habe, sagt sie ein einziges Wort, was das Ganze ausgesprochen treffend zusammenfasst: »Scheiße.«

»Eben.«

»Und was hast du jetzt vor, Toni?«

Ich zucke mit den Schultern und spüre mich selbst dabei zusammensacken. »Weiß auch nicht. Gefallen lassen kann ich mir das auf keinen Fall.«

»Würde ich auch nicht«, sagt Nathi. »Ich meine, das klingt jetzt schon blöd, weil ich mir echt viel von meinen Eltern sagen lasse, aber …«

»Aber da wäre dein Maß voll?«

»So was von übergelaufen!« Sie zieht einen Schmollmund. »Sowas würden meine Eltern allerdings auch nie bringen. Meine Mutter will selbst zur Notunterkunft gehen und ehrenamtliche Hilfe anbieten.«

»Dann habt ihr also schon von unserem Camp gehört.«

»Klar. Es lief in den Nachrichten, dass aktuell so viele Menschen nach Europa flüchten. Wir haben zwar schneckenlahmes Internet im Ferienhaus, aber für Mails reicht es. Mein Vater hat schon gespendet. Und meine Eltern wollen ein paar Kartons Windeln und Hygieneartikel in die Grenzregionen nach Griechenland schicken, da mangelt es den Helfern an allem.«

»Das ist super von deinen Eltern.« Obwohl es mich glücklich macht, dass Nathis Familie so aktiv mithilft, versetzt es mir gleichzeitig einen schmerzhaften Stich. Selbst ihre Eltern, die sich sonst so streng und konservativ geben, sind hilfsbereit und offen. Nur meine nicht.

»Vielleicht können meine Eltern ja mal mit deinen reden?«, schlägt Nathi vor, als hätte sie meinen Gedanken gelauscht.

»Ob die sich darauf einlassen? Wir hatten schon den Hannes Saltmeier hier sitzen, aber selbst der Bürgermeister hat gar nichts erreichen können. Sie sind und bleiben stur dagegen, und damit hat es sich – basta.«

»Aber versuchen muss man es trotzdem«, beharrt Nathalia. »Unsere Nachbarn waren zuerst auch total dagegen. Die fuhren diese Linie: Für arme Deutsche wird gar nichts mehr getan, und die bösen Ausländer kriegen alles für umme. Mein Vater hat denen erstmal den Wind aus den Segeln genommen, und plötzlich war ja alles nicht so gemeint.«

Das glaube ich gern. Nathis Vater findet immer überzeugende Argumente – genau daran scheitern wir ja ständig, wenn wir mehr Freiheiten für sie aushandeln wollen.

»Wir sollten es versuchen, Toni. Ich frag sie, ob sie deine Eltern nicht mal wieder zum Kuchen einladen wollen.«

»Ich weiß nicht.« Die Idee klingt gut, aber ich habe Angst, dass ich am Ende vor Scham im Boden versinken muss, weil Nathis Eltern meine für Nazis halten könnten.

»Gib ihnen eine Chance«, bittet Nathalia. »Ich weiß, dass ihr sie alle komisch findet, weil sie so streng und überängstlich sind. Aber sie haben gute Seiten, und ich wäre echt glücklich, wenn sie die endlich mal zeigen könnten.«

»Okay. Schlimmer kann es nicht mehr werden.«

dreißig

Shirvan, kleiner Bruder. Es war schön, dich zu sehen. Schön, dich wohlauf zu sehen, viel mehr als in den letzten Wochen. Du scheinst anzukommen. Ich hätte sie gern kennengelernt, das Mädchen, das meinem Bruder, der die Köpfe aller Mädchen verdreht, den seinen verdreht.
Oh, Shirvan, du hast etwas Liebeskummer mehr als verdient, mein Bester. Jetzt weißt du mal, wie das ist ;) Mach dir keine Sorgen, du wirst sicher bald wieder von ihr hören. Vermutlich lässt sie dich zappeln. Sowas tun sie manchmal. Vor allem, wenn sie es ernst meinen. Traue meinem Rat, Bruder, ich kenne die Frauen. In deinem Alter war ich immerhin schon verheiratet.

Bis bald, Gott sei bei dir. Dein Mervan

PS: Yasma sagt, du sollst dem Mädchen Blumen schenken. Und ihrer Mutter. Das ist immer richtig.

(eine Textnachricht im August 2015)

Sie scheinen es ernst zu meinen.

Ich erhalte allen Ernstes *Stubenarrest.* Allein das Wort erinnert an die Maßregelung von Soldaten im neunzehnten Jahrhundert. Zuerst dachte ich, sie scherzen. Aber nein, sie verlangen tatsächlich, dass ich die letzten Ferientage zu Hause bleibe.

»Darf ich meine Stube verlassen, wenn ich zum Klo will, oder muss ich dann einhalten?«, frage ich schnippisch.

»Du bleibst zu Hause, Antonia«, sagt meine Mutter. »Darüber werde ich nicht diskutieren.«

»Der Garten ist in Ordnung«, fügt mein Vater hinzu. »Vor das Haus gehst du nicht.«

»Wollt ihr mir nicht auch besser meinen Balkon verbieten? Nachher rufen mir die Flüchtlinge was zu. Was das für ein schlechter Einfluss wäre!«

Sie gehen zur Arbeit, ohne sich zu verabschieden. Eigentlich dachte ich, einfach verschwinden zu können, sobald sie weg sind, aber sie haben Vorkehrungen getroffen: Mein Bruder, sonst ständig unterwegs oder in seiner Bude, sitzt mit seiner PSX im Wohnzimmer, von wo aus er das Erdgeschoss im Blick hat. Unter Garantie hat er keine Hemmungen, mich zu verpetzen.

Am ersten Tag fühle ich mich einfach nur verarscht. Ich bleibe in meinem Zimmer und kommuniziere über meinen Laptop. Die gemeinsamen Mahlzeiten verweigere ich und mache mir lieber spätabends, wenn meine Eltern im Bett sind, ein belegtes Brot. Aus meinem ganzen Selbstmitleid flechte ich mir ein Nest, in das ich mich zurückziehe und vor mich hin brüte.

Am zweiten Tag beginnt mein Ärger zu zerfasern, und eine lähmende Ohnmacht bleibt zurück. Die können das doch nicht wirklich durchziehen und mich hier einsperren wie Rapunzel in ihren Turm! Leider können sie, da kann ich heulen und Türen schlagen, wie ich will. Die Überlegung, was Shirvan und die anderen wohl über mich denken, weil ich plötzlich nicht mehr wiederkomme, nagt zunehmend schmerzhaft an mir. Ich könnte zwar einfach an Alex vorbeimarschieren, aber ich fürchte, er würde mich mit Gewalt festhalten. Und wohin sollte ich auch gehen? Wenn ich beim Camp auftauche, um Shirvan zu treffen, bekommen nachher Saskia oder Shirvan selbst den größten Ärger.

Fee ruft nicht wieder an. Doch inzwischen habe ich mich so weit beruhigt, um ihr die entscheidende Frage zu stellen: warum sie mich verpetzt hat. Also wähle ich ihre Nummer.

»Hallo Fee«, sage ich bemüht neutral.

»Meine Güte«, begrüßt sie mich ungehalten. »Kannst du mir mal verraten, was ich dir getan habe, dass du dich tagelang nicht meldest?«

Unweigerlich bin ich wieder auf hundertachtzig. »Als wenn du das nicht wüsstest!«

»Sag mal, geht es noch? Was ist denn los mit dir?«

Dass sie einfach so tut, als wäre nichts gewesen, gibt mir den Rest, und mir vergeht die Lust, mich mit ihr auszusprechen. »Ach, weißt du was, Fee? Vergiss es ganz einfach. Du hast sicher Wichtigeres zu tun, als mit mir zu sprechen. Darf ich dich trotzdem um eine Kleinigkeit bitten?«

»Tzz«, macht Fee. »Ich weiß zwar nicht, wo dein Problem liegt, aber schieß los.« Man könnte ihr ihre Ahnungslosigkeit wirklich abkaufen. Aber so schwer von Begriff ist sie nicht.

»Shirvan«, sage ich schlicht. »Gib ihm bitte meine Handynummer.«

»Sag mal, Toni, spinnst du eigentlich?«

Mein Herz schlägt mir bis in die Kehle, wo sich durch das Bollern ein Kloß bildet. Ich hasse es, so mit Fee zu sprechen, und noch mehr hasse ich es, mitanhören zu müssen, dass sie so mit mir spricht. »Kannst du das nicht einfach für mich tun? Ist das jetzt echt zu viel verlangt?«

»Shirvan und ich überlegen den ganzen Tag, was mit dir los ist, aber du schmollst ja lieber, statt uns ein Wort zu sagen. Und jetzt soll er dir nachrennen? Mann, er tut mir echt leid, weißt du das? Das hat er nicht verdient.«

Mein polterndes Herz verkantet sich. Was soll das denn heißen? Dass Fee plötzlich den ganzen Tag mit Shirvan verbringt? Hat sie deshalb dafür gesorgt, dass ich aus dem Camp fliege? Einerseits klingt es so absurd. Shirvan ist Fee gegenüber immer auf Distanz geblieben. Andererseits hat Fee ständig darauf bestanden, wie hübsch sie seine Augen findet …

»Gib ihm einfach die Nummer, ja?«, sage ich und bemühe mich, vollkommen gleichgültig zu klingen. »Und dann kümmer dich um deinen Mist statt um meinen. Grüß mir Etienne.«

Fee schweigt für nervtötende Sekunden in die Leitung. Als ich gerade denke, dass sie aufgelegt hat, erwidert sie schließlich doch noch etwas. »Etienne ist weg. Aber schönen Dank auch!«

Damit legt sie auf.

Ich starre mein Handy an, als enthielte es mir bewusst und aus schierer Bosheit Informationen vor. Was soll das heißen – Etienne ist weg? Wo … weg? Abgeschoben? Abgehauen? In ein anderes Camp gebracht?

Unser Streit lässt mich ratlos zurück. Warum gibt Fee vor, nicht zu wissen, was ich ihr übelnehme? Das ist doch offensichtlich!

All das ergibt keinen Sinn. Ich öffne Facebook und gebe Shirvans Namen in das Suchfeld ein. Er sprach mal von Facebook, er scheint also ein Profil zu haben. Unter seinem vollständigen Namen finde ich nichts, aber das hätte mich auch gewundert – Shirvan war (oder ist?) syrischer Revolutionär und muss sich vermutlich vor den siebzehn Geheimdiensten in seiner Heimat schützen. Wie könnte er sich nennen, wenn er nicht sofort erkannt werden will? Meine Finger tippen wie von allein: Shirvan al Hamistir.

Bingo. Ich erkenne ihn sofort an seinem Lächeln, in dem bereits dieser Hauch von Bitterkeit liegt. Auf dem Profilbild trägt er die Haare länger und ein Tuch um die Stirn. Seine Augen sind hinter einer Sonnenbrille versteckt, in der sich die Kamera spiegelt, mit der das Bild gemacht wurde.

Sein öffentliches Profil zeigt neben ein paar arabischen Beiträgen vor allem Karikaturen und Zeichnungen. Fotokameras oder Stifte, die gegen Pistolen kämpfen, sind in vielen Varianten vertreten. Ich schicke eine Freundschaftsanfrage ab und warte, was passiert. Vorerst gar nichts. Vermutlich hat er – im Gegensatz zu mir – Besseres zu tun, als permanent vor Facebook zu sitzen.

Eine Stunde später klappe ich enttäuscht den Laptop zu und gehe ins Bett. Das Herumsitzen hat mich müde gemacht, und ich nicke sofort ein. Nur um plötzlich hochzuschrecken, als die Handy-App eine Aktion auf Facebook signalisiert. Ich taste nach dem Smartphone, und mein Herz schlägt schneller – Shirvan hat meine Anfrage akzeptiert und mir bereits eine Nachricht geschrieben.

Tooney!, steht da, und ich muss darüber grinsen. Inzwischen sieht er doch, wie mein Name geschrieben wird. Er bleibt stur bei seiner Aussprache und gleicht auch die Schreibweise daran an. Bist du mir immer noch böse?

Böse? Warum sollte ich ausgerechnet dir denn böse sein?

Ich dachte, weil du wegen mir Schwierigkeiten hattest! Du bist mir nicht böse? Wirklich nicht?

Nein! Ich sende ihm einen Sticker – ein extragroßes Ausrufezeichen.

Wo warst du? Ich habe mir Sorgen gemacht. Hast du große Probleme mit deiner Familie?

So schlimm ist es nicht, tippe ich. Sie lassen mich nicht mehr ins Camp. Ich muss zu Hause bleiben. Ob es einen englischen Begriff für ›Stubenarrest‹ gibt, der nicht klingt, als hätten sie mich in ein Militärgefängnis gesteckt?

Das tut mir leid, Tooney. Das ist meine Schuld.

Unsinn. Sie spinnen einfach nur.

Warum hast du dich nicht vorher gemeldet? Ich habe Fee gebeten, dir etwas auszurichten. Ich dachte, du wärst mir böse.

Nein, natürlich nicht. Ich habe nur nicht mit Fee reden wollen.

Warum nicht?

Jetzt, da ich es aufschreiben will, wird mir langsam klar, wie kindisch ich mich aufführe. Ich habe Fee am Telefon gar nicht zugehört, sondern sie direkt angepampt. So gut sollte ich meine beste Freundin kennen, um zu wissen, dass man so kein Gespräch mit ihr erwarten kann.

Erst war ich tierisch sauer auf sie, tippe ich und gebe Shirvan einen Kurzbericht über die Situation mit Saskia. Und danach hat sie mir auch noch erzählt, ihr hättet den ganzen Tag miteinander verbracht, und da wollte ich erst recht nicht mehr mit ihr sprechen.

Tooney? Warum? Bist du eifersüchtig?

Und wenn?

Dann bin ich ... Ein errötender Smiley erscheint.

Typisch Mann! Ich leide – und er fühlt sich geschmeichelt! Lachen muss ich trotzdem, wenn auch gequält.

Aber ich glaube, die Eifersucht ist ziemlich blöd von mir, oder?

Darf ich ehrlich sein? – Ein bisschen, ja. Wir haben nur geredet. Du kamst nicht – ich wusste nicht, warum. Und Fee war traurig, weil Etienne abgereist ist.

Und da tröstet ihr euch gleich gegenseitig, schießt es mir ungefragt durch den Kopf. Verdammt. Ich bin wirklich eifersüchtig.

Was für ein ekliges Gefühl! Wo bitte kann man das abstellen? Und was jetzt viel wichtiger ist: Was soll das heißen – Etienne ist abgereist? Mir wird erst jetzt klar, dass Fee exakt das Gleiche passiert ist, was ich neulich befürchten musste. Sie ging ins Camp – und ihr Freund war weg. Mit einem Mal tut sie mir schrecklich leid. Sie muss sich furchtbar fühlen. Und noch furchtbarer, weil ich so stur bin. Über den Ärger mit meinen Eltern hatte ich die Sorgen meiner Freundin völlig vergessen.

Shirvan schreibt mir, dass Etienne und seine Schwester etwa einhundert Kilometer entfernt Plätze in einer Gastfamilie bekommen haben. Saskia hatte wohl ihre Finger im Spiel, da sie vermutet, dass Etienne trotz gegenteiliger Behauptungen noch gar nicht volljährig ist. Etienne schreibt zwar begeisterte Nachrichten und schickt ein Foto nach dem anderen – die meisten von seiner Schwester zwischen den beiden Hunden der Familie –, doch Fee ist natürlich untröstlich, weil er so weit wegziehen musste.

Shirvan und ich schicken noch an die hundert Nachrichten hin und her. Irgendwann geht sein Akku zur Neige, und wir müssen uns verabschieden. Es ist ein seltsames Gefühl, nicht mal dreißig Meter Luftlinie entfernt und dennoch von Zäunen, Verboten und Grenzen von ihm getrennt zu sein.

Schreib mir noch rasch deine Nummer, ich rufe dich morgen an, verspreche ich.

Und dann muss ich mir dringend eine Lösung für das Problem mit meinen Eltern überlegen.

In der Nacht schlafe ich schlecht und träume wirres Zeug. Ich renne durch ein stickiges, enges und feuchtes Gefängnis und suche nach Shirvan. Stattdessen sitzt mein Bruder in jeder der Zellen und grinst mich an. Ich will Fee davon erzählen, aber statt ihr stehen mir zwei Hunde gegenüber, die einfach nicht verstehen, was ich ihnen sagen will. Also googele ich, aber auf Facebook steht, dass Shirvan zurück nach Syrien musste, um dort als Soldat zu kämpfen. Auf wessen Seite, weiß niemand.

Als ich um halb sechs am Morgen mit klopfendem Herz und konfusen Gedanken aufwache, stehe ich auf, statt mich noch mal umzudrehen. Auf weitere derartige Träume kann ich wirklich verzichten! Stattdessen setze ich mich an den Blogartikel über das Flüchtlingscamp und arbeite verbissen drei Stunden daran. Jetzt, da meine Eltern alles wissen, hemmt mich nichts mehr, meine Erfahrungen aufzuschreiben. Als ich fertig bin, würde ich den Eintrag am liebsten sofort veröffentlichen, aber Fee und ich haben die Abmachung, unsere Beiträge gemeinsam hochzuladen. Es ist schließlich unser Blog!

Nun muss ich also da durch. Ich habe die Aussprache ohnehin zu lange aufgeschoben!

Liebe gute Fee, tippe ich in eine WhatsApp-Nachricht.

du fehlst mir.

Und schon kommen mir ein paar Tränen.

Es tut mir so leid, dass Etienne wegziehen musste. Und dass ich pampig war. Und eifersüchtig – das war ich nämlich auch! Der Streit mit meinen Eltern und ihre Einstellung machen mir einfach die Birne weich. Kannst du mir verraten, warum du mich an Saskia verpetzt hast? Du wirst einen Grund haben, aber ich verstehe ihn nicht.

Rasch schicke ich die Nachricht ab, bevor ich alles wieder lösche. Auf die Antwort werde ich sicher warten müssen. Fee steht nie früh auf, erst recht nicht am letzten Wochenende der Ferien.

Wenig später sitze ich mit meinen Eltern am Frühstückstisch. Es ist das erste Mal, dass wir nach dem Streit wieder gemeinsam essen. Ich bin es leid, in Bögen um sie herum zu leben. Die Stimmung ist angespannt, wir alle vermeiden das heikle Thema, das zwischen uns steht wie ein Zaun, den irgendwer quer durch die Küche gezogen hat. Eigentlich reicht mir das Beisammensein nach einem halben Brötchen bereits wieder. Mehr als guten Willen zu zeigen, kann niemand von mir verlangen.

Zum Glück klingelt es an der Tür, und ich kann vom Tisch flüchten, um aufzumachen – es ist Fee. Wir umarmen uns kurz, aber es fühlt sich an, als hätten wir Stacheln und Angst, uns aneinander zu verletzen. Ohne viele Worte gehen wir hoch in mein Zimmer. Meine Eltern beginnen, miteinander zu reden, als wir auf der Treppe sind. Vermutlich geht es um den schlechten Einfluss, den Fee auf mich hat.

»Labert ruhig«, murmle ich.

»Was hast du gesagt?«, fragt Fee.

»Ach, nichts.«

Fee lässt sich in meiner Lümmelecke nieder wie sicher tausend Mal zuvor, aber etwas an dem Bild hat sich verändert. Sie sitzt so angespannt da, als müsse sie jeden Moment wieder aufspringen. »Jetzt erzähl mal, warum du so wütend auf mich bist.«

Zuerst bin ich verärgert. Sie kommt zu mir, um sich weiterhin blöd zu stellen? Aber dann schaue ich Fee ins Gesicht und blicke in pure Ratlosigkeit. Sie weiß es wirklich nicht!

»Ich hätte dir doch sofort gesagt, dass dein Bruder die Straße runterkommt, aber ich habe sein blödes Auto selbst erst erkannt, als er neben uns gebremst hat.«

»Darum ging es mir doch nie!«, rufe ich.

»Worum denn sonst?«

»Du hast Saskia verraten, dass meine Eltern mir gar nicht erlauben, im Camp zu helfen. Jetzt lässt sie mich nicht mehr rein.«

Fee schaut mich an, als wäre mir soeben ein glitzerndes Horn aus der Stirn gewachsen. Dann haut sie sich mit der Handfläche vor den Kopf. »Oh. Mein. Gott. Toni! Das … ich … Ich weiß nicht, was ich sagen soll.«

»Vielleicht sagst du mir einfach, warum du das gemacht hast.«

Fee schnaubt und schüttelt den Kopf, dass ihre Haare fliegen. »Das war doch keine Absicht. Ich war total verunsichert, weil Alex dich gesehen hat. Saskia hat mir angemerkt, dass etwas nicht stimmte. Sie fragte nach dem Grund, und da hab ich es ihr gesagt, ohne mir viel dabei zu denken. Ich dachte, sie hätte vielleicht einen Rat. Toni, das tut mir so leid.«

Ich mustere sie. Sie sagt die Wahrheit, ich kenne meine beste Freundin. »Aber warum hast du später nichts gesagt?«

»Saskia hat mir gegenüber mit keinem Wort erwähnt, dass du nicht mehr kommen darfst«, erwidert Fee. »Ich wusste es nicht. Es sind ein paar neue Bewohner ins Camp gekommen, und ein paar unbegleitete Jugendliche sind in Pflegefamilien vermittelt worden. Saskia hatte alle Hände voll zu tun. Shirvan hat sie nach dir gefragt, aber sie hat ihm keine Antwort geben wollen und gesagt, er solle dich selbst fragen. Er dachte, er hätte etwas falschgemacht und dich vergrault.«

»Oh Himmel, nein!«

»Und ich glaubte, du wärst wütend, weil dein Bruder dich gesehen hat.«

Ich lasse mich neben Fee in die Kuschelecke fallen, wir umarmen uns fest, und ich heule eine Entschuldigung in ihr T-Shirt. Nur ein Missverständnis – was bin ich erleichtert!

Meine Eltern ziehen ihren blödsinnigen Hausarrest noch das ganze Wochenende durch. Aber inzwischen habe ich Fee wieder auf meiner Seite und chatte und telefoniere regelmäßig mit Shirvan, sodass ich zumindest überzeugend vorspielen kann, die Strafe würde mir überhaupt nichts ausmachen. Das scheint ihnen nicht zu schmecken. Abends höre ich sie diskutieren, obwohl ich sehr wenig verstehe, vernehme ich hin und wieder meinen Namen.

Derweil schmiede ich Pläne. Sie können mich nicht ewig bewachen. Ich brauche eine Idee, wie ich ihnen klarmachen kann, dass mir die Sache wichtig ist. Irgendwie muss ich ihnen beweisen, dass ich mir nicht verbieten lasse, ins Camp zu gehen – dazu brauche ich Argumente. Mit Trotz und Bockigkeit werde ich nichts erreichen.

Bei einem meiner Telefonate mit Shirvan erzählt er mir, dass Adwar heute besonders schlecht gelaunt ist, weil das Essen im Camp nach eingeschlafenen Füßen geschmeckt hat. (Shirvans Beschreibung vermischt mit meiner Erfahrung lässt mich erahnen, dass verkochte Nudeln mit einer Käse-Sahnesauce und Parmesanpulver aus der Tüte serviert wurden.) Und so ist es ausgerechnet Adwar, der mich auf eine Idee bringt, die vielleicht alles noch viel schlimmer macht – vielleicht aber auch nicht!

»Hast du Mut, Shirvan al Hamistir?«, frage ich. »Viel Mut?«

»Wenn ich sonst nichts habe, davon reichlich.«

»Und würdest du etwas Verrücktes für mich tun?«

»Jederzeit!«

»Dann weiß ich, was wir machen. Lass dich überraschen.«

Auf Nathalias Eltern ist Verlass. Am Sonntagnachmittag zieht mein Vater ein Hemd an, und meine Mutter tauscht ihr Spagettiträgerkleid gegen einen knielangen Rock und eine Bluse. Ob sie ahnen, dass sie bei Nathis Familie mehr erwartet als ein harmloser Sonntagskaffee? Nein, sie wirken völlig entspannt. Vermutlich fallen sie gleich, mit Kuchen im Mund, aus allen Wolken. Ich verkneife mir ein garstiges Grinsen. Sie haben es verdient!

Als sie weg sind, bin ich endlich allein. Alex besucht einen Freund – offenbar hat er keine Lust mehr, die Gefangene im Turm zu bewachen, während seine Kumpels die Straßen unsicher machen.

Fee berichtet mir, in der Nähe der *Musicbox* wäre Samstagnacht eine selbsternannte Bürgerwehr aufgetaucht: finster aussehende, von Aggression umwehte Gestalten – viele davon mit Glatzen und in Thor-Steinar-Klamotten, aber auch viele Normalos.

Ich bin froh, dass Alex in dieser Nacht zu Hause war. Die Vorstellung, mein Bruder könnte auf Krawall gebürstet Seite an Seite mit Nazis durch die Stadt ziehen, macht mich krank.

Ob er das Gleiche gefühlt hat, als er mich mit den Flüchtlingen sah?

einunddreißig

Bevor meine Mutter am Montagmorgen zur Arbeit fährt, klopft sie zaghaft an meine Zimmertür. Ich stehe frisch geduscht und im Bademantel vor meinem Kleiderschrank und überlege, was ich anziehen könnte.

»Liebes, ich muss jetzt los. Es ist noch Obstsalat da, ich hab ihn extra nicht in den Kühlschrank gestellt.«

Lieb von ihr. Mama hasst es, Früchte offen stehen zu lassen, weil so schnell Fliegen angelockt werden. Ich mag Obst allerdings nicht aus dem Kühlschrank. »Danke dir. Ich esse ihn gleich.«

»Lass ihn dir schmecken. Es sind Stachelbeeren drin.«

Hm, Stachelbeeren!

»Und wenn du rausgehst … tust du mir einen Gefallen?«

Ich lege den Kopf schief. Bedeutet das …?

»Dein Hausarrest ist aufgehoben. Aber bitte geh nicht ins Flüchtlingscamp.«

»Okay«, antworte ich zaghaft. Noch nicht. »Ich darf ohnehin nicht rein. Jugendliche brauchen die Erlaubnis der Eltern.«

Mama scheint erleichtert. »Gut. Dann hab einen schönen Vormittag. Genieß die letzten beiden freien Tage. Mittwoch beginnt die Schule wieder.«

»Musstest du das erwähnen? Ich hatte es so schön verdrängt.«

»Und denk ans Abendessen, ja? Alexander wäre ja dran –«

»Aber das kann man nicht essen«, unterbreche ich sie amüsiert.

Sie muss lachen, schüttelt jedoch den Kopf. »Er tut nur so, als könnte er nicht kochen, weil du es dann für ihn machst. Heute kann er wirklich nicht, er ist bei einem Freund und kommt erst morgen wieder.«

Hoffentlich ist das keiner von seinen braunen Freunden.

»Ich denk mir was Leckeres aus«, sage ich, während Mama auf ihre silberne Armbanduhr schaut und bemerkt, dass sie sich beeilen muss.

Als sie die Treppen runterstöckelt, bekomme ich fast ein schlechtes Gewissen. Für heute habe ich meine Überraschung geplant. Dass Alex nicht nach Hause kommt, ist das Beste, was mir passieren konnte. Jetzt oder nie! Doch nun, da sie wieder so lieb zu mir ist, fühlt es sich nicht gut an, sie zu hintergehen. Aber habe ich eine Alternative? Nein.

Entschlossen nehme ich mein blaues Kleid aus dem Schrank, eines von denen, in denen ich mich einen Hauch hübscher fühle als gewöhnlich. Heute werde ich es brauchen. Ich ziehe mich an, tusche meine Wimpern und lackiere mir sogar die Nägel.

Und dann rufe ich Shirvan an. »Ich habe dir etwas Verrücktes versprochen«, flüstere ich in mein Handy. »Etwas, wozu du Mut brauchen wirst. Kommst du rüber? Dann erzähle ich dir alles.«

»Zu dir nach Hause? Hältst du das für eine gute Idee?«

»Nein«, antworte ich. »Für eine völlig verrückte.« Was ist, wenn mein Plan doch nicht so gut ist, wie gedacht? Wenn das schiefgeht …

»Ich bin gleich da«, sagt Shirvan und legt auf. Und damit gibt es kein Zurück mehr.

Etwas später sitzen wir gemeinsam in unserer Küche und picken den restlichen Obstsalat mit Kuchengabeln direkt aus der großen Schüssel. Zwischen Shirvans Augenbrauen kauert eine kleine Falte und verrät, wie angespannt er hier, im Haus meiner Eltern, ist. Ich fühle mich eklig, weil ich ihn überredet habe, herzukommen. Meine Bedenken schwellen an wie Wundränder, und zwischen ihnen sickert langsam aber stetig Angst hervor. Wenn das schiefgeht …

Aber ich hatte tagelang Zeit, mir zu überlegen, was ich unternehmen kann. Das Ergebnis lief immer auf dasselbe hinaus: Ich kann etwas Verrücktes riskieren oder mich mit den Verboten meiner Eltern abfinden.

Die Entscheidung steht!

»Was hast du vor?«, fragt mich Shirvan, der mir meine Gedanken an der Mimik angesehen haben muss. Kein Wunder – ich habe entschlossen die Zähne zusammengebissen.

Durchatmen, Toni. Ganz cool bleiben. »Du hast gesagt, dass dir das syrische Essen fehlt.«

Er sieht mich irritiert an, nickt dann.

»Und dass Menschen von schlechtem Essen schlechte Laune bekommen können. Wie Adwar.«

Ein weiteres Nicken.

»Kannst du kochen?«

Er sagt »Ja«, aber seine Antwort klingt wie eine Frage.

Hervorragend, dann müssen wir uns nicht mit Rezepten aus dem Internet herumschlagen. »Fein! Wir werden nämlich syrisch kochen«, erkläre ich.

»Hier?«, fragt Shirvan und deutet um sich. »In der Küche deiner Mutter?«

»Genau.«

Er lächelt, aber es wirkt äußerst gequält. »Das ist ziemlich … respektlos. Versteh mich nicht falsch, Tooney, ich habe keine Angst. Nicht vor Ärger. Nur davor, deine Mutter zu beleidigen. Meine Mutter würde einem Fremden, der in ihrer Küche herumpfuscht, vermutlich eine Pfanne um die Ohren hauen.«

»Sie wird dich nicht erwischen, versprochen. Wenn meine Eltern nach Hause kommen, wird nichts mehr darauf hinweisen, dass ein Syrer in unserer Küche war. Sie werden sich bloß über das Essen freuen, ehrlich!«

Shirvan hebt parallel eine Schulter und eine Augenbraue. »Warum?«

»Weil wir *für sie* kochen werden.«

Er nickt bloß, als zweifele er an meinem Verstand, wage aber nicht, mir zu widersprechen. Verrückte soll man ja nicht reizen. Vermutlich kennt man das Sprichwort in Syrien ebenfalls.

Ich greife nach einem Block und einem Kugelschreiber und setze mich an den Tisch. »Dann fangen wir mal mit dem Einkaufszettel an, okay? Du bist der Chef. Was kochen wir? Was müssen wir einkaufen?«

Shirvan überlegt eine Weile. Schließlich besteht er auf drei Gänge, denn alles darunter hält er für nicht der Mühe wert. Zunächst stimme ich zu, werde aber doch nervös, als ich registriere, dass jeder Gang aus unterschiedlichen Speisen besteht.

»Das klingt so viel. Schaffen wir das alles?«

»Bis wann haben wir Zeit?«

»Halb sieben kommen meine Eltern nach Hause.«

Shirvan wiegt den Kopf, was mich nicht vollends beruhigt. »Ich denke, dass wir das schaffen, wenn wir nicht trödeln, ja.«

Na, das kann ja etwas werden! Mein Einkaufszettel wird lang und länger. Hoffentlich macht sauer wirklich lustig, denke ich, als Shirvan mir ein Kilo Zitronen diktiert, kurz überlegt und mit zwei Kilo verbessert.

»Ob man die Sachen hier alle bekommt?« Ich habe keine Ahnung, was Tahina, Ashta-Creme oder Ghee bedeutet. Vielleicht sind es Begriffe, die Shirvan nicht übersetzen kann? Einige Male nutzt er die Übersetzungs-App, aber auch die stößt an ihre Grenzen. Und wo, bitteschön, bekommt man Rosenwasser oder Kardamom im Ganzen, wenn nicht gerade Markt ist und man am Kräuter- und Gewürzstand danach fragen kann?

»Zur Not kann man die Zutaten ersetzen«, sagt Shirvan. »Wir Syrer haben seit vier Jahren Krieg, Tooney. Wir können alles ersetzen.«

Ich packe einen ganzen Haufen Jutebeutel ein, bevor wir uns auf den Weg in die Stadt machen. Als wir unsere Straße entlanggehen, bewegen sich am Nachbarhaus bei Frau Schäfer die Gardinen. Zuerst zucke ich zusammen, weil ich so sehr daran gewöhnt bin, dass ich mit Shirvan nicht gesehen werden darf. Doch dann winke ich in die Richtung von Frau Schäfers Fenster, raffe meinen Mut zusammen und schiebe meine Hand in Shirvans. Er wirkt glücklich, und das ist mir ein Risiko wert.

Ab morgen muss ich mich nicht mehr verstecken. Dafür muss mein Plan heute nur gelingen. Nur!

Unsere Einkaufstour ist das reine Chaos. Shirvan wedelt wild mit dem Einkaufszettel, redet mit sich selbst und eilt von einem Regal zum nächsten, um dann wieder in die Gemüseabteilung umzudrehen, weil ihm zu spät aufgefallen ist, dass unter Mehl, Hefe, Joghurt und Bulgur doch noch Zwiebeln und Spinat stehen. Wie erwartet, finden wir viele Zutaten nicht, stoßen aber auf eine Frau, die uns einen türkischen Laden empfehlen kann, wo wir Tahina, Ashta-Creme, Ghee (was immer das alles auch ist) und Kardamom (im Ganzen) bekommen. Zuvor müssen wir aber durch die Kasse, und da geraten wir ernsthaft in Zank, weil Shirvan darauf besteht, den gesamten Einkauf zu bezahlen. Das kommt so was von überhaupt nicht infrage!

»Ich will das!«, sagt er und schiebt mich zur Seite.

Ich remple ihn weg. »Nein! Das war meine Idee, und wir kochen für meine Eltern – ich bezahle.«

»Das machst du nicht. Das ist total lächerlich.«

»Ach? Spielen wir jetzt den Pascha, oder wie? Meinst du, nur weil du ein Kerl bist, hast du hier alles zu entscheiden?«

»Du hast gesagt, ich sei der Chef!«

Die Kassiererin räuspert sich amüsiert. »Bevor daran die Liebe zerbricht«, sagt sie, und ich spüre mich puterrot werden, »was wirklich schade wäre, macht doch einfach halbe-halbe.«

»Nein«, fauche ich sie an. »Ich bezahle – er kocht! Basta.«

Sie schmunzelt. »Junge, Junge. Ob du weißt, worauf du dich einlässt?« Sie spricht Deutsch, aber ich habe das komische Gefühl, Shirvan würde sie sehr genau verstehen. In jedem Fall setze ich mich durch. Auf dem Weg zum türkischen Laden schmollt Shirvan und raucht dabei eine Zigarette. Möchte er mich damit ärgern? Dann soll er doch!

Im Geschäft hellt sich seine Laune wieder auf, denn wir bekommen nicht nur fast alles, was auf unserem Einkaufszettel steht, sondern auch eine Gewürzmischung, die Shirvan spontan mitnehmen möchte, einen Tee, der ihn überzeugt, sowie kleine, unregelmäßig runde Fladenbrote, deren Qualität ihn überrascht.

»Hervorragend«, sagt er, »ich hätte sie selbst gebacken, aber das können wir uns sparen.«

An der Kasse spricht er Türkisch mit dem Mann hinter dem Tresen. Ashta-Creme hat dieser nicht, aber offenbar etwas Vergleichbares, eine Art Rahm oder Frischkäse, nehme ich an. Als ich noch glaube, sie würden über die Produkte reden, haben die beiden offenbar schon Preise ausgehandelt, die mit den Etiketten nicht mehr viel gemeinsam haben können. Und dann wechselt das Geld so schnell den Besitzer, dass ich diesmal nicht widersprechen kann.

»Bist du jetzt zufrieden, dein Machoding durchgezogen zu haben?«, frage ich, als wir das Geschäft verlassen. Jeder von uns schleppt zwei Beutel, die Griffe drücken mir schon in die Finger.

»Machoding«, wiederholt er, als könnte er den Vorwurf nicht fassen. »Das ist kein Machoding. Das ist ein armseliger Rest von Stolz. Sieh mal, Tooney, drei *Erstaufnahmeeinrichtungen*. Aber ein bisschen Stolz ist noch da. Den muss ich verteidigen, oder?«

»Machoding«, grummle ich. Ganz sicher bin ich mir allerdings nicht mehr.

»Du bist stur. Und jetzt sag mir bitte, wo man Blumen kaufen kann. Ich möchte welche für deine Mutter mitnehmen.«

»Das lassen wir besser«, erwidere ich. »Das erscheint meiner Mutter mit Sicherheit als zu viel und macht sie misstrauisch.«

»Hm. Schokolade?«

»Besser nicht. Es reicht, wenn wir kochen.«

Er sieht mich verständnislos an.

»Vertrau mir. Bisher hat noch kein syrischer Flüchtling für sie gekocht. Das ist erst mal mehr als genug zum Verdauen.«

Zurück in unserer Küche sortiert Shirvan die Lebensmittel nach Kriterien, die ich nicht verstehe. Danach schaut er in jeden Schrank, den wir haben, um sich einen Überblick zu verschaffen, wo er was findet. Währenddessen mische ich den am Morgen aufgesetzten Tee mit Zucker und Zitronensaft zu einem Eistee zusammen, den wir nach der Einkaufstour bei der Hitze draußen gut vertragen können.

Dann geht es los. »Womit fangen wir an?«, frage ich Shirvan.

»Mit Kibbeh. Die machen wir als Vorspeise, und sie dauern ihre Zeit. Also machen wir die zuerst. Schneidest du schon mal Zwiebeln? Ich koche Bulgur.«

»Klar, Männer heulen nicht«, necke ich ihn, und er knufft mich in die Seite. »Warum kannst du eigentlich so gut kochen?«

»Kann ich es?« Er wackelt mit den Augenbrauen. »Du scheinst sehr überzeugt von mir zu sein.«

»Ich hoffe es. Ich kann auch kochen – ich liebe es, zu kochen. Aber ich brauche für alles Rezepte. Ohne kann ich mir nicht mal merken, wie man Eierkuchen macht. Ich vergesse immer die Mengen.«

»Das ist alles Übung«, erklärt Shirvan. »Ich musste schon als kleiner Junge in der Küche helfen. Seitdem meine Eltern entschieden haben, dass erst mein Bruder und danach ich nach Deutschland gehen sollen, hat meine Mutter uns all ihre Rezepte eingebläut, damit wir gut für uns sorgen können und nicht verhungern.« Er gibt etwas Ghee (eine Art Butterschmalz) in eine Pfanne und brät das Lammhackfleisch mit dem Großteil der Zwiebeln, die ich fein gewürfelt habe, darin an. Dann holt er sein Handy heraus. »Gut, dass du mich daran erinnerst. Ich muss unbedingt Fotos für meine Mutter machen, damit sie sieht, dass ich ihre Kibbeh richtig zubereite. Selfie?«

»Dein Ernst?«

Es ist sein Ernst, und wir machen das Selfie breit grinsend – die Pfanne mit halbgarem Zwiebellammhack als Hauptdarstellerin in unserer Mitte.

Shirvan würzt, hackt Pistazien klein, schmeckt ab und würzt nach. Zwischenzeitlich gießt er den Bulgur in ein Sieb und gibt ihn mit weiterem Fleisch – diesmal Rinderhack – in die Küchenmaschine. Dazu kommen Zwiebeln und wieder eine Vielzahl von Gewürzen. Ich stehe ein bisschen ratlos daneben.

»Was soll ich tun?«

»Du kannst die Maschine anmachen. Die Bulgurmasse muss ganz fein werden.«

Er tritt zur Seite, und ich schalte die gefüllte Küchenmaschine ein. Hurra, ich bin total nützlich.

Zu meiner Enttäuschung geht es nicht sofort weiter mit den Kibbeh – was immer das auch werden mag. Erst muss alles abkühlen.

Shirvan lässt mich erneut Zwiebeln und Knoblauch klein hacken, diesmal für zwei Saucen: eine scharfe aus Paprika und frischem Chili, die Muschalfata heißt, und eine Art cremige Knoblauchmayonnaise, die Shirvan Thumih nennt.

Nachdem die Saucen fertig sind und eingetuppert im Kühlschrank auf ihren Einsatz warten dürfen, zeigt mir Shirvan, wie man das Dessert zubereitet. Meine Zweifel an der Genießbarkeit der syrischen Küche werden größer, als er dafür eine Art Grießbrei kocht und mehrere Kugeln Mozzarella hineinzupft, was genauso seltsam aussieht, wie es klingt. Auf der zweiten Herdplatte blubbert ein Zuckersirup. Ob der an der Grieß-Käse-Pampe noch etwas retten kann? Sie wird zäh wie Kaugummi, während Shirvan sie kocht, und das Rühren mutiert für ihn zum Kraftakt.

»Du vertraust mir nicht«, stellt Shirvan nach einem Blick in mein Gesicht fest.

»Doch, doch«, lüge ich. »Ich konzentriere mich bloß, damit ich mir merken kann, wie man es macht.«

Er lacht auf und küsst ohne jede Vorwarnung meine Wange. Mein Herz zappelt unkontrolliert in meiner Brust herum, was nur zum Teil daran liegt, dass er plötzlich den Zuckersirup auf die Arbeitsfläche schüttet. Was habe ich mir da eingebrockt!? Ich sehe schon die ganze Küche in klebrigem Sirup stehen. Allerdings hält Shirvan die zähe Flüssigkeit mit einem Teigschaber in Schach und kippt seine Grieß-Mozzarella-Mischung einfach obendrauf.

»Gut, dass ihr so viel Platz habt«, sagt er. »Die Mutter meines Cousins Nour musste das immer auf einer Plastiktischdecke auf dem Boden machen.«

Ich stelle mir eine Frau vor, die fröhlich Sirup und Brei auf den Fußboden kippt, und beginne, meinen Plan vom syrischen Essen zu bereuen. Diese Küche scheint Unmengen an Fett und Zucker zu verarbeiten und außerdem eine fürchterliche Sauerei zu erfordern.

»Meine Mutter wird es lieben«, sage ich und versuche, Shirvan die Ironie nicht allzu deutlich hören zu lassen. Das geht natürlich schief, und er lacht mich aus, der Schuft.

Während die Pampe auf der Arbeitsplatte abkühlen darf, sind die beiden Fleischzubereitungen für die Kibbeh nun ebenfalls kalt genug. Shirvan stellt eine Schale mit Wasser auf, feuchtet seine Hände an und zeigt mir, wie ich aus der Bulgurmasse ein Ei formen und eine Kuhle hineindrücken muss, in die dann die Lammhackfleischfüllung kommt. Bei ihm sieht das sehr einfach aus, und im Nullkommanichts hat er sein erstes Bällchen fertig gefüllt und mit glattgestrichener Oberfläche auf dem Teller abgelegt. Ich versuche, nicht viel langsamer als er zu sein, aber mein Kibbeh bekommt weder die richtige Form noch eine schöne Oberfläche, und am Ende bröckelt mir alles auseinander. Statt eines formvollendeten Eis habe ich eine matschige Frikadelle in den Händen.

»Oh, Tooney, so wird das nichts.« Shirvan betrachtet mein Ergebnis mit unverhohlenem Mitleid. »Soll ich es dir noch einmal zeigen?«

Ich starre auf seine Hände und kann nicht verstehen, warum es bei ihm so leicht aussieht, als müsse jedes Kleinkind das schaffen. Mein zweiter Versuch wird wieder nur ein ungeschicktes Aneinanderpappen von zwei verschiedenen Hackfleischmassen.

»Ich glaub das nicht! Das ist total schwierig!«

Shirvan gibt sich große Mühe, nicht zu grinsen. »Tooney, das habe ich gelernt, als ich vier Jahre alt war.«

»Daran muss es liegen! Das ist wie Geige spielen. Man lernt es als Kind oder nie.«

»Kibbeh füllen ist wie Geige spielen? Dann gib mir eine Geige. In der Zwischenzeit zeige ich dir, wie man die Kibbeh macht!« Er nimmt meine Hand, führt sie in die Wasserschale und krümmt meine Finger zwischen seinen zu einer Art Schale, in der er das Fleischbällchen formt und mir zeigt, wie ich die Aushöhlung mit dem Daumen hineindrücken muss. »Siehst du? Mit Gefühl. Geht doch!«

Tatsächlich gelingt es mir mit seiner Hilfe deutlich besser. Ich merke, worauf ich achten muss. Außerdem fühlt es sich gut an, Shirvan zu berühren. Wir sind beide so auf die Zubereitung der Kibbeh konzentriert, dass ich mir zuerst kaum bewusst bin, wie nah wir uns sind. Nur mein Herz bemerkt es, denn es schlägt schneller, und dann bemerkt es der Rest von mir auch, und mein Körper wird kribbelig.

Shirvan hat verdammt tiefbraune Augen. Die Sprenkel gehen fast ins Schwarze und verdichten sich um den Außenring der Iris. Seit wann schaue ich ihm in die Augen statt auf meine Hände?

Aber hey, wie heißt es? Man soll mit Liebe kochen.

»Du kannst es jetzt«, sagt Shirvan und rückt ein klein wenig von mir ab. Zuerst bin ich enttäuscht, dann erleichtert, weil mein Gehirn wieder funktioniert. Wenn ich diesen Kerl das erste Mal küsse, will ich es richtig machen, mit meinen Fingern auf seiner Haut oder meinen Händen in seinen Haaren … Reste von Hackfleischmasse würden dabei erheblich stören. Allein bei dem Gedanken, ihn später – mit gewaschenen Händen – zu küssen, kribbelt es mir heiß und kalt im Nacken.

Er hat ein klein wenig Röte auf den Wangen und konzentriert sich einen Hauch zu stark auf seine Kibbeh, die er so fix und routiniert formt, wie ein stolzer, italienischer Pizzabäcker in seiner offenen Küche den Teig bearbeitet. Dass er die Fleischbällchen nicht hochwirft und mit ihnen jongliert, ist der einzige Unterschied. Selbst meine Kibbeh gelingen inzwischen, wenn sie auch nicht so gleichmäßig geraten und ich für einen so lange brauche wie er für vier oder fünf. Aber schließlich haben wir einen Berg von kleinen, ovalen, an den Enden verjüngten Fleischklößchen, und Shirvan beginnt, sie in Ghee auszubacken.

Es klingelt an der Tür, als ich mir gerade die Hände waschen will. Das kann ja nur Fee sein – oder die Post. Mit beschmierten Händen laufe ich zur Tür und drücke die Klinke mit dem Ellbogen hinunter. Vor mir steht Frau Schäfer.

»Guten Tag, Antonia«, begrüßt sie mich, und ihre Augen blitzen freundlich. »Ich habe eben ein Päckchen für deinen Vater angenommen, als niemand hier war.«

»Danke, Frau Schäfer. Ich war einkaufen. Würden Sie es mir bitte hier auf die Kommode stellen?« Ich halte meine Hände hoch, um ihr zu zeigen, warum ich es nicht anfassen möchte.

Frau Schäfer tritt ein und legt das Päckchen ab. »Hm, das riecht ja köstlich hier.« Neugierig lugt sie in die Küche, wo Shirvan am Herd steht. »Ah, der französische Austauschschüler. Ahlan wa sahlan.«

Mir klappt der Mund auf. Das war aber nicht Französisch!

Frau Schäfer spricht Arabisch?

Shirvan lächelt. »Ahlan bik«, sagt er, und dann noch einiges mehr, das ich nicht verstehe.

Frau Schäfer winkt ab, erwidert aber doch ein paar Worte. »So gut ist mein Arabisch leider nicht mehr«, fügt sie auf Deutsch hinzu. »Das ist ja alles so lange her.«

»*Und ich muss Deutsch lernen*«, sagt Shirvan.

»Sie überraschen mich, Frau Schäfer«, gebe ich offen zu. »Wo haben Sie Arabisch gelernt?«

»Ich habe zwei Jahre in Ägypten gelebt. In den Sechzigerjahren. Hach, waren das Zeiten. Aber ich will euch auch gar nicht stören.«

»Wenn Frau Schäfer fünf Minuten wartet, kann sie Kibbeh probieren«, schlägt Shirvan vor und übersetzt seine Einladung danach ins Arabische.

Frau Schäfer schnuppert sehnsüchtig, schüttelt allerdings den Kopf. »Es riecht wirklich verlockend. Doch da draußen zieht ein Gewitter auf.«

Sie verabschiedet sich auf Deutsch und Arabisch, und Shirvan antwortet ebenfalls in beiden Sprachen.

»Eure Nachbarin ist sehr freundlich«, sagt er, als wir wieder allein sind.

Das ist sie. Es frustriert mich ein bisschen, inmitten so vieler netter Menschen zu wohnen, wenn sich ausgerechnet meine Eltern so ablehnend verhalten.

Gefühlt stehen wir Ewigkeiten in der Küche. Shirvan hat sich in den Kopf gesetzt, meine Eltern mit dem Essen zu beeindrucken, und so scheut er keine Mühen. Er frittiert Kibbeh und überzieht einen Teil der fertigen Fleischbällchen noch separat mit Honig, Kräutern und Pistazien. Er schnibbelt Gemüse, kocht Brühe, hackt Knoblauch und zupft Thymian. Er rollt und schneidet das Dessert und streut Pistazien darauf, bis die Grießröllchen aussehen wie kleine Häppchen, die man in einer Confiserie für sehr viel Geld kaufen kann.

Ich bitte ihn ständig um etwas zu tun und bekomme so überaus anspruchsvolle Aufgaben wie: »Hol das Hühnchen aus dem Kühlschrank, nimm es aus der Verpackung und wasch es«, »Schäle eine Handvoll Pistazien«, »Presse eine Zitrone aus«. Am meisten Mühe habe ich damit, ihm nicht im Weg zu sein. Zwischendurch stehen wir trotzdem immer wieder so dicht beieinander, dass wir nur die Köpfe neigen müssten, damit sich unsere Lippen finden. Wir zögern beide. Wissen darum. Lachen darüber.

Endlich scheint Shirvan zufrieden. Gemeinsam räumen wir die Küche auf, dann setzen wir uns mit einem großen Krug Eistee, in dem die Eiswürfel munter gegeneinander klackern, und zwei Tellern mit Dessert in mein Zimmer. Inzwischen hat es angefangen zu regnen, und dicke Tropfen prasseln gegen die Fensterscheiben. Ich mustere die mit Granatapfelsirup und Pistazien garnierten Grießröllchen argwöhnisch. Solange man nicht daran denkt, dass sie jede Menge Mozzarella enthalten, sehen sie eigentlich lecker aus. Wenn man die Gabel hineindrückt, quillt die Creme seitlich heraus. Mir läuft das Wasser im Mund zusammen. Shirvan lässt mich nicht aus den Augen, als ich koste. Sein Blick macht schon vor meiner Reaktion klar, dass er keinerlei Zweifel an seiner Nachspeise hegt – um seine Mundwinkel spielt das selbstbewussteste Lächeln, zu dem ein Achtzehnjähriger fähig ist.

Und er hat allen Grund dazu! Himmel, ist das lecker. Cremig, süß, ein klein wenig wie Käsekuchen, aber dann wieder vollkommen anders.

Shirvan lehnt sich mit seinem Eistee zurück und schiebt mir den zweiten Teller auch noch hin.

»Darf ich dich etwas fragen?« Ich habe inzwischen beide Stücke der Süßspeise aufgegessen. Sie heißt Halawet el Jibbn, und ich wiederhole den Namen immer wieder, um ihn mir merken zu können.

»Aber ich muss dich warnen, es könnte diesmal persönlich werden.«

Shirvans Lächeln ist nicht ohne Anspannung. »Es könnte sein, dass ich diesmal nicht antworte.«

»Bei unserem letzten Gespräch im Camp …«

»Da, als ich dich geküsst habe?«

Ich haue leicht nach ihm. »Sei nicht so frech! Zuerst habe ich dich geküsst.«

»Nur auf die Wange.«

Ja, aber mehr hat er sich auch nicht getraut. »Da hatte ich kurz ein merkwürdiges Gefühl, als ich dir sagte, nichts von dem, was an dem Tag passiert ist, war deine Schuld.«

Das Lächeln vergeht ihm, aber er nickt, ganz leicht nur, kaum zu bemerken.

»Du bist zusammengezuckt. Warum?«

»Das mit der Schuld«, sagt Shirvan. Er klingt, als müsse er gegen jedes einzelne Wort einen Kampf gewinnen, ehe er es aussprechen kann. »Das ist nicht so leicht, Tooney.«

»Magst du es mir erklären?«

»Es ist mindestens so schwer zu erklären, wie es schwer zu verstehen ist.«

»Ich möchte es aber versuchen.« So oft habe ich das Gefühl, bei ihm an etwas zu stoßen, das ihm wehtut. Einen offenen Nerv zu treffen. Das macht mir Angst. Ich möchte dennoch gern wissen, womit ich es zu tun habe, damit ich vorsichtiger sein kann, wo es nötig ist.

»In meinem Glauben«, sagt Shirvan, »in meiner Religion, gibt es zwei Darstellungen des Bösen. Scheitan und Iblis. Du würdest sie vielleicht Satan und Teufel nennen. Manchmal, wenn von Schuld gesprochen wird, sind sie in meinem Herzen und greifen nach meiner Seele.«

Ich muss schlucken. Die sehr bildhafte, fast altmodische Sprache, die er manchmal nutzt, bewegt und irritiert mich gleichermaßen.

»Der eine flüstert, dass ich ein Feigling bin, der viel zu wenig getan hat. Der geflohen ist, während meine Brüder kämpfen und bluten und beharrlich mit hoch erhobenem Kopf für das demonstrieren, was uns zusteht. Der andere säuselt, dass ich ein Schlächter bin, der viel zu viel getan hat. Der seine Freunde überredet hat, auch zu den Demonstrationen zu gehen, der seine Freundinnen gebeten hat, Schilder zu malen und …« Seine Stimme bricht weg, er räuspert sich schnell und hat sich sofort wieder im Griff. »So ist das Leben im Krieg. Du kannst nur Schlechtes tun, egal, was du tust oder nicht tust. Er schleudert dich umher, der Krieg, als wärst du nichts wert, und zurück bleibt immer bloß die Gewissheit, dass du mit Sicherheit etwas Falsches getan hast. Verweigerst du, ein Gewehr zu nehmen, musst du vielleicht irgendwann zusehen, wie deine Mutter erschossen wird, und kannst ihr nicht helfen. Nimmst du das Gewehr, musst du vielleicht irgendwann einen deiner Brüder töten, weil er ohne Schuld auf der anderen Seite gelandet ist. Und wenn du fliehst …« Er schüttelt den Kopf, und einen Moment lang sind seine Augen leer und müde, »dann lebst du länger. Mit deinem Leben dauern deine Zweifel und deine Schuld an. Und irgendwann stirbst du als Feigling.«

Es liegt jetzt an mir, etwas zu sagen. Etwas Tröstendes, das ihn aufmuntert, das ihm klarmacht, dass das alles nicht stimmt, weil er keine Wahl hatte und weil nichts davon seine Schuld ist. Aber mein Gefühl wispert, dass ihm das bereits ein Dutzend Leute gesagt haben und dass er es mir, dem Mädchen aus Deutschland, das keine Ahnung von der Welt hat, wohl nicht glauben wird. Warum sollte er auch?

Also sage ich nichts. Bin einfach still. Und trage ein wenig Schwermut mit ihm zusammen.

Irgendwann nimmt er unvermittelt meine Hand und atmet durch, als könnte er endlich wieder Luft holen. »Das ist die Geschichte der Schuld«, sagt er. »Keine schöne Geschichte.«

»Aber eine wichtige Geschichte«, erwidere ich. Er sollte sie aufschreiben. In allen Sprachen, die er spricht und lernen kann.

Darauf lächelt er. »Kann sein. Danke, Tooney.«

Ich rücke etwas näher an ihn heran und lege meine Hand auf seine Schulter. »Wofür denn?«

»Fürs Fragen.«

Und endlich, endlich, als ich fast vergessen hatte, daran zu denken, küsst er mich. Sehr vorsichtig. Sehr fragend. Und für einen Moment frage ich genauso vorsichtig zurück. Dann atme ich seinen Geruch, diesen fremdvertrauten, warmen, orangigen Duft, und alles, was wir sind und was uns Sorgen macht, ist für den Augenblick vergessen. Wir sind ein Junge und ein Mädchen, deren Herzen pochen und deren Bäuche kribbeln, und wir küssen uns, bis wir nach Luft schnappen, weil wir das Atmen vergessen haben.

»Davon träume ich«, flüstert Shirvan, eine provozierende Heiterkeit in der Stimme, »seit ich dich zum ersten Mal gesehen habe.«

Ich muss lachen. »Wirklich? Als ich mit dem Müllsack und Gummihandschuhen durch das Camp lief und mich fürchtete?« Ich fand ihn auch interessant. Aber zu fremd, um den Gedanken zuzulassen.

Er schüttelt den Kopf. »Nein. Als du am Tag davor Obst an die Kinder verteilt hast.«

»Du warst da? Ich habe dich gar nicht gesehen.« Und ich könnte mich sicher erinnern.

»Die Zwillinge aus Damaskus rannten herum und riefen: Es sind zwei Frauen durch den Zaun geklettert – die Prinzessin mit den pinken Haaren und eine, die aussieht wie ein Engel! Da wurde ich neugierig und musste schauen kommen.« Er küsst meine Nasenspitze. »Du standst voller Furcht dort, als wäre die Hölle um dich herum. Trotzdem warst du da. Einfach nur, weil die Teufel deine Hilfe brauchten. Ich war hingerissen. Vom ersten Augenblick an. Dabei wollte ich das gar nicht sein.«

»Warum nicht?«, necke ich ihn.

»Ich habe Augen und Ohren. Viele Deutschen behaupten, dass wir Syrer nur an den blonden Mädchen hier Interesse haben.«

»Was natürlich überhaupt nicht stimmt!«

Er lacht. »Es ist doch nicht meine Schuld, dass du ausgerechnet goldene Haare hast. Ich hätte dich eher angesprochen, wenn es nicht so wäre.«

Wann habe ich mich eigentlich in ihn verliebt? Ich kann den Moment nicht mehr benennen. Das Gefühl hat sich in mein Herz geschlichen, ohne dass ich es bemerkt habe. Aber nun ist es da, fühlt sich wohl und richtet sich bequem ein.

Shirvan fährt mir mit den Fingerspitzen die Augenbrauen nach, streicht mir über die Kinn- und Wangenknochen und sagt mir leise, dass ich schön bin. Ich schließe die Augen und bin für den Moment wahrhaftig das schönste Mädchen zwischen Syrien und Deutschland. Das muss ich wohl sein, immerhin bin ich es, die er küsst. Ob er schon viele Mädchen geküsst hat? Ob es ein Problem für ihn ist, dass ich schon andere geküsst habe? Ob …

Ich verbiete mir das Denken, grabe meine Hände in seine Haare und ziehe seinen Mund auf meinen. Shirvan zu küssen ist zu schön, um dabei denken zu können. Irgendwann rutscht seine Hand ein kleines Stück unter mein T-Shirt, und sein Daumen spielt zärtlich an meinem unteren Rippenbogen entlang. Ich weiß nicht, ob es die Berührung ist, oder sein Atem an meinem Hals, was ein Kribbeln durch meinen Körper schickt und mich mutig macht. Auch ich schiebe ein bisschen störenden Stoff beiseite und streiche über seinen Bauch. Er zieht scharf die Luft ein. Seine Haut ist glatt und dann, in der Taille … plötzlich das erschreckende Gegenteil davon, und schon schiebt er meine Hand wieder weg und flüstert: »Nein, Tooney, nicht, bitte.«

Einen Moment bin ich wie erstarrt und wage kaum eine Bewegung, aus Angst, an Wunden zu stoßen, die nur äußerlich vernarbt zu sein scheinen. Wie das, was ich gerade gefühlt habe.

Was haben die ihm angetan? Wer war das? Und Herrgott – warum?

»Es ist nichts«, murmelt Shirvan und zupft den T-Shirt-Saum wieder über den Bund seiner Jeans. »Bloß …« Er ringt mit den Worten, doch sagt sie mir nicht.

»Bloß eine Lösung zu einer der Fragen, auf die du mir nicht antwortest?«, biete ich ihm vorsichtig an.

Er schweigt noch länger, das Gesicht in meiner Halsbeuge, bevor er sagt: »Du hast recht. Das kann ich einfach nicht.«

Noch nicht, denke ich, während Shirvan »Ich will es nicht« hinzufügt. Und dann schwirrt mir ungefragt, doch äußerst aufdringlich durch den Kopf, was ich neulich unbedacht dahingesagt habe: dass Narben hässlich sind.

Ich muss mich ans Atmen erinnern und mein Schaudern unterdrücken, damit er es nicht falsch versteht. Er soll nicht denken, ich würde irgendetwas an ihm abstoßend finden. Verdammt, ich Schaf!

»Es macht mir gar nichts aus«, versuche ich es. Erbärmlich.

Sein Lachen ist ohne jeden Humor. »Mir leider schon.« Dann nimmt er mich an den Schultern, drückt mich auf den Rücken und beugt sich über mich. »Vergiss es einfach. Lass uns nicht darüber reden.« Er küsst mich. Lange, bis ich mich beruhige und meine Finger sich wieder in seinen Nacken wagen. »Denk nicht dran.« Ein weiterer Kuss, diesmal, bis ich es wieder genießen kann, ihn zu küssen. »Nie wieder.« Noch einer. Und danach viele, viele mehr.

»Es ist schade«, sagt Shirvan irgendwann, als wir nebeneinanderliegen und uns einfach nur ansehen,

»dass glückliche Momente immer so kurz sind. Ich versuche sie festzuhalten, aber die Erinnerung kommt und zieht sie mir weg. Das ist … nicht fair.«

»So etwas braucht halt Zeit.« Ich lächle aufmunternd. »Du bist schließlich kein Comic-Held mit Superkräften.«

Mit den Fingerspitzen zeichnet er mein Schlüsselbein nach. »All die Küsse, und ich bin kein Superheld für dich?«

Gespielt seufze ich. »Es führt leider kein Weg daran vorbei – wir werden das Küssen noch oft üben müssen.«

»Verlass dich darauf, dass wir das tun«, flüstert er mir ins Ohr. Der Hauch von amüsierter Provokation ist endlich in seine Stimme zurückgekehrt. »Dann können wir jetzt weitergehen?«

Ich hebe beide Augenbrauen. »Weitergehen? Einen Schritt … weiter?« Wenn er das meint, was ich denke, geht mir das ein wenig zu schnell.

»Mit dem Kochen«, erwidert er trocken.

Vor Schreck zapple ich mich von ihm los und trete dabei gegen den Tisch. Die Karaffe wackelt bedenklich, und mein Glas kippt um – zum Glück war es leer. Halb erleichtert, halb enttäuscht begreife ich, dass ich sein ›Go on‹ dezent fehlinterpretiert habe. Er sprach von weitermachen – nicht weitergehen.

»Aber wir haben schon stundenlang gekocht! Sind wir nicht langsam mal fertig?«

Shirvan schaut mich an, als hätte ich etwas sehr Grundlegendes vergessen. »Wir haben eine Vorspeise und eine Nachspeise. Uns fehlt in jedem Fall ein

Salat. Und nicht zu vergessen das Wichtigste: das Hauptgericht.«

Ich lasse mich theatralisch nach hinten kippen und stoße mit dem Kopf gegen das Bücherregal.

Erstaunlicherweise geht die Zubereitung des Hauptgerichtes vergleichsweise schnell, denn Shirvan hat schon einiges vorbereitet. Nachdem ich die ganze Zeit mehr oder weniger nur zugesehen habe und bloß Arbeiten erfüllen durfte, die ein Kleinkind geschafft hätte, beginnt nach dem Kochen meine eigentliche Aufgabe: Ich muss mir nicht nur merken, wie die einzelnen Speisen heißen und ausgesprochen werden (und diese arabischen Namen haben es in sich!), ich muss vor allem wissen, wie man die letzten Handgriffe vor dem Auftischen erledigt und wie die Gerichte serviert werden müssen. Damit ich nichts vergesse, mache ich eine Liste:

Den vorbereiteten Salat mit Minzblättchen, frischem Zitronensaft und Olivenöl anmachen. Die Kibbeh mit Salat, Muschalfata (scharfe Paprika-Paste) und Thumih (Knoblauchcreme) servieren.

Für das Hauptgericht, Fatteh Dajaj (ich würde es eine Art syrisches Hühnerfrikassee nennen), Fladenbrotstücke mit Knoblauch in Olivenöl braten und abwechselnd mit dem Hühnerfleisch in Joghurtsauce auf Teller schichten. Granatapfelkerne drüberstreuen. Eingelegte Gurken dazu servieren.

Nicht vergessen, wie das Dessert heißt: Halawet el Jibbn – die Süße von Käse.

Ich schiele skeptisch auf den Granatapfel, den Shirvan gekauft hat. Meine Mutter liebt und hasst diese Biester, denn sie schmecken ihr zwar gut, aber nach dem letzten Versuch, einen zu öffnen und die leckeren Kerne herauszukratzen, mussten wir eine Wand neu streichen.

Die Gedanken müssen mir offen im Gesicht stehen, denn Shirvan grinst wissend und nimmt sich den Granatapfel vor.

»Ich zeig es dir«, sagt er und greift nach einem kleinen Messer. Mir gefällt nicht, was er vorhat. Er hat nichts abgedeckt, trägt keine Schürze und legt nicht einmal ein Brettchen unter diese bösartig um sich spritzende Frucht. Schlimmer noch, er stellt sich ganz dicht neben mich. In seiner unmittelbaren Nähe fühle ich mich normalerweise wunderbar, und mein Herz schlägt schneller. Jetzt ist das eher der Furcht geschuldet. Wir werden beide gleich aussehen, als hätten wir die Masern.

»Schau«, sagt Shirvan. »Zuerst schneidest du den Deckel oben ab. Vorsichtig. Nur die Haut. Du darfst die Kerne nicht verletzen, die wehren sich. Hier siehst du die weißen Zwischenwände. An diesen entlang schneiden, bis nach unten.« Geschickt, aber ohne besondere Vorsicht, ritzt er den Granatapfel mehrere Male ein. »Jetzt aufbrechen, dabei behutsam etwas drehen. Und dann die mittlere Wand herausziehen.« Schon kullern die ersten rubinroten Kerne in eine kleine Schüssel. Die übrigen löst er mit dem Daumen aus der Schale, indem er von wechselnden Seiten zart dagegen drückt. »Immer mit Gefühl«, erklärt er. »Nie mit Kraft. Ein Granatapfel ist sehr empfindlich.«

Ich kann kaum den Blick von seinen Händen lösen. Er hat nicht einmal Granatapfelsaft an der Haut. Kein Kern ist verletzt. Wenn das Architekturstudium nicht klappt, kann er Gefäßchirurg werden.

»In Syrien ist Granatapfel sehr beliebt«, erklärt er mir und hält mir ein paar Kerne mit den Fingern an die Lippen. Mir wird ein bisschen flau im Bauch, während ich probiere. »Vor allem in Aleppo. Er ist das Symbol von Dea Syria, der Syrischen Göttin.«

»Von ihr habe ich nie gehört.«

»Nein, das wundert mich nicht. Ihre Anhänger hatten ein Problem mit der Fortpflanzung. Ich glaube, sie starben deshalb aus.«

»Wirklich? Ich hätte dir den Granatapfel jetzt ohne Weiteres als Aphrodisiakum abgekauft.« Mir schießt Hitze in den Kopf, als mir klar wird, wie er diese Bemerkung auffassen könnte.

Shirvan grinst. Er hat ein Talent dafür, frech zu grinsen, dabei aber nicht zu anzüglich. »Das widerspricht dem nicht. Sie pflegten bloß interessante Rituale der Verehrung, die damit endeten, dass sie sich vor Begeisterung selbst … nun ja, kastrierten.«

»Autsch! Gute Anwärter für den Darwin-Award.«

»Den was?«

»Der Darwin-Award zeichnet Menschen aus, die sich vor ihrer Fortpflanzung umgebracht oder unfruchtbar gemacht und sich dabei besonders dämlich angestellt haben. In Gedenken an Darwins Vererbungslehre haben sie damit einen Preis verdient, da sie vorzeitig aus dem Gen-Pool ausgetreten sind.«

Shirvan lacht. »Dafür sollten wir sie wirklich vorschlagen, die Dea Syria. Sie bekommt sicher einen Ehrenpreis. Aber zuerst müssen wir Teller vorbereiten, damit du siehst, wie später alles aussehen muss.«

Ich amüsiere mich über seinen Anspruch an Perfektion. »Du überlässt nichts dem Zufall, oder?«

»Oh nein, nicht, wenn es darum geht, deine Eltern zu beeindrucken. Außerdem brauche ich ohnehin zwei Portionen von jedem Gericht. Keine Sorge, ich habe mehr als genug gemacht.«

»Zum Mitnehmen für Amal und dich?« Um die Mengen mache ich mir keine Gedanken. Wir könnten eine Fußballmannschaft satt bekommen.

»Für Amal und Frau Schäfer«, korrigiert mich Shirvan. »Du kannst doch nicht kochen, ohne deiner alten Nachbarin etwas davon zu bringen.«

»Ist das üblich bei euch?«, frage ich, und Shirvan schaut mich an, als hätte ich etwas vollkommen Barbarisches gesagt.

»Bei euch nicht?«

Wir bereiten alles vor, und er flitzt trotz Regen zu unserer Nachbarin hinüber, um ihr das Essen zu bringen, während ich schon mal für meine Familie den Tisch eindecke.

Als Shirvan zurückkommt, erscheint er mir ein wenig blass.

»Hast du eigentlich auch schon was gegessen?«, frage ich ihn.

»Ich habe beim Kochen probiert.« Irgendetwas an seinem Gesichtsausdruck gefällt mir nicht. Seine Stirn ist feucht, aber das liegt vermutlich am Regen.

»Ist alles in Ordnung?«

»Ja, alles gut.«

Ich streiche ihm durch die Haare. »Du siehst gar nicht so aus.«

»Ich … habe bloß in der letzten Nacht schlecht geschlafen.«

»Im Schlafsaal ist es sehr laut, oder?«

»Ja. Und in anderen Stunden ist es leise. So leise, als wären alle um dich herum tot.« Nachdem er das gesagt hat, rollt ein Donnern über die Straße hinweg. Wir zucken beide zusammen, aber es ist bloß das Gewitter. Shirvans Blick geht wieder so müde ins Leere, als wäre der Kraftaufwand, etwas zu fokussieren, zu groß. »Man ist schon froh, wenn irgendwer im Schlaf furzt, weil du dann merkst, dass noch jemand am Leben ist. Ich warte immer auf diese leisen Geräusche, weil ich ohne sie nicht schlafen kann.«

Er zieht sein Handy aus der Tasche und zeigt mir ein Foto. »Das hat mir heute ein Freund geschickt. Weißt du, was das ist?«

Ich blicke auf eine Straße. Rechts und links stehen Häuser, man erkennt noch, dass sie vor nicht allzu langer Zeit sehr schön waren. Jetzt sind die Fassaden rissig und grau von Schmutz und die Scheiben geborsten. Einige wurden mit Planen oder Platten abgedeckt. Zwischen den Häusern haben Menschen aus Schutt, Erde, Trümmern und leeren, rostigen Fässern eine Barrikade gebaut.

»Die Freie Syrische Armee hält nun dort die Stellung«, sagt Shirvan. »Hinter dem Wall sind noch Wohnhäuser, in denen Zivilisten leben. Familien, alte Leute, Kinder. Ich kenne die Straße gut. Siehst du diese zerbrochenen Türen?«

»Ist das …?« Ich muss nicht fragen, ich erkenne es nun. »Oh nein.«

»Ja«, murmelt er. »Es ist das Haus, in dem ich geboren wurde und aufgewachsen bin. Vor zwei Tagen fielen dort Bomben. Unsere Nachbarn … sie graben noch nach ihnen.«

»Shirvan.« Mir fällt lange nichts ein, was ich sagen könnte, außer seinem Namen. »Shirvan, warum hast du nichts gesagt? Das belastet dich, und ich nerve dich hier mit dem Kochen.«

Er lächelt gequält. »Ich war sehr glücklich über etwas Ablenkung.« Sein Blick streift meine Lippen. »Ich war wirklich sehr oft glücklich heute. So sehr wie ewig nicht. Aber jetzt muss ich wieder gehen und zurück in diesen Schlafsaal, in dem es erst zu laut ist und dann zu leise.«

»Kannst du nicht Musik hören?« Ich höre fast jeden Abend zum Einschlafen Musik oder ein Hörbuch.

Shirvan zuckt mit den Schultern. »Eins von den Kindern hat mir wohl meine Kopfhörer geklaut. Aber das bleibt unter uns. Es ist jedes Mal ein fürchterliches Theater, wenn im Camp etwas verschwindet.«

»Das ist alles? Mensch, sag doch einfach etwas. Ich gebe dir Kopfhörer.«

»Es kann passieren, dass du sie nicht zurückbekommst.«

»Das ist nicht schlimm. Komm, wir gehen hoch und holen sie.«

Mit gesenktem Kopf trottet er hinter mir die Treppen hoch und schämt sich sichtlich. Wegen

Kopfhörern! Wenn alles, was man ihm schenkt oder bezahlt, ihn in einen solchen Gewissenskonflikt bringt und seinen Stolz angreift, muss er sich ein dickes Fell wachsen lassen. Ich beiße die Zähne zusammen. Es wäre schade um die dünne Haut, die er noch hat.

In meinem Zimmer werfe ich ihm meinen iPod zu. »Da sind Imagine Dragons, Bastille und ein paar andere Bands drauf. Nimm ihn einfach. Ich brauche ihn kaum noch. Wenn ein Kind ihn dir klaut, freue ich mich, dass es wenigstens gute Musik zu hören bekommt, ehrlich!«

Shirvan lächelt. »Danke, Tooney.«

Na also, es geht doch. »Du solltest jetzt langsam gehen. Meine Eltern werden jeden Moment …«

Draußen blitzt es, und erneuter Donner übertönt krachend mein letztes Wort. Wieder zuckt Shirvan massiv zusammen. Verdammt, jetzt muss der Arme auch noch bei strömendem Regen und Gewitter rüber zum Camp laufen. Wenigstens schläft er nicht mehr im Zelt. Das schwimmt bei diesem Regen sicher davon. Hoffentlich gehen auch die anderen Bewohner, die Zelte haben, für die Nacht in die Schlafräume. Lieber einmal nah zusammenrücken, als durchnässt zu werden.

»Na komm«, sage ich zu Shirvan. »Wenn sie dich sehen, lassen sie sich gar nicht erst auf das Essen ein, und –«

Wieder ein Donner. Shirvans Oberarme zittern. Er blickt an mir vorbei aus dem Fenster, scheint gar nicht wahrzunehmen, was ich sage. Dann schüttelt er plötzlich den Kopf. Ein Tropfen Schweiß läuft ihm die Schläfe herab. Er leckt sich über die Lippen, die jäh trocken geworden sind.

»Ich habe dich neulich gefragt, ob du mir noch mal helfen würdest«, sagt er mit rauer Stimme. »Jetzt wäre die Zeit dafür.«

Und endlich, endlich begreife ich, was los ist.

zweiunddreißig

Shirvan hat Angst.

Er hat panische Angst vor Gewitter. Verdammt, wie habe ich das so lange übersehen können? Schließlich habe ich im Internet das Video der Bombenangriffe angesehen. Selbst mit runtergedrehtem Ton hörten sich die Einschläge genau wie starker Donner an.

»Du kannst jetzt nicht hierbleiben«, platzt es mir heraus. »Meine Eltern werden jeden Moment kommen.« Ich blicke mich in meinem Zimmer um. Vielleicht kann ich ihn hier oben verstecken?

»Tooney, ich schaffe das mit deinen Eltern.«

Fassungslos starre ich ihn an. Er traut sich bei Gewitter nicht aus dem Haus, will es aber mit meinem Vater aufnehmen?

»Shirvan, im schlimmsten Fall ruft mein Vater die Polizei und lässt dich verhaften, allein weil du hier bist.«

»Das erschreckt mich nicht. Bitte, Tooney. Gib mir einen Versuch.«

Langsam glaube ich zu begreifen. »Es geht gar nicht um das Gewitter, oder? Nicht nur?«

Erneut schaut Shirvan aus dem Fenster. Es ist finster geworden, die schwarzen Wolken schlucken das Abendlicht mühelos. Blitze zucken über den Himmel. Der Donner grollt voller Unheil. Shirvan zittert. Ich hole ihm ein Handtuch aus dem Schrank, damit er sich den Schweiß abwischen kann.

»Wenn man wegläuft«, sagt er heiser, »dann bleibt immer ein bisschen von einem zurück. Von mir ist so viel in Aleppo geblieben, dass ich Angst hatte, ich könnte nicht weitermachen, denn Aleppo … Aleppo war einmal für mich. Aber ich, ich bin. Und ich darf nicht immer nur weglaufen. Sonst ist bald nichts mehr von mir übrig. Ich hätte gern … ich brauche etwas von mir zurück.«

Wortlos nehme ich ihn in die Arme und presse mich an ihn, presse ihn an mich und spüre seinen Atem in meinen Haaren ruhiger werden.

»Bist du ganz sicher?«, flüstere ich dann. »Mein Vater wird nicht freundlich sein.«

»Das da draußen«, murmelt Shirvan, und der Donner antwortet ihm dunkel, »ist unfreundlicher.«

Ich weiß nicht, ob er die Situation richtig einschätzt. »Das Gewitter erinnert dich an die Bomben, oder?«

»Nicht nur. Es erinnert mich an den Tag, als ich beschloss, Syrien zu verlassen. An den Tag, als ich Allah vorwarf, uns vergessen zu haben. An den Tag, als Nour starb.«

Ich habe einen Kloß im Hals, und mein Herz zittert. Die Art, wie er diesen Namen ausspricht, berührt mich tief und an einer Stelle, die nackt und ohne jeden Schutz ist.

»Nour … wann ist er …? Wie …?« Mehr als Stottern geht gerade nicht.

»Ich bin einfach nur zu spät gekommen.« Seine Stimme klingt hohl. »Wir waren in einem Café verabredet, um Wasserpfeife zu rauchen. Es war ein Regentag, die Wolken hingen tief über der Stadt, und es waren viele Autos auf den Straßen, weil niemand, der eins hatte, zu Fuß gehen wollte. Nour war schon im Café. Er schrieb mir eine Nachricht, dass ich mich beeilen soll, sonst würde er allein rauchen. Ich war auf dem Weg dorthin, habe mit einem Nachbarsjungen noch über irgendetwas gelacht, das nicht lustig war. Dann hörten wir die Sirenen, keine fünf Sekunden später einen Donner. Ich habe zu dem anderen Jungen gesagt: ›Hey, das war gar kein Abwurf, Allah ist da. Es ist bloß ein Gewitter.‹ Aber ich habe mich geirrt.«

Ich betrachte sein Gesicht. Es hat sich verändert. Seine Züge sind viel härter, seine Lippen schmaler und seine Stirn ist unter Spannung. Sogar seine Augen scheinen heller. Er sieht plötzlich aus wie auf dem Profilbild von seinem Facebook-Account. Ein Bild, das in Syrien gemacht wurde. Mitten im Krieg.

»Das Haus, in dem das Café lag und darüber die Kanzlei eines Anwalts, war weg. Nur noch Schutt. Die Weißhelme kamen und trugen die Trümmer ab. Es wird niemand liegengelassen, solange noch ein Mann in der Stadt ist, der einen Stein anheben kann. Ich half ihnen, ich grub mit meinen Händen und kratzte Steine mit den Fingernägeln fort. Wir wollten uns ihnen anschließen, sobald wir beide achtzehn waren, Nour und ich. Wir wollten Weißhelme sein und zu den Männern und Frauen gehören, die Allahs Wunder sehen und vollbringen und nicht nur von ihnen hören. Aber als wir Nour endlich fanden, war er schon fort. Wir fanden nur noch eine leere Hülle.

Er wurde kein Weißhelm, Tooney, denn er wurde ja nicht achtzehn.«

»Es tut mir so leid«, sage ich leise.

»So etwas passiert in Aleppo. Jeden Tag. Fassbomben, die Körper zerfetzen. Chlorgas, an dem die Menschen ersticken. Napalm, das an der Haut klebt und das Fleisch vom Knochen brennt. Ich konnte es schon lange nicht mehr ertragen, aber an diesem Tag habe ich beschlossen, keine Demonstration zu verpassen und nicht mehr vorsichtig zu sein. Sollten sie mich ruhig verhaften. Das taten sie dann bald, aber ich kam wieder frei. Wurde wieder festgenommen und kam wieder frei. Immer dasselbe. ›Was weißt du? Für wen arbeitest du? Schwör, dass du den Boden ableckst, auf dem Baschar al-Assad geht.‹«

Daher müssen sie stammen, seine Narben. Ein Teil von mir will sich winzig machen und verstecken. Der Rest riesengroß, um diesen Mistkerlen sämtliche Knochen zu brechen. Wenn es mir schon so geht – was mag Shirvan empfinden? Seine Augen sind beherrscht, fast kühl. Er erinnert mich an einen Kriegsberichterstatter.

»Vermutlich hat mein Vater ihnen Geld gegeben, damit sie mich wieder gehen ließen. Wieder und wieder. Die meisten hatten nicht so viel Glück. Ich beschloss: Wenn ich achtzehn werde, will Allah, dass ich lebe. Dann muss ich wohl gesegnet sein, denn besonders gut standen meine Chancen nicht. Und dann wollte ich Syrien verlassen.«

Ich ziehe meine Schneidezähne über die Lippe.

»Ich besitze noch ein paar Fotos von Nour und mir, aber sie sind in Ungarn. Eines Tages muss ich dorthin zurück und sie holen.« Er weicht meinem Blick aus, was mich annehmen lässt, dass er sich keine Illusionen macht. Er weiß, dass niemand dort seinen Gebetsteppich und seine Fotos aufbewahrt und all sein unersetzliches Hab und Gut längst auf einer Müllkippe liegt. Und trotzdem wird er eines Tages nach Ungarn reisen und danach verlangen. Weil sie es ihm nicht hätten wegnehmen dürfen.

Es macht mich wütend. Die ganze Situation macht mich so unglaublich wütend. Eben noch war ich der glücklichste Mensch der Welt, weil ich Shirvan bei mir habe. Und jetzt wird mir bewusst, dass er überhaupt nicht hier sein sollte. Nicht, weil irgendwelche Klugscheißer oder Neidhammel ihn als Flüchtling nicht in Deutschland wollen. Sondern weil er in Aleppo studieren und in der Apotheke seines Vaters helfen und mit seiner Mutter kochen und glücklich sein sollte. Und er sollte mit Nour durch die Straßen ziehen, Wasserpfeife rauchen und den schönsten syrischen Mädchen nachschauen.

Dieser Scheißkrieg!

»Tooney?«, sagt Shirvan leise, fast flüstert er. »Danke, dass du gefragt hast.«

»Manchmal hilft reden. Es macht es nicht besser – wie könnte es auch?«

»Aber das Herz wird leichter«, vervollständigt Shirvan meinen Satz. »Ein bisschen. Für eine Weile.«

Wir gehen nach unten, dort hört man das Donnerkrachen nicht so laut, wenn ich die Jalousien runterlasse und alle Fenster schließe.

»Geht es so?«, frage ich.

»Es wird gehen, sobald ich Ablenkung habe.«

Die wird er gleich bekommen. Ich höre den Schlüssel im Schloss und kurz darauf die Stimme meiner Mutter.

»Hallo, Toni. Na, hier riecht es ja gut, was hast du denn …?« Sie bleibt im Türrahmen stehen und blickt Shirvan und mich erstaunt an. »Oh. Du hast … Besuch?«

»Guten Abend, Frau Welsch«, sagt Shirvan auf Deutsch und reicht meiner Mutter die Hand. Man hört kaum einen Akzent, und offenbar erinnert sie sich nicht daran, dass sie ihn in der Stadt bereits gesehen hat. Ich spinne sekundenkurz den Gedanken, dass meine Eltern ihn einfach für einen Jungen aus meiner Schule oder aus dem Tanzclub halten könnten. Oder für einen Austauschschüler. Sie haben doch überhaupt nichts gegen Ausländer. Alles wäre in Ordnung, wenn er der Sohn des syrischen Apothekers aus Hilgesbach oder das Kind der kurdischen Künstlerin aus einer x-beliebigen deutschen, französischen oder amerikanischen Stadt wäre. Shirvan ist nicht das Problem – Aleppo ist es.

Meine Mutter lächelt kurz, und Shirvan sagt: »Ich bin Shirvan Robegy. Ich komme aus Aleppo. Wie geht es Ihnen?«

Und mir wird klar, dass Aleppo überhaupt nicht das Problem ist. Ihre Einstellung ist es. Ihr Rassismus.

»Danke, gut«, erwidert meine Mutter nach einer unangenehm langen Pause. Die Irritation steht ihr in den Augen, als sie mich ansieht. »Aus Aleppo. So.«

Ich zucke mit den Schultern. Was denn?, denke ich. Du hast mich gebeten, nicht ins Camp zu gehen.

Du hast nie gesagt, dass niemand aus dem Camp herkommen darf.

»Shirvan hat mir beigebracht, wie man syrisch kocht«, erkläre ich und kämpfe um ein möglichst entspanntes Lächeln. Ich werde keinen Bissen runterbekommen. Mein Magen fühlt sich an, als wäre er vollgestopft mit Leere, die laut aneinander schlägt.

»Dein Vater wird begeistert sein«, sagt meine Mutter tonlos. Allerdings gibt sie sich große Mühe, Shirvan zuzulächeln. »Ich hoffe, Deutschland gefällt dir.«

»Ja, und Sie haben sehr reiches Haus«, sagt Shirvan. Ich wusste nicht, dass er schon so viel Deutsch gelernt hat. »Mein Neid. Und sehr schönes Tochter. Ich möchte Geschenke. Aber Tooney. Keine Blumen. Verstehen Sie?«

Oh Gott, halt den Mund!

Ich schüttle hektisch den Kopf, damit er nicht weiterspricht. Meine Mutter wird das in den völlig falschen Hals bekommen.

»Shirvan«, sage ich, bevor es noch missverständlicher wird, »meine Mutter spricht wirklich sehr gut Englisch.«

In diesem Moment öffnet jemand die Haustür.

»Dein Vater«, sagt meine Mutter und dreht sich um. »Ich warne ihn besser mal vor.«

»Lass das mit dem Deutsch«, flüstere ich Shirvan ins Ohr.

»Spreche ich nicht gut?«

»Ganz wundervoll für die kurze Zeit, aber …«

»Ich will ihnen doch zeigen, dass ich Deutschland sehr respektiere.«

»Shirvan, dein Deutsch ist schon ganz gut. Aber dein Englisch ist besser. Bitte. Sprich. Englisch.«

Im Flur murmelt meine Mutter. Es klingt, als entschärfe sie gerade eine Bombe. Blauer Draht, grüner Draht, roter Draht?

»Ich habe so viel geübt«, beharrt Shirvan auf seiner fixen Idee.

Mir brennen gleich die Nerven durch. »Hättest du mal besser. Du hast meiner Mutter eben gesagt, dass du neidisch auf ihr Haus bist und Geschenke willst. Und zwar mich – keine Blumen!«

Er schaut mich an, als hätte ich soeben sein komplettes Mozzarella-Dessert auf den Boden geschmissen, um barfuß darin herumzustampfen. Aber wenigstens ist dieser fremde, harte Zug aus seinem Gesicht verschwunden. Dafür zuckt seine Unterlippe. »Wirklich?«

»Wirklich. Wir haben uns ganz schön was vorgenommen, al Hamistir.«

Shirvan schaltet im Bruchteil einer Sekunde wieder auf Lächeln um, denn meine Eltern erscheinen im Türrahmen. Mein Vater nickt Shirvan nur kurz zu. Danach fixiert er mich, und ich bilde mir ein, seine Gedanken lesen zu können.

Was immer du dir dabei gedacht hast – es war eine verdammt dumme Idee.

Das fürchte ich auch.

Shirvan befolgt meinen flehenden Rat, er stellt sich meinen Eltern nach einem deutschen »Guten Abend, Herr Welsch« auf Englisch vor und entschuldigt sich sogleich für seine missverständlichen Worte. Mama atmet sichtlich durch. Mehr noch, ich meine, sie hinter ihrer Hand ein wenig grinsen zu sehen.

»Ich hoffe, es macht unserem *Gast* nichts aus, wenn wir zum Essen Wein trinken?«, sagt mein Vater, während Shirvan und ich die Kibbeh, den Salat und die Saucen auf den Tisch stellen. Mein Vater holt derweil zwei Weißweingläser aus der Vitrine. Er balanciert beide in einer Hand und greift mit der anderen nach einem dritten. »Vielleicht möchte er ja auch einen?«

Es stört mich – nein, es kotzt mich an, wie er dieses ›Gast‹ betont hat, und dass er Shirvan nicht direkt anspricht.

Shirvan hat das selbstverständlich bemerkt, aber er lässt sich nichts anmerken. »Für mich nicht, danke. Vielleicht ein anderes Mal.«

»Bist du kein Moslem?«, fragt Mama. Damit wäre ihre wichtigste Frage noch vor dem ersten Bissen gestellt. Die Antwort wird ihr nicht schmecken.

»Doch, das bin ich«, antwortet Shirvan. Sein Lächeln ist und bleibt charmant. Er verteilt Olivenöl auf dem Salat und presst eine halbe Zitrone darüber aus. Die leere Schale entsorgt er im Mülleimer, der im Küchenschrank versteckt ist. Mit der Hüfte stößt er die Schranktür zu und bewegt sich durch unsere Küche, als hätte er bereits ein Dutzend Mal hier gekocht. Ich finde ihn unverschämt sexy dabei und bewundere ihn für seine Coolness, einfach nur die Frage zu beantworten und meine Eltern mit der Antwort allein zu lassen.

Wir tun ihnen gemeinschaftlich auf, auch wenn sie sich selbst nehmen könnten, aber als Shirvan beginnt, die Kibbeh zu verteilen, mache ich mit dem Salat einfach das Gleiche. Vielleicht gehört sich das in der syrischen Küche so. In jedem Fall sitze ich dadurch nicht stumm und starr auf meinem Stuhl und warte ab, was sie sagen.

»Du hast unsere Tochter also in diesem Flüchtlingsheim kennengelernt«, sagt mein Vater schließlich und trinkt von seinem Wein. Seine Formulierung gefällt mir schon wieder nicht. Unsere Tochter. Als wäre ich ein Besitz.

»Richtig. Toni« – nanu, er kann meinen Namen also doch richtig aussprechen – »hat die Kinder betreut, während die Erwachsenen Deutschunterricht hatten. Und nicht wenige Kinder haben dabei mehr Deutsch gelernt als wir von den Lehrerinnen im Kurs.«

Er übertreibt, aber ein bisschen Stolz gönne ich mir trotzdem. Meine Eltern antworten nichts. Auf Shirvans positive Art haben sie nichts zu entgegnen.

»Wollen wir nicht essen?«, schlage ich vor.

Während wir die Kibbeh probieren, versuche ich, alle im Blick zu behalten. Meinen Vater kann ich nicht durchschauen, Mama hingegen wirkt schon beinah entspannt und scheint das Essen zu genießen. Shirvan hat sich selbst im Gegensatz zu uns nur sehr wenig aufgetan und schiebt kleine Stücke auf seinem Teller hin und her. Vermutlich ist er zu nervös, um etwas runterzubekommen. Der Tag und unsere intensiven Gespräche allein müssen ihn schon fertig gemacht haben. Jedes Mal, wenn es donnert, schließt er für einen winzigen Moment die Augen. Manchmal wischt er sich mit dem Handrücken die Haare aus dem Gesicht und dabei ein paar nebelfeine Schweißperlen von den Schläfen. Doch wer ihn nicht so gut kennt wie ich, merkt ihm mit Sicherheit nichts an.

»Das war wirklich gut«, sagt mein Vater schließlich und legt sein Besteck ab. »Nichtsdestotrotz fühle ich mich überfallen von dieser Aktion.«

»Tut mir leid, Paps. Aber irgendetwas musste ich machen.«

»Toni hatte es nicht so geplant, Herr Welsch. Ich wollte ihr eigentlich nur zeigen, wie man die Gerichte kocht, und dann wieder gehen. Es war meine Schuld, dass ich länger –«

»Du weißt, wo mein Problem liegt?«, unterbricht mein Vater Shirvan. »Weshalb ich nicht möchte, dass meine Tochter Kontakte in euer Heim hat?«

Shirvan überlegt eine Weile. »Ich könnte mir vorstellen, dass Sie sich nicht sicher sind, ob gute Menschen in diesem Heim leben. Sie machen sich Sorgen, denn Sie kennen uns ja nicht. Aber das ist geraten, denn ich weiß nicht sicher, wie Sie empfinden.«

»Ich denke, meine Sorgen sind berechtigt.«

»Das ist der Grund, warum ich hier bin«, sagt Shirvan.

Ich füge hinzu: »Damit ihr ihn kennenlernen könnt. Ihr wisst, dass ich Angst vor den Flüchtlingen hatte. Aber ich habe gemerkt, dass dazu kein Grund besteht. Ich wünschte, das könntet ihr auch.«

Mein Vater schüttelt den Kopf. »Das ist haarsträubend naiv.« Er zuckt mit den Schultern. »Und vielleicht ist das normal so, denn du bist sechzehn, da ist man naiv und rebellisch und glaubt zu wissen, wie die Welt funktioniert.«

»Das glaube ich überhaupt nicht«, sage ich. »Aber ich möchte mich informieren. Also frage ich, statt vorzuverurteilen.«

»Und er«, erwidert mein Vater scharf und auf Deutsch, »erzählt dir, was du hören willst.« Er wendet sich Shirvan zu und spricht wieder Englisch, aber ich habe keinen Zweifel daran, dass Shirvan jedes Wort zuvor verstanden hat. »Sieh mal, meine Einstellung, was diese Problematik betrifft, steht fest. Ich habe Verständnis, dass ihr nach Deutschland wollt. Aber ich bin und bleibe der Meinung, dass Deutschland euch nicht aufnehmen sollte.«

»So denken viele, Herr Welsch. Beantworten Sie mir eine Frage? Was sollte Deutschland alternativ mit uns tun?«

Sie erschießen?, liegt mir als provokante Frage an meinen Vater auf den Lippen. Aber ich verkneife sie mir. Shirvan wählt bewusst keine radikalen Formulierungen. Und seine Methode ist erfolgreicher, als ich es je war.

Mein Vater wirft meiner Mutter einen Blick zu, die zieht bloß auffordernd eine Augenbraue hoch.

»Es ist ja gar nichts Persönliches«, fährt er fort. »Du scheinst ein kluger, netter junger Mann zu sein und ziemlich gebildet, möchte man meinen. Dein Englisch ist sehr gut.«

»Danke, Herr Welsch.«

»Ich habe nichts gegen dich als Menschen.«

»Nur gegen meine Entscheidung, mein Leben und meine Zukunft zu retten. Ich versuche, das zu verstehen. Ich weiß aber nicht, wie man diese Dinge voneinander trennen kann, wenn eine Zukunftsperspektive doch das ist, was uns vom Tier unterscheidet und uns zum Menschen macht.«

Erneutes Schweigen, und ich habe Mühe, mein verdutztes Gesicht zu überspielen. Shirvan blickt meine Eltern so freundlich an, als würden sie sich über das Fernsehprogramm austauschen.

Meine Mutter betrachtet ihn eingehend. Mein Vater trinkt einen auffallend großen Schluck von seinem Wein. Und dann noch einen.

»Es wäre auch etwas anderes, wenn nur die kämen, die wirklich von Krieg bedroht sind«, sagt Mama. »Das kann ich sehr gut nachvollziehen, denn wenn ich Bombenangriffe befürchten müsste, würde ich auch meine Kinder in ein Boot setzen.«

Shirvan nickt. »Ich habe keine Kinder. Aber wenn ich welche hätte und sie in meinem Heimatland nicht satt bekäme, die Impfungen oder die Schule nicht bezahlen könnte, wie mein Freund aus Albanien, dann würde ich vielleicht auch über Flucht nachdenken. Die Kinder können ja nichts dafür.« Er sieht von einem zum anderen. »Aber vergessen wir über das Reden das Essen nicht.«

Schon geht er wieder zum Herd und röstet das Brot in Olivenöl und Knoblauch an, während meine Eltern verdauen, was er gesagt hat. Nur Minuten später steht die Hauptspeise auf dem Tisch.

»Fatteh Dajaj«, erklärt Shirvan. »Guten Gesundheit.«

»Und Appetit auch«, füge ich grinsend hinzu.

Das Fatteh Dajaj ist himmlisch. Es ist eine Zusammensetzung aus krachendem, würzigem Brot, Joghurtsauce, Hähnchen, nussigen Pinienkernen und

Granatapfelperlen, die im Mund süßsäuerlich und saftig platzen. Ich könnte bei jedem Bissen erneut die Augen schließen, und das Gericht trifft nicht nur bei mir ins Schwarze. Das Gesicht meines Vaters wirkt zusehends zufriedener, und meine Mutter trägt ihre Verzückung offen zur Schau.

Man sollte einen politischen Akt aus dem Kochen machen und gegnerische Parteien zusammen Essen zubereiten lassen. Im besten Fall löst der Magen all ihre Probleme. Im schlechtesten vergiften sie sich halt, aber dabei kommen wenigstens keine Unschuldigen ums Leben.

»Du isst gar nichts, Shirvan«, sagt meine Mutter plötzlich. »Dabei schmeckt es wirklich gut. Liegt es an unserer Küche?«

»Ihre Küche ist sehr schön«, erwidert Shirvan und wirft mir einen fragenden Blick zu. Ich habe leider keine Ahnung, was sie meinen könnte, und ziehe eine Schnute hinter meinem Eisteeglas.

»Ich dachte nur«, fährt sie fort, »da in unseren Töpfen ja auch Schweinefleisch verarbeitet wird …«

»Ah. Haram«, sagt Shirvan und lächelt. »Das bedeutet, dass es für mich verboten ist. Wissen Sie, ich würde doch sofort all meine Muslim-Superkräfte verlieren.«

Mir kommt vor Lachen Eistee durch die Nase. Meine Mutter wirkt ein wenig überfordert. Ausgerechnet mein Vater gluckst.

»Nur ein Scherz«, sagt Shirvan schnell. »Ich möchte kein Schweinefleisch essen, aber es macht mir nichts aus, dass Sie es tun.« Er grinst. »Ich habe sogar *Gummibärchen* überlebt.«

»Allah sieht alles«, tadelt mein Vater mit ironischem Unterton.

Shirvan grinst. »Aber er verrät mich nicht. Nein, entschuldigen Sie bitte. Ich habe einfach beim Kochen zu viel probiert und bin satt.«

Mein Vater lehnt sich auf seinem Stuhl zurück. »Vielleicht habt ihr jungen Leute sogar recht mit dem, was ihr eben sagtet. Womöglich hilft Austausch gegen Sorgen.«

Sein Blick alarmiert mich. Er verbirgt nicht mal, dass seine überraschend freundlichen Worte Fassade sind.

»Darum hätte ich gern deine Einschätzung zu der Frage, warum manche deiner Landsleute sich in Deutschland vollkommen daneben benehmen. Frauen belästigen, zum Beispiel.«

Shirvan zuckt nur minimal zusammen. »Wie könnte ich Ihnen das sagen? Ich kenne nicht alle Syrer. Kennen Sie jeden Deutschen?«

»Kannst du ihm erklären, warum manche Deutsche Flüchtlingsheime anzünden?«, frage ich.

Shirvan fährt fort: »Ich bin ein junger Mann, Herr Welsch. Ich habe wenig Erfahrung und kann nur für mich und meine Familie sprechen, denn andere Menschen kann ich nicht beeinflussen. Wir würden so etwas nicht tun. Und ich bemühe mich sehr, Ihre Regeln zu lernen und einzuhalten.«

»Auch jene, die dir nicht gefallen?«, fragt meine Mutter.

Nach kurzem Überlegen hebt Shirvan die Schultern und lässt sie wieder sinken. »Manches fand ich zu Anfang etwas seltsam. Mein Bruder Mervan lebt schon seit zwei Jahren in Deutschland. Er hat mir viel erzählt, aber einiges war trotzdem neu für mich. Zum Beispiel, wie Sie den Müll trennen und welchen Wert Sie darauf legen. Das fand ich zuerst sehr merkwürdig. Ich dachte: Das ist nur Müll, warum sollte man ihn hübsch sortieren? Aber inzwischen weiß ich, dass die Materialien recycelt werden – und das ist gut, eine gute Regel! Syrien sollte auch mehr recyceln.«

Mama lächelt verhalten. Sie dachte sicher nicht an Mülltrennung. Aber ich werde ihr nicht den Gefallen tun, die heiklen Fragen für sie zu formulieren.

Mein Vater hat weniger Hemmungen. »Sprechen wir über Frauen, mein Junge. In Deutschland ist eine Beziehung eine Sache zwischen zwei Menschen.«

Wenn es ihm darum geht, Shirvan verlegen zu machen, dann gelingt ihm das. Shirvan wird rot. »Das ist schön. Wirklich schön. Gut.«

»Bei euch arrangiert der Mann alles, nicht wahr?«

Es sieht aus, als würden Shirvans Augenbrauen verkrampfen. »Nein«, sagt er. Sein Lachen ist ebenso verkrampft. »Arrangierte Ehen gibt es, das ist richtig. Sie sind nicht mehr so üblich wie früher, aber vor allem bei den altmodischen Kurdenstämmen durchaus noch verbreitet. Doch darüber entscheidet nicht der Mann, nein.«

»Sondern?«, fragt mein Vater.

Shirvan wirft meiner Mutter einen kurzen Blick zu und betrachtet dann seine Hände. »Familie ist Aufgabe der Frauen, der Mütter. Väter und Söhne haben in dieser Hinsicht sehr wenig zu sagen, wenn eine Mutter sehr … hm … streng ist.«

Ich glaube, ihm fehlte die richtige Vokabel. »Dominant«, helfe ich aus.

Meine Mutter deutet amüsiert mit ihrer Gabel auf meinen Vater. »So ist das? Oh, Jochen, das würde mir gefallen.«

Verlegen winkt Shirvan ab. »Nein, ich glaube nicht. Sie sind zu modern. Meine Mutter hat sich dem auch verwehrt. Sie war einem anderen versprochen, aber sie hat sich nun mal in meinen Vater verliebt. Meine Großmutter war lange Jahre sehr wütend, und die Familie des übriggebliebenen Verlobten redet bis heute kein Wort mit unserer.«

Es versetzt mir einen urplötzlichen und unerwarteten Stich, dass ich Shirvans Mutter wohl nie kennenlernen werde. Ich glaube, dass ich sie gernhaben würde.

»In Deutschland«, sagt mein Vater, »sind auch Homosexuelle gleichberechtigt.«

»Das ist nicht dein Ernst, Paps!« Vor Scham muss ich meine Augen bedecken. Vor wenigen Monaten fragte er mich noch, ob es möglich wäre, dass meine Freundin Fee »vom anderen Ufer« sei, und dass ich mich davon bitte nicht beeinflussen lassen solle, falls es stimmt. Und ausgerechnet er packt jetzt die Toleranz für Homosexuelle aus seiner ureigenen Mottenkiste?

»Warum sollte das nicht mein Ernst sein? In der arabischen Welt kann man dafür eingesperrt oder hingerichtet werden!«

Shirvan nickt. »Das ist wahr, so ist es in einigen Ländern. Und das ist ein guter Grund zu fliehen, wenn man homosexuell ist, finden Sie nicht?«

»Uns interessiert deine Einstellung«, bohrt meine Mutter nach.

Warum?, frage ich mich. Was interessiert sie daran so? Sie haben sich bis heute noch nie für Homosexuelle oder deren Belange interessiert.

»Ich sehe es als ein Symbol«, erwidert Shirvan. »Ein Symbol, dass das Individuum, der einzelne Mensch und sein Glück, in Deutschland entscheidender ist als das große Ganze. Das ist in meiner Heimat anders, so weit gebe ich Ihnen recht. Dort wird Homosexualität als Krankheit bezeichnet, weil die Gesellschaft daran sterben würde, wenn zu viele Paare keine Kinder bekämen. Jeder lebt in erster Linie für die Gesellschaft, für die Familie oder – bei uns Kurden – auch für den Clan. In Europa lebt man eher für sich selbst. Das kannte ich früher nicht. Aber es ist sehr interessant. Es schafft neue, persönliche Möglichkeiten und Freiheit.«

»Und das sehen alle so erfreut wie du?« Mein Vater verschränkt die Arme.

»Nein.« Shirvan lacht über das Donnergrollen von draußen hinweg. »Viele Menschen sind sehr offen und tolerant. Aber ich würde lügen, wenn ich sagen würde, dass alle so denken.«

»Siehst du«, sagt mein Vater, »und genau deshalb erwarte ich große Probleme, wenn wir Leute aus eurem Kulturkreis aufnehmen.«

»Ich kann Ihnen nicht versprechen, dass Sie nie jemanden treffen werden, der am liebsten die Scharia in Deutschland einführen würde.«

Es ist ja nicht so, als hätten wir solche Gestalten nicht längst selbst. Ich muss an diesen islamistischen

Hassprediger denken, den jemand im Ethikunterricht erwähnt hat, als Scharia – ein Gesetz nach strikten islamistischen Regeln – das Thema war. Wie hieß er gleich? Irgendwas mit Vogel – ja, Pierre Vogel. Ein Deutscher!

»Aber meiner bescheidenen Erfahrung nach wissen die Flüchtlinge, dass Deutschland ein sehr freies Land ist. Wer das nicht akzeptieren kann, wird nicht ausgerechnet hierher kommen oder sehr schnell wieder gehen. Wir mussten Syrien nicht aus einem Zufall heraus verlassen. Wir haben etwas gefordert, worauf es von unserem Präsidenten nur Gewalt als Antwort gibt: Demokratie.«

»Und nun habt ihr aufgegeben und verlasst das sinkende Schiff?«

Selbst Mama zieht hörbar den Atem ein, als mein Vater das ausspricht. Mir war selten etwas so peinlich wie die Herablassung, die in seinen Worten mitschwingt.

Shirvan bleibt stoisch freundlich, aber er wirkt langsam erschöpft. Mir ist schleierhaft, wo er noch Kraft für dieses unangenehme Verhör hernimmt.

»Man hält das auf Dauer schlecht aus. Ein Land, wo kleine Kinder in der Schule als erstes lernen müssen, wie sie sich bei einem Bombenalarm verhalten, und ein Land, in dem Männer ihre Gräber ausheben, bevor sie zum Demonstrieren gehen, weil sie kaum darauf zu hoffen wagen, dass sie zurückkommen. Das ist für eine Weile zu ertragen, wissen Sie? Ich würde aber nicht damit leben können, selbst zum Mörder von Unschuldigen zu werden. Doch das ist der Weg, den der Krieg geht. Unaufhaltsam.«

Mein Vater nickt. Er betrachtet Shirvan, und ich frage mich, was er sieht. Vermutlich einen Jungen mit charmantem, selbstbewusstem Lächeln, der geschickt und souverän über sein Schicksal spricht, als wäre es das eines anderen, und er nur der Beobachter, ein Erzähler. Etwas emotionslos. Diese Emotionen sind da, aber mein Vater kann sie mit Sicherheit nicht sehen. Weder den angespannten Zug um Shirvans Mund noch das minimale Zittern manchmal, das selbst ich nur an seinen Augenlidern wahrnehme, wenn das Gewitter sich bemerkbar macht.

»Wir haben auch Nachtisch.« Ich würde am liebsten überhaupt nicht mehr über Krieg und Kämpfe sprechen. »Wollen wir ihn nicht holen?«

»Fakt ist«, meint mein Vater, ohne mich zu beachten, »dass das Land verloren ist, wenn niemand darum kämpft. Es kann also keine vernünftige Maßnahme sein, alle Syrer in Europa aufzunehmen. Irgendwer wird Syrien befreien müssen.«

»Bitte, Jochen«, sagt Mama auf Deutsch. »Das ist noch ein Junge. Er ist kaum die richtige Adresse für deine Vorwürfe.«

Shirvan schenkt ihr ein dankbares Lächeln und wendet sich dann wieder meinem Vater zu. »Sie meinen also, dass ich kämpfen sollte.«

Er bekommt kein klares Ja und kein klares Nein. Shirvan ist nicht groß und eher schmal. Seine Hände sind zart. In einer Kampfmontur kann man sich ihn nicht vorstellen. Trotzdem sagt mein Vater: »Theoretisch schon.«

»Dann sagen Sie mir, für wen.« Etwas ändert sich in Shirvans Gesicht. Es ist kaum wahrnehmbar, aber ich sehe es. Eine Art von Überlegenheit blitzt auf, leicht zu verwechseln mit Arroganz. »Für das Regime? Ich bitte Sie. Diese Armee führt die Befehle eines Schlächters aus. Ich würde eher zu ISIS als zu Baschar gehen – aber nein, Sie werden verstehen, dass die Daesh auch nicht ganz mit meinen Überzeugungen übereinstimmen. Nicht genug, um dafür auf Leben und Tod zu kämpfen oder mich mit einem Sprengstoffgürtel in einen Bus voller Kinder zu setzen. Soll ich zur Freien Syrischen Armee gehen? Die sind doch großartig – die kämpfen gegen die Daesh und werden von den Amerikanern unterstützt. Das müssen die Guten sein. Doch was ist, wenn ich Ihnen sage, dass längst auch Gruppen der syrischen Rebellen unschuldige Zivilisten töten und für bessere Möglichkeiten gemeinsame Sache mit den Daesh machen? Und leider, leider kämpfen sie auch gegen die Kurden, weil die ihnen manchmal zu eng mit dem Regime zusammenarbeiten, um ihre Chance zu bekommen. Und was soll ich machen – ich bin ja auch Kurde. Also zu den Kurden? Und an der einen Front gegen meine Freunde aus Syrien kämpfen, an der anderen gegen die Daesh, um gleichzeitig von hinten von der Türkei angegriffen zu werden? Und was passiert, wenn Amerika die Kurden nicht mehr braucht und fallen lässt? In dem Moment werden sie auf dem Papier automatisch zu Terroristen, weil sie Kämpfer sind, die keinem mehr nützen. Was soll ich machen? Verstehen Sie, dass es keine Option ist, Leute abzuknallen, die mir nichts getan haben und die den Krieg ebenso wenig wollen wie ich?«

Mein Vater nickt. »Das sind große Opfer«, sagt er, aber seine Stimme wird leiser.

Müde sagt Shirvan: »Ich habe bereits geopfert. Jeder von uns hat geopfert. Alle zu viel und die meisten, ohne schuld zu sein. Vielleicht würde ich sogar kämpfen, wenn es noch etwas zu gewinnen gäbe. Aber es gibt in diesem Krieg nur Tod oder Wahnsinn, und das Ende der Kämpfe ist fern.«

»Letztlich«, sagt mein Vater, und ich möchte laut aufstöhnen, weil er es einfach nicht gut sein lassen kann, »kann man aber leider nicht sagen, dass nur Leute wie du kommen, mein Junge. Vor wenigen Tagen erst haben sie ein Mitglied vom IS in einem Flüchtlingsheim festgenommen.«

»Ein Junge von siebzehn Jahren war das«, füge ich vielsagend hinzu.

»Was ihn nicht ungefährlicher macht.«

Shirvan wirkt nun wirklich erschöpft, aber er reißt sich erneut zusammen. »Ich kenne den jungen Mann nicht. Was soll ich Ihnen zu ihm sagen? Er könnte zu den Daesh gehören und etwas Schlimmes planen. Wobei ich denke, dass er dann mit falscher Identität gereist wäre. Er könnte auch erkannt haben, dass die Daesh gottlose Bastarde sind, und vor ihnen geflohen sein. Vielleicht war er nie freiwillig bei ihnen, sondern wurde versklavt. Ich weiß es nicht. Wissen Sie mehr als ich?«

Er steht auf, um den Nachtisch zu servieren, als wäre er ein Kellner, der dafür Geld bekommt. Es beschämt mich, ich helfe ihm, aber er weist mich mit einer unauffälligen Geste zurück, und ich setze mich wieder.

»Es ist doch nun mal so«, sagt mein Vater. »Niemand kann uns garantieren, dass nicht auch Terroristen kommen.«

»Nein«, erwidert Shirvan stützt sich am Tisch ab. »Ich würde mich sogar wundern, wenn sich keine Terroristen unter die Flüchtenden mischen. Es liegt zu nahe, dadurch weiteren Hass zu schüren. Das wollen sie. Von Hass ernähren sich die Daesh.«

»Dann verstehst du meine Argumente.« Mein Vater fragt nicht. Er stellt fest. »Better safe than sorry.«

Shirvan wischt sich die Hände an einem Küchenhandtuch ab. »Wie viele aktive Terroristen und Attentäter kamen denn bisher aus Syrien nach Deutschland?«, fragt er.

Ich habe keine Antwort, mein Vater schweigt ebenfalls.

»Bisher wissen wir von keinem, der Erfolg hatte«, sagt meine Mutter.

»Ah. Sie wissen es nicht. Aber wissen Sie denn, wie viele Terroristen und Attentäter aus Deutschland nach Syrien kamen, um sich den Daesh anzuschließen und für sie gegen das syrische Volk zu kämpfen?« Er sieht mich direkt an, weil er ahnt, dass ich die Antwort kenne und den Mut habe, sie auszusprechen.

»Man weiß von mindestens vierhundert«, sage ich sehr leise. »Den Schätzungen nach sind es aber über tausend.«

»Wirklich?«, fragt Shirvan, und ich erfahre, wie kalt man mit warmen Schokoladenaugen lächeln kann. »Dann gehe ich jetzt besser zurück in mein *Fluchtlingsheim*. Better safe than sorry.«

dreiunddreißig

Wie war der Nachtisch?, fragt Shirvan am Abend per WhatsApp.

Dein dramatischer Abgang ist ihnen auf den Magen geschlagen, aber sie fanden ihn trotzdem lecker. Meine Mutter möchte das Rezept haben. Du solltest ihr erklären, dass man unbedingt alles auf den Boden kippen muss, wie die Mutter deines Cousins es gemacht hat. Sie hat es verdient, sich vorzustellen, wir hätten das klebrige Zeug auf dem Fußboden verteilt.

Shirvan schickt einen Smiley zurück. Das Bittere an Emojis ist, dass man nicht erkennen kann, ob sich auch ein wenig Traurigkeit unter dem Grinsen versteckt.

Ich gehe auf den Balkon. Das Gewitter hat die Luft reingewaschen. Die Wolkendecke ist über dem Camp aufgerissen, und Sterne über Sterne glitzern um die Wette.

Am nächsten Tag bleibt vorerst alles beim Alten. Weiterhin darf ich nicht ins Camp. Doch meine Eltern haben am Vorabend noch lange diskutiert. Sie wollten es mich nicht merken lassen – aber ich habe durchaus registriert, dass sie sich nicht mehr so einig sind wie vorher.

Am Vormittag kommt Alex nach Hause. Er sieht aus, als hätte er die letzten paar Tage, bevor die Schule wieder losgeht, ausschließlich damit verbracht, auf einen Computerbildschirm zu glotzen. Mit mir spricht er kaum ein Wort, holt sich bloß einen Kaffee und grummelt, dass er Kopfschmerzen hat.

Am Nachmittag muss ich in die Stadt, um ein paar Hefte und einen Zirkel fürs neue Schuljahr zu kaufen. Ich frage Shirvan per WhatsApp, ob er mitkommen möchte, er sagt zu, und wir treffen uns vor dem Haus und gehen gemeinsam zur Bushaltestelle. Fast bin ich Alex ein bisschen dankbar, dass er das lächerliche Versteckspiel beendet hat.

Es sieht schon wieder nach Regen aus, daher ist in der Stadt nicht viel los. Wir machen unsere Besorgungen; ich brauche Schulsachen, Shirvan eine neue Telefonkarte. Als wir alles haben, kaufen wir Eis in Waffeln und setzen uns damit auf den Rand eines Blumenkübels in der Nähe der Kirche. Noch ist es trocken, hoffentlich hält sich das Wetter. Shirvan probiert skeptisch von seinem Eis. Er hat Pistazie gewählt (genauer gesagt, hat er »Eiscreme mit Pistazien« bestellt), aber er wirkte enttäuscht, als er die Waffel annahm.

Ich frage ihn, ob man in Syrien auch Eis isst, da scheint er für einen Moment sehr weit weg.

»In Damaskus«, sagt er schließlich, »habe ich erlebt, wie Eiscreme schmecken kann. So etwas findet man nirgendwo sonst auf der Welt.«

Zu fliehen und Dankbarkeit zu empfinden, seinem Heimatland entkommen zu sein, heilt nicht von

Heimweh. Diese Dankbarkeit macht das Leid vielleicht sogar besonders bitter.

Bis wir an unserer Haltestelle aussteigen, hat sich der Himmel weiter zugezogen, und Shirvan sieht einige Male nervös nach oben.

»Es soll heute nicht gewittern«, sage ich leise zu ihm. »Sie haben bloß Regen angesagt. Allerdings ziemlich viel Regen.«

Er nickt erleichtert, und wir reden nicht weiter darüber. Ich merke, wie unangenehm ihm seine Furcht ist. Es mag helfen, offen darüber zu reden. Aber diese Offenheit ist unmöglich, solange man sich nicht bereit dazu fühlt. Vielleicht war es gestern zu viel.

Wir gehen ganz eng nebeneinander, jeder von uns hat einen Kopfhörer im Ohr, und wir lauschen Mark Forster und Kraftklub. Plötzlich ertönt ein lautes Krachen aus der Richtung des Camps, und zeitgleich zucken wir zusammen. Shirvan erstarrt in der Bewegung, für einen Sekundenbruchteil scheint er sich kleinmachen zu wollen, dann beherrscht er sich mühsam und atmet hörbar aus.

»Der Wetterbericht hat sich geirrt«, sagt er mit rauer Stimme, und wir gehen weiter.

Aber ob das wirklich ein Donnern war? Es klang ein wenig anders. »Vielleicht war es ein Auto. Ein …«, mir fehlt das englische Wort für ›Fehlzündung‹, »falscher Motorstart.«

»Bestimmt«, sagt Shirvan. Wir konzentrieren uns wieder auf die Musik, und ich übersetze für Shirvan den Text, spüre aber, dass die Spannung nicht recht von ihm ablassen will. Die ganze Zeit scheint er sprungbereit. Und dann wird mir auch klar, warum: Sein Instinkt funktioniert besser als meiner.

Auf der Straße vor unserem Haus lungern ein paar Typen herum, die mich augenblicklich in Alarmbereitschaft versetzen. Ich habe den bösen Verdacht, dass das Alex' neue Freunde aus der braunen Ecke sein könnten. Zwar kann ich meinen Bruder nicht unter ihnen ausmachen, aber vielleicht warten sie auf ihn?

»Lass uns durch das Loch im Zaun gehen«, bitte ich Shirvan, und er fragt nicht nach, sondern wendet mit mir zusammen ab, um von der anderen Seite zum Camp zu gehen.

Erst nachdem wir den Wald erreicht haben, will er es doch wissen: »Wer waren die Leute vor eurem Haus, dass sie mich nicht sehen sollen? Haben deine Eltern doch verboten, dass du dich mit mir triffst?«

Ich schüttle den Kopf. »Ich kenne die nicht, aber sie sind mir nicht geheuer. Mein Bruder hat Bekannte, die ich nicht kennenlernen möchte.«

Er belässt es dabei, aber meine Sorge färbt auf ihn ab und zeichnet einen Schatten über seine Augen.

Als wir den Zaun erreichen, sehen wir sofort, dass etwas passiert sein muss. Am anderen Ende des Camps, sicher dreißig Meter von uns entfernt, hat sich ein Pulk gebildet. Viele Männer und Frauen reden aufgebracht durcheinander, rufen und schreien. Ihre Stimmen verquellen zu einem einzigen Wirrwarr aus Geräuschen, sodass wir nicht einmal verstehen können, welche Sprachen gesprochen werden, geschweige denn, worum es geht. Klar ist nur: Dort wird aufgebracht gestritten, und es hat nicht den Anschein, als könnte jemand die Gemüter beruhigen.

»Was ist denn da los?«, murmelt Shirvan.

Ich zucke mit den Schultern.

Und dann kann ich nicht mehr weitergehen, denn unser Loch im Zaun ist zu. Jemand hat die Öffnung provisorisch mit Kabelbindern geschlossen. Vielleicht keine schlechte Idee, bevor das erste Kind davonläuft, aber nun kommen wir nicht rein. Shirvan schüttelt testend am Draht und knurrt etwas, das wie ein Schimpfwort klingt. Er kann mit Sicherheit helfen, die Situation im Camp zu klären. Da er ständig übersetzt, kennen ihn alle, und die meisten vertrauen ihm. Aber außen am Zaun entlangzulaufen, würde zu lange dauern. Ich zögere nicht, nehme die neugekaufte Schere aus meiner Einkaufstüte und trenne damit die Kabelbinder Stück für Stück auf.

Er schüttelt grinsend den Kopf. »Wie nennt man das auf Deutsch, was du da tust?«

»Sachbeschädigung.«

»*Sachbeschädigung*«, wiederholt er mit geschlossenen Augen.

»Los, komm.«

Wir quetschen uns durch den Zaun und laufen ein Stück auf den Pulk zu. Doch dann hält Shirvan mich plötzlich am Arm fest und bleibt stehen. Im gleichen Moment erkenne ich, warum. Die Stimmung ist gekippt. Aus dem Streit ist ein Beschimpfen geworden, ein Mann stößt einen anderen zu Boden, und nach ein paar Lauten, die danach klingen, als wollten die Leute sich gegenseitig zur Ruhe mahnen, schlägt einer zu, und einen Sekundenbruchteil später eskaliert die Situation zu einem einzigen Gestoße und Geschubse. Hin und wieder fliegt eine Faust.

»Scheiße!«, sagt Shirvan. Ich frage mich kurz, warum er denn nichts tut, muss aber selbst erkennen, dass jegliches Eingreifen für den Moment vermutlich vollkommen aussichtslos ist. Die jungen Männer sind seit Tagen, Wochen oder Monaten dem Stress des hilflosen Wartens ausgeliefert, ihre Nerven liegen blank. Was immer der Auslöser des Streits war – ich glaube nicht, dass sie jetzt in der Lage sind, jemandem zuzuhören. Besser, wir halten Abstand.

Ein Mann von etwa zwanzig Jahren oder ein wenig mehr kommt zu uns. Als er uns begrüßt, fällt mir wieder ein, wer das ist: Ahmed. Fee hat ihn mir vorgestellt, als ich zum ersten Mal hier war, ich habe ihn zuerst bloß nicht erkannt, da er heute keine Brille trägt.

»Was ist hier los?«, fragt Shirvan ihn.

»Es gab Streit mit Adwar«, antwortet Ahmed auf Englisch, damit ich mithören kann. Adwar also – wer auch sonst?! Seitdem er hier ist, gibt es Streit. Shirvan versteckt die Wunde, die Adwar ihm zugefügt hat, unter seinen Haaren, aber manchmal blitzt sie hervor und erinnert mich an ihn.

»Er hat Schwierigkeiten mit sich hergebracht.« Shirvan blickt düster zu den Streitenden hinüber.

Langsam scheinen sie sich zu beruhigen. Ahmed spricht nun doch Arabisch, er und Shirvan reden eine Weile und behalten Adwar und seine Freunde dabei kritisch im Blick. Dann übersetzt Shirvan endlich für mich.

»Es sieht so aus, als hätte er gelogen. Weißt du noch? Er sagte, der Streit im anderen Camp hätte nur begonnen, weil ein Wachmann ihn schikaniert hat. Aber es war anders. Er hat eine Familie beleidigt, weil sie sich gegen Assad ausgesprochen hat. Und nun hat er wieder jemanden vom Wachdienst geschlagen.«

»Christel?«, rufe ich erschrocken.

Shirvan schüttelt den Kopf. »Nein. Den Mann, der so wenig spricht. Ahmed sagt, es ist nichts Schlimmes passiert. Aber alle waren sehr aufgebracht. Und ein paar Frauen erzählten, dass ihre Cousinen in Adwars altem Camp leben, und sie konnten berichten, was dort passiert war. Warum Adwar wirklich Ärger hatte.«

»Wundert mich gar nicht.«

Shirvan hebt die Hände. »Tooney, ich spreche viele Sprachen, aber auch ich sehe nicht, ob jemand lügt.«

Ich streiche ihm tröstend über den Oberarm. Nichts liegt mir ferner, als ihm einen Vorwurf zu machen. Shirvan hat Adwar lediglich nicht vorverurteilt.

Ahmed legt seine Hände ineinander und betrachtet sie nachdenklich. »Vielleicht er hat nicht gelogen«, sagt er in seinem stockenden Englisch. »Vielleicht wahr – in seinen Augen. Vielleicht alles passiert. Schlimmes passiert. Aber vielleicht nicht hier.«

Seine Worte erinnern mich daran, was Shirvan in Ungarn erlebt hat.

»Ahmed hat in Damaskus Pädagogik studiert und will in Deutschland auf Psychologie umsteigen«, erklärt Shirvan mit einem nachsichtigen Lächeln. Er selbst scheint inzwischen weit weniger Verständnis für Adwar aufbringen zu wollen.

»Sie beruhigen sich«, sage ich und versuche, nicht zu auffällig zu der Gruppe hinzuschauen. »Und es sieht nicht so aus, als wäre jemand verletzt.«

Bevor Ahmed oder Shirvan antworten können, ertönt von draußen ein Martinshorn. Na, jetzt braucht die Polizei auch nicht mehr anzurücken. Die anderen um mich herum nehmen die Sirenen weit weniger lässig. Alle, bis hin zu Shirvan und Ahmed, sind von einem auf den anderen Moment angespannt wie Bogensehnen. Aus den Gebäuden laufen Männer, Frauen und Kinder heraus und kommen in unsere Richtung.

»Was ist los?«, frage ich erschrocken, erhalte aber keine Antwort. Die Leute strömen auf den hinteren Hof, um den Polizisten aus dem Weg zu gehen.

Als ich die Beamten erkennen kann, wird mir selbst mulmig. Die Polizei ist häufiger im Camp, um nachzufragen, ob alles in Ordnung ist, und immer waren sie freundlich und wurden von den Flüchtlingen mit vorsichtigem Respekt behandelt. Jetzt pflügt ein gutes Dutzend Bereitschaftspolizisten in den Hof, offenbar schwer entschlossen, die Randalierer sofort festzusetzen. Sie tragen Schutzkleidung und Helme mit Visieren vor den Gesichtern, die Schlagstöcke halten sie einsatzbereit in ihren Händen.

Die Leute rennen vor ihnen davon. Kinder suchen weinend das Weite, Frauen rufen die Namen ihrer Familienmitglieder. Kleine Gruppen werden von den Polizisten systematisch auseinandergedrängt. Die Einsatzkräfte brüllen Anweisungen, aber ich kann sie auf die Entfernung nicht verstehen und die Flüchtlinge vermutlich ebenso wenig.

Viel zu lange stehe ich neben Shirvan und starre auf das Bild, das sich mir bietet. Dann laufe ich los, als mir klar wird, dass es sich um ein Missverständnis handeln muss. Die Polizei muss wegen des Streits und der Prügelei gerufen worden sein. Vielleicht befürchtete man eine bewaffnete Massenprügelei wie in Alsberg und rückte deshalb mit so vielen Polizisten an. Aber der Konflikt ist doch längst wieder abgeklungen! Das muss ihnen einfach nur jemand sagen! Und zwar, bevor irgendwer Panik bekommt und im schlimmsten Fall etwas Dummes tut.

Plötzlich packt mich jemand von hinten am Arm und hält mich grob fest, sodass ich nicht weiter kann. Shirvan.

»Lass mich los! Wir können das aufklären.«

In seinem Gesicht erkenne ich sofort, dass er nicht loslassen wird. Dass er nicht in der Lage dazu ist. Er hat Angst. Und wieder muss es sein Instinkt sein, der ihn zu recht warnt und ihn einen Moment früher erkennen lässt, was passieren wird.

Denn als ich in Richtung der Polizisten blicke, fliegt der erste Stein und prallt gegen ein Visier. Ich recke den Kopf, aber kann unmöglich erkennen, wer den Stein geworfen hat. In der infrage kommenden Richtung stehen ein paar der Typen, die oft mit Adwar herumhängen. Möchtegerncoole Jungs – aber dass einer von ihnen Steine auf die Polizei wirft, kann ich nicht glauben. Sie sind keine Idioten, die eine solche Lage bewusst schlimmer machen.

Irgendwo muss doch Saskia oder jemand anders vom DRK oder dem Sicherheitsdienst sein! Kann denn niemand vermitteln, bevor hier alles eskaliert?

Zwei Polizisten reißen kleine Zelte aus ihrer Befestigung, nur weil sie ihnen im Weg stehen. Aus einem der Zelte krabbelt eine Frau mit einem Kind im Arm und hält sich den Kopf. Die fassungslosen, wütenden Rufe unter den Flüchtlingen werden lauter, die Gesten in Richtung der Polizisten deutlicher. Ein zweiter Stein fliegt. Wieder sehe ich nicht, wer geworfen hat. Mehrere Campbewohner schauen sich irritiert um.

»Du hast recht«, sagt Shirvan unvermittelt, als erwache er aus einer Starre. Er lässt mich los und läuft selbst in Richtung der Polizei. »Ich muss übersetzen!«

Ahmed ruft etwas auf Arabisch, aber Shirvan bleibt nicht stehen.

Ich versuche ihm zu folgen, trotzdem klafft schnell ein großer Abstand zwischen uns. Ahmed bleibt an meiner Seite.

»Was passiert?« Er kneift die Augen zusammen, um besser sehen zu können.

»Die Polizisten denken, hier wäre Randale«, versuche ich zu erklären. »Und die Flüchtlinge denken, sie werden angegriffen. Shirvan muss übersetzen.«

Ahmed stößt ein raues, unwirsches Knurren aus. »Das bringt nichts!«, sagt er mit einer Gewissheit, die von mehr Erfahrung getränkt ist, als jemand in solchen Situationen haben sollte. »Er soll weggehen – die hören nicht zu!«

Vielleicht doch, denke ich.

Shirvan kann das. Wenn nicht er – wer dann?

Im nächsten Moment wird mir klar, dass Ahmed recht behalten wird. Shirvan steht mit zur Seite ausgebreiteten Armen in einigen Metern Entfernung zu den Polizisten und redet, aber sie lassen ihn nicht näherkommen und hören ihm auch nicht zu. Sie drohen ihm mit den Schlagstöcken und fordern ihn mit lauten Worten zum Gehen auf.

Weitere Einsatzkräfte treiben gerade eine Gruppe Jugendlicher auseinander, und die Angst, die wie Gas durchs Camp strömt, vermischt sich immer mehr mit Zorn. Ich fühle mich wie im Inneren eines Dampfkochtopfs, der jeden Moment hochgehen könnte.

Shirvan versucht es nun an anderer Stelle. Er läuft zu einer Gruppe junger Männer und redet auf sie ein. Sie beginnen, sich zu verteilen und beruhigend auf andere einzuwirken. Einige Meter entfernt verlangen Polizisten von einer Familie, sie sollen von ihrem Zelt weggehen, aber die Leute befolgen die Anweisungen nicht. Ich habe den Eindruck, sie verstehen nicht einmal, was sie tun sollen. Ein Beamter hat das Reizgas gezogen. Vielleicht hören die Polizisten mir zu? Ein Versuch ist es wert. Doch als ich zu der Familie laufen will, hindert mich wieder jemand. Ahmed umklammert mich von hinten und brüllt mich an, dass ich mich in Gefahr begebe, wenn ich dazwischengehe.

Ich schreie ihn an, er soll mich sofort loslassen, und offenbar macht ausgerechnet das ein paar Polizisten auf uns aufmerksam, denn sie kommen in unsere Richtung.

»Ahmed, lass mich los!«, zische ich noch einmal. Ahnt er denn nicht, nach was das aussieht, was er da macht? Oder sieht er so schlecht, dass er die Polizisten nicht erkennt? »Ahmed! Da kommt Polizei!«

»Du bleibst«, beharrt er. »Die nehmen kein Rücksicht auf Mädchen.«

»Idiot!«, fauche ich, ohne es so zu meinen.

Endlich scheint er zu bemerken, dass sich Polizisten nähern. Er lässt mich sofort los und nimmt die Arme hoch.

»Das ist alles nicht, wie es aussieht!«, rufe ich einer Polizistin zu, aber zwei ihrer Kollegen setzen Ahmed bereits fest, und bevor ich einen weiteren Satz sagen kann, wird er unsanft nach Waffen durchsucht und bekommt Handschellen angelegt.

»Er hat nichts getan!« Meine Stimme wird schrill, während ich auf die Polizistin einrede. »Er wollte verhindern, dass ich dazwischengehe. Er hat. Nichts. Getan!«

Sie drängt mich ungerührt zurück. »Wir sichern hier erst mal«, erklärt sie knapp. »Später klärt sich alles, keine Sorge. Bist du Helferin?«

Ich nicke, auch wenn es nicht der Wahrheit entspricht.

»Geh zum Büro, dort sind die anderen.«

»Aber … Sie verstehen das gar nicht. Hier ist nichts passiert, es war bloß –«

»Geh sofort aus der Gefahrenzone!«, schreit die Polizistin mich an. Ahmed hatte recht. Die ziehen ihren Einsatz durch, vermutlich müssen sie das. Für Diskussionen oder ein neues Abwägen der Situation bleibt keine Zeit.

Ahmed wird von zwei Männern abgeführt. Er ist klug genug zu kooperieren. Doch die weiter von uns entfernten Grüppchen scheinen nun die Nerven zu verlieren. Das Geschrei wird immer lauter, und mehrere junge Männer widersetzen sich den Anweisungen der Polizei. Ein weiterer wird festgenommen. Mit verkrampften Fingern und Schweiß im Nacken gehe ich in Richtung Büro. Plötzlich sehe ich Adwar, der sich mit zwei Freunden den Polizisten von hinten nähert und sie auf Arabisch anbrüllt, als sie versuchen, ein Zelt nah am Zaun umzureißen. Adwar hebt eine Handvoll Dreck vom Boden auf und wirft es auf die Beamten.

Dieser Blödmann – warum tut er das?

Die Polizisten fragen nicht. Sie reagieren sofort, packen ihn zu zweit und setzen ihn fest.

Ich werde jäh von der Szene abgelenkt, als Mejdi zu mir kommt und mich am Arm fasst. »Wo ist Rezarta?«, fragt er mich mit einer Stimme, die zu hoch für ihn klingt. Einen Moment darauf atme ich durch, denn Shirvan taucht hinter einem Zelt auf. »Rezarta und Luan – hast du sie gesehen? Die Frauen haben da hinten über irgendetwas gesprochen, sie wollte schauen, was los ist, und nun finde ich sie nicht.« Nervös deutet Mejdi in die Richtung, wo die Polizei auf der Suche nach der Randale noch immer durch die Menschen drängt. Es ist ein schlimmes Fliehen und Schubsen, denn die meisten wissen überhaupt nicht, wohin sie sollen. Dass eine Polizistin Anweisungen auf Deutsch in ein Megaphon ruft, macht die Situation auch nicht besser. Ich muss an den Beamten denken, der mit dem Tränengas herumgefuchtelt hat. Wenn er diese Drohung wahr macht, gibt es eine Panik.

Inmitten der Menge steht einer der kleinen Jungs, die normalerweise wie die Wilden mit den Fahrrädern durchs Camp flitzen. Seine Knie bluten, und er schaut ins Leere, beide Augen starr. Er hat das Bild von dem verblutenden Hund gemalt.

»Shirvan, hol ihn da weg«, flüstere ich. Mir ist unverständlich, wie er meine Worte bei dem Krach um uns herum verstehen kann, und noch weniger, wie er sofort begreifen kann, wen ich meine, als er meinem Blick folgt. Aber er nickt, kurz und hart. Bevor er geht, deutet er auf Mejdi, und auch ich weiß sofort, was er meint. Ich soll Mejdi in Sicherheit bringen. Er ist zu aufgebracht, um nach Rezarta und Luan zu suchen. Das kann nur schiefgehen.

»Mejdi, ich glaube, ich habe Rezarta dahinten gesehen«, rufe ich, fasse ihn am Handgelenk und ziehe ihn einfach mit mir. Er folgt mir und reckt den Hals nach seiner Frau und seinem Kind. Die Scham, ihn zu belügen, schlucke ich einfach hinunter. Die Polizei wird Rezarta und Luan nichts tun, sie werden sie beschützen. Ich weiß das. Mejdi womöglich nicht. Seine Erfahrungen könnten anders aussehen.

»Wo sind sie?«, fragt er mich.

Vor uns liegt der Bürocontainer, ich deute darauf. »Dort sind sie um die Ecke gebogen, weg von den Randalen.«

Er läuft vor, und ich bleibe zurück, um mich nach Shirvan umzusehen. Inzwischen hat er den Jungen fast erreicht, aber zwei Beamte sind auf ihn aufmerksam geworden und drohen ihm mit erhobenen Schlagstöcken. Auch Shirvan gestikuliert. Ich bilde mir ein, ihn rufen zu hören.

»Mein Bruder! Mein Bruder!« Auf Englisch, auf Deutsch, auf Arabisch. Er lügt nicht, Muslime bezeichnen sich als Geschwister, wenn sie sich verbunden fühlen. Shirvan und dieser Junge sind durch ihre Angst verbunden.

Den Polizisten ist das egal. Einer stapft auf Shirvan zu, packt ihn an den Schultern und will ihn fortschieben. Ein weißer Stein saust durch die Luft, ich bekomme durch die Flugrichtung eine Ahnung, aus welcher Ecke er geschmissen wurde, werde aber sofort wieder abgelenkt, denn der Stein schlägt gegen ein Toilettenhäuschen. Der Aufprall kracht wie von einem Schuss. Der Junge erwacht aus seiner Starre und wirft sich auf den Boden, schützt seinen Kopf mit den Händen.

Ich sehe Shirvan nur von hinten, aber ich spüre, dass in diesem Moment etwas in ihm reißt.

Nicht!, denke ich. Doch Gedanken nützen hier gar nichts.

vierunddreißig

Shirvan wirft sich herum und schlägt dem Polizisten, der ihn festhalten will, mit dem Handballen gegen die Brust. Wüsste ich nicht, dass er Shirvan ist, würde ich ihn nicht wiedererkennen, so verzerrt ist sein Gesicht im Panikschub. Er will sich losreißen, nur hat er gegen einen Polizisten in voller Montur keine Chance. Er weiß das; ich bin sicher, dass er das weiß. Aber sein vom Krieg geschmiedeter Instinkt bricht nun hervor und übernimmt die Kontrolle. Shirvan kämpft kurz und mit allem, was er hat, getrieben von einem einzigen Ziel, das ihm bis hierhin immer wieder das Leben gerettet hat. Er will weg. Fliehen.

Er boxt gegen einen Helm, schlägt gegen einen Brustpanzer. Als er dem Polizisten seitlich gegen das Knie tritt, bricht dieser zusammen und zerrt Shirvan mit zu Boden. Ich höre kaum etwas außer meiner eigenen Stimme, die ruft: »Hör auf, hör auf!«, während ich renne.

Shirvan gelingt es, sich loszureißen, er rollt sich von dem Polizisten weg. Doch da stehen bereits zwei weitere, und einer schlägt ihm noch am Boden einen gezielten Hieb mit dem Schlagstock auf die linke Schulter. Auf den Knien kriecht er ein Stück fort, wirft sich herum und kommt auf die Füße. Hinter ihm tauchen drei weitere Polizisten auf. Ob ihm die Aussichtslosigkeit bewusst wird oder er schlicht die Kontrolle über sich zurückerlangt, kann ich nicht sagen. Er bleibt stehen, breitet die Arme zu beiden Seiten aus. Der linke hängt tiefer, er kann ihn nicht mehr richtig anheben. Shirvans Blick klebt am Boden, aus seiner Nase tropft Blut. Stehenzubleiben fällt mir unaussprechlich schwer, aber was immer ich nun tue, es würde alles schlimmer machen. Ich beiße mir auf die Lippe, während man Shirvan Handschellen anlegt und ihn abführt. Noch einmal dreht er sich um, aber sein Blick trifft nicht mich, sondern das immer noch am Boden zusammengekauerte Kind im Staub. Ich habe den Jungen fast erreicht, tappe auf wackeligen Knien näher und hocke mich an seine Seite.

»Die Lage beruhigt sich«, flüstere ich auf Deutsch. »Jetzt fliegen keine Steine mehr. Gleich ist es vorbei.« Es ist egal, dass er mich nicht versteht. Ich streiche über seinen Rücken, erst ganz vorsichtig und dann, als er nicht protestiert, fester.

»Wie heißt du denn?«, frage ich ihn. »Willst du mir nicht sagen, hm? Kein Problem. Ich heiße Toni.«

Er soll einfach spüren, dass ich da bin. Und dass auch er noch da ist. Für diesen Jungen, dessen Kindheit der Krieg gefressen hat, ist das nicht selbstverständlich.

Wenig später gehen wir gemeinsam Richtung Bürocontainer. Auf halbem Weg kommt uns eine Frau entgegen. Sie schreit auf, als sie uns sieht. Dann schlägt sie sich schnell eine Hand vor den Mund und sieht sich nach den Polizisten um, die langsam abziehen. Glücklicherweise beachtet sie niemand. Sie zieht den Jungen in ihre Arme und gibt klagende Laute von sich, als hätte sie ihn verloren. Sie klingt eher verzweifelt als erleichtert. Ihrem Sohn ist diesmal nicht mehr passiert als zwei aufgeschlagene Knie, aber der Verlust, den sie beide erlitten haben, ist trotzdem allgegenwärtig, auch ohne blutende Knie oder Filzstiftbilder von getöteten Hunden.

»Es tut mir leid«, murmle ich, fast erdrückt von einem winzigen Ausläufer des Krieges. Was müssen Menschen ertragen können, die in seinem Zentrum leben?

Die Mutter küsst meine Wangen und schleift ihr Kind davon, irgendwo in eine Ecke, wo sich kaum jemand aufhält und eine Mutter mit Kind vielleicht niemandem ins Auge fällt.

Mitten auf dem Hof bleibe ich stehen. Ich muss zu Shirvan. Vielleicht kann ich ihm helfen. Vielleicht hört man mir zu, wenn ich erkläre … Vielleicht. Gleichzeitig zieht mich eine Ahnung in die andere Richtung, ganz nach hinten in die letzte Ecke des Camps, wo mir eben etwas aufgefallen war.

Dort finde ich sie mit einem älteren Mann, fast zu alt, um der Vater zu sein. Ich kenne ihn flüchtig, er fällt durch seine ruhige, höfliche Art auf. Nun sieht er mich erschrocken an und streckt den Arm aus, als könnte er die Damaszener Kampfmäuse hinter sich verstecken.

»Bitte«, sagt er leise. »Verrate meine Kinder nicht. Sie wussten es nicht besser.«

Nie zuvor habe ich die Zwillinge still und mit gesenkten Köpfen gesehen. Sie starren die Steine an, die zu einem Häufchen aufgetürmt zwischen ihnen liegen. Mira wiegt einen in ihrer Hand. Der Stein ist weiß und hat scharfe Kanten, an denen sie sich die Handflächen aufgeschürft hat. Sie haben das kleine Mäuerchen zerschlagen, um der gefühlten Bedrohung etwas entgegensetzen zu können. Um sich zu verteidigen. Woher sollten zwei Fünfjährige auch ahnen, dass die fliegenden Steine alles schlimmer machen würden?

Ihretwegen hat Adwar die Polizisten von hinten angegriffen, wodurch die Lage eskalierte: Damit hat er verhindert, dass die Beamten die Mädchen entdecken.

»Verrate sie nicht«, bittet der Vater meiner Mäuse noch einmal.

Wie könnte ich denn? Die Mädchen sind fünf Jahre alt. So klein. Und sie sind so alt wie der Krieg. Uralt, von dieser Seite betrachtet. Welche Wahl haben Kinder, die unter solchen Umständen aufwachsen und zum Spielen in den Untergrund fliehen müssen, außer zu verzweifeln oder sich zu wehren?

Ich drücke die Hand des Vaters. Sie zittert. »Bringen Sie sie nach vorne zu den anderen. Ich schaffe die Steine weg.«

Die letzten Bereitschaftspolizisten in ihren schwarzen Anzügen fahren gerade in den Mannschaftsbussen ab, als ich in den Eingangsbereich des Camps komme. Meine Finger sind noch weiß von den zerschlagenen Steinen, die ich hinter den Zaun geschleppt und dort ins Laub geworfen habe.

Ahmed ist freigelassen worden, und Mejdi hat Rezarta gefunden. Mir gefallen die Blicke nicht, mit denen sie mich ansehen. So, als wüssten sie nicht, wie sie mir etwas Schlimmes beibringen sollten.

»Wo ist Shirvan?«

»Auf der Polizeiwache«, erwidert eine Stimme, die mir einen Schauer über den Rücken treibt, denn ich darf ja gar nicht hier sein. Saskia kommt aus dem Büro. Sie ist blass, das dünne Haar klebt ihr strähnig in der Stirn, und in ihren Mundwinkeln hat sich getrockneter Speichel gesammelt. »Widerstand gegen Vollstreckungsbeamte. Dieser Blödmann!«

»Er hat sich bloß erschreckt«, rufe ich.

»Erzähl denen das doch. Was machst du hier, verdammt noch mal?«

Ich meide ihren Blick. »Tut mir leid.«

Saskia antwortet nicht, sondern läuft einfach weiter. Wenn die Polizei sich erkundigt hätte, wer ich bin und ob ich hier sein darf, hätte das Ärger gegeben. Einen Moment starre ich noch unschlüssig hinter ihr her, aber sie tut so, als wäre ich Luft.

Ich umarme Mejdi und Rezarta und schüttle Ahmed die Hand. Dann schleiche ich zum Ausgang, wo mich Christel abfängt und kommentarlos an ihren Busen presst.

»Was ist denn bloß passiert?«, frage ich und schlucke ein paar Tränen runter.

Christel stemmt die Hände in die Hüften. »Es gab Streitereien. Ich hatte immer Angst davor, die Zusammenstellung der Leute hier ist doch ein schlechter Scherz. Wir haben all diese Syrer hier, überwiegend Anti-Assad-Leute. Und dann diese afghanische Großfamilie, in der alle Männer für das iranische Regime auf der Seite von Assad als Söldner gekämpft haben. Das muss doch früher oder später Reibereien geben.«

Christel weiß diesmal weniger als ich, aber ich schweige und verrate nicht, worum es in dem Streit wirklich ging. Es ändert nichts.

»Wir haben gemerkt, dass es Ärger gab. Horst hat versucht, die Gemüter zu beruhigen, aber der Neue hat ihn einfach zur Seite gestoßen. Saskia war nicht da. Da habe ich vorsichtshalber bei der Polizeidienststelle angerufen. Aber die sind gerade ausgelastet, weil sie eine Verbrecherbande gestellt haben, die in Wohnungen und Häuser eingestiegen ist, also haben sie uns einen Zug von der BePo vorbeigeschickt – Bereitschaftspolizei. Die waren eigentlich für eine Demonstration gegen die Asylpolitik eingesetzt, aber die Demo hatte überraschend wenige Teilnehmer und fiel aus.«

Na, wenigstens eine gute Nachricht, denke ich.

»Zuerst dachte ich, nur gut, dass überhaupt wer kommt«, fährt Christel fort. »Aber die hatten ja keinerlei Fingerspitzengefühl für die Situation unserer Bewohner, die kennen sie ja nicht. Ich komme mir so schäbig vor, dass ich überhaupt angerufen habe.«

»Wie hättest du das ahnen können?«

»Ja, nur was wird jetzt aus Shirvan? Die haben ihn mitgenommen, nicht einmal Saskia konnte das verhindern, als sie kam. Die sperren ihn ein, oder?«

Ich bekomme Gänsehaut am ganzen Körper. »Sicher nicht«, sage ich, ohne die geringste Ahnung zu haben. »Ich finde es raus. Meine Mutter kennt jemanden bei der Polizei. Eine ihrer Zumba-Freundinnen ist Kommissarin.«

Warum fällt diese Freundin mir jetzt erst ein? Ich beeile mich, nach Hause zu kommen, und ohne eine Minute Zeit zu verlieren, rufe ich meine Mutter auf der Arbeit an. Zuerst fährt sie einen ziemlichen Film, als sie aus meiner Erzählung die Schlagworte ›Shirvan im Gefängnis‹ vernimmt und innerlich vermutlich zu einer Horrorstory verstrickt. Aber nachdem ich ihr ausführlich erklärt habe, was passiert ist, regt sie sich ab und verspricht, mit ihrer Freundin zu telefonieren.

So lange kann ich nicht warten! Shirvan wird verrückt, wenn die ihn einsperren! Ich sitze bereits im Bus in die Innenstadt, als Mama mich auf dem Handy zurückruft. Ihre Freundin hat heute keinen Dienst und kann uns nicht helfen, rät aber, einfach abzuwarten. Erfahrungsgemäß dürfte nichts Schlimmes passieren. Sofern Shirvan die Situation erklären kann, lassen sie ihn sicher schnell wieder gehen. Das kann er, denke ich. Ob er es auch tut?

»Kannst du ihn nicht anrufen?«, fragt Mama mich. Sie klingt besorgt.

»Auf die Idee bin ich auch schon gekommen, aber er geht nicht ran.«

»Mist.«

Die elektronische Stimme im Bus sagt die nächste Haltestelle durch.

»Antonia, wo fährst du denn jetzt hin?«, fragt Mama mich besorgt.

»Wohin wohl?«, grummle ich. Ich kann kaum zu Hause sitzen und mich darauf verlassen, dass die Polizei Shirvan einfach wieder gehen lässt.

»Liebes, du kannst da nichts machen.«

Ich weiß. Ich kann überhaupt nichts machen. Nichts gegen diese Ausgrenzung, die die Flüchtlinge hier erfahren, nichts gegen die Bedingungen, unter denen sie leben, und vor allem nichts – rein gar nichts – gegen den verdammten Krieg, der so viele Leben nimmt und den Überlebenden die Seelen schwer werden lässt.

»Irgendetwas muss ich aber machen, Mama.«

Meine Mutter hatte natürlich recht. Auf dem Polizeipräsidium will man mir zunächst überhaupt nichts sagen. Ich diskutiere, bis eine ausgesprochen streng aussehende Polizistin dazukommt und mich mit stahlgrauen Augen ansieht, als plane sie, mich in ihrem Abendessen zu verwerten.

Trotzig starre ich zurück. »Ist es verboten, sich nach einem Freund zu erkundigen? Es war doch nur ein Missverständnis! Er spricht kaum Deutsch und braucht vielleicht Hilfe.«

Der Blick der Polizistin filetiert meinen Mut in kleine Stücke, aber ich lasse mir nichts anmerken. Schließlich sagt sie kühl: »Der junge Mann, von dem du sprichst, kann gut auf sich selbst aufpassen. Er ist nicht mehr hier.«

Meine Hände schnappen zu Fäusten zusammen. »Wo ist er?« Wo haben die ihn hingebracht? Wegen so einer Lappalie wird man doch nicht abgeschoben, oder? Mir prickelt die Kopfhaut.

»Es bestand kein Grund, ihn hierzubehalten. Wir haben ihn ins Krankenhaus gebracht.«

Ich atme auf, aber nur kurz. Ins Krankenhaus … »Dann ist er verletzt?«

Die Polizistin lächelt mit einem Mundwinkel. »Er wird es überleben, nehme ich mal an.«

Vermutlich hätte sie mir diese Informationen nicht geben müssen – womöglich nicht einmal geben dürfen. »Danke«, sage ich leise.

Dann bin ich schon wieder draußen und sitze in der Straßenbahn, die mich zum städtischen Krankenhaus an den Stadtrand bringt.

»Ich möchte zu Shirvan Robegy«, sage ich an der Rezeption und wippe nervös auf den Fußballen.

Die Dame lässt sich den Namen buchstabieren und tippt ihn in ihren Computer. Dann schüttelt sie den Kopf. »Tut mir leid, ich habe niemanden mit diesem Namen im System.«

»Aber er muss hier sein!«, beharre ich. »Er wurde bei einem Polizeieinsatz verletzt, die Beamten haben ihn hergebracht.«

Demonstrativ blickt sie hinter mich, wo sich bereits zwei weitere Leute angestellt haben. Ich bleibe stehen und hebe auffordernd die Augenbrauen.

»Er hat vermutlich keine Papiere bei sich und kann sich nicht ausweisen«, sage ich. »Der Vorfall kam etwas … überraschend.«

Die Frau verdreht die Augen, nimmt allerdings den Hörer ihres Telefons ab, tippt drei Zahlen ein und bekommt sofort jemanden in die Leitung. Sie fragt nach Shirvan, lauscht, bedankt sich und legt schließlich wieder auf.

»Der junge Mann wurde untersucht und hat sich danach entschieden, das Krankenhaus gegen ärztlichen Rat wieder zu verlassen. Das war gerade erst, daher sind die Daten noch nicht im Computer.«

Ohne mich weiter zu beachten, lächelt sie den Nächsten in der Warteschlange an.

»Was hat er denn?«, frage ich.

Die Frau gibt sich nun keine Mühe mehr zu verbergen, wie sehr ich sie nerve. »Junges Fräulein, selbst wenn ich es wüsste, dürfte ich es dir nicht sagen. Der Nächste, bitte.«

Draußen atme ich durch, aber die Luft ist staubig und heiß. Immer noch sieht es nach Regen aus, die Wolken halten sich hartnäckig, geben aber keinen Tropfen Wasser her. Mein T-Shirt klebt mir am Rücken, meine Lippen sind trocken. Ich überlege, noch mal zurück ins Krankenhaus zu gehen, um mir eine Cola am Automaten zu ziehen, will aber eigentlich keine Zeit verschwenden. Wenn Shirvan sich selbst entlassen hat, muss er irgendwo in der Nähe sein. Sein letztes Bargeld hat er heute Nachmittag fürs Telefonguthaben ausgegeben. Er kann also nicht einmal eine Busfahrkarte kaufen und muss trotz der Verletzungen zu Fuß laufen.

Ob ich es schaffe, ihn einzuholen? Er wird sich bereits auf den Weg gemacht haben, bevor ich das Krankenhaus erreichte, sonst hätte ich ihn gesehen. Andererseits kommt er verletzt sicher nicht so schnell voran.

Ich jogge los. Zum Laufen trage ich die falschen Schuhe, und bald bildet sich an meiner Ferse eine Blase. Nach einer Viertelstunde kann ich nicht mehr. Mir tut der Fuß weh, und mein Kopf fühlt sich nach all dem Stress an wie mit Watte ausgestopft. Von Shirvan ist nichts zu sehen. Vielleicht ist er per Anhalter gefahren oder schwarz mit dem Bus. Es wäre auch möglich, dass er einen ganz anderen Weg genommen hat als ich.

Verdammt! Er kennt sich doch überhaupt nicht in Hilgesbach aus. Ich trete gegen eine Plakatwand an der Bushaltestelle und ziehe die entrüsteten Blicke einiger alter Damen auf mich. Sollen sie doch gaffen!

Der Bus kommt gerade um die Ecke, und ich bin zu erschöpft, um zu widerstehen. Statt länger nach Shirvan zu suchen, steige ich ein. Vom Fenster aus behalte ich die Fußgänger auf den Bürgersteigen im Blick, um notfalls aussteigen zu können, falls ich ihn entdecke, aber nach wenigen Minuten macht mein Körper schlapp. Die Stirn an die Scheibe gelehnt, schlafe ich ein und werde erst wieder wach, als die Computerstimme den Namen meiner Haltestelle ansagt.

fünfunddreißig

Shirvan ist nicht in der Unterkunft. Christel versichert mir, die ganze Zeit am Eingang gesessen zu haben, aber sie hat ihn nicht gesehen, und auch sonst niemand, den wir fragen. Wir sehen trotzdem im Camp nach. Erfolglos. Er muss noch unterwegs sein.

»Rufst du mich sofort an, wenn er auftaucht?«, bitte ich Christel und notiere ihr meine Handynummer.

»Natürlich. Mach dir mal keine Gedanken. Der Junge hat einen sehr viel weiteren Weg geschafft. Vom Krankenhaus bis hierher, das ist ein kleiner Spaziergang für den.«

Natürlich hat sie nicht ganz unrecht. Trotzdem mache ich mir Sorgen. Die Festnahme muss Shirvan sehr belastet haben. Und er ist verletzt!

Erst einmal muss ich nach Hause, um etwas zu trinken und mir den Schweiß aus dem Gesicht zu waschen. Obwohl Alex' Mini in der Einfahrt steht, bin ich allein. Permanent bleibe ich in der Nähe des Fensters, um nicht zu verpassen, wenn Shirvan vorbeikommt. Es wird Abend. Meine Mutter kommt, und ich helfe ihr beim Kochen. Ihr fällt sofort auf, dass mein Blick am Fenster klebt.

»Er wird schon wieder auftauchen«, sagt sie.

Aber das tut er nicht. Stattdessen gehen auffällig viele Leute unsere Straße entlang. Wie Bewohner aus der Unterkunft sehen sie nicht aus. Allerdings denke ich nicht weiter an sie, als mein Vater nach Hause kommt und Mama und ich ihm von den Ereignissen erzählen, während das Essen vor sich hin köchelt.

»Widerstand gegen die Staatsgewalt.« Mein Vater fasst sich an den Kopf. »Ich mag den Jungen ja. Er hat Mumm und Verstand, das ist eine seltene Mischung. Aber das war eine reichlich dumme Aktion. Ihm muss klar sein, dass man sich damit keine Freunde macht.«

»Ich glaube nicht«, wirft meine Mutter leise ein, »dass man nach traumatischen Erlebnissen in einer solchen Schrecksituation immer richtig und überlegt handeln kann.«

Mein Vater zuckt mit den Schultern, die Falte an seiner Stirn lässt mich allerdings vermuten, dass er ihr recht gibt.

»Schau mal, Jochen, das Gemüse schmort ohnehin noch. Magst du die Strecke nicht mal eben abfahren? Nur für den Fall, dass der Junge dort noch irgendwo herumirrt.«

Paps brummelt. »Na ja, ich wollte uns ohnehin noch eine schöne Flasche Wein für heute Abend besorgen. Der Getränkemarkt liegt ja fast auf dem Weg.«

Ich bin so überrascht, dass ich kaum ein Wort herausbringe. »D-danke«, stottere ich.

Mein Vater fährt los, und ich sehe ihm durchs offene Fenster nach. Auf der anderen Straßenseite spaziert schon wieder ein kleines Grüppchen Menschen, die ich nicht kenne. Wo wollen die denn alle hin?

»Vielleicht«, sagt meine Mutter, während sie das Gemüse umrührt und dabei betrachtet, als erfordere die Zubereitung höchste Konzentration, »müssen wir wirklich umdenken. Mir ist nach wie vor nicht ganz wohl bei der Sache da drüben. Aber am Ende ist das keine Flüchtlingswelle, sondern eine große Menge an Einzelschicksalen, deren Gründe man in den allermeisten Fällen wohl gut nachvollziehen kann.« Sie schaut zu mir rüber. »Was guckst du denn so? Siehst du Shirvan?«

»Nein. Ich frage mich, was das für Leute sind.« Einer der Männer, die an unserem Haus vorbeigehen, trägt ein T-Shirt mit einem rot durchgestrichenen Minarett darauf. Mir kommt ein erschreckender Gedanke. »Mama, ist heute wieder so eine Demo?«

Meine Mutter steht sofort neben mir am Fenster. »Nein, bestimmt nicht. In der Samstagszeitung stand, dass keine Demos mehr am Flüchtlingsheim vorbeiführen dürfen. Im Radio hieß es, dass in Alsberg eine geplant war, aber es kamen kaum Teilnehmer.«

»Und wo wollen die dann alle hin?« Ich deute auf zwei weitere Männer. Auch bei ihnen ist es kaum möglich, ihre politische Gesinnung falsch einzuschätzen. Sie tragen Klamotten von als rechts bekannten Labels.

Mir wird ganz anders, als mir wieder einfällt, dass Alex' Auto vor der Tür steht, mein Bruder aber nicht zu Hause ist. Der Gedanke, er könnte dort sein, wo diese zwielichtigen Gestalten sich treffen, gefällt mir nicht.

Ich beschließe, dass der Mülleimer voll genug ist, um ihn in die Tonne zu leeren, und trage ihn nach draußen. Vor dem Camp ist alles ruhig. Die seltsamen Typen ziehen daran vorbei. Zwar gucken sie, aber mehr als bunte Schmetterlinge auf dem Sichtschutzzaun sehen sie natürlich nicht. Wer weiß, wohin sie gehen, vielleicht findet weiter die Straße runter eine Party statt?

Ich vergesse sie augenblicklich, als der Wagen meines Vaters in die Straße einbiegt und in der Einfahrt hält. Shirvan sitzt auf dem Beifahrersitz. Er ist ziemlich blass, und ich entdecke neben den neu verbundenen Platzwunden auf seiner Stirn eine Schramme am Kinn. Den linken Arm trägt er bandagiert in einer Schlinge. Als er aussteigt, sagt mein Vater etwas, das ich nicht verstehe, und Shirvan grinst ihn über das Autodach hinweg an. In dem Moment fällt die ganze Angst von mir ab, und ich kann endlich durchatmen. Am liebsten würde ich ihm um den Hals fallen, aber ich ahne, dass ihm das vor meinen Eltern unangenehm wäre.

»Sieh mal, Toni, wen ich rein zufällig getroffen habe«, sagt mein Vater und sieht mich vielsagend an. Zufällig? Natürlich, er versteht mehr von Männerstolz als ich und will Shirvan nicht das Gefühl geben, wir hätten nach ihm gesucht. Ich werde ihm später verraten, dass ich mir Sorgen gemacht habe – wenn er schon auf eigenes Risiko ein Krankenhaus verlässt, um auf einer Pritsche statt im Bett zu schlafen, soll er wenigstens wissen, dass er damit meine Nerven ruiniert!

Sturkopf!, denke ich, sage aber etwas anderes: »Danke.«

»Wofür?«, fragt Shirvan irritiert.

»Dass du dem Kleinen helfen wolltest.«

Shirvans Schultern verspannen sich, er verzieht keine Miene, obwohl das wehtun muss. »Ist er in Ordnung?«

»Hoffentlich. Ihm ist nichts geschehen, und er ist bei seiner Mutter.«

»Gut.« Er reibt sich über die Stirn, mit einem Mal sieht es aus, als würde sämtliche Energie in ihm zusammensacken. Er muss unglaublich müde sein.

»Möchtest du heute mit uns essen?«, fragt mein Vater ihn, aber Shirvan schüttelt den Kopf.

»Danke, vielen Dank. Aber ich gehe besser ins Camp zurück.«

Ich bin nicht sicher, ob wir ihn überreden sollten oder ob das übergriffig wäre. Ich habe von dieser arabischen Höflichkeitsformel gelesen, nach der eine Einladung dreimal abgelehnt wird, aber es kommt mir irgendwie aufdringlich vor, noch einmal zu fragen. Letztlich erkläre ich einfach, Shirvan bis zum Camp zu begleiten.

»Komm aber nicht allzu spät«, ruft mein Vater mir nach. Wie soll ich das nun wieder interpretieren – darf ich vielleicht endlich offiziell in die Unterkunft?

Wenn nur Saskia nicht so wütend auf mich wäre.

Wir gehen schweigend nebeneinander her, obwohl so viel zu sagen wäre. Am Tor bleiben wir stehen. Christel schaut aus dem Bürofenster, lächelt uns zu und verlässt den Container auf der anderen Seite, vielleicht, um eine Zigarette zu rauchen.

Ein wenig unschlüssig stehen wir uns gegenüber. Shirvan sollte zurück ins Camp, ich muss nach Hause. Die Zäune fühlten sich immer seltsam an, aber selten so grundfalsch wie heute.

Schließlich nimmt er meine Hand in seine. »Tooney«, sagt er, als müsse er mir etwas Bedeutsames mitteilen. Aber er schweigt.

»Ich hatte Angst heute«, gestehe ich ihm. »Um dich.«

»Es bestand kein Grund zur Angst.« Er blickt auf den Boden. »Aber ich hatte auch Angst. Das tut mir leid. Angst verursacht Probleme, wenn man sie nicht kontrolliert. Das ist heute passiert. So etwas darf nicht passieren, weil …«

»Du bist nicht besonders nachsichtig mit dir selbst, oder?«

Auf seiner Stirn bilden sich kleine Dellen, während er nachdenkt. Schließlich blickt er mich an. »Ich habe viel gesehen, Tooney. Katastrophen, die entstanden sind, obwohl Menschen nichts Schlechtes im Sinn hatten. Ich muss vorsichtiger sein. Fehler kann ich mir nicht erlauben.«

Mein erster Impuls ist, ihm zu widersprechen. Aber ich muss an die Fotos auf seinem Handy denken, die zerstörte Straße, das zerbombte Haus, und mir wird klar, dass meine Worte leer und hohl sind und nicht helfen.

Plötzlich drückt Shirvan den Rücken durch und schaut die Straße entlang. Er atmet ein, auffällig ruhig und langsam. Wie ein Tier, das Witterung aufnimmt. Mein Blick folgt seinem, aber ich kann nichts Besonderes erkennen.

»Was ist denn? Kommt da jemand?«

»Wir sollten reingehen«, sagt er.

»Darf ich nicht. Saskia nimmt mich auseinander, wenn sie mich erwischt.«

»Toni, geh besser rein.«

Er hat Toni gesagt, nicht sein übliches Tooney. Das macht mir Angst, also gehe ich durchs Tor. Gerade als wir es hinter uns schließen, schallen Stimmen herüber. Noch sind sie leise, aber bereits deutlich genug, dass ich schnell verstehen kann, was sie rufen: »Wir sind das Volk!«, und: »Ist der Ali kriminell, in die Heimat, aber schnell!« Eine Parole, die ich schon mal auf einem Wahlkampfplakat einer rechten Partei gesehen habe. Sie haben offenbar mitbekommen, dass die Polizei hier war, und nutzen das zu einer Offensive.

»Das sind Asylgegner«, erkläre ich Shirvan, der die Gefahr spürt, aber womöglich nicht einschätzen kann. »Die tun bestimmt nichts« – hoffe ich – »aber sie wollen provozieren.«

Er reibt sich die Stirn. Ich kann seine Gedanken regelrecht lesen: Nicht auch noch das.

»Wir machen es wie bei der Demo neulich«, entscheide ich. »Ruf alle zusammen. Alle sollen in den Speisesaal kommen.«

Shirvan nickt, dreht sich um und läuft über den Hof davon. Den verletzten Arm hält er mit dem gesunden fest. Er humpelt. In meinem Bauch schwillt ein Klumpen Wut an und bereitet mir Übelkeit. Können diese Spinner uns nicht in Ruhe lassen? Haben die Menschen nicht genug durchgemacht?

Doch grübeln kann ich später noch. Eilig laufe ich zum Bürocontainer, klopfe an und trete ein. Saskia ist überhaupt nicht begeistert, mich zu sehen, aber ich bin heilfroh, dass sie hier ist. Sie hat eine solche Lage im Griff. Niemand kann so gut deeskalieren wie sie.

Hastig erzähle ich ihr, was wir beobachtet haben. »Ich habe den ganzen Abend schon Leute vorbeigehen sehen, die mir nicht geheuer waren. Sie müssen sich hier irgendwo versammelt haben.«

»Kennst du das alte Anglerheim ganz am Ende der Straße?«, fragt Saskia. »Es ist seit Jahren geschlossen, aber es gehört einem Mann, der ganz massiv in der Stadt gegen unser Camp wettert, daher würde es mich nicht wundern, wenn er daraus ein Nazi-Hauptquartier macht.«

»Er wettert? Was gibt es denn zu wettern?«

»Ach! Mal lachen ihm die Kinder zu laut, mal sind ihm die Männer zu dunkel, und mal ist ihm einfach das Wetter zu schlecht. Kann ja nur an den Flüchtlingen liegen.« Sie zieht ein Gesicht, als würde sie am liebsten vor Ekel auf den Boden spucken. »Über eure Kunst an der Außenseite des Zauns hat er sich auch beschwert. Die Schmetterlinge waren vermutlich keine heimischen Arten.«

Das sagt ja alles. »Was machen wir jetzt?«

»Du«, erklärt sie und sieht mich ernst an, »gehst nach Hause. Ich rufe die Sheriffs. Keine Sorge, ich weiß, wen ich anrufen muss, damit auch unsere Jungs herkommen und nicht eine Hundertschaft hysterischer BePos. Jetzt fort mit dir.«

»Okay«, erwidere ich, wenn auch ungern. »Shirvan versammelt die Leute im Speisesaal.«

Sie hält einen Daumen hoch, das Telefon hat sie bereits am Ohr.

Sechsunddreißig

Ich will nicht nach Hause gehen.

Als ich auf die Straße trete und in Richtung der grölenden Stimmen blicke, läuft mir ein eisiger Schauer den Rücken hinab. Es sind sicher fünfzig bis sechzig Menschen, und sie scheinen von einem ganz anderen Kaliber als die Demonstranten neulich. Mehr Glatzen. Mehr Personen in sehr aussagekräftiger Kleidung. Schilder oder Transparente sehe ich nicht, aber viele haben Bierflaschen in den Händen. Damit sie mich nicht sehen, verberge ich mich hinter dem Zaun. Was haben die vor?

Noch ist der Weg zu unserem Haus zwar frei, ich kehre trotzdem ins Camp zurück. Saskia kann kaum von mir verlangen, dass ich mich von denen vor dem Tor erwischen lasse. Ein blondes Mädchen zu sein, hilft vermutlich nicht, wenn man aus dem Flüchtlingsheim spaziert kommt. Niemand kann mir vorwerfen, dass ich es nicht ausprobiere.

Ich gehe auf den hinteren Hof, wo Shirvan von Zelt zu Zelt rennt und die letzten Leute zusammentrommelt. Nach den Vorfällen des Tages wirkt niemand entspannt, aber viele haben Zeit, ein paar erleichterte Worte mit ihm zu wechseln oder ihm die Hand zu drücken, weil er wieder da ist. Sogar Adwar nickt ihm respektvoll zu, und Shirvan erwidert die Geste äußerst knapp, aber prompt.

Wenig später, es beginnt bereits zu regnen, sind alle im Speisesaal versammelt, der fast aus seinen Nähten platzt. Shirvan erklärt gerade auf Englisch und Arabisch, was draußen vor sich geht und wie wichtig es ist, dass alle ein weiteres Mal ruhig bleiben und sich nicht provozieren lassen; ein paar andere übersetzen parallel auf Persisch und Albanisch.

Die Tür öffnet sich, und Saskia kommt herein. Rufe, Parolen und das Krachen von Feuerwerkskörpern begleiten sie, und sie drückt die Tür schnell wieder zu. Dasselbe Knallen habe ich am Nachmittag auch schon gehört. Vermutlich waren da schon ein paar dieser Idioten am Zaun und haben für Nervosität gesorgt, sich aber verdünnisiert, als die Polizei kam.

»Die sind vollkommen gestört«, zischt Saskia mir zu, sodass es die Campbewohner nicht mitbekommen. »Mit Knallern gegen Kriegsflüchtlinge – ich kotz ins Essen.«

»Hoffentlich auf deren Teller«, erwidere ich, und sie grinst mich an. Sie erwähnt mit keiner Silbe mehr, dass ich nicht hier sein darf. Fast habe ich das Gefühl, dass sie froh ist, jemanden an ihrer Seite zu haben.

»Was sagt die Polizei? Kommen sie gleich?«

Saskia nickt schnell. Beinah zu schnell. Als ich gerade nachhaken will, sehe ich durchs Fenster, wie etwas Glimmendes über den Zaun fliegt und auf dem Hof in einem grünen Leuchten explodiert. Frauen und Kinder schreien panisch auf, einige Menschen ducken sich oder gleiten wie in einer hundertmal trainierten Übung unter die Tische. Ein junger Mann, mehr noch ein Junge, rennt zur Tür, zwei ältere Männer halten ihn fest, bevor er sie erreicht.

»Shirvan!«, ruft Saskia durch den Krach. »Beruhige die Leute!«

Wenn uns mehrere hundert Menschen in diesem viel zu kleinen Saal in Panik geraten, drohen jedem hier ernste Verletzungen, vor allem den Babys und den kleineren Kindern.

Ich bin nicht sicher, was Shirvan tun soll, und als ich zu ihm hinüberschaue, wird mir klar, dass er es ist, der beruhigt werden soll. Zitternd steht er inmitten der anderen und starrt ins Leere.

»Shirvan!«, wiederholt Saskia. Er zuckt zusammen und scheint sie erst jetzt zu bemerken. »Beruhige! Die! Leute!«

Sein Nicken wirkt mechanisch. Was soll er jetzt tun? Im Gegensatz zu mir scheint ihm mit einem Mal etwas einzufallen, denn er springt auf einen Tisch und beginnt irgendetwas zu murmeln, erst leise, dann immer lauter. Seine Stimme erhebt sich über alle anderen hinweg und bekommt einen Klang, der an Musik erinnert. Zuerst spricht er zu den Leuten, melodisch, aber in Worten. Die ersten hören ihm zu, stoßen sich gegenseitig an, machen andere auf ihn aufmerksam. Schließlich verlaufen seine arabischen Worte ineinander und er … er singt.

Saskia starrt ihn an. »Was macht er da? Betet er?«

»Nein.« Ich erkenne die Worte wieder, ich habe sie beim Googeln schon einmal gehört und werde sie nicht so schnell vergessen, denn sie beginnen mit ›Allahu akbar‹, und dazu hatte ich bis dahin ganz andere Assoziationen. »Er ruft zum Gebet.«

Ja, es ist der Muezzin-Ruf.

Sie nickt. »Was auch immer. Hauptsache, sie hören ihm zu und warten das Amen ab. Sagt man Amen im Islam? Ich fürchte nicht.« Mit beiden Händen streicht sie sich die Haare aus dem Gesicht. »Was rede ich eigentlich? Hör zu, Toni, wir haben ein Problem. Die Polizei hat gesagt, sie schicken uns einen Wagen, diese Witzbolde. Einen. Weißt du, was das heißt?«

»Zwei Beamte«, sage ich tonlos. Gegen fünfzig oder sechzig Irre, die Feuerwerk auf Zelte schießen, in denen Familien mit Kindern liegen könnten. Dass wir alle in das Clubhaus geschafft haben, können sie von außerhalb des Zauns nicht sehen. Es ist ihnen völlig egal, ob sie jemanden treffen. Und wen.

Saskia nickt. »Die BePo ist geschlossen bei einem blöden Fußballspiel, und so viele Einsatzkräfte hat unsere Wache nun mal nicht. Ich denke, dass sie sofort Verstärkung anfordern werden, wenn sie sehen, wer da vor der Tür steht und auf die neue Nachbarschaft anstoßen will, aber das dauert.«

Draußen kracht und klirrt es, eine Frau weint leise. Jemand hat Glas über den Zaun geworfen, vermutlich eine Bierflasche. Shirvan beginnt mit seinem Gebetsruf von vorn, diesmal singt er lauter. In diesem Moment bewundere ich ihn aus allertiefstem Herzen. Er mag sicher nicht der religiöseste Muslim unter der Sonne sein, aber er weiß, was Menschen gut tut, wenn sie Not empfinden, und er gibt ihnen das. Selbst mich entspannen die langgezogenen, summenden Töne. Wir sollten die Fenster aufreißen und Shirvans Rufe nach draußen klingen lassen, vielleicht lassen sich sogar Möchtegernnazis davon berühren und beruhigen.

»Er kann nicht stundenlang Gebete singen«, sagt Saskia.

Eine junge Frau kommt zu uns. Ich habe sie schon ein paar Mal gesehen, meist ohne ein Kopftuch. Jetzt, vielleicht der unsicheren Lage wegen, hat sie sich eines umgebunden.

»Entschuldigt«, sagt sie leise, »aber meint ihr, wir sind sicher hier? Viele haben von Brandanschlägen auf Heime gehört und machen sich große Sorgen.«

Saskia lächelt zuversichtlich. »Die Polizei ist gleich da.«

»Sie beschützen uns«, füge ich schnell hinzu.

»Niemand braucht Angst zu haben. Das da draußen sind nur ein paar gelangweilte Halbstarke. Wir ignorieren sie, dann gehen sie wieder.«

Die junge Frau ist nicht überzeugt, bedankt sich aber, bevor sie zu ihrer Gruppe zurückgeht. Auch meine drei irakischen Freundinnen stehen dort, und ich winke ihnen aufmunternd zu.

Saskia hat recht. Wir können hier nicht sitzen und abwarten, dass zwei überforderte Polizisten uns aus der brenzligen Lage befreien. Jemand muss sich den rechten Pöblern entgegenstellen.

Irgendwer.

Wir brauchen viele.

Am besten die halbe Stadt!

»Ich habe eine Idee«, murmle ich und greife in meine Hosentasche. Verdammt, das Handy liegt zu Hause. »Gib mir mal bitte dein Telefon, Saskia, ich muss Fee anrufen!«

Sie reicht es mir. »Was hast du vor?«

»Bloggen!« Ich lausche dem Freizeichen, bis Fees Mailbox rangeht. Mist. Darauf sprechen muss ich gar nicht erst, Fee hat den Zahlencode, mit dem man sie abhören kann, vor Monaten vergessen.

»Bloggen?« Saskias Blick schweift über die Menschen. »Zweifelsohne wichtig, die Leute aufzuklären. Aber auf meiner Prioritätenliste gerade eher auf den hinteren Plätzen, solange eine Horde Nazis am Tor rüttelt.«

»Nein, nein – genau jetzt!« Ich muss mich beeilen, auch wenn ich am liebsten gar nicht weggehen möchte. Aber es muss sein.

»Warte!«, ruft Saskia mir nach, als ich schon fast an der Tür bin. »Du kannst jetzt nicht da raus. Die Typen sind unberechenbar.«

»Ich bin nicht so dumm, den vorderen Eingang zu nehmen«, erwidere ich.

Saskia wirft mir noch ein »Aber Toni!« hinterher, doch ich bin schon hinausgeschlüpft. Hoffentlich können Shirvan und sie die Menschen ruhig halten, bis ich es geschafft habe. Hoffentlich bleibt Shirvan ruhig … Bei dem Gedanken wird mir erst bewusst, was ich mir vorgenommen habe und an wie vielen Vielleichts und Womöglichs mein Plan hängt. Ob ich das schaffe?

siebenunddreißig

Wenn jemand einen Menschen tötet, so soll es sein, als hätte er die ganze Menschheit getötet; und wenn jemand einem Menschen das Leben erhält, so soll es sein, als hätte er der ganzen Menschheit das Leben erhalten.
(Koran, Sure 5, Vers 33)

Ich nehme meinen üblichen Weg durch den Zaun und renne nach Hause. Die Rufe begleiten und treiben mich.

»Asylschmarotzer raus!«

»Kein Asyl für Kriminelle!«

Ein paar Leute aus dem Mob beschränken sich auf »Ausländer raus«, und dazwischen immer wieder in atemberaubender Lautstärke: »Wir sind das Volk!«

»Wenn ihr das Volk seid«, flüstere ich, »dann würde ich lieber zu den anderen gehören.«

Auf der Straße vor unserem Haus stehen etwas abseits des Geschehens zwei Polizeiwagen mit eingeschaltetem Blaulicht. Durch einen Lautsprecher werden die Rechten dazu aufgefordert, sich unverzüglich zu entfernen, aber niemand gibt etwas darauf. Der Mob belagert stur den Eingang des Camps. Jetzt, da die Polizisten in der Nähe sind, werfen sie zumindest nichts mehr, rufen jedoch ihre hässlichen Parolen noch lauter als zuvor. Christel und der zweite

Wachmann müssen genau dort in ihrem Container sitzen, die Armen.

Meine Eltern erwarten mich schon vor der Tür. Mama drückt mich an sich, sie ist ganz blass vor Schreck. Paps poltert gleich los, warum ich denn nicht gleich zurückgekommen bin. Ich erkläre mich nur kurz, dann lasse ich meine Eltern stehen und renne in mein Zimmer.

Der Blogartikel, den ich vor ein paar Tagen geschrieben, aber noch immer nicht veröffentlicht habe, ist viel zu lang für meine Zwecke. Ich tippe hastig einen neuen. Einen kurzen, prägnanten, dazu das Foto des kleinen Mädchens, das im Camp auf dem Boden sitzt und mit dem Dreck spielt, als wäre er Sand auf einem Kinderspielplatz.

HILFE!, tippe ich. HILFE! Rechtsradikale belagern das Flüchtlingsheim Birkenstraße und versetzen Familien mit Kindern in Panik, indem sie Flaschen und Feuerwerkskörper werfen. HINTERN HOCH gegen Hass und Rassismus! KOMMT JETZT, KOMMT FRIEDLICH, KOMMT ALLE!

Ohne meine übliche Tippfehlerkontrolle lade ich den Beitrag hoch. Kurz gratuliere ich mir zu der Entscheidung, meinen Facebook-Account doch nicht gelöscht zu haben, denn jetzt kann ich den Hilferuf auch auf meinem Profil posten und ihn in den Gruppen unserer Stadt, unserer Schule und meines Tanzvereins teilen.

Dann rufe ich Sylvia Regens an, die Inhaberin des Baumarktes. Sie geht sofort ans Telefon und erinnert sich an mich.

»Ich kann im Moment kein Pony gebrauchen«, sage ich, »aber ganz viel Licht. Gibt es Kerzen in Ihrem Baumarkt?«

»Ja, natürlich haben wir Kerzen. Aber was ist denn los?«

Während meiner Erklärung verhasple ich mich ein paar Mal, weil ich so nervös bin. Im Augenwinkel sehe ich die Reaktionen auf meinen Facebook-Eintrag. Die Menschen schreiben nicht viel dazu, aber das Wenige, was sie schreiben, lässt mich hoffen.

Waaas? Spinnen die?

Geht gar nicht! Wir kommen!

Bin gleich da!

Und das Entscheidende: Der Beitrag wurde in der kurzen Zeit schon über vierzig Mal geteilt. Tendenz steigend.

»Ich lade den Kofferraum voll«, verspricht Frau Regens, »und bin in zehn Minuten da.«

Als ich auflege, klingelt das Telefon fast im gleichen Augenblick. Fee ist dran.

»Wir hatten gerade Volleyballtraining«, sagt sie, »ich habe deinen Eintrag in der Kabine gelesen. Ist es so schlimm?«

»Schlimmer, Fee!«

»Oh Gott. Ist jemand verletzt?«

»Ja, Shirvan. Und wenn das so weitergeht … Die Kinder haben große Angst, und einige Frauen befürchten einen Brandanschlag. Wenn die Leute Panik bekommen …«

»Ganz ruhig, Toni.«

Ich atme durch, erleichtert, endlich meine Fee wieder an meiner Seite zu wissen.

»Der Trainer schaut gerade, dass wir genug Autos zusammenkriegen, um mit der ganzen Mannschaft kommen zu können. Ich soll dir etwas ausrichten.« Fees Stimme klingt kämpferisch. »Lass uns ein paar Nazis übrig, um mit dem Finger auf sie zu zeigen und sie auszulachen!«

»Beeilt euch halt, es sind genug für alle da«, gebe ich zurück. Auf meiner Seite ploppt unter dem Hilferuf ein Bild auf.

Interna aus einer geschlossenen Gruppe, in der ich inkognito bin. Offenbar war die Aktion geplant, schreibt jemand dazu, dessen Namen ich nicht kenne. Ich klicke das Bild an, um die Schrift besser lesen zu können.

Heute Abend gibbts klare ansage. Assilanten weg sonst knallts aber richtig!

Was mir Schweiß auf die Stirn treibt, ist der Beitrag darunter, den der Screenshot nur zur Hälfte zeigt.

Bin dabei, kann nicht angehen, dass die hier noch länger ..., lässt sich lesen. Gepostet von Alex Welsch.

Ich schlucke gegen die Übelkeit an und eile nach unten. Meine größte Herausforderung steht mir noch bevor.

»Was geht denn da draußen vor sich?«, fragt meine Mutter. Das Essen ist längst fertig, der Herd ausgeschaltet. Trotzdem hat niemand den Tisch gedeckt.

»Asylgegner belagern das Camp«, antworte ich. »Sie werfen mit Böllern und Flaschen. Es wird dauern, bis die Polizei in ausreichender Stärke da ist, um den Mob aufzulösen. Die Flüchtlinge haben sich im Haus verschanzt.«

»So eine Schweinerei!«

Paps schüttelt den Kopf. »Das geht doch zu weit. Da muss die Polizei eingreifen.«

»Die können nichts machen, bis Verstärkung kommt. Und das kann dauern, heute ist ja ein Fußballspiel.«

Mama schnalzt mit der Zunge. »Das haben die doch absichtlich so eingefädelt.«

Davon gehe ich auch aus. »Ich glaube«, sage ich und muss schlucken, »nein, ich fürchte, dass Alex dabei ist.«

»Antonia!« Mein Vater schaut mich an, als hätte ich vor seinen Augen die Farbe gewechselt. »Das kannst du nicht einfach behaupten. Wie kommst du denn auf diesen Unsinn?«

Mama wird bleich, sie sollte sich besser setzen. »Alexander hat eine ziemlich klare Meinung zu der ganzen Sache. Aber er ist doch keiner, der randaliert und Leute ängstigt. Das passt nicht zu ihm.«

»Wir werden sehen«, sage ich und nehme meine Jacke vom Haken.

»Was hast du vor?«, fragt Mama.

Ich atme tief durch. Dass sie mich einfach rausspazieren und eine Gegendemonstration anführen lassen, brauche ich nicht zu hoffen. »Lass uns nachsehen, ob Alex dabei ist«, sage ich, reiche auch meiner Mutter ihre Jacke und stapfe los.

Sie scheinen unschlüssig, aber nach einem kurzen »Warte, Toni« folgen sie mir. Beide! Mein Nacken kribbelt. Auf der Straße vor unserem Haus treffen wir auf Frau Schäfer und ihren Yorkshire Terrier Fritzi.

»Ich wollt's nicht glauben!«, ruft sie, als sie uns sieht. Fritzi kläfft. »Aber da stehen wirklich Nazis vor dem Heim! Dass ich das noch mal erleben muss! Nazis! Hier auf der Straße! Aber nicht mit uns, oder? Meine Bridge-Frauen sind schon auf dem Weg hierher. Da halten wir gegen – die wollen wir hier nicht haben!« Sie boxt meinem Vater mit ihrer kleinen, knochigen Faust gegen den Oberarm. »Nicht wahr, Herr Welsch? Solche Zeiten müssen ein für alle Mal vorbei sein.«

Mit einer gewissen Genugtuung beobachte ich, dass mein Vater hilflos schweigt, und nutze die Gunst der Stunde, um mich aus dem Staub zu machen.

Frau Regens muss hergeflogen sein! Ich treffe sie auf der Straße, wo sie gerade ihren Kofferraum öffnet und ein paar entschlossen aussehende Passanten mit Kerzen versorgt.

»Toll, dass Sie gekommen sind!«, rufe ich.

»Wie versprochen! Ist das deine Mutti?« Sie lächelt an mir vorbei, und ich bemerke erst jetzt, dass Mama mir gefolgt ist. »Ein ganz tolles Mädchen haben Sie«, sagt Frau Regens zu ihr. »Ich habe auch Töchter – aber in dem Alter haben die sich nur für Stars und Fingernägel interessiert, statt soziales Engagement zu zeigen. Sie müssen wahnsinnig stolz auf sie sein!«

Ich wende mich ab, damit meine Mutter mich nicht grinsen sieht. Dabei bemerke ich, dass immer mehr Autos in der Straße parken und Fußgänger zum Camp gehen. Mein Aufruf trägt Früchte! Diese Leute, die kommen, weil ich um Hilfe gerufen habe.

»Wie lautet der Plan?«, fragt mich Frau Regens. Sie hat die Ärmel hochgekrempelt und erinnert mich an die Frau von diesem *We can do it*-Retro-Blechschild. Ich sacke innerlich ein wenig zusammen. Einen richtigen Plan habe ich doch gar nicht.

»Ich dachte, dass wir uns einfach mit den Kerzen vor den Eingang stellen. Als Zeichen, dass wir die Flüchtlinge beschützen.«

»Großartig!« Frau Regens klopft mir so fest auf die Schulter, dass ich fast das Gleichgewicht verliere. »Licht und Solidarität. Super – das machen wir.«

»Vielleicht«, überlege ich laut, »können wir auch eine Kette vor dem Zaun bilden, wenn genug Leute kommen.«

»Die kommen«, sagt meine Mutter heiser. »Toni, die kommen. Hast du die etwa alle hergerufen?«

Während Frau Regens und ich die Kartons voller Kerzen aus dem Kofferraum heben, geht meine Mutter zu einem der Polizeibeamten, um ihm zu erklären, was wir vorhaben. Lichter erstrahlen, erst nur ein paar um uns herum, dann immer mehr. Schnell spricht sich die Aktion herum, und die Leute holen sich Kerzen und stellen sich am Zaun auf.

Ich bin so beeindruckt, dass ich das Gefühl habe, die Rechten würden schon leiser rufen. Aber nun, da wir beim Verteilen unserer Kerzen näherrücken, stellt sich das als Irrtum heraus. Sie beginnen, uns anzupöbeln und zu beschimpfen: »Volksverräter«, und immer wieder: »Gutmenschen«.

Wenn ich unsere beiden Gruppen vergleiche, die brüllenden Pöbler auf der einen und uns mit den Kerzen auf der anderen Seite, bin ich von Herzen gern lieber Gutmensch als einer von den anderen. Und unser Einsatz scheint zu wirken. Immerhin gelangen die gewaltbereiten Pöbler nun nicht mehr an den Zaun heran, und es wird auch nichts mehr geworfen, weder Bierflaschen noch Böller. Ihre Parolen gelten nun vornehmlich uns, lautstark wünschen sie uns nur das Schlechteste.

»Nicht provozieren lassen!« Ich wage zu rufen. Immerhin habe ich die Leute hergebeten – jetzt sollen sie mich auch hören. »Ignoriert sie einfach.«

Eine Person kann das allerdings nicht. Als ein paar der rechten Demonstranten zu uns herüberbrüllen, dass sie keine Asylanten in der Nachbarschaft wollen, tritt ausgerechnet Frau Schäfer ein Stück vor.

»Was redet ihr von Nachbarschaft?«, schreit sie wütend. »Ich wohne hier seit zwanzig Jahren – aber euch hab ich hier noch nie gesehen. Schert euch weg und lasst die Leute hier in Ruhe. Was wir hier nicht wollen, sind Nazis!«

Meine Mutter stößt mich an. »Unsere Frau Schäfer! Hättest du ihr das zugetraut?«

»Sie ist für Überraschungen gut«, erwidere ich mit einem Grinsen, aber es vergeht mir schnell. Besorgt schaut Mama zu den Demonstranten hinüber und befürchtet wohl, Alex unter ihnen zu entdecken. Er wird hoffentlich nicht so dumm sein, in den ersten Reihen aufzutauchen.

Immer mehr Leute stellen sich zu uns. Fee hat tatsächlich ihre ganze Volleyballmannschaft mitgebracht, Frau Schäfer gesellt sich in den Kreis ihrer Bridge-Frauen, und unter vielen anderen Gesichtern erkenne ich Nathalia mit ihrer Familie sowie einige Mitglieder meiner Tanzgruppe. Auch die Polizei ist nun in größerer Anzahl vor Ort, aber da wir ruhig und friedlich bleiben, lassen sie uns gewähren und konzentrieren sich darauf, die Rechten langsam weiter zurückzudrängen, ohne dabei zu viel Gegenwehr zu provozieren. Nach einer Weile lungern nur noch ein paar einzelne finstere Gestalten in unserer Sichtweite herum und geben sich gezwungenermaßen damit zufrieden, hasserfüllt zu uns rüberzustarren.

Die Stimmung in unserer Gruppe steigt, als Shirvan, Adwar, Mejdi und ein halbes Dutzend weiterer Flüchtlinge nach draußen treten, ebenfalls Kerzen entgegennehmen und zu Gliedern der Kette werden, die das Camp schützt. Es werden Hände geschüttelt, Worte gewechselt und Fotos gemacht, und ich bekomme fast ein feierliches Gefühl. Adwar und Shirvan stehen oft dicht beisammen und stecken die Köpfe zusammen, und ich bin erleichtert, dass sie es geschafft haben, ihren Streit beizulegen. Schließlich wagen sich auch Tala, Lilian und Behiye nach draußen. Shirvan und ich nehmen die Mädchen in unsere Mitte, als die letzten Rechten noch einmal tief einatmen und Beschimpfungen rufen. Die Mädchen versteifen sich, und auch Adwar gelingt es nicht, seine Anspannung zu verbergen.

»Hört mal her!«, rufe ich, so laut ich kann. »Wir lassen uns von denen nicht ärgern. Wir drehen uns jetzt alle um. Wendet ihnen den Rücken zu und zeigt ihnen, was wir von ihnen halten!«

Und das tun wir. Geschlossen wenden sich alle von den Rechten ab. Sie bekommen weder unsere Gesichter noch die Kerzen zu sehen, bloß unsere Kehrseiten. Mit den Lichtern erhellen wir Dutzende von bunten Schmetterlingen, die wir außen auf den Sichtschutz gemalt haben.

Ein paar Jugendliche aus unseren Reihen können es nicht lassen, ziehen die Hosen runter und halten den Rechten in *Braveheart*-Manier die nackten Hintern hin. Meine irakischen Mädchen wissen nicht, ob sie darüber hysterisch lachen oder kreischen sollen, Frau Schäfers Bridge-Club köpft die ersten Schnapsfläschchen und ruft im Chor: »Nazis am Arsch!«, und Fees Volleyballmannschaft singt mit erheblichen Textpatzern *Schrei nach Liebe* von den Ärzten.

»Deutsche Leitkultur«, sagt meine Mutter lachend, und dann singt sie die entscheidende Zeile laut mit: »Arschloch! Arschloch!«

Shirvan lächelt mir über ein paar Köpfe hinweg zu.

Und als Frau Schäfer und ihre Bridge-Freundinnen laut »Nie wieder Krieg – nie wieder Faschismus« rufen, bevor sie ihre Schnapsfläschchen aneinanderstoßen, habe ich das so bewegende wie beängstigende Gefühl, dass sich hier, an diesem Abend, in diesem Augenblick, Geschichte, Gegenwart und Zukunft zart berühren.

achtunddreißig

Auf dem Wecker blinken die Ziffern 3:06 enervierend vor sich hin. Ich bin hundemüde, aber ich kann immer noch nicht einschlafen. Nach der spontanen Solidaritätsdemo saßen meine Eltern und ich noch länger zusammen. Mein Vater ist weiterhin skeptisch, aber jetzt, da meine Mutter ihre Meinung geändert hat und entschlossen vertritt, kann er sich vorstellen, »sich die Sache näher anzusehen«, wie er es ausdrückte. Irgendwann im Laufe des späten Abends ist Alex dazugestoßen, und obwohl er abstreitet, auch nur in der Nähe der Randale gewesen zu sein, weiß ich, dass er lügt.

Ich fühle mich, als hätte ich tausend Worte gesagt – aber die sinnvollen, die etwas bewegen und jemanden verändern können, sind mir nicht eingefallen. Mama meint, ich solle doch Geduld haben, ein plötzliches Umdenken sei von meinem Vater zu viel verlangt. Geduld hätte ich ja, wenn ich sicher wäre, dass sie sich auszahlt.

Und mich kratzt und zwickt eine Kleinigkeit, die mein Vater gesagt hat: »Es ist nicht allzu lange her, Antonia, da hast du selbst noch gegen das Heim unterschrieben.«

Ich stehe auf und trete ans Fenster. Drüben beim Camp ist es mucksmäuschenstill und bis auf die trübe Nachtbeleuchtung um die Gebäude herum dunkel. Das Gelände sieht friedlich aus, aber ich bin wohl kaum die Einzige, die nicht vergessen kann, dass vor sechs Stunden noch Böller und Flaschen über den Zaun flogen. Viele werden wach auf ihren Pritschen liegen. Menschen, die ich liebgewonnen habe und denen ich noch viel mehr Solidarität und Unterstützung wünsche, als sie an diesem Abend bekommen haben.

Meine Unterschrift auf der verdammten Petition muss weg!

Auf Zehenspitzen schleiche ich aus meinem Zimmer und die Treppen hinab. Mein Vater bewahrt die Liste sicher in seinem Arbeitszimmer auf. Hoffentlich hat er sie noch nicht im Rathaus abgegeben!

Im Arbeitszimmer gibt es keine Jalousien, und der Mond scheint durchs Fenster herein. Umso besser, dann muss ich kein Licht einschalten. Ich bemühe mich, so leise wie möglich aufzutreten, denn womöglich ist noch jemand wach und hört das Parkett unter meinen Füßen knirschen. Auf dem Schreibtisch liegen ein paar geschäftliche Unterlagen und eine Tageszeitung. Zuerst beachte ich sie nicht, aber dann verhakt sich mein Blick an ein paar Buchstaben. Ein Artikel über islamistischen Terror. Vermutlich zählt das für meinen Vater als Argument gegen die Flüchtlinge. Typisch für ihn. Ich hebe die Zeitung auf, um den Artikel näher zu betrachten. Darunter liegt eine weitere, ebenfalls umgeschlagen, sodass ein Beitrag nach oben ragt. Dieser handelt von den Schwierigkeiten und Gefahren, die vor allem Kinder und Jugendliche auf der Flucht auszuhalten haben. Dass mein Vater solche Artikel liest, hätte ich gar nicht gedacht. Vielleicht ist er doch nicht ganz so festgefahren?

Als ich im Haus ein Geräusch höre, fahre ich zusammen. Oben geht eine Tür auf. Das muss Alex sein! Hoffentlich bemerkt er nicht, dass mein Zimmer offen steht. Ich lausche seinen schlurfenden Schritten. Er scheint nur in sein Bad zu gehen. Die Tür klappert, kurz darauf rauscht das Wasser in den Leitungen. Alex schlappt laut gähnend zurück in sein Zimmer, wo er entweder ins Bett fallen oder vor seinem Rechner versacken wird. Ich verharre noch einige Sekunden, aber das Haus bleibt still, also suche ich weiter. In den Schubladen stapeln sich Papiere, Aktenmappen, Hefter, die Regale sind voller Ordner, doch ich finde nur unsere Haftpflichtpolicen und die Stromrechnungen, uralte Bewerbungsunterlagen und irgendetwas, das aussieht, als hätte mein Vater in mehreren Anläufen versucht, eine Firmenbiografie zu verfassen. (Mein Vater – der heimliche Schriftsteller?!)

Wo ist die blöde Unterschriftenliste?

Um die unteren Schubladen durchzusehen, brauche ich definitiv das Schreibtischlicht. Warum finde ich die Liste denn nicht? Hat er sie vielleicht auf der Arbeit? Wie komme ich dann da ran? Während ich auf dem Stuhl sitzend und weit hinab gelehnt Schriftstücke in der untersten Schublade durchblättere, gewöhne ich mich langsam an den Gedanken, noch einmal Stellung beziehen zu müssen. Mein Name wird nur einer von vielen sein, und es mag sehr wenig bedeuten, dass er darauf steht. Aber mir geht nicht aus dem Kopf, was meine Eltern mir in schöner Regelmäßigkeit sagen, wenn Wahlen anstehen: Jede Stimme zählt.

Meine soll nicht gegen Shirvan und die anderen zählen.

Ich werde meinem Vater beim Frühstück sagen, dass er meinen Namen durchstreichen muss!

»Was suchst du da eigentlich?«

Erschrocken schieße ich hoch und in der gleichen Bewegung herum. Dabei knallt meine Schulter schmerzhaft gegen den Tisch, und die darauf stehende Lampe kippt um. Aua! Und – verdammt!

Mein Vater steht im Pyjama in der Tür und mustert mich unter zusammengezogenen Brauen.

»Ich ... also ... Es ist nur so, dass ich ... Ich konnte nicht schlafen, weil ...«

»Dir ist klar, dass es mein Büro ist, das du da durchwühlst?«

Ich senke den Blick. »Tut mir leid.«

»Schlafwandelst du, Antonia?«

»Nein.«

»Was treibst du dann hier?«

Mit einem Ruck schiebe ich die Schubladen zu. »Ich wollte eigentlich ... ach, scheiße.« Wie soll ich es ihm nur erklären?

Mein Vater steht reglos in der Tür und lauscht meinem Schweigen. »Ich will dich nie wieder in meinen Sachen wühlen sehen, Antonia. Ich müsste stinksauer sein.«

Ich nicke.

»Du hast ziemliches Glück, denn gerade heute bin ich unsagbar stolz auf dich, sodass ich dir sehr viel weniger böse bin, als du verdient hast.«

Was war das? Stolz? Hat er gerade gesagt, er wäre stolz? Auf mich?

»Du hast mich richtig verstanden, schau nicht wie eine Kuh, die rechnen soll. Ich bin stolz auf dich, weil du heute für deine Überzeugung eingestanden bist und Menschen bewegt hast. Wir müssen nicht immer in allem einer Meinung sein. Was du heute geschafft hast, war nicht nur beeindruckend, es war notwendig und richtig. Man kann über politische Entscheidungen geteilter Ansicht sein – aber seinen Frust an unschuldigen Menschen auszulassen, ist falsch. Das darf nicht zugelassen werden.«

»Du warst nicht da«, sage ich und merke erst, als ich die Worte ausgesprochen habe, dass sie wie ein Vorwurf klingen. »Ich dachte, du hast etwas dagegen, weil du nicht gekommen bist.«

Er verzieht den Mund, es ist fast ein Lächeln. Ein trauriges. »Ich habe Alexander da weggeholt.«

Alex war also wirklich bei den rechten Demonstranten. Obwohl es mich nicht wundert, trifft mich diese Tatsache. Gut, dass Mama ihn nicht gesehen hat. Es hätte ihr das Herz gebrochen. Paps wusste das.

»Lass uns ein Bier zusammen trinken«, sagt er unvermittelt.

»Ein Bier?« Mitten in der Nacht? Ich mag doch nicht mal Bier. »Jetzt?«

»Das hätten wir vor Tagen schon tun sollen. Und schlafen können wir heute Nacht doch ohnehin nicht mehr, oder?«

Auch wieder wahr. »Haben wir auch noch ein Radler?«

»Ganz bestimmt. Ach, Antonia … bevor du runterkommst, wirf doch mal einen Blick in den Auffangkorb vom Schredder. Ich nehme an, dass du da findest, wonach du gesucht hast.«

Outro

Früher empfand ich es als kitschig, wenn Pärchen ihre Hände von beiden Seiten des Zugfensters ans Glas legen, bis der Zug anfährt. Inzwischen weiß ich es besser. Mit Kitsch hat das nichts zu tun – es ist Verzweiflung.

Shirvan läuft ein Stück neben dem Intercity her, dann muss er anhalten, um nicht in einen verkleideten Weihnachtsmann zu rennen. Ich winke ihm, und schon ist er fort.

Mal wieder.

Köln nach einem Wochenende zu verlassen, reißt mir jedes Mal aufs Neue eine Wunde ins Herz. Es war so schön zu sehen, wie gut Shirvan sich eingelebt hat. Sein Bruder Mervan und dessen Frau Yasma haben ihn herzlich bei sich aufgenommen wie in eine fröhliche WG. Solange sie ihr Kinderzimmer nicht für den geplanten Nachwuchs brauchen, kann er dort problemlos wohnen. Zwar besteht Mervan darauf, dass ich mir das Ehebett mit Yasma teile, wenn ich über Nacht bleibe, während er bei Shirvan schläft, aber mit dieser Einschränkung können wir leben. Mervan müsste sich gar keine Sorgen um die Tugend seines kleinen Bruders machen: Nach wie vor verlässt Shirvan den Raum, wenn er sein T-Shirt wechselt, und ich habe ihm wortlos Geduld versprochen.

Sein Gymnasium liegt nur einen Katzensprung von der Wohnung entfernt. Yasma und Mervan unterstützen Shirvan beim Deutschlernen – alle anderen Fächer hat er im Griff.

Heute Nachmittag hatte er ein Basketballspiel mit der neuen Mannschaft, in der er seit einigen Wochen spielt. Die meist hochgewachsenen Kölner Jungs überschütten ihn mit freundlichem Spott wegen seiner Körpergröße und ziehen etwas durch, was mir nur selten gelingt, obwohl es das Beste für Shirvan ist: Sie sprechen konsequent deutsch mit ihm. Ich war vor Rührung sprachlos, als sie ihm als verfrühtes Weihnachtsgeschenk ein eigens für ihn bedrucktes Trikot überreichten. *Al Hamistir* steht auf dem Rücken über seiner Nummer. Das Spiel haben sie trotz tapferem Kampf verloren, aber das lag am unschlagbaren Gegner, und das anschließende Zusammensitzen mit der Mannschaft war eines meiner Wochenendhighlights. Eines von vielen.

Ein weiteres war, dass sein Asylverfahren nach all dem Warten endlich voranschreitet. In der letzten Woche musste Shirvan zu seiner persönlichen Befragung vor dem Bundesamt für Migration und Flüchtlinge. Mervan hat einen Anwalt für ihn beauftragt, und dieser geht von einem problemlosen Verfahren aus. Da Shirvan durch seine Handyfotos beweisen kann, wie unmenschlich er in Ungarn behandelt wurde, muss er im Gegensatz zu manch anderem nicht befürchten, dorthin abgeschoben zu werden.

Ich bin erleichtert, dass er sich nun endlich eine Zukunft aufbauen statt bloß erträumen kann, trotzdem zerreißt mich jeder Abschied, und ich erwische mich bei dem Gedanken, wie einfach alles war, als eine einzige Straße zwischen uns lag und nicht knapp zwei Stunden Zugfahrt.

Nicht alle hatten Shirvans Glück. Der Asylantrag von Mejdi, Rezarta und Luan wurde abgelehnt, und es ist nur eine Frage der Zeit, bis sie nach Albanien zurück müssen. Ihr einziger Trost ist, dass der kleine Luan inzwischen alle Impfungen erhalten hat. Wie seine Zukunft aussehen wird, ist vollkommen unabsehbar. Wir haben uns geschworen, in Kontakt zu bleiben.

Um mir die Stunden der Fahrt zu vertreiben, hole ich mein Smartphone heraus und öffne den Internetbrowser. Eine Nachrichtenseite ploppt auf, und wieder mal erwischt mich eiskalt die Meldung von neuen Toten in Aleppo. Es ist schlimmer geworden dort. Von Woche zu Woche wird es bloß schlimmer. Ein paar Kilometer entfernt liest jetzt auch Shirvan diese Nachrichten, und ich hasse es, nicht bei ihm sein zu können. Vor einer Weile hat er mir erzählt, dass seine Pläne, irgendwann nach Aleppo zurückzukehren und als Architekt das Minarett der Moschee wiederaufzubauen, bloß naive Träume eines Kindes waren und sich nicht erfüllen werden. Trotzdem gehen wir fast jedes Wochenende zu den Demonstrationen und Mahnwachen, die meist unter dem Schlagwort *Aleppo is burning – Save Aleppo* abgehalten werden und die symbolisch für ganz Syrien stehen. Wir müssen dort sein. Wir müssen viele werden, um etwas zu erreichen, viele mehr.

Nach den Demos gehen wir feiern – es kommt mir selbst manchmal verrückt vor, doch niemand in der ganzen Stadt kann mehr Spaß haben als wir beide. Mervan fasste in Worte, was mir in den Clubs beim Tanzen mit Shirvan manchmal durch den Kopf geht, bevor ich wieder abschalten kann: Zu überleben hat nur dann einen Sinn, wenn man weiter leben kann. Shirvan kann!

Gewiss wird der Krieg irgendwann ein Ende finden, sagte er heute. Aber von Aleppo, der Stadt im Schmelztiegel aller befeindeten Parteien, wird nichts mehr übrig sein außer Gräbern, grau und endlos, so weit das Auge reicht.

»Tut mir leid«, sagte Shirvan in die Leere meiner Sprachlosigkeit hinein. »Ich hätte es dir gern gezeigt.«

Am Bahnhof suche ich vergebens nach dem Mini meines Bruders. Zunächst glaube ich, Alex hätte mich versetzt. Unser Verhältnis hat sich in den letzten Wochen deutlich entspannt, aber Shirvan betrachtet er nach wie vor mit Skepsis. Doch dann sehe ich den Wagen meiner Mutter, sie winkt mir aus dem Fenster heraus zu.

»Wo ist denn Alex?«, frage ich sie, nachdem ich sie begrüßt habe.

Sie grinst geheimniskrämerisch. »Alexander hatte etwas anderes zu tun. Warte nur ab. Aber jetzt erzähl mal lieber, wie es Shirvan geht. Was macht die Schule?«

Ich verdrehe die Augen. Typisch, dass Mama vor allem anderen nach der Schule fragt (und das bedeutet übersetzt, dass sie seine Noten wissen will). Sie fühlt sich wohl in ihrer Rolle als Deutschpatin für die Familie meiner Damaszener Kampfmäuse und gibt zudem Tala, Behiye und Lilian Nachhilfe (die keine von ihnen wirklich nötig hätte). Die drei besuchen inzwischen die Gesamtschule und tanzen nachmittags mit mir in meinem Verein Hip-Hop.

Auch Adwar, der inzwischen in einer betreuten WG wohnt, geht auf meine Schule. Wir sind keine Freunde geworden, aber hin und wieder unterhalten wir uns.

Mama und ich plaudern über Shirvans Fortschritte und mein Wochenende, dann erzähle ich von dem Kuscheltiger, den mir Shirvan als Geschenk für die kleine Khalida mitgegeben hat. Ich war so unglaublich enttäuscht, als er das Angebot meiner Eltern, in unser Gästezimmer zu ziehen, ausschlug. Doch sein Vorschlag, Amal und Khalida könnten stattdessen bei uns wohnen, war natürlich eine großartige Idee. Amal fühlte sich so unwohl in den großen, vollen Gemeinschaftsräumen, und mit ihrem wachsenden Babybauch konnte sie kaum mehr auf den Pritschen schlafen. Die Privatsphäre eines Zimmers und die Möglichkeit, hinter sich abzuschließen, wenn sie ins Bad geht, haben sie sehr entspannt. Ich sorgte mich schrecklich, mein Vater oder Alex könnten sie mit einem Kommentar verunsichern, aber mein Vater hatte für sie – die schwangere alleinreisende Frau mit Kind – größtes Verständnis, und Alex' Schmollen ist angesichts Khalidas Glucksen innerhalb von Minuten geschmolzen und irgendwo versickert. Der gesamten Flüchtlingssituation gegenüber bleibt mein Bruder skeptisch eingestellt – aber bei Amal und Khalida gelten für ihn andere Regeln. Wenigstens hat er den Kontakt zur rechten Szene abgebrochen.

Papa erwartet uns an der Tür und legt den Zeigefinger an die Lippen.

Ich ahne etwas. Mein Herz schlägt plötzlich wie verrückt, und ich eile ins Wohnzimmer. Die kleine Khalida krabbelt zwischen ihren Bauklötzen auf dem Teppich herum und zerreißt dabei hingebungsvoll und unter dem schmunzelnden Blick meines Vaters die aktuelle Fernsehzeitschrift. Und auf dem bequemen Lesesessel meiner Mutter, die Füße auf dem Schemel, sitzt Alex und schmiegt einen winzig kleinen Babykörper an seine Brust.

»Ihr hättet mir Bescheid sagen müssen.« Mein Flüstern klingt nicht halb so entrüstet, wie ich mich fühle. »Und Shirvan. Warum weiß er noch nichts?«

»Er weiß es seit Freitagnacht«, antwortet meine Mutter. »Wir haben ihn gebeten, dir nichts zu verraten, weil wir dich überraschen wollten.«

»Freitag schon?« Ich schleiche ein bisschen näher. Unter einem weißen Mützchen schauen feine, dunkle Löckchen hervor.

Papa nickt. »Kurz nachdem du zum Bahnhof aufgebrochen bist, bekam Amal Wehen. Alexander hat sie ins Krankenhaus gefahren und ist die ganze Nacht dageblieben, bis das Baby geboren war.«

Alex' Mundwinkel zucken. »Die glauben, ich wäre der Vater, weil ich vor dem Kreißsaal auf- und abgetigert bin. Aber mal ehrlich – da wäre doch jeder nervös. Es ist übrigens ein Junge. 3900 Gramm. Ganz schön propper, oder?«

»Und so niedlich. Wie geht es Amal?« Ich würde das winzige Baby so gern streicheln, aber ich will es nicht wecken.

»Die ist natürlich müde«, erwidert meine Mutter. »Zwei so kleine Mäuse, die nachts nicht durchschlafen …« Sie wirft Alex einen liebevollen Blick zu. »Aber Alexander unterstützt sie und nimmt die beiden oft, damit Amal Schlaf nachholen kann.«

Mein Bruder – die wohl größte Überraschung meines Lebens. Wobei ihm mein Vater, der Khalida hochhebt und auf seinen Knien reiten lässt, dichtauf folgt.

»Wie heißt der Kleine denn überhaupt?«, frage ich.

Alex grinst mich über das Köpfchen hinweg an. »Das ist die eigentliche Überraschung, Toni. Bei muslimischen Eltern ist es nicht unüblich, dass Verwandte oder Freunde den Namen eines Babys aussuchen. Und diese Ehre wurde dir und mir zuteil.«

»Echt?«, frage ich vor Schreck viel zu laut, und das kleine Bündel in Alex' Armen zuckt zusammen und wackelt mit den Füßchen. Ich wiederhole mich ganz leise: »Wir dürfen ihm einen Namen geben?«

Alex nickt. »Sieht so aus, Schwesterchen, als würden wir uns einig werden müssen. Und, damit du gleich Bescheid weißt, es kommt natürlich nur der schönste Name überhaupt infrage.«

Das werden harte Verhandlungen!

Ich lasse den Blick über meine Familie schweifen. »Schon seltsam, was sich alles verändert hat. Hätte einer von euch vor drei Monaten gedacht, dass wir uns mal gemeinschaftlich für Flüchtlinge engagieren würden?«

»Flüchtlinge«, sagt Alex, schüttelt den Kopf und schmiegt die Wange an den Kopf des neuen Erdenbürgers in seinen Armen. »Ich mag das Wort nicht. Es passt nicht zu Shirvan, Amal und ihren Kindern. Sie sind schließlich nicht mehr auf der Flucht, sie sind …«

»Ankömmlinge?«, schlägt Paps amüsiert vor.

Ich muss lächeln. »Wenn wir schon eine Bezeichnung brauchen … Mir gefällt Freunde ja ganz gut.«

Nachwort

Der Wunsch – nein, die Notwendigkeit – dieses Buch zu schreiben, entwickelte sich im August 2015. Es war ein heißer, gewittriger Sommer, in dem für mich, wie für viele andere Menschen auch, eine kleine, heile Welt zusammenbrach. Rassismus, das war für mich bis dahin eine Randerscheinung: eine Schlechtigkeit einiger weniger Leute, die man nicht näher kannte, und viel Geschichte, aber nichts, was mich im Hier und Heute außer in Einzelfällen ernsthaft beunruhigen musste. Der Sommer änderte meine Welt wie kaum etwas zuvor. Er wird mir in Erinnerung bleiben als der, in dem normale Leute begannen, Menschen zu hassen, weil sie die Frechheit besaßen, ihr nacktes Leben retten zu wollen. Und dabei eine fremde Sprache zu sprechen. Es war der Sommer, in dem ein Busfahrer, der freundlich »Willkommen in Deutschland« zu einer Gruppe afrikanischer Jungs sagte, in den Nachrichten erwähnt wurde und den Sprecher zu Tränen rührte.

Im Sommer 2015 erlebte Deutschland einen Zulauf geflüchteter Menschen, wie es ihn seit den Neunzigerjahren nicht gekannt hatte. Das war weder ein Wunder, noch kam es überraschend. Die Bilder, die man im Fernsehen oder im Internet aus Kriegs- und Krisengebieten zu sehen bekam, waren schrecklich, und das nicht erst seit gestern. Internationale

Hilfen wurden drastisch reduziert. Nun nahm das Ganze für uns in unserer heilen Wohlstandsbäuchleinwelt neue Ausmaße an: Beinah täglich las man von gekenterten oder in Seenot geratenen Schiffen; die Toten waren bald kaum mehr zählbar und berührten uns doch erst, als der kleine Alan Kurdi in seinem roten T-Shirt am Strand lag. Die Dokumentationen mehrten sich, und immer mehr Europäer sahen den Krieg in den Augen der Flüchtlinge, die plötzlich in Turnhallen der Schulen unterkamen.

Fast ebenso häufig hörte man von fremdenfeindlichen Anschlägen, von Nazi-Symbolen an Flüchtlingsunterkünften und Brandanschlägen auf Gebäude, in denen die Vertriebenen leben sollten. Rechte Demonstranten schüchterten gezielt Menschen ein, die zu uns gekommen waren, um nach dem Horror in ihrer Heimat ein bisschen Ruhe zu finden und sich eine Zukunft aufzubauen. Eine Unterkunft, in der u. a. zwei Dutzend schwer traumatisierte Kinder aus Kriegsländern lebten, wurde nachts mit Feuerwerkskörpern beschossen. Vorfälle wie diese mehrten sich bis zu ihrem Höhepunkt, als eine Gruppe Flüchtlingsgegner einen Bus einkesselte und die darin gefangenen Menschen über Stunden verängstigte.

Fast noch erschreckender war der Alltagsrassismus, der plötzlich wie über Nacht in den sozialen Netzwerken aufkeimte. Die Masse an Menschen, die plötzlich laut wurde und »Aber bloß nicht zu uns!« geiferten, erwischte mich damals eiskalt. Man bekam den schlimmen Eindruck, Fremdenfeindlichkeit, Geiz und Neid wäre in dieser Saison »hip« – wo kam dieser gefährliche Trend nur her?

Kaum ein Prominenter, der Stellung bezog und sich für Vertriebene einsetzte, erhielt keine Beschimpfungen, Beleidigungen oder Bedrohungen. Selbst Meldungen von gekenterten Flüchtlingsbooten blieben nicht mehr ohne hämische Kommentare. Die terroristischen Anschläge von rechts außen – die von Medien und Politik nie oder erst viel später als solche bezeichnet wurden – potenzierten sich von Tag zu Tag.

In diesen durchgrübelten Tagen und schlaflosen Nächten entstand dieser Roman.

Das Allerletzte, was ich mit ihm erreichen möchte, ist, jene Organisationen und Helfer zu kritisieren, die damals alles gegeben haben, um den geflüchteten Menschen ein würdiges Übergangszuhause zu bieten. Über Nacht erhielten Städte und Kommunen die Aufträge, für immer mehr Menschen Plätze zu schaffen. Die Lage in den Kriegsgebieten wurde immer dramatischer, niemanden hätten diese Flüchtlingsströme wundern dürfen – und doch erwischte es Mitteleuropa eiskalt. Viele Menschen haben hervorragende Arbeit geleistet und wenig gemein mit den Situationen, die ich im Roman beschreibe.

Gleichzeitig ist nichts davon frei erfunden. Ein hartes Los für eine Fantasy-Autorin, aber es blieb in diesem Sommer schlichtweg nichts übrig, das man hätte erfinden können.

In meinem Ehrenamt sowie während der Recherche von Sommer 2015 bis Herbst 2016 habe ich rund zwanzig Asylbewerberunterkünfte besucht und mit über 250 Menschen gesprochen: Geflüchteten, Ehrenamtlern, beruflich in der Flüchtlingsarbeit verorteten, Nachbarn. Und Gegnern. Ich danke jedem Einzelnen an dieser Stelle für unsere Gespräche.

In einem Erstaufnahmelager in Dresden herrschten laut Ärzten, die dort ehrenamtlich arbeiteten, katastrophale Zustände. »Bei der Unterbringung wurden nicht einmal die Mindeststandards der WHO für Flüchtlingscamps eingehalten, an die man sich normalerweise selbst im Krieg halten müsste«, sagte der Arzt Gerhard Ehninger in ZEIT ONLINE.

Am Landesamt für Gesundheit und Soziales (LaGeSo) in Berlin mussten zeitweise bis zu tausend Menschen auf dem Gelände verweilen, um sich registrieren zu lassen. Mehrere Blogger berichteten unabhängig voneinander – nur ihre Fassungslosigkeit vereinte sie: Bei 38°C im Schatten gab es auf dem Gelände lediglich Bäume als Schutz vor Sonne und Gewittern und über Tage nur einen einzigen funktionierenden Wasserhahn. Familien schliefen auf nacktem Boden oder Pappkartons; Windeln, Babynahrung, Lebensmittel und Wasser gingen aus, Kranke und Verletzte blieben Tage und Wochen unversorgt. Es ist allein den helfenden Berlinerinnen und Berlinern zu verdanken, dass es hier nicht zur Katastrophe kam; sie organisierten sich über Facebook und Twitter, brachten Wasser, Essen und etliche Sachspenden – und sie machten den Verantwortlichen tüchtig Druck.

Ähnliche Zustände berichteten Blogger aus Traiskirchen in Österreich – auch hier wurden Flüchtlinge von der helfenden Bevölkerung mit Wasser, Lebensmitteln und Medikamenten versorgt.

Erst Tage später bestätigte die SÜDDEUTSCHE: »Dass sich ein reiches Land wie Österreich von Amnesty International (AI) vorhalten lassen muss, es verletze ›fast alle menschenrechtlichen Konventionen‹, das kommt nicht alle Tage vor.«

Nur drei Beispiele, die bestätigen, dass der Ort im Roman fiktiv ist, die Situation allerdings keineswegs. Ich habe mir der Dramaturgie wegen lediglich erlaubt, ein paar reale Vorfälle zeitlich und örtlich zusammenzuziehen.

An einigen Stellen habe ich bewusst nicht die härtesten Schicksale gewählt, denn der Roman ist für Jugendliche ab zwölf Jahren konzipiert. Die handelnden Personen gehören zu denen, die vergleichsweise viel Glück hatten.

Was Syrien betrifft, haben sich die damals überwiegend von Geflüchteten berichteten Luftangriffe seitens der Regierung (und der russischen Verbündeten) mit Fassbomben, Chlorgas und Napalm, auch auf Schulen und Krankenhäuser, als wahr erwiesen, unterschiedliche Menschenrechtsorganisationen berichten inzwischen regelmäßig. Doch auch durch einzelne von den USA unterstützte Oppositionsgruppen werden immer wieder Zivilisten bei Artillerieangriffen getötet.

Die von Drohnen aufgenommenen Videoaufnahmen aus der Stadt Homs, die Antonia beim Googeln findet, wurden erst 2016 verbreitet.

Die Lage in Aleppo hat sich bis heute nicht verbessert, sondern weiter zugespitzt. Die Nachrichten berichten derzeit täglich von neuen Toten und zahllosen Schwerverletzten. Fotos und Videos im Netz dokumentieren das Grauen.

Ashdnada, das Dorf in der Wüste, existiert unter anderem Namen. Bis heute lebt dort ein Ehepaar mit seinen Katzen; durch den Umstand, dass dort nur ältere Menschen leben, bleibt das Dorf hoffentlich weiterhin für die Kriegsparteien uninteressant.

Die syrischen White Helmets, der ehrenamtliche Zivilschutz, wurden jüngst für den Friedensnobelpreis vorgeschlagen. Allein in den letzten drei Tagen kamen zehn ihrer Mitglieder bei Bombardierungen im Einsatz ums Leben, des Weiteren wieder mehrere Kriegsberichterstatter.

Die Umstände von Shirvans Reise sind vollumfänglich den Erfahrungen mir näher bekannter Menschen entnommen, wobei Shirvan trotz Lebensgefahr und traumatisierender Erfahrungen eine durchschnittliche und eher zügige Reise erlebt hat.

Ich habe mir erlaubt, die Sperrung des Bahnhofs Budapest zwei Monate vorzuverlegen, weil diese Erfahrung für viele Geflüchtete eine besonders einschneidende war. Die im Roman erwähnten Zugtickes der ungarischen Bahn für 240€, die ins Nichts führten, hielt ich im Original in der Hand. (Ich als Deutsche hätte für die Reise zu der Zeit 16,50€ bezahlt und wette darauf, dass ich im Gegensatz zu den Flüchtenden am Ziel angekommen wäre.)

Zum Glück sind auch die positiven Ereignisse des Romans nicht meiner Fantasie geschuldet. Es gab vielerorts Solidaritätsdemos, wie die im Roman beschriebene, und auch Menschen, die vom Flüchtlingsgegner zum Unterstützer wurden oder ein Zimmer in ihrem Haus zur Verfügung stellten, habe ich kennenlernen dürfen.

Viele Städte versorgten die notleidenden Menschen im Sommer 2015 gemessen an den Möglichkeiten vorbildlich – ich weiß noch gut, wie ich dastand, in unserer Stadt, und etwas beitragen wollte – aber es war mehr als genug von allem da, und die Geflüchteten versorgten erst mal uns, die verunsicherten, hilflosen Leute, die helfen wollten, mit Tee, Obst und Schokolade.

Und das zeigt mir wieder eins: Oft ist unser Leben ein großes Glücksspiel. Der eine Geflüchtete landet in einem Ort und kann ein wenig zur Ruhe kommen, der andere muss in eine andere Stadt, wo der Kampf weitergeht. Hier – in einem der reichsten Länder der Welt.

Der eine Mensch wird hier geboren, kennt den Krieg bloß aus den Nachrichten und hat ihn wieder vergessen, wenn danach das Spielfilm-Intro beginnt. Der andere wird in einer Krisenregion geboren, wo es keine Perspektive gibt und keinen Spielfilm, der irgendwas vergessen lässt.

Niemand hat das Recht, den Menschen ihre Hoffnung auf ein besseres Leben abzusprechen. Hoffnung ist stärker als Angst, das muss sie sein.

Sie ist es, die Menschen Großes tun lässt.

Jennifer Benkau, September 2016

Es war einmal Aleppo entstand mit der Unterstützung des Autorenlabels INK REBELS.

Den Inkrebel, all unsere Autorinnen sowie ihre Bücher findest du unter:

www.ink-rebels.de

Wir freuen uns auf deinen Besuch!

Hat dir dieses Buch gefallen?
Dann lass das doch auch andere Leser wissen, schreibe eine Rezension oder empfehle es weiter.

KEEP ON DREAMING

Kira Minttu

ca. 278 Seiten
Klappbroschur

12,90 €
ISBN 978-3-95869-278-7

Als E-Book auf Amazon erhältlich!

Woher soll ich wissen, was ich will, wenn der eine nicht mit mir redet und der andere gar nicht da ist?

Eigentlich wollte Katinka mit Keep on Dreaming nur ein Interview für ihren Musikblog machen. Aber dann bringt dieser verfluchte Kuss, der keiner war, alles durcheinander. Und James McMillan, der sexy Frontmann der Band, kann ziemlich überzeugend sein.

Wenn doch Katinka nur ebenso gut wüsste, was sie will …